走　狗

伊東　潤

中央公論新社

目次

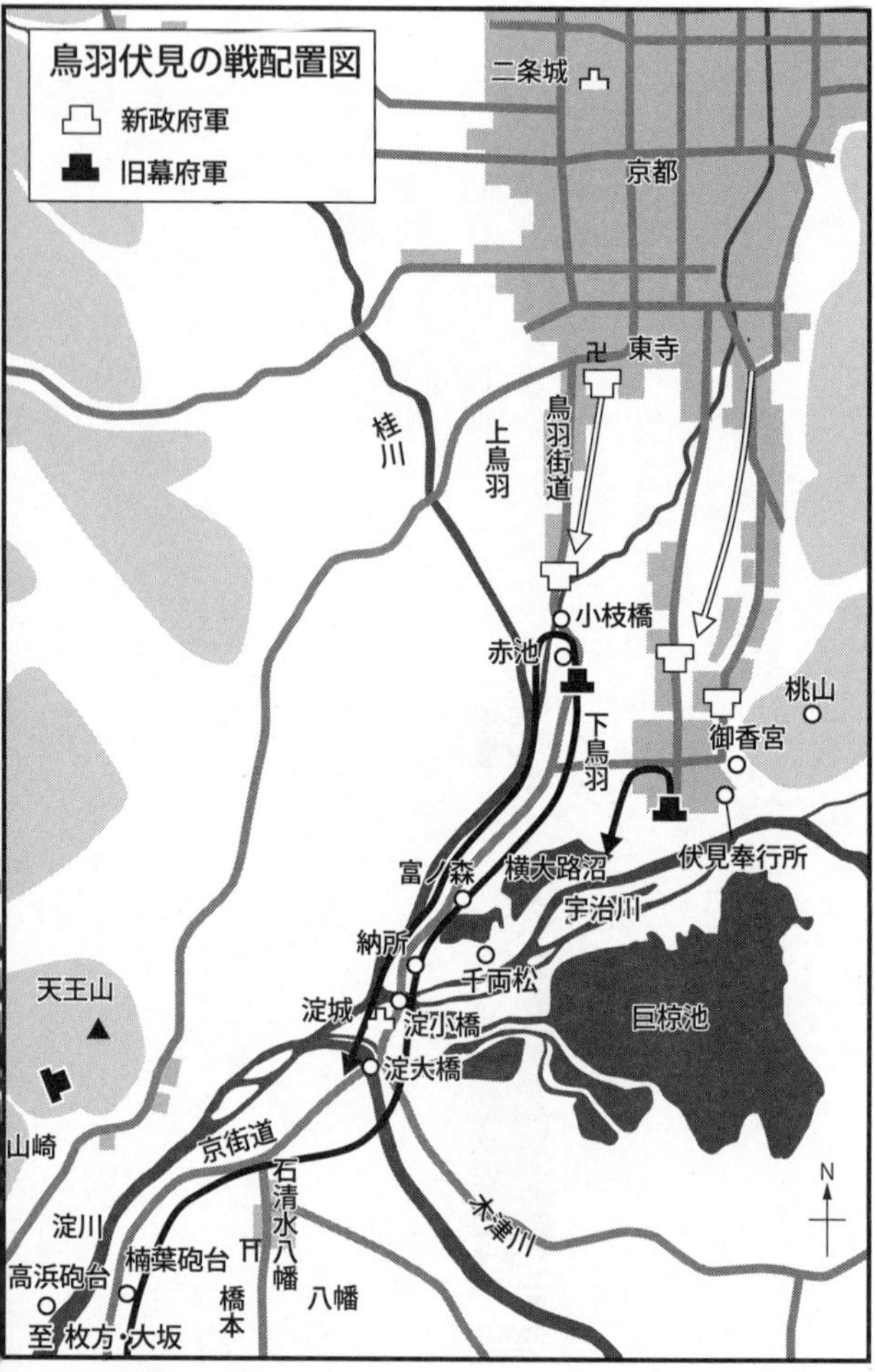
鳥羽伏見の戦配置図
新政府軍
旧幕府軍
二条城
京都
東寺
鳥羽街道
上鳥羽
桂川
小枝橋
赤池
下鳥羽
桃山
御香宮
伏見奉行所
横大路沼
富ノ森
宇治川
納所
千両松
淀城
淀小橋
淀大橋
巨椋池
天王山
山崎
京街道
石清水八幡
木津川
淀川
楠葉砲台
高浜砲台
橋本
八幡
至 枚方・大坂
N

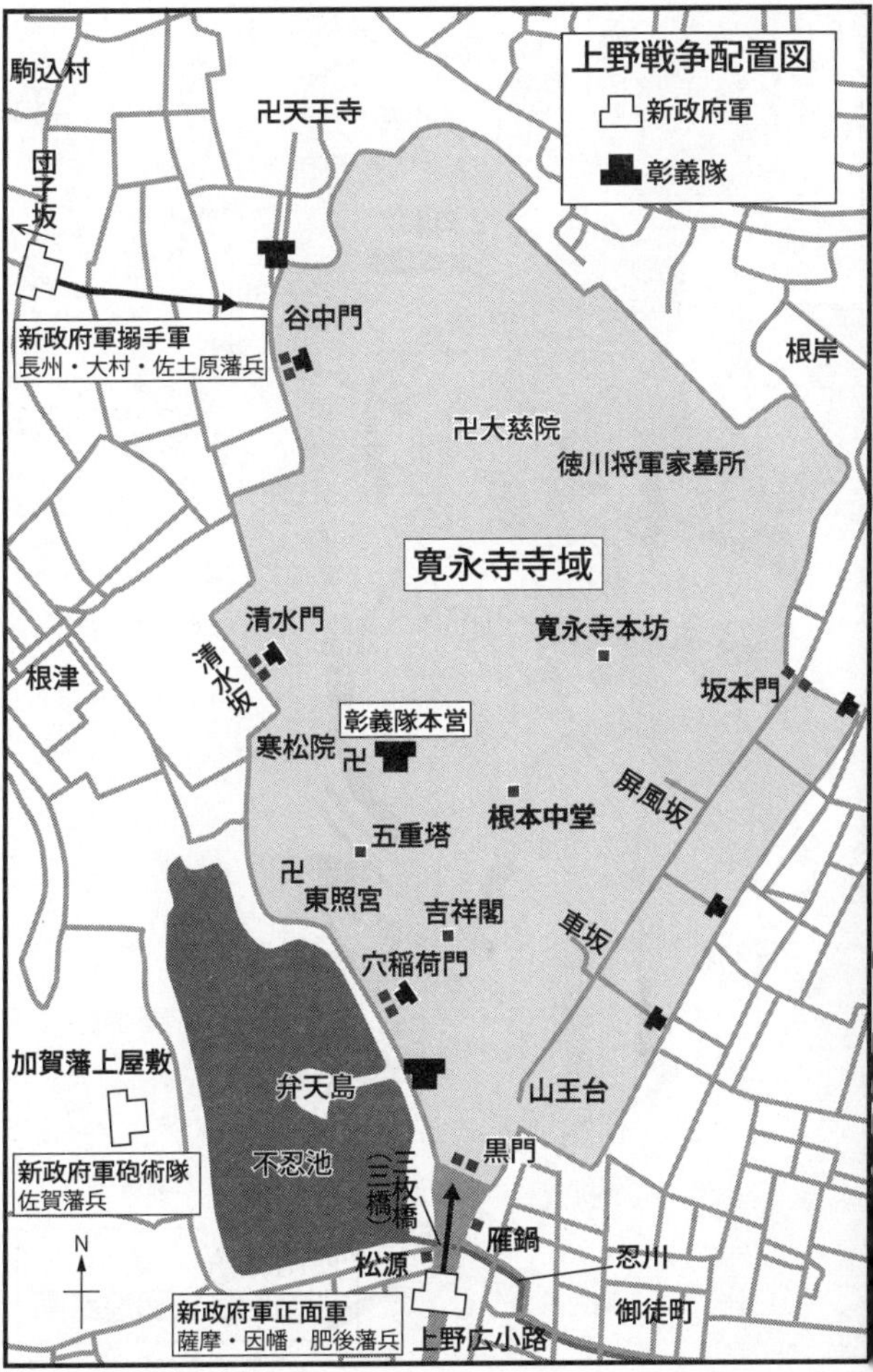

上野戦争配置図
新政府軍
彰義隊
駒込村
卍天王寺
団子坂
新政府軍搦手軍
長州・大村・佐土原藩兵
谷中門
根岸
卍大慈院
徳川将軍家墓所
寛永寺寺域
清水門
寛永寺本坊
清水坂
根津
坂本門
彰義隊本営
寒松院
卍
屏風坂
根本中堂
五重塔
卍
東照宮
吉祥閣
車坂
穴稲荷門
加賀藩上屋敷
弁天島
山王台
黒門
新政府軍砲術隊
佐賀藩兵
不忍池
三枚橋
(三橋)
雁鍋
N
松源
忍川
新政府軍正面軍
薩摩・因幡・肥後藩兵
御徒町
上野広小路

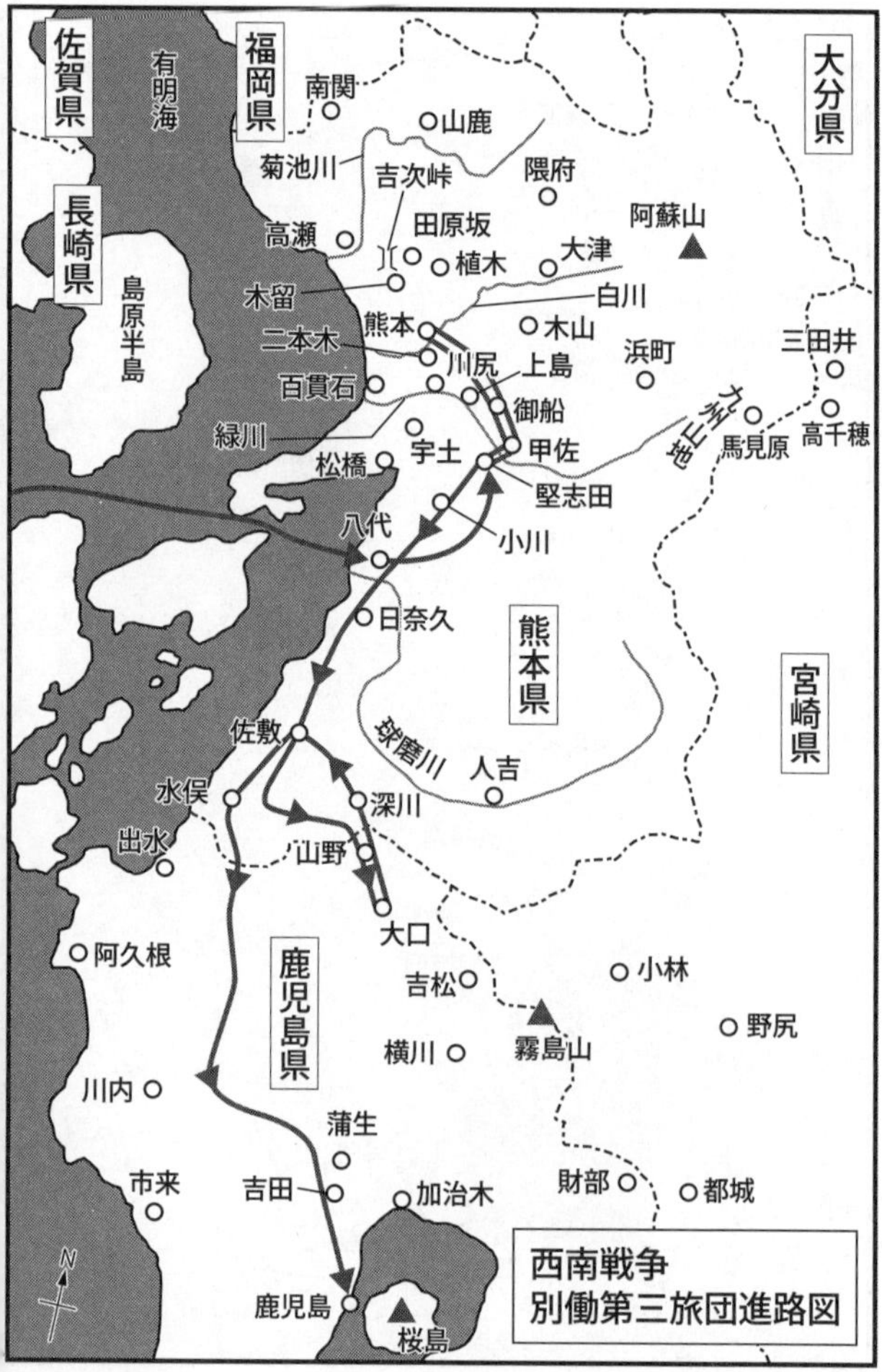

西南戦争
別働第三旅団進路図

走狗

第一章　徒手空拳

一

鼓膜が破れるかと思われるほどの砲音と銃声の中、川路正之進利良《かわじしょうのしんとしよし》は、禁裏《きんり》の西に面した通りを南に向かって走っていた。どこかの屋敷が燃えているのか、街路には黒煙が立ち込め、十間先も見通せない。

「外城士《とじょうし》隊は蛤《はまぐり》御門へ向かえ！」

物頭《ものがしら》らしき声が、後方から聞こえる。

薩摩《さつま》藩が守備に就いていた乾《いぬい》御門から、会津《あいづ》藩などが守る蛤御門までは二百八十間（五百メートル余）の距離だが、それが何倍にも感じられる。

長身の利良は、駆けるのが苦手ではない。しかし前後左右にも男たちが走っているので、本来の速さで走れない。前を走る者を追い越そうとすると、罵声を浴びせられた。

「あっ、こん〝畔《あぜ》もぐい〟が！」

利良のことを「もぐら」と罵《のの》りつつ、その太った男が肩に手を掛けてきた。

「うわっ、何《なん》すっか！」

利良は蚊蜻蛉《かとんぼ》のような体型なので、容易にその場に引き倒された。

砂埃の中を、黒の半マンテルに洋式ズボンをはいた男たちが走り抜けていく。

慌てて立ち上がった利良は、支給されたばかりの先込め式エンフィールド銃を拾うと、再び駆け出した。

乾御門と蛤御門のちょうど中間に、福岡藩の守る中立売御門《なかだちうり》がある。そこでは、すでに戦闘が始まっていた。

砲弾が近くの公家《くげ》屋敷の屋根を直撃し、瓦の雨を降らせる。それにたじろぎ、外城士隊の行き足が鈍る。

双方共に大砲は当てずっぽうで撃っているので、運が悪くない限り、それで死ぬことはない。それでもその轟音《ごうおん》を聞けば、足がすくんで動けなくなるのが人である。

たまらず片膝をついた利良は、半首笠《はっぶりがさ》で頭を守りつつ首をすくめた。

「なんしちょっと、こんおどもんが！　ここは城下士《じょうかし》隊が助太刀《すけだち》に入る門じゃ。おはんら外城士隊は蛤御門へ向かえ！」

利良のことを「横着者」と罵りつつ、物頭が利良の肩を摑んで立たせようとした。

その時、近くで砲弾が炸裂した。

「うわっ！」

体が浮いたかと思うと地面に叩き付けられ、次の瞬間、何も聞こえなくなった。

慌てて頭を叩《たた》くと、耳の中がぐわんぐわんと鳴っている。

――鼓膜が破れたか。

一瞬、不安になったが、すぐに凄まじい音響がよみがえった。

――よし、大丈夫だ。

土埃の中で起き上がると、先ほどの物頭が頭から血を流して倒れていた。手当てしようかと思ったが、そんなことをしている暇はない。心中で詫びた利良は、再び駆け出した。

やがて蛤御門が見えてきた。門の付近には「會」と大書された旗が林立し、四斤山砲《よんきんさんぽう》から砲弾が次々と放たれている。

――これが戦場《いくさば》か。

初めて立つ戦場に、利良の肝《きも》が縮む。

その時、築地塀《ついじべい》の上から身を乗り出すようにして鉄砲を放っていた会津藩兵が、絶叫を上げて転がり落ちてきた。そのまま兵は動かない。背後にいた小者が、その兵の腋《わき》の下《した》に手を入れて後方に下げていく。その時、ちらりと見えたが、兵の頭蓋は割れて脳が飛び出し、顔は真っ赤に染まっていた。

——弾が当たれば、ああなるのか。

じんわりと死の恐怖が込み上げてきた。

「どかんか!」

立ちすくむ利良の左右を、外城士隊の同僚が駆け抜けていく。皆、射撃するのにいい場所を占めようと、われ先に築地塀に取り付いていく。築地塀には、そこかしこに足掛かりが付けられているが、どれも誰かが使っている。

——後れを取るわけにはいかない。

懸命に足掛かりを探すが、空いているものはない。

気づくと禁裏の西南隅まで来ていた。

その時、蛤御門の南側にある庭田邸から、椋《むく》の木《き》の枝が伸びているのを見つけた。

——木登りなら得意だ。

利良は、鉄砲を負革《おいかわ》(ストラップ)で背に縛り付けると枝に飛び付いた。それを伝っていくと、蛤御門の外が見えてきた。

——敵だ。

黒煙の中に「一文字三ツ星」の大四半旗が見える。土俵《つちだわら》を遮蔽物《しゃへいぶつ》とした敵の銃兵が、こちらに向かって間断なく鉄砲を撃ち掛けている。

鉄砲隊の背後では、これから突撃をするつもりなのか、古甲冑を着た多くの者たちが膝立ちで控えている。その中央には、門を破る時に使うつもりか、差し渡し三尺（約九十センチ）はある材木が見える。

耳を澄ますと、「これで勝てるぞ」「あと一押しだ」という声が聞こえてきた。

その時、敵陣の後方から肩高五尺はある馬が引かれてきた。風折烏帽子《かざおりえぼし》をかぶり、古色蒼然とした甲冑をまとった大男がそれにまたがる。

――あれが大将か。

その男が左右に何事か下知《げち》すると、すぐに命令が伝達され、長州《ちょうしゅう》藩兵は突撃態勢を整えた。どの顔にも緊張が漲《みなぎ》っている。

――突撃させてはならない。

薩摩藩兵が援軍に駆けつけたとはいえ会津藩兵は限界に達しており、ここで敵に突入を許せば、蛤御門は破られる。

枝にまたがって下半身を固定した利良は、左手で銃を持ち、右手で胴乱《どうらん》から紙早合《かみはやごう》を取り出すと、口で端を引きちぎった。

その時、敵将らしき大男が軍配を前に振った。最前線の鉄砲隊に前進を命じたらしい。木盾を押し立て、銃兵が前に進む。味方の銃撃も激しさを増し、絶叫を上げながら倒れる長州藩兵も多くなってきた。それでも敵は前進をやめない。

門との距離が三十間ほどになった。

――おぬしは薩摩一の名人だ。必ず当たる。

己にそう言い聞かせた利良は、早合の火薬を銃口へ注ぐと、弾を銃口に押し込んだ。

敵将が軍配を高く差し上げる。いよいよ突撃の時が迫ったのだ。

利良は槊杖《さくじょう》を抜こうとしたが、初弾なので、その必要がないことに気づいた。

――落ち着け。

撃鉄を起こし、胴乱から取り出した雷管を火門突《かもんつき》にかぶせると、撃鉄を少し上げて、引金を引きながら撃鉄を雷管の上に下ろした。

――これで、いつでも撃てる。

汗が目に入る。それをぬぐった利良は、銃を目の高さに構えた。

敵将は軍配を振り下ろす時機を見計らっている。その背後に控える刀槍《とうそう》を手にした者たちの顔にも緊張が漲っている。

双方の銃撃音がいっそう高まってきた。

「先生、見ちょって下さい。おいはやいもす」

そう呟《つぶや》くと、利良は銃床を頰に当てて狙いを定めた。右手の人差し指が震える。極度の緊張に耐えられず、引金を引きたくてたまらないのだ。

――まだまだ。

敵将が利良の前に迫ってきた。雲間から一瞬差した陽光に馬の鞍《くら》が輝く。今なら間違いなく当たる。だがここまで来たら、致命傷を与えたい。

敵将が真横に来た。距離は十間もない。

「南無《なむ》さあ」

利良が右手の人差し指に力を入れた。

轟音と共に衝撃が襲ってくる。それを下半身で堪《こら》え、前方に視線を戻すと、馬上に敵将がいない。その理由はすぐに分かった。敵将は馬の向こう側に落ちたのだ。

——当たったか。

複数の叫び声と同時に、長州藩兵が馬の向こう側に集まるのが見えた。兵の間から敵将の足が見える。続いて敵将は、四肢を持たれて後方に運ばれていった。

——やった。

驚きの後に喜びが込み上げてくる。

敵将の周囲にいた者たちは一斉に浮足立ち、最前線にいる者たちは、後方で何があったのか気にし始めた。

——こうしてはおられぬ。

見つかれば蜂《はち》の巣《す》にされる。利良は枝を伝って門内に向かった。

味方も敵の異変に気づいたのか、怒号が飛び交い、銃撃も勢いを増してきた。

「敵が引いていっど！」

誰かの声が聞こえる。

再び椋の木の枝を伝い、元の場所に降り立つと、次から次へと築地塀を乗り越えていく味方の姿が見えた。退却に移った敵を追撃するのだ。

喉が渇いて声が出ない。ようやく物頭の一人を見つけると、やっとの思いで言った。

「敵将を撃ちもした」

「おはんがか」

「はい。おいが――、川路正之進利良が敵将を撃ちもした！」

「よし、よし、分かった、分かった」

隊長の許に走っていく物頭の後ろ姿を見つめつつ、利良はその場にへたり込んだ。

二

大将が撃たれたことで、長州勢は総崩れとなった。蛤御門が開かれ、薩摩・会津両藩兵が鉄砲水のように飛び出していく。利良もそれに続いた。

烏丸《からすま》通では、逃げるのをよしとしない長州藩兵が追いすがる薩会両藩兵と斬り合いをしている。

双方共に凄まじい気合を発しつつ、これまで鍛えてきた武技の限りを尽くす。もはや飛び道具を使おうとする者などいない。

示現流《じげん》の甲高い叫びと、神道無念流《しんとうむねん》の腹底に響くような気合が交錯する。

だが浮足立った長州勢の劣勢は覆い難く、次第に押されて討ち取られていく。

中には、何人もの薩会両藩兵を相手にする長州の猛者《もさ》もおり、烏丸通は血飛沫《ちしぶき》が飛び散る修羅場《しゅらば》と化していた。

相手を探しつつ利良は烏丸通を南下した。すると醍醐《だいご》邸の前で、斬り合いをしている者たちが目に入った。

一人の長州藩兵を、三人ほどの味方が囲んでいる。中立売御門を守っていた福岡藩兵二人と、薩摩藩の外城士らしき者が一人だ。

――あれは助八《すけはち》か。

薩摩藩兵は与力仲間の川上助八郎《かわかみすけはちろう》だった。

川上は予備隊として、禁裏北方にある薩摩藩二本松《にほんまつ》藩邸に詰めていた。それがここまで来ているということは、勝ちが明らかとなり、予備隊にも出撃が許されたのだ。

「せやー！」

次の瞬間、間合いを詰めていった福岡藩兵が左上段から刀を振り下ろした。その一撃を右十字に受け流した敵は、横殴りに二太刀《ふたたち》目を浴びせようとする福岡藩兵の右前方に位置を変え、福岡藩兵の左小手を叩いた。

「ぐわっ！」

左手首が飛ぶ。

続いて敵は、思わず片膝をついた福岡藩兵の喉を薙《な》いだ。

血飛沫が尾を引くように飛び散り、一瞬後には、音を立てて血糊《ちのり》が落ちてくる。

声も上げられず、福岡藩兵はその場にくずおれた。

「うおりゃー！」

これを見て血相を変えたもう一人の福岡藩兵が、激しく突きを繰り出す。それを冷静に見極めた敵は、相手の突きをはたいて間合いの内に入った。これに慌てて飛び下がった福岡藩兵は、上段に構えると真っ向から斬り下ろした。

――まずい。

直心影流《じきしんかげ》免許皆伝の利良には、次の瞬間に何が起こるか、はっきりと分かった。

頭の位置をずらし、最小限の動きで福岡藩兵の斬撃をかわした敵は、的が外れて引き戻そうとした相手の剣先を下に流すように送り出し、相手が前にのめったところで胴を抜いた。

それでも体勢を立て直そうとする福岡藩兵に対し、飛びのいて距離を取った敵は、振り向きざまに脳天に一太刀《ひとたち》浴びせた。

「ぐげっ！」

真紅の血と真っ白な脳漿《のうしょう》を上方に噴き出しつつ、福岡藩兵は倒れた。

すべては一瞬のことだった。

――やるか！

こうなっては戦わざるを得ない。

「助太刀しもす！」

利良が川路家に代々伝わる名刀・高橋長信《たかはしながのぶ》二尺七寸四分を構える。

「正之進、おいの獲物じゃ。助太刀無用！」

川上助八郎が怒鳴る。しかしその腰は引け、一対一で勝てるとは思えない。

「助八、おはん一人では、とても敵《かな》わん相手じゃ」

激しく返り血を浴びた敵は、肩で息をしているが、寸分の隙もない。

「助八、斬られっど」

「せからしか（うるさい）！」

そう言い捨てると川上は、「きえー！」という鳥声《ちょうせい》を発しつつ、示現流独特の「持掛《もちかけ》」で斬り掛かった。

利良が「勝てるか」と思った次の瞬間、敵は上体を沈め、棟で受け太刀すると、それを弾《はじ》き返《かえ》して川上の胴を抜いた。

――いかん。

次の瞬間、利良が割って入った。

それを目の端で捉えた敵は、屈曲した姿勢を伸ばすように飛び上がると、右足で川上の胴を蹴り、左片手で構えた刀で利良の一撃を受けようとした。

しかし片腕では、受けきれない。

利良の剣先が、敵の肩から腋の下を斬り下げる。さすがの敵もたじろぐ。しかし鎧《よろい》を着用しているため、縅糸《おどしいと》を斬っただけだ。

二人は飛びのいて中段に構える。

川上は、蹴られた拍子に背後に倒れて後頭部を打ったらしく昏倒《こんとう》している。

「薩摩藩の川路正之進」

「長州藩の篠原秀太郎《しのはらひでたろう》」

篠原は鎧を着用し、頭には鉢金《はちがね》を巻いている。一方の利良は斬り合いに及ぶとは思わなかったので筒袖姿だ。

――ということは、相討ちではやられる。

篠原もそのことに気づいたのか、間合いを詰めてくる。

――そうか。

利良の脳裏に、相討ちではなく一方的に勝てる方法がひらめいた。

利良が一歩、二歩と下がる。

それが誘いであると察しているのか、篠原は間合いを詰めようとしない。

――よし、今だ！

「きえー！」

利良は示現流独特の気合をまねつつ、上段から斬り掛かろうとした。

篠原が得たりとばかりに受け太刀の構えを取る。しかし利良は剣を振り下ろさずに、右から横殴りに薙いだ。それを篠原が左脇構えで受け太刀する。

示現流とばかり思っていたのか、篠原の顔に焦りの色が浮かぶ。

――こっちの動きが読めていない。

次の瞬間、刀身を滑らせながら間合いを縮めた利良は、柄《つか》で篠原の顎《あご》を弾き上げた。

「げっ！」

利良の動きを察知できず、篠原はその一撃をもろに食らった。

飛びのく利良に、もたれかかるようにして篠原が倒れる。その体を支えきれず、共に倒れると、ちょうど股の間に篠原が入る格好になった。

突然、死の恐怖が込み上げてきた。

剣の使い手は、型の内で戦っている間は真剣勝負でも恐怖を感じない。しかし型が崩れて組討ちになると、それまでの冷静さを失う。

のしかかってきた篠原の体を押しのけた利良は、すかさず立ち上がると、篠原の体にめったやたらと太刀を打ちつけた。

篠原も応戦するが、体が仰向けでは、抵抗にも限界がある。

雨のように打ち下ろされる利良の斬撃をかわし切れず、やがて篠原は動かなくなった。

それでも利良は、「こん野郎《わろ》、こん野郎」と喚《わめ》きつつ刀を振り下ろした。

仲間が「もうよか」と言いつつ背後から押さえるまで、利良はそれを続けていた。

文久三年（一八六三）八月十八日、それまで朝廷から絶大な信頼を寄せられていた長州藩が、薩摩・会津両藩の政治工作によって、京都から追い出された。

八月十八日の政変である。

長州藩過激派と尊攘志士たちは巻き返しを期し、八月十八日の政変を主導した中川宮《なかがわのみや》朝彦《あさひこ》親王邸に放火し、中川宮を殺した上、御所にいる孝明《こうめい》帝を長州に拉致する計画を練っていた。

その会議が行われている三条《さんじょう》小橋《こばし》の池田屋に新選組が斬り込みを掛けたのが、翌元治元年（一八六四）六月五日だった。この時、肥後《ひご》の宮部鼎蔵《みやべていぞう》や土佐《とさ》の北添佶摩《きたぞえきつま》ら尊攘派浪士の中心人物たちが殺されるか捕縛された。

これに怒った長州藩は、「（孝明帝から謹慎を命じられた）藩主父子の冤罪《えんざい》を雪《すす》ぐ」ことを旗印に、国元から二千以上の兵を引き連れて上洛の途に就いた。

長州藩の作戦は、嵯峨《さが》・山崎・伏見の三方面に軍を分かち、それぞれが禁裏（御所）を目指すというものだ。

伏見から攻め上った福原越後《ふくはらえちご》隊は、大垣《おおがき》藩兵に阻まれて撤退したが、ほかの二方面から攻め寄せた部隊は禁裏に到達し、守備を固める会津・桑名《くわな》両藩をはじめとした五万余の幕府軍と、一触即発の危機を迎える。

ここに至るまで「長会の私闘」という見解を取っていた薩摩藩だが、このまま長州藩が戦闘に勝利すれば、その実権回復は確実であり、薩摩藩の唱える公武合体策は水泡に帰す。そのため最終的に参戦を決意し、禁裏北西角の乾御門の守備に就いた。

長州藩は三方面から門を破ることを目指し、国司信濃《こくししなの》隊八百余は中立売御門から、来島《きじま》又兵衛《またべえ》隊六百余は蛤御門から、真木和泉《まきいずみ》率いる浪士隊等六百余は堺町《さかいまち》御門から攻撃を開始する。

この勢いに押され、禁裏を守る諸藩兵は劣勢に陥《おちい》った。

この状況を打開すべく、薩摩藩軍の実質的司令官である西郷隆盛《さいごうたかもり》は、薩摩藩兵を援軍として他の門へと向かわせることにした。

薩摩藩城下士隊が中立売御門に達した時、ちょうど門が破られ、禁裏内に長州藩兵が殺到してきた。そこに駆けつけた薩摩藩兵は長州藩兵を押し返し、逆襲に転じる。

一方、蛤御門では来島又兵衛が銃撃されたため、門を破る前に長州藩兵は撤退を開始した。少し遅れて攻撃を開始した堺町御門も破れず、長州藩兵は全面的な退却に移った。この時、堺町御門付近にいた久坂玄瑞《くさかげんずい》、入江九一《いりえくいち》、寺島忠三郎《てらしまちゅうざぶろう》をはじめとする元松下《しょうか》村塾《そんじゅく》の精鋭たちは、自害ないしは討ち死にを遂げる。

さらに敗走の末、天王山に立て籠もった真木和泉らも自害し、禁門の変は、薩会両藩を中心とする公武合体派の一方的勝利に終わった。

この戦いで、利良自慢の高橋長信二尺七寸四分は二十数カ所も刃こぼれしてしまい、鋸《のこぎり》のささくれのようになってしまった。それを聞いた薩摩藩軍大将の島津備後《しまづびんご》(藩主茂《もち》久《ひさ》の弟)から、利良は新品の高橋長信を下賜《かし》された。

かくして一介の外城士に過ぎなかった利良は、戦国時代さながらの武功によって、頭角を現していくことになる。

三

「おやっとさあ」

勝利に沸き立つ薩軍本営に戻ってくると、巨漢が表口に立ち、帰陣する兵一人ひとりに声を掛けていた。その柔和な瞳と温かみのある声を聞けば、薩摩隼人《はやと》なら誰でも、この人のために死ぬ気になれる。

「正どんではなかか」

「ああ、西郷先生《せごせんせ》、いけんしたとですか――」

　西郷は左足を白布でぐるぐる巻きにし、足を引きずっていた。

「怪我したとですか」

「たいしたことはあいもはん」

　よく見ると、白布から血がにじんでいる。

「先生――」

　思わず膝をついた利良は、西郷の足の傷を確かめようとした。

「流れ弾がかすっただけじゃっで。気にせんでくいやい」

　それでも利良は、西郷の傷が気になって仕方がない。

「もう正どんは天下の英傑じゃ。おいの足なんど気遣ってはいかんど」

「天下の英傑――。そいは何のこっですか」

「おはんは、すごか功を挙げもした」

　西郷が笑みを浮かべる。

「すごか功――。おいは、いったい誰《だい》を撃ったとですか」

「そいを知らんとですか」

「知りもはん」

「こいは驚きもした」

西郷がおどけた声を上げたので、周囲が沸いた。

「教えてやろう」

西郷の背後にいた男が口を挟んできた。中村半次郎《なかむらはんじろう》である。

「おはんが撃ったとは、長州藩遊撃隊総督の来島又兵衛じゃ」

来島又兵衛といえば、この乱の実質的指導者かつ実戦部隊の指揮官だ。

利良が二の句を継げないでいると、西郷がうれしそうに言った。

「そいだけじゃなか。長州藩随一と謳《うた》われた剣客も斃《たお》したと聞きもした」

――あの剣客のことか。

利良は言葉もない。

「正どんの活躍で、おいたちは勝ちもした」

「ああ――」

あまりのうれしさで、その場にくずおれそうになる利良に、中村が冷めた口調で告げる。

「褒美《ほうび》は後でやっで、あっちへ行っちょれ」

――何だと。

利良の負けん気が頭をもたげる。

「おいは、褒美をもらうために戦ったとではあいもはん」

中村の顔が怒りで引きつる。

「そいでは何のために戦った」

「おいは――」

そう問われてみれば、何と答えていいか分からない。「この国のため」とか「薩摩藩のため」と言っても空々しい気がする。

――西郷先生の喜ぶ顔が見たいから戦ったんだ。

突き詰めて考えれば、そういうことになる。

「そんくらいも分からん奴に殺された来島どんや剣客も、まっこてぐらしか（可哀想）じゃの」

中村の言葉に、周囲にいた者たちがどっと沸き立つ。

「半次郎、もうよか。正どん、後で飲もな。得意の太鼓《てこ》おどいを見せてくいやい」

西郷は下戸《げこ》に近いが、薩摩人の基準で言えば、利良もあまり酒をたしなまない。しかし西郷が喜ぶので、利良は酒席となると郷里の太鼓踊りを披露する。

西郷は次の者をねぎらっている。まだ礼が言い足りないと思っていた利良が、その場でぐずぐずしていると、中村が手を振って、「あっちへ行け」と指図してきた。

その場から去り難く、何度も振り返りながら歩いていると、誰かの肩に当たった。

「なんす！」

「あっ、こいは別府《べっぷ》どん。すまんこってす」

中村の従弟の別府晋介《しんすけ》である。

「すまんじゃすまんど」

別府の隣を歩いていた辺見十郎太《へんみじゅうろうた》がいきまく。こちらも別府同様、中村の与党だ。

「十郎太、今日はめでたか日じゃっで許してやらんか。じゃっどん――」

別府は利良の肩を摑むと、手前に引き寄せて耳元で呟いた。

「こいからは分をわきまえんとな」

――何だと！

利良の頭に血が上る。

「そいを、よう覚えとけ」

利良の肩を突き放すと、別府は辺見と笑い合いながら行ってしまった。

――そっちこそ、覚えておれよ！

その後ろ姿をにらみつつ、利良はその場に立ち尽くしていた。

薩摩藩には独特の身分制度がある。まず藩主を頂点に、「大身分《たいしんぶん》」と呼ばれる門閥《もんばつ》家と重代相恩の者たちが最上位にいる。彼らは門閥家なら御一門家か一所持《いっしょもち》あるいは一所持格、家臣だと寄合《よりあい》や寄合並《なみ》と呼ばれる。ここまでが上士となる。

続いて「平士」には小番《こばん》（馬廻）、新番《しんばん》、御小姓組《おこしょうぐみ》など九段階あり、西郷、大久保《おおくぼ》（利通）、中村、別府らは士分最下層の御小姓組（百五十石以下の軽輩）に属する。

以上が、城下士と呼ばれる「士分」階級である。

その下に位置するのが与力と足軽になる。

与力は士分に取り立てられる可能性はあるが、足軽には可能性がない。利良の家は与力だが、与力の最下層に属しているため、城下士に取り立てられる可能性はないと言ってよかった。

——わしは、そういう殻を破りたい。

利良は物心ついた頃から、立身出世したいと思ってきた。それは士分に取り立てられ、西郷らと同じ階級に属したいという素朴な動機からだった。

そのために利良は、懸命に剣術の腕を磨き、勉学に励んだ。鉄砲の鍛錬《たんれん》にも心血を注ぎ、「外城士随一」と呼ばれるほどの腕になった。

その努力が今日の大功に結び付いたのだ。

——それもこれも、あの方の恩に報いるためだった。

利良は、忘れもしない天保十五年（一八四四）の秋のことを思い出していた。

四

川路利良は天保五年（一八三四）五月十一日、鹿児島城下から北に三里余離れた比志島《ひしじま》という小さな村で生まれた。この村も他村同様、火山灰が降り積もったシラス台地にあり、物成《ものなり》はよくない。しかも北は山が迫り、南は谷地形を成しているため、水田化できるところは限られている。そのため土地の多くは、薩摩芋や桜島大根の畑となっていた。

利良の父は正蔵利愛《まさぞうとしちか》といい、他家から川路家に養子入りして川路家長女の悦子《えつこ》を娶《めと》り、利良を筆頭に四人の子をもうけた。

利良には弟一人と妹二人がいたが、弟の正七郎《せいしちろう》は分家して疎遠となり、妹の奈良子《ならこ》と島子《しまこ》は他家へと嫁いでいった。

幼少の頃から利良は利発で、読み書きそろばんも得意だった。だが貧乏はいかんともし難く、物心ついた頃から父母と共に田畑を耕し、小さな荷車に薩摩芋や桜島大根を載せて、鹿児島城下に売りに行かされた。そうした日々がずっと続くと思っていた十一歳の秋の日、利良の生涯を変える事件が起こる。

その日、いつものように大根を積んだ荷車を引いて畔を進んでいると、向こうから城下士らしき少年たちがやってきた。

——なんで、こんなところを通るんだ。

おそらく誰かの発案で、近道をしているに違いない。だが畔は人一人がやっと通れる幅しかなく、相手をやり過ごすには、半町ほど後方の十字路まで戻らねばならない。しかし荷車を反転させることはできず、利良は車を逆に押す羽目に陥った。

利良は懸命に押したが、すぐに車輪が田に落ちそうになる。振り向けば、少年たちは歩度を緩めずこちらに向かってくる。

——何とか、あそこまで戻らないと。

利良は車を押し、少年たちが来る前に畔が少し広くなった場所にたどり着くことができた。これなら縦列になれば、車の横をすり抜けられる。

ほっとしたのも束の間、少年たちがやってきた。皆、上質の薩摩絣《がすり》を着ており、一見して裕福な城下士の子弟だと分かる。

正座した利良が頭を下げていると、くすくす笑いながら、少年たちが近づいてきた。

「ああ、ここにあっとはなんよ」

「荷車んごった」

「そいどん、こいがあったら通れんな」

「いけんすっか」

少年たちは空々しく会話を交わしている。彼らが、何か企んでいるのは明らかだった。

「しょうがんな。通るごっしもんそ」

「しもんそ。しもんそ」

少年たちは、荷車に載っている大根を田んぼに投げ捨て始めた。

それを見た利良が、たまらず怒鳴る。

「堪忍《かんにん》しやったもんせ！」

利良が少年たちの前に土下座すると、一人が言った。

「うんにゃ、島大根《しまでこん》じゃっち思たが、こいは人か」

「どうか堪えてやってくいやい」

利良が懇願する。

「なんを堪ゆっとか」

利良の眼前に大根が落とされると、少年の一人が、それを踏み付けた。

果肉の水分が噴き出し、利良の顔にかかる。

涙が込み上げてきた。

ちょうど今朝、父の正蔵が笑みを浮かべて、「こいは、よう実っちょ」と言い、引き抜いた一つだ。

「なんよ、泣いちょっとか」

別の一人が利良をのぞき込む
「泣いちょらん！」

開き直った利良が顔を上げると、少年たちは驚いたようだ。

「ないか文句あっとか」

一人が虚勢を張るようにいきまくと、別の一人が笑いながら言う。

「大根葉《でこんば》んくせに、こさっな野郎《わろ》じゃ」

「大根葉」とは薩摩弁で「役に立たない」、「こさっな」とは「生意気な」という意味だ。

「いっちょ、やきを入るっか」

「おう、すっが、すっが」

一人が蹴りを入れてきた。

「うわっ」

その一撃をまともに顔に受けた利良は、背後にのけぞるように倒れた。

すかさず腹を隠すように俯《うつぶ》せになると、蹴りの嵐が背や尻を襲う。

その時だった。

「ちっと、待ってくいやい」

少年たちの背後から野太い声が聞こえた。

「いけんしたとですか」

少年たちをかき分けるようにして近づいてきた声の主が、利良の肩を抱く。その手の平は分厚くて温かい。

「泣かんとよ」

はっとして顔を上げると、黒く大きな瞳がじっと利良を見つめている。

――この人は誰だ。

その瞳は赤子のように澄んでいる。

唖然《あぜん》としていた少年たちは、相手の着ているものから、さほど地位が高くない家柄だと察して、とたんに強気になった。

「誰《だい》なおはんは」

「ちょうど通い掛かったもんです」

「嘘を言《ゆ》な。おいたっとおんなじで、外城士の腹切りを見に行くんろ」

誰かが腹を切るという噂《うわさ》は利良の耳にも入っていたが、生活に追われる身には、それを見に行く余裕などない。

「おい、名をば名乗らんか」

少年たちの一人が問う。

「おいですか」

「おう。そうじゃ。そん太か顔は知っちょっどん、おはんの名は知らん」

「太い」とは「でかい」の謂《いい》だ。

「おいは、下加治屋町《しもかじや》の西郷吉之助《きちのすけ》ちゅうもんでごわんど」

――さいごうきちのすけ、か。

利良は、その名を頭に刻み付けた。

「そこんダンマはだいか」

少年たちの顔が一斉に背後を向く。

「ダンマ」とは「手長えび」のことで、痩せた人を指す時によく使われる。

どうやら西郷には、痩せた連れがいるようだ。

「おいは、かかわっちょらん」

少年たちの背後にいた長身痩軀《ちょうしんそうく》の男が、無愛想に言った。

「かかわっちょらんでも、吉之助の連れじゃろ」

「まあ、そうじゃな」と言いつつ、長身が名乗った。

「同じ町の大久保正助《しょうすけ》と申す」

「どっちじゃろが、二人とも御小姓組じゃな」

少年たちの一人が、決めつけるように言う。どうやら少年たちは、その上の階級に属しているらしい。

「じゃっどん、おはんらは、こん大根葉をいけんす」

「どうか、堪忍してやってくいやい」

気づくと西郷は畔に片膝をつき、利良の肩に手を掛けていた。

「そいは、ちと難しかな」

「ないごて、そげん言わっとな」

「天下の大道をふさいだんじょ。罪は重か」

一人が決めつけると、ほかの少年たちが「じゃっど、じゃっど」と賛同する。

「そいは、ちっと理不尽じゃあいもはんか」

「なんち、理不尽はどっちよ！」

「御小姓組の分際で、なん言うか！」

少年たちは、犬が吠えるようにまくし立てる。

——怖いのだ。

虚勢を張る者ほど恐怖を感じていると、利良は剣術遊びを通して知っていた。

「いけんしてん、許さんち言うとな」

西郷が立ち上がった。その身長は五尺九寸（約百七十九センチメートル）に及ぶ。

少年たちはたじろぎ、二、三歩後退した。

大久保と名乗った男は腕組みしたまま、さらに少年たちの後方に下がる。

「おはん、やる気か」

少年の一人が問う。明らかに動揺している。

身分差には厳格な薩摩藩だが、たとえ身分差があっても、少年たちの喧嘩《けんか》は大目に見られていた。それが荒々しさを尊ぶ薩摩の流儀だからだ。

少年たちが草鞋《わらじ》を脱ぐ。

「そこんダンマは、いけんす!」

少年の一人が、背後にいる大久保に向かって叫ぶ。

大久保は腕組みしたまま、首を左右に振った。

西郷がのっそりと一歩踏み出す。城下士の少年たちが下がる。

次の瞬間、この大男が少年たちを次々と田んぼに投げ入れる図を、利良は想像した。

ところが西郷は、その場に膝をつくと正座した。

「おいを、このぼんの代わいに殴ってくいやい」

「なんじゃち――」

少年たちは茫然《ぼうぜん》と顔を見合わせている。利良も呆気《あっけ》に取られた。

「どうか、気が済むまでやってくいやい」

「そうか。そげん殴られたかか」

少年たちが、安堵《あんど》したかのような笑みを浮かべる。

「ようし、やっちゃる」

一人の少年の鉄拳が飛んだ。西郷の大きな背が、わずかに揺らぐ。それでも西郷は何も言わず堪えている。

ほかの少年たちも、恐る恐る近づき、われ先にと殴ったり蹴ったりしている。

それでも西郷は、自らの頭や顔を庇《かば》うでもなく、その場に正座し続けた。

——この人は、わしの代わりに殴られているのだ。

見ず知らずの少年のために、自分が殴られるという行為が、利良には理解できない。

——なぜなんだ。

利良は崇高なものを見ている気がしてきた。

遂に横倒しにされた西郷は、そのまま畔の土手から田んぼに蹴り落とされた。

「思い知ったか。御小姓組！」

少年たちが快哉《かいさい》を叫ぶ。

「ダンマもやっか」

少年の一人が大久保を威嚇《いかく》したが、大久保は腕を組んだまま首を左右に振った。

やがて少年たちは、意気揚々とその場から去っていった。

「もう行っちょったか」

西郷が土手から上がってきた。その手には、数個の大根がぶら下がっている。

「洗えば、まだ売りもんにないもす」

そう言いながら西郷は、荷車に大根を置くと、再び田んぼに下りていこうとした。

「お待ちんなってくいやい。おいが——、おいがやりもす」

「ないごて、おはんがやる。こういうこつは、着物を汚したもんがやればよか」

そう言うと西郷は田んぼに下りて、またいくつかの大根を引き上げてきた。

「車が落とされんでよかったな。車を引き上げるこつになれば、三人とも泥まみれになっとこでした」

西郷が屈託のない笑い声を上げたが、大久保は「知ったことか」といった顔をしている。

西郷は畔と田んぼを往復し、少年たちが投げ捨てた大根の多くを回収してくれた。

「あいがとごぜもす」

利良がその場にひざまずこうとすると、西郷は無理に立たせた。

「おいたちは同じ薩摩の地五郎《じごろ》（土着民）じゃ。そげん他人行儀は要らん。そいよいも、おはんが太なってから、外城士の二才《にせ》が同じようにいじめられちょったら、おいたちみたいに助けんないけもはん」

二才とは若者という意味だが、自分より年下の少年全般を指す。

「おいが殴られっとですか」

「そうじゃ」

西郷の泥だらけの顔に笑みが広がる。

――このお方の近くにいたい。

なぜかその時、利良は切実にそう思った。

「おはんの名は、なんちゅう」

「はい。川路正之進と申しもす」

「正どん、じゃんな」

「はい」

「吉之助どん、もう行かんと、腹を切ってしもど」

大久保が腕組みを解くと、先に立って歩き出した。

「おう、そうじゃった」

そう言うと、西郷は裾の泥を払った。

「外城士ん一人が不始末を仕出かし、切腹を申し付けられたらしか。おいはそげなこつを見るんは好かんどん、城下の大人衆《おせんし》（年長者の意）が皆、度胸が付っごっち見に行けち言わっと」

そう言って手を振ると、西郷は前を行く大久保を追っていく。

――さいごうきちのすけ、か。

西郷は利良に鮮烈な印象を与え、風のように去っていった。

五

禁門の変の論功行賞が行われることになった。

この時、事前に西郷を訪ねた利良は褒美を辞退し、その代わりに江戸留学を願い出た。与力や足軽が功を挙げれば、ほしがる褒美は金銭と決まっており、西郷をはじめとした幹部たちは一様に驚いた。

利良の家も貧しいのは、ほかの与力と変わらない。それでも、褒美を生活費に充てるほど困窮《こんきゅう》してはいない。妻はいるが、食べさせていかねばならない子はいないので、さらなる出頭を目指して、江戸で学んだ方がよいと思ったのだ。

これを認めた西郷は、洋式兵学の太鼓術を学ばせるため、利良を幕臣の関口鉄之助《せきぐちてつのすけ》の私塾に派遣する。

関口は、長崎にいるフランス人から洋式歩兵調練の進退を司《つかさど》る太鼓術を学んだ先駆者で、これが後の軍楽隊に発展する。

利良の江戸滞在は弘化四年（一八四七）の十四歳の時に始まり、三度にも及んでいた。

そのため利良にとって江戸は身近で、さらなる出頭のための留学に抵抗はなかった。

一方、この頃、京都の西郷と本国にいる大久保利通は、難しい舵取《かじと》りを託されていた。

禁門の変があった四日後の七月二十三日、幕府が諸藩に長州征討の勅命を下したのだ。だが水面下で長州藩と結んでいた薩摩藩は、これに協力しないことで一致する。というのも幕威が回復しすぎては、薩摩藩の目指す公武合体策による雄藩連合政権という政治目標が水泡に帰してしまうからだ。

八月五日、四カ国艦隊は下関《しものせき》を砲撃し、長州藩を完膚《かんぷ》なきまでに叩きのめす。この影響は大きく、長州藩内の尊攘派は勢いを失い、藩論は恭順に傾いていく。

それでも幕府は武力討伐を進めようとしたが、その機先を制するかのように、征長軍の参謀となった西郷は、毛利《もうり》慶親《よしちか》・定広《さだひろ》父子の謹慎と、三家老の切腹、四参謀の斬首、攘夷派公家五人の領外への追放といった条件で話をまとめてしまう。

結局、第一次長州征伐は不発に終わり、長州藩は軍事力を温存した形で生き残った。

そんな折の元治二年（一八六五）正月、江戸にいる利良に、西郷から幕臣の勝麟太郎《かつりんたろう》（海舟《かいしゅう》）という旗本から連絡が入ったら、指示通りに動けという命令が届いた。

何のことやら分からずにいると、高輪《たかなわ》の薩摩藩邸に勝の使いと称する者がやってきて、品川《しながわ》の土蔵相模《どぞうさがみ》に連れていくという。

その者に従って品川まで行くと、土蔵造りの遊郭に案内された。

男は、おぼろに室内を照らす有明行灯《ありあけあんどん》と向かい合い、煙管《キセル》を吸っていた。

「薩摩藩の川路様をお連れしました」

「茂助《もすけ》、ありがとよ。話は小半刻で終わる。その辺を歩いていてくんな」

「はい」と言うや、茂助と呼ばれた従僕《じゅうぼく》らしき男は障子《しょうじ》を閉めて立ち去った。むろん「歩いていてくれ」というのは、周囲を警戒していろという意である。

男はしばしの間、無言で煙草《たばこ》を吸っていた。周囲からは、女の嬌声《きょうせい》や板敷を踏み鳴らす音が間断なく聞こえてくる。

「此度は、わざわざ足を運んでくれてすまなかったな」

男は振り向くと威儀を正した。

「幕臣の勝麟太郎だ」

常であれば、利良など会話も交わせない相手だ。利良が慌てて平伏する。

「よしとくれよ。おめえさんの藩が身分にうるさいのは知っているが、ここは江戸だ。しかも、これからの世は身分で事は決まらねえ。事を決めんのはここだよ」

勝麟太郎と名乗った男が、人差し指の先で自分の頭を叩く。

「さてと――」

勝の顔つきが、真剣なものに変わる。

「ここで、これから話す内容を幕臣の誰かに知られたら、おれはこうなる」

勝が首に手刀を当てて、かき切る仕草《しぐさ》をした。斬首になるというのだ。

「しかし、おれの命なんざ、盂蘭盆《うらぼん》の後に流れてくる茄子《なす》や瓜《うり》くらいの価値しかねえ」

「茄子や瓜、ですか」

「おいおい、おれは喩《たと》え話をしているんだ。茄子や瓜の話をするために、おめえをここに呼んだんじゃねえ」

利良は江戸に住む人々のこうした洒落《しゃれ》た物言いに、まるっきりついていけない。

「おれがこれから話すことを聞いたら、おめえは明日の朝一番に、藩邸の馬を駆って京都に向かえ。そいで、その話を逐一《ちくいち》、大久保に告げるんだ」

この年の正月十五日、西郷は帰薩し、入れ替わる形で大久保が上洛していた。

「えっ、私には太鼓の稽古が――」

「おいおい、こんな時に太鼓の稽古もねえだろう。お前さんは何のために江戸に遣わされたのか知らされていねえのか」

西郷はすべてを語らない。それを察するのも仕事の一つなのだ。

「しかと承りました」

「よし、それでいい。西郷によるとな、どうも江戸の薩摩藩邸にいるのは気の利いた連中ばかりで、連絡役を任せても皆、てめえの考えを交えて報告するというんだ。ところが、おめえは違うんだと」

利良が指名されたのは、勝の言葉を、主観を交えず正確に伝えられるかららしい。

前年の九月、西郷と勝は大坂で初めての対面を果たしていた。二人はその場で意気投合し、ゆくゆくは雄藩連合の圧力で幕政改革を行い、より堅固な政権を築くべしという結論に至った。

それ以来、西郷は幕臣でありながら大局観を持つ勝という人間に、全幅の信頼を置くようになっていた。

その時、今後の連絡役を誰にするかと問う勝に対し、西郷は「江戸におるんは、どねんじゅこねんじゅ（どいつもこいつも）、さかし（賢い）もんばっかいで、勝さんの話を正しゅう伝えられるもんはおいもはん。あっ、一人だけおいもした」と言ったという。

――それが、わしということか。

西郷が指名してくれたことはうれしいが、利良は複雑な心境だった。

「話というのは、こういうことよ」

勝によると、この二月、幕閣の保守派老中である松平《まつだいら》（本荘《ほんじょう》）宗秀《むねひで》と阿部正外《あべまさと》の二人が、三千の兵と共に上洛の途に就く。武力によって朝廷を脅し、三十万両の買収資金で公家たちを黙らせ、京都の実権を一気に取り戻すつもりでいるというのだ。

しかも朝廷を重んじる禁裏御守衛総督の一橋慶喜《ひとつばしよしのぶ》を強制的に江戸に連れ帰り、京都守護職の松平容保《かたもり》をも罷免《ひめん》することで、幕府軍以外の京都内の武力を一掃する狙いらしい。

――つまり幕府が、逆に政変を起こすのか。

政局は複雑怪奇な様相を呈し始めており、幕府による政変という不可解な事件が起ころうとしていた。

「話はそういうことだ。おれが大久保に言いたいのは、剣に剣で対しては駄目だということよ。下手《へた》に薩摩から兵を送れば、幕軍と戦闘になる。そうなりゃ外夷に付け込まれる」

「では、どうすればよろしいので」

「そいつを考えるのが大久保の仕事だ。まあ、だいたいどうすればよいか、おれには分かっている。だがな、大久保という男は天邪鬼《あまのじゃく》だ。おれが『ああせい、こうせい』と言えば言うほど、逆のことをやりたがる。だから何も言わないよ」

勝がどれほど大久保を知っているのかは分からないが、その見立ては間違いない。

勝は思い出したように煙草入れから煙草を取り出すと、煙管に詰め始めた。その手つきは、大店《おおだな》の主のように堂に入っている。

「話はそれだけだ。もうけえんな」

「はい。ありがとうございました」

紫煙《しえん》漂う小部屋から去ろうとする利良の背に、勝から声がかかった。

「おめえさんは見込みがあるな」

「どうしてですか」

利良はただ話を聞き、相槌《あいづち》を打っていただけだった。

「今の世の中、人の話を黙って聞けるもんは少ねえからよ」

そう言うと勝は、うまそうに紫煙を吐き出した。

京都二本松藩邸の梅は、すでに満開となっていた。だが、そうしたものに興趣《きょうしゅ》がわかない性質《たち》なのか、大久保は庭に通じる障子を閉め切ったまま利良と対していた。

「話は分かった。それで、勝さんは何も指示しなかったのだな」

黙って利良の話を聞いた後、大久保が問う。最近の大久保は、薩摩の同胞にも薩摩弁を使わないようにしていた。

「はい。指示らしきものはありませんでした」

「そうか」と呟くと、大久保は宙を見つめている。

「で、どうなさるおつもりか」

政局のただ中にいるという熱に浮かされ、利良はつい問うてしまった。

大久保が細い目を見開いて利良を見つめる。

「それを君に話さねばならんのか」

「これはご無礼仕《つかまつ》りました」

「君を責めているのではない。そこに関心を持つのは当然だ。では、君ならどうする」

利良は言葉に詰まった。京都の事情を全く知らない利良には、どうすべきかなど分からないからだ。

「では、問い方を変えよう。幕軍三千が上洛してくる。このままでは会津・桑名両藩も追い出され、京都は幕府に握られる。これを防ぐにはどうする」

――西郷先生に本国から兵を率いてきてもらい、幕軍の侵入を阻む。

まずそう考えたが、それでは戦になる。戦になって最も喜ぶのは諸外国だ。しかも会桑《かいそう》の兵は幕府に忠実なので、自分たちが追い出されても幕府側に立って戦うかもしれない。

「先手を打って公家衆を説き、やってきた老中たちを一喝させたらいかがでしょう」

「ははははは」

大久保が、手を叩かんばかりに喜ぶ。

「よくぞ、それに思い至った。君は戦うことしか能のない者の一人だと思ってきたが、どうやら違うようだな」

「あいがとごぜもす」

「ここで薩摩弁は使うな」

「はっ、はい」

厳しく釘を刺した後、大久保が言う。

「君には、これからも働いてもらう」

「働くというと――」

「引き続き勝さんとの連絡役をやってもらうが、それだけでなく江戸の情勢を探り、何かあったら知らせてほしい。その仕事を託すにあたって一つだけ確かめておきたいのだが――」

大久保の眼光が鋭くなる。

「君は犬になれるか」

「犬に――」

「そうだ。犬だ」

「それは、密偵になれということですか」

「その通り。密偵は幕府に捕まれば、拷問に掛けられた末、無残な殺され方をする」

突然、立ち上がった大久保が、庭に通じる障子を開けて広縁に出た。

「おそらく――」

梅の花が広縁に舞い落ちる。

「君は来年の梅を拝めまい。だが万が一生き残れば、君を取り立てよう」

「それは真《まこと》で――」

「ああ。われらは賢い者がほしいのだ」

「ということは、私のような者でも、士分に取り立てていただけるのでしょうか」

「士分か――」

大久保が、その怜悧《れいり》な顔を歪《ゆが》ませる。

「そんなものは、どうでもよくなる世が来るかもしれんぞ。それでも侍《さむらい》になりたいか」

利良には、大久保の言っていることが分からない。

「いずれにせよ、出頭したいのだな」

「は、はい」と言いつつ、利良が点頭《てんとう》する。

「では、やってもらう」

「よろしくお願いします」

深く頭を下げた後、利良が問うた。

「で、この件はいかがなされるおつもりか」

「まあ、見ていろ」

大久保が不敵な笑みを浮かべた。


この後、大久保は、その辣腕《らつわん》をいかんなく発揮する。

関白二条斉敬《なりゆき》の許を訪れた大久保は、幕府の陰謀を何倍にも増幅して伝えた。これに驚いた二条関白は、すぐに参内して孝明帝の勅許を得る。

二月五日、意気揚々《いきようよう》と二人の老中が上洛を果たしたが、二十二日に二条関白に呼び出され、帝が激怒していると伝えられた。

震え上がる二人に、二条関白は「帝の叡慮《えいりょ》である」と言いつつ、松平宗秀には「摂海《せっかい》（大坂湾）警備の任を与える」と申し渡し、兵と共に大坂へと追い出すと、阿部正外には将軍上洛を督促すべく、江戸にとんぼ返りさせた。

さらに大久保は、長州藩主父子と五卿の江戸送りの取りやめ、参勤交代制復旧の中止という二条件の御沙汰書《おさたがき》を、幕府の京都所司代に送り付けた。

三月、松平宗秀は、この御沙汰書を持って兵と共に江戸に戻ることになる。

幕軍上洛の情報を摑むのが遅ければ、軍事力で朝廷を押さえられ、幕府による政変が行われたかもしれない。

大久保の辣腕《らつわん》によって、薩摩藩は京都政界の主役の座を守り抜いた。

江戸でこの話を聞いた利良は、知恵一つで、十万の大軍だろうと翻弄することができることを知った。

時代は激動期を迎えていた。利良のような一介の外城士にも、いくらでも活躍の機会はあるのだ。

——要は、やる気があるかないかだ。

老中であっても無能無気力な者は淘汰《とうた》され、郷士《ごうし》や足軽であっても、能力と気概のある者は世に出られる。そんな時代が、足音を立てて迫ってきている気がした。

——よし、やってやる。

利良は動乱の幕末に最初の一歩を踏み出した。

六

元治二年は四月に慶応と改元され、慶応元年（一八六五）となった。

安政七年（一八六〇）三月の桜田門外の変に始まり、文久二年（一八六二）六月の島津久光《ひさみつ》の江戸上府と生麦《なまむぎ》事件、文久三年七月の薩英戦争、八月十八日の政変、元治元年（一八六四）の禁門の変、そして第一次長州征討と、薩摩藩が関係した大事件だけでも、これだけのことが次々と起こっていた。

こうした混乱の中、利良でさえ薩摩藩の政治活動の末端を担うようになっていた。

慶応元年の懸案は、条約勅許問題と第二次長州征討の是非である。

一橋慶喜は京都における政治的主導権を堅固なものとすべく、第二次長州征討を実現させたかった。

一方の薩摩藩は、京都政界の主導権を握った禁門の変以降、朝廷と幕府の双方を操り、新たな政体を築こうとしていた。

そんな折、利良は勝海舟から与えられた情報を持って、再び京都二本松にある薩摩藩邸を訪れた。

藩邸の会所で西郷を待っていると、西郷は、いま一人の武士を伴って入ってきた。

「正どん、久しかぶいな」

西郷の後ろから現れた人物を見た時、利良は広縁に頭をすり付けた。

「正どん、お待たせしもした。じゃっどん、そこでないをしちょっとな」

「苦しゅうない、こちらに来い」

西郷と一緒に現れた武士が、優しげな声音で言う。

「はっ、ははあ」

利良が膝をにじって畳の端に座す。

「正どん、小松《こまつ》様は初めてでごわすか」

「は、はい」

「小松帯刀《たてわき》だ」

「か、川路正之進です」

薩摩藩家老の小松帯刀清廉《きよかど》は三十一歳ながら、すでに藩政を主導する立場にあった。

「構わぬから、面《おもて》を上げろ」

「正どん。もう堅苦しかこつは要らん時代になったど」

「はい」と答え、利良は思い切って顔を上げた。

正面上座に座す小松は、にこやかな顔の西郷とは対照的に、真剣な眼差《まなざ》しを利良に向けていた。

根が真面目《まじめ》で、酒席でも戯《ざ》れ言《ごと》一つも言わないと噂されている小松である。この時も無愛想なほど無表情だった。

「早飛脚《はやびきゃく》で江戸の情勢は、おおまかに分かいもした。そいでは詳しく話してくいやい」

西郷が先を促す。

利良は威儀を正すと、勝から聞いた話を正確に繰り返した。

「先頃、再び勝様から呼び出しがあり、五月に将軍家が上洛の途に就くと聞きました」

そこまでは書状で、すでに知らせてある。

「その裏で画策しているのは一橋公とのこと」

水戸斉昭《みとなりあき》の七男で一橋家十万石に養子入りした慶喜は、幕閣の次代を担う人材として、周囲の期待を集めていた。

薩摩藩も慶喜に期待するところ大で、島津久光の上府時、幕閣に圧力を掛けて将軍後見職に就任させた。ところが慶喜は八月十八日の政変で長州藩を追い落とした後、新たに編成された参預会議後の酒席で、泥酔した挙句、久光を「表裏ある佞人《ねいじん》」と罵倒し、薩摩藩から愛想を尽かされた。

慶喜は幕閣とも距離を置き、朝廷工作によって禁裏御守衛総督に就任すると、会津・桑名両藩の軍事力を背景に独自の勢力を築き、政界の主導権を握ろうとしていた。

「かの御仁は、どうしても長州を討ちたいのだな」

小松が吐き捨てるように言う。

「勝様によると、長州藩を徹底的に叩きつぶすことにより、幕府の威権を回復すると仰せのようですが、その実、己の立場を強固にしたいだけとか――」

「さもありなん。かの御仁は己の立場しか考えぬ。われらの周旋を拒否し、国内を混乱に陥れるつもりであろう」

小松が怜悧な面に怒りをにじませる。

元治元年（一八六四）、第一次長州征討の際、長州藩は、禁門の変で上洛軍を率いた三家老を切腹に、四参謀を斬首に処すことで赦免《しゃめん》された。しかし、それを否定するように再度の征長を行うことは、和平を周旋した薩摩藩の顔に泥を塗るにも等しく、さらに内戦が長引けば諸外国に付け込まれる隙を与えると、小松や西郷は危惧していた。

「内戦を行えば国力は疲弊《ひへい》し、諸外国の圧力に屈することになる。一橋公も老中どもも幕府の体面ばかり気にして、この国を危機に陥れているのが分からぬのか」

怒る小松に油を注ぐように西郷が続ける。

「分からんと思いもす。一橋公は、己が世ん中の真ん中におらんと気が済まんお方。なんつうても身内も同じ天狗《てんぐ》党を幕軍に引き渡した男でごわんど」

同年三月、横浜の即時鎖港を求め、筑波山で挙兵した水戸藩尊攘派の天狗党は、幕府軍の攻撃を支えきれず、慶喜に嘆願するという名目で上洛の途に就いた。途次の諸藩軍は天狗党を止められず、越前《えちぜん》まで至ったところで、ようやく天狗党は投降する。この時、追討軍を率いていたのが慶喜だった。

当初、慶喜は天狗党の扱いをめぐり、寛大な沙汰を下すつもりでいた。だが、江戸から天狗党を追ってきた田沼玄蕃頭《たぬまげんばのかみ》に引き渡しを要求されると、その場で承知してしまった。

実は、事前に行われた側用人の原市之進《はらいちのしん》らとの内々の打ち合わせで、田沼に何を言われても「天狗党を幕府に渡さない」ことで一致していたのだが、慶喜は田沼の理屈に屈してしまったのだ。その結果、天狗党三百五十二人の斬首刑が執行された。

「かの御仁は議者《ぎしゃ》ゆえ小知恵ばかり回り、大局が見えておらぬ」

小松が吐き捨てる。

議者とは弁舌の徒のことで、薩摩では最も嫌われる類《たぐい》の男である。

「ちゅうても長州っぽは、おいたちん助けを得て軍備を整え、幕軍との戦いに備えておいもす。どっちもどっちじゃ」

第一次征長後の講和が成立した後、長州領内では藩政府への不満が高まり、高杉晋作《たかすぎしんさく》らの強硬派が藩の実権を奪った。高杉らは「武備恭順」を唱え、表向きは恭順を装いながら幕府との戦いも辞さぬ構えでいた。

利良が報告を続ける。

「それで勝様によると、『再征して万が一敗れると、幕府にとって取り返しのつかないことになる。そっちで諸藩に根回しして、皆で反対するように』とのことです」

「ははは」と、西郷が腹を揺すって笑う。

「勝さんの言うこつは、いつも面白かね」

一方の小松は真顔で問う。

「吉之助、その後、長州との話は進んでいるのか」

——長州との話とは何だ。

利良には政局の全貌が見えていない。

「はい。土佐藩ば脱藩した坂本龍馬《さかもとりょうま》と中岡慎太郎《なかおかしんたろう》ちゅう御仁の周旋で、進んじおいもす」

——何だって。どういうことだ。

「正どんは知らんこっじゃが、そういうことにないもした」

「は、はい」

何のことだか分からないが、利良は分かったような顔をした。

「吉之助、いったん国元に戻り、藩論を一致させるか」

「そいがよかと思いもす」

将軍家茂《いえもち》が上洛するだけで幕威は騰《あ》がる。となると小松や西郷も家茂に呼びつけられ、一方的に征長の命を下される恐れがある。それを回避するために、二人はいったん国元に戻ろうというのだ。

「正どんは、いけんす」

利良は呆気に取られた。与力や足軽は一方的に命令を受けるだけで、己の意思など確かめられることはないからだ。

「とくに江戸に用もないなら、ここにいてもらった方がよい」

小松でさえ、利良の意向を重視するような言い方をする。

「正どんは江戸でなんの修行をしちょっとな」

「えっ、はあ、太鼓を習っちおいもす」

その言葉が面白かったのか、西郷は声を上げて笑い、さすがの小松も相好を崩した。

正確には、洋式歩兵調練の進退を司る太鼓術を習っているのだが、太鼓を習っていることに変わりはない。

「そいなら、ちっとばかり太鼓ば休み、ここにいてくいやい」

「はっ」

「こいは駄賃《だちん》じゃっで、うまいもんでん食えばよか」

そう言うと西郷は懐《ふところ》から五十両を出すと、懐紙《かいし》に載せて利良の前に置いた。

「こ、こんなに――」

利良は度胆《どぎも》を抜かれた。

「一人で飯を食うのも退屈と思いもす。そいで面白か御仁を紹介しもんそ」

「面白か御仁と――」

「はい。その御仁は、何やら五の付く日には島原下之町《しまばらしものちょう》の鶴屋《つるや》に行くと聞きもす」

小松が補足する。

「つまりその御仁から、いろいろ話を聞いてきてくれ」

「ああ、はい」

察しの悪い利良にも、ようやく二人の言いたいことが分かった。

「それで、そのお方の御名は――」

「伊東甲子太郎《いとうかしたろう》ちゅうお方じゃ」

「伊東甲子太郎と」

利良は、その名を聞いたことがない。

「壬生浪《みぶろ》にしては眉目秀麗《びもくしゅうれい》で弁舌さわやかと聞いちょいもす」

「壬生浪とは、あの――」

「会津藩御預《おあずかり》の新選組ごわんど。まあ、正どんなら心配要らんち思うが、せいぜい怒らせんでくいやい」

西郷が自分の戯れ言に高笑いした。

四月二十二日、小松と西郷は慌ただしく国元に帰っていった。

藩邸内に一室を与えられた利良は、二十五日、島原に出向くことにした。

七

思案橋を渡って島原の大門をくぐった利良は、大通胴筋《おおどおりどうすじ》という島原の主要道を進むと、下之町の路地に入り、目立たない小路の奥にある鶴屋を見つけた。

玄関口で案内を請うと、無愛想な仲居《なかい》が現れて奥まった場所にある八畳間に通された。

小半刻ほど待っていると、「ご無礼仕る」という声と共に、中肉中背の男が現れた。

伊東甲子太郎である。

天保六年（一八三五）生まれの伊東は、利良より一つ下の三十一歳。常陸《ひたち》国の志筑《しづく》藩士の家に生まれ、元の姓は鈴木といったが、江戸に出て北辰一刀流《ほくしんいっとうりゅう》の伊東精一《せいいち》の門人になり、腕と人物を見込まれて養子入りした。その後、新選組の勧誘に応じ、参謀という好待遇で迎えられていた。

伊東は黒羽二重《くろはぶたえ》の紋付《もんつき》着物に七子織《ななこおり》の紋付羽織《はおり》を着て、鼠縦縞《ねずみたてじま》の仙台平《せんだいひら》の袴《はかま》をはいており、その羽振りのよさがうかがえた。すでに両刀は店に預けているが、その隙のない身のこなしから、相当の使い手だと分かる。しかも、すらりとした体型でありながら、伊東は大藩の家老のような風格を漂わせている。

「薩摩藩の川路正之進に候《そうろう》」

「新選組の伊東甲子太郎」

二人が軽く会釈を交わすと、仲居が酒と食事を運んできた。

仲居が立ち去るのを確かめた後、伊東の方から利良の盃に酒を注いでくれた。

「屯所《とんしょ》を出るのも一苦労でしてね。遅れて申し訳ない」

「いえ、お気になさらず」

利良が伊東の盃に酒を注ぎ返す。

「貴殿が新たな手筋となるのですな」

手筋とは交渉窓口のことだ。

――そんなことは聞いていない。

とはいうものの、西郷は肚《はら》で語るので、すべてに察しをつけねばならない。

「仰せの通り。当面、手筋をやらせていただきます」

「貴殿なら腕も立ちそうだ。何せ新選組というところは物騒でね。それで貴殿の流派は
――」

「直心影流の免許をいただいております」

薩摩藩士の大半は示現流を習うが、利良の場合、近所に直心影流の道場があったので、皆と違う流派となった。

「それなら安心だ。それがしは神道無念流と北辰一刀流を修めているが、新選組の剣士たちは天然理心流《てんねんりしん》という、あまり知られていない剣術を使う。知っておられるか」

「いいえ、知りません」

「田舎《いなか》剣法の一つにすぎぬが、なかなか実戦では強い。返し技の種類が多いので、先に手を出さぬことだ」

「後手必勝と仰せか」

剣術のことになると、がぜん興味がわく。

「うむ。先手を打たせた場合、突きは鋭いが、よけられぬこともない」

「なるほど」

「天然理心流には、『三方當二階下《さんぽうあたりにかいした》』や『向止返し討ち《むこうどめ》』といった奥義があり、それらを習得した者は、こちらの刃を押さえて瞬時に返し技を繰り出してくる。わしも最初の頃は、稽古でよくやられたものだ」

伊東は技を具体的に説明してくれた。

「なるほど。それで伊東殿は、そうした奥義をいかに防がれたのか」

「いろいろ工夫したさ。だがね、それは稽古を通して見つけるしかない」

「稽古と仰せか」

新選組と稽古できない利良の場合、それを見つけるには真剣勝負以外にない。

「真剣勝負となった場合、相手の口元を見ることだな」

「口元と仰せか」

「うむ。天然理心流というのは『気組』で相手の心を抑え込み、突きで仕留める極めて実戦的な剣法だ。それゆえ技を繰り出す一瞬前、大きく息を吸う」

「はあ」

「剣術の話をしている場合ではなかったな」

伊東が透き通るような笑顔を見せた。

——間者《かんじゃ》にしては、なかなかの男だ。

利良は、それを一瞬で見抜いた。

「申し遅れたが、それがしは金のために間者をしておるのではない」

伊東が胸を張る。

「天下国家のため、新選組はもとより、一会桑《いちかいそう》や幕府側の雑説《ぞうせつ》（情報）を薩摩藩に伝えている」

「かたじけない」

伊東の威厳のなせる業《わざ》か、なぜか礼を言わねばならないような気分になる。

「すでに現行の政体では諸外国に対抗できず、薩摩藩主導の新たな政体を築き、早急に国体をまとめていかねばならぬ」

「仰せの通り」

「それがしは、この一身を国家に捧げようと思っている」

そこまで言ったところで、伊東が咳払《せきばら》いした。さすがの利良も、その意味に気づいた。

「些少《さしょう》ではございますが――」

半紙に包んだ十両を差し出すと、伊東は礼も言わずに受け取った。

「雑説を集めるというのは、いろいろ金がかかる。そこのところを西郷君に、しっかりとお伝えいただきたい」

――此奴《こやつ》、礼金を増やせと言っているのか。

しかも西郷のことを君付けである。

「さて、長州藩主父子および三条公（実美《さねとみ》）ら五卿の江戸召喚《しょうかん》を取りやめるようにという貴藩が作成した勅書を、朝廷が幕府に出したところ、一会桑は猛反発し、朝廷に働き掛け、この三月、逆に将軍上洛要請の勅書を出させた。いわば政治工作で貴藩は後れを取ったわけだ」

伊東が得意げに言う。

「そういうからくりがあったのですね」

西郷や大久保は、一般藩士が与《あずか》り知《し》らぬところで微妙な駆け引きを続けていた。

「ただしだ。一会桑も一枚岩ではない」

思い出したように懐に手を入れると、豪奢《ごうしゃ》な唐桟《とうざん》の煙草入れを取り出した伊東は、鼈甲《べっこう》の煙管に煙草を詰め始めた。

「国分《こくぶ》ですか」

日本各地で生産されている煙草の中で、最高級品に位置づけられているのが、薩摩国は国分産の煙草だ。

「残念ながら舞留《まいどめ》だよ。わしは、この苦みが好きでね」

舞留とは摂津《せっつ》や山城《やましろ》で穫れる煙草で、国分に次ぐ高級品だが、喫煙の習慣がない利良には、違いがよく分からない。

伊東が、いかにも心地よさそうに紫煙を吐き出す。

「一橋公というのは頭の皮一枚で物事を考えるお方だ」

「頭の皮一枚と――」

「そうだ。何か閃《ひらめ》くとすぐに判断を下す。長期的展望はなく、すべてがその場しのぎだ」

「ははあ」

「賢いことは賢いのだが、いわば犬だな」

「犬と仰せか」

まさか伊東が、一橋公を犬に喩《たと》えるとは思わなかった。

「犬は目の前のものしか見えていない。己の判断が、どのような影響を及ぼすかも考えない。こうした御仁は、愚人よりも扱いやすい」

「なるほど」

相槌を打ったものの、その扱いやすい慶喜に、西郷や大久保は翻弄《ほんろう》されているのだ。

「五月に将軍が上洛すれば、そんな一橋公でも鼻息が荒くなる。早く妨害工作をしないと、再征が具体化するぞ」

「では、どうすれば――」と言いかけて、利良は口をつぐんだ。間者に対策を聞く馬鹿はいない。

「分かりました。すぐに国元に早飛脚を走らせます」

「あんた――」

伊東はにやりとすると、煙草盆を引き寄せて小気味よい手つきで灰を落とした。

「大丈夫かい」

さすがの利良も鼻白んだ。

「何を仰せか」

「どうやら頭は悪くなさそうだ。だがな、もう少しいろいろ知っていないと、わしに会ってもいい話は聞けないよ」

――その通りだ。

利良は剣術を通して、何事も謙虚な姿勢で教えを請う大切さを学んでいた。

「それがしは時勢に疎く、何かと不愉快かと思われますが、どうかご容赦下さい」

「気にしなさんな。誰でも最初はそんなもんさ」

急になれなれしくなると、伊東は煙草入れを懐に入れて立ち上がった。

「老中どもは会津藩には信を置いているが、一橋公には疑いの目を向けている。将軍位を狙っていると思っているからさ。それゆえ公家どもを動かし、離間策を取るのがよい。尤《もっと》も、こんなことは西郷君や大久保君は百も承知のはずだ。出過ぎたまねだった。忘れてくれ」

「お待ち下さい。離間策とは――」

「あんた、知らないのかい」

見下したような笑みを浮かべて、伊東が言った。

「『孫子』第一篇「始計篇」の「親而離之（親《しん》にして之を離す）」だ。あんたも『孫子』くらいは読んでおいた方がいい」

「あいがとごぜもす」

つい薩摩弁が出た。

八

鶴屋の前で伊東の駕籠《かご》を見送った利良は、藩邸まで歩こうと思った。駕籠を雇う金くらいはあるが、足腰の鍛錬のためだ。しかも京都の地理に精通するには、歩くのが一番だ。

烏丸五条《からすまごじょう》まで歩き、そこを一直線に北進すれば、半刻《はんとき》くらいで藩邸に帰り着く。

方向感覚には自信があるので、利良は子供の頃から山中でも迷ったことはない。それゆえとにかく東に歩けば、烏丸通に出られると思った。

ところが島原を出てすぐ、誰かにつけられていると感じた。ちょうど本圀寺《ほんこくじ》の手前の小さな塔頭《たっちゅう》が密集している辺りで、それに気づいた。周囲に人通りは絶え、灯りの一つさえない。

——まずいな。

相手をまくか斃《たお》さない限り、藩邸に戻ることはできない。伊東と会っていたのが、薩摩藩士だと分かってしまうからだ。

利良は戦う肚を決めた。

「なにゆえ後をつけておる」

突然、立ち止まった利良が、五間（約九メートル）ほど後ろにいる影に声を掛けると、影が動きを止めた。

足下の砂利のわずかな音から、影が身構えたのが分かる。

「貴殿の名をお聞きしたい」

影の声が聞こえた。場慣れしているのか落ち着いている。

「名を聞きたいなら、先に名乗るのが道理だろう」

利良は江戸詰が長いので、流暢《りゅうちょう》な江戸弁を使える。

「われらは京都守護職御預の新選組ゆえ、名乗る必要はない」

――伊東は新選組につけられていたのか。

それならそれで、今度は伊東甲子太郎の疑いを晴らさねばならない。これからも伊東には、間者として働いてもらわねばならないからだ。

「分かった。それがしは佐倉《さくら》藩納戸《なんど》方・天野《あまの》七兵衛《しちべえ》と申す。伊東殿とは旧知ゆえ、今宵は一献《いっこん》傾けようと呼び出したのだ」

咄嗟《とっさ》のことなので、江戸で知り合った知人の名を出した。

「それは真か」

新選組が右足を一歩踏み出す。

「真も何も証明のしようがないではないか」

「そんなことはない」

影が音もなく間合いを詰める。鯉口《こいぐち》を切る音が聞こえたので、利良も刀を抜いた。

正眼《せいがん》に構えた双方の切っ先が触れ合う。相手の姿は見えずとも、かすかな星明かりに、切っ先だけが浮かんでいる。

――先に仕掛けるか。いや、待て。

伊東の言葉がよみがえる。

「(天然理心流は)返し技の種類が多いので、先に手を出さぬことだ」

緊迫した時が流れる。利良は先に手を出したい衝動を抑えた。

一瞬、冷たい風が吹いたかと思うと、突然、白刃《はくじん》が繰り出されてきた。一撃目を跳びのいて逃れた利良は、二撃目の突きを弾き返した。

「これはしたり。無体ではないか!」

「どうやら示現流ではないようだな」

「何だと」

「貴殿の言葉を信じよう」

男が刀を鞘《さや》に納めると、すっと殺気が遠のく。

「わしの流派を試したのか。無礼であろう」

「それよりも、早く血止めした方がよい」

「えっ」

気づくと右手の肘《ひじ》から二の腕にかけて裂傷が走り、血が垂れてきていた。

——いつの間に。

一撃目の突きが腕に触れていたのだ。

「貴殿の腕を落とそうと思えば落とせたが、貴殿の言うことが真なら、わしも腹を切らねばならなくなる。それゆえ今宵はここまでとする」

——これは尋常の使い手ではない。

利良の背に冷や汗が流れる。

いかに免許皆伝を得ていようが、しょせんは薩摩藩内の道場のことだ。世の中には恐るべき剣客がうようよいることを、利良は知った。

男は用が済んだとばかりに背を向けた。無防備のように見えるが、背に斬りつければ、むろん返し技を食らう。

「待て」

利良が男を呼び止めた。

「わしは名乗った。貴殿の名を聞かせていただこう」

「いいだろう。わしの名は——」

男の声音が自信ありげなものに変わる。

「新選組副長助勤《じょきん》・斎藤一《さいとうはじめ》」

それだけ言うと、男は闇の中に溶け込んでいった。

——斎藤一か。

利良にとって初めて聞く名だった。

男が消えると、緊張が解けたためか腕の傷が痛み始めた。

——すぐに傷口を洗い、血を止めねば。

左手と口を使って手巾を巻いたが、できるだけ早く清酒《すみざけ》か焼酎《しょうちゅう》で傷口を洗わないと、刃に付いた雑菌が体内に侵入する。

とにかく灯りのある方に向かっていくと、「小料理　藤《ふじ》」と書かれた行灯が見えた。

どうしようかと迷っていると、ちょうど店を閉めようとしたのか、女が出てきた。

その女と目が合った。暖簾《のれん》に手を掛けたままこちらを見ている。

「すまないが、ちと酒と白布をいただけぬか。礼はする」

女は一瞬目を見張ったが、すぐに平静を取り戻すと言った。

「よろしおす。入っとくれやす」

その女は、どこの馬の骨とも分からぬ利良を店の中に招き入れてくれた。縞の木綿《もめん》の着物に小倉織の袴をはいてきたので、強盗に見えないからだろう。

無言で清酒と白布を用意した女は、「ちびとしみます」と言って利良の腕を取ると、口に含んだ酒を吹きかけた。

脳天を貫くような痛みが襲ってくる。

「このくらい、たいしたことあらしまへん」

「ああ、そうだな」

強がりを言ってみたが、冷や汗が出ているのが分かる。

女が手際よく白布を巻いていく。ようやく痛みが治まってきた。

少し余裕ができたので女の顔を見ると、三十半ばくらいの﨟長《ろうた》けたいい女だ。

「お藤《ふじ》さん――、という名か」

「へえ。そうどす」

最後に強く白布を絞ると、手当てが終わった。

「かたじけない」

懐を探ると一分金が出てきたので、それを置いた。

「お代は要りまへん」

「どうしてだ」

「こないなことは助け合いどす」

「わしの気持ちとして――」

「ほんなら、また店に来とくれやす」

「ああ、そうだな。そうさせてもらう」

利良は一分金をしまい、店の外に出た。

——斎藤が待ち伏せていることはないと思うが。

辺りは静寂《せいじゃく》に包まれ、野良犬の遠吠えが聞こえるだけだ。

「蒸し暑うなりましたな」

お藤も一緒に外の様子をうかがった。その時、利良に寄り添う形になった。その瞬間、利良の心に奇妙な感情がわいた。

「ねえ、暑うおまへんか」

お藤が顔を斜め上方に向ける。

「わしの故郷《くに》に比べれば、たいしたことはない」

「そう仰せやと、西国どすか」

「ああ、薩摩だ」

小料理屋の女将《おかみ》にならら、本当のことを告げても構わない。

「ええとこやと、聞いとります」

「誰が言った」

お藤が噴き出す。

「あてかて客商売どすえ。そのくらいの世辞は使います」

「ははは、そうだったな」

二人は笑い合った。

利良は店を出ると左右を見回し、「また来る」と言うや、藩邸への道を急いだ。

その翌日、利良は藩邸の書庫から埃だらけの『孫子』を引っ張り出した。

――なるほど、これは面白い。

利良は戦が始まってからの戦術よりも、その前段にあたる準備の方に興味を持った。

――「兵とは詭道《きどう》なり」か。

その中に書かれている「怒にして之《これ》を撓《みだ》し、卑にして之を驕《おご》らし、佚《いつ》にして之を労し、親にして之を離す」という言葉に、利良は注目した。

――つまり「相手が怒っている時は挑発して敵を攪乱《かくらん》し、相手が謙虚な時は驕らせるようにし、相手が安逸《あんいつ》を貪《むさぼ》っていれば疲れさせるようにし、団結していればその仲を離間させる」ということか。

西郷や大久保のやっていることの大半が『孫子』に則《のっと》っていると、利良は気づいた。

九

閏《うるう》五月二十二日、将軍家茂が京都に着いた。孝明帝に拝謁《はいえつ》した家茂は、「将軍は大坂にとどまり、諸藩の意見を聞いた上で、長州処分を決定するように」と下命される。これに唯々諾々《いいだくだく》と従った家茂は二十五日には大坂に下った。

それと入れ違うようにして大久保が、続いて西郷が入京してくる。

ちなみにこの時期の二人や小松帯刀は、頻繁《ひんぱん》に国元と京都を往復している。それができるようになったのは、薩摩藩が蒸気船を運航させるようになったからだ。言い換えれば、蒸気船なくして、これほど早く時代は動かなかったに違いない。

利良が伊東甲子太郎から聞いた話をすると、早速、二人は再征妨害工作を始めるという。

諸藩にとっても、その財政的負担から再征などしたくないというのが本音だ。それでも根回しをしておかないと、慶喜あたりが強気なことを言った際、誰も反論せず右へ倣《なら》えとなる。

関ヶ原合戦時の小山《おやま》会議の故事を引くまでもなく、武士というのは風見鶏《かざみどり》のようなものなので、「諸藩は再征反対で一致している」と釘を刺しておくだけでも違う。

大坂城で行われた長州処分をめぐる会議は、「長州藩の家老か支藩主を大坂まで呼び出し、尋問の上、処分を決定する」という、朝廷が主張するのと同じ穏当な線で落ち着いた。

ところが長州藩は、これを拒否してきた。のこのこ大坂に出ていけば、減封か移封か、何らかの制裁措置を通告されるからだ。

もはや幕府の体面を保つには、実力で長州藩をねじ伏せる以外になくなっていた。

慶喜と松平容保は大いにやる気だったが、江戸や大坂の老中はこれに反対し、双方の溝は深まっていった。こうした仲違いも、自然に起こったものではなく、西郷と大久保が周到に調《ととの》えたものだった。

すなわち双方に近い公家や武士らに会いに行き、雑談のように「一橋公は武功を挙げ、将軍の座を狙っている」と言ったり、「老中どもは、一橋公を隠居させようとしている」と囁《ささや》いたりして、それが双方に聞こえるようにしたのだ。

この効果が十分と見た二人は、西郷は京に残り、大久保は軍備を整えるべく国元に帰っていった。

九月、いつまでも条約の勅許が得られない幕府に業を煮やした英仏蘭三国は、八隻の連合艦隊を編制して兵庫沖に姿を現した。これに世情は騒然とし、朝廷も震え上がった。これを利用しない手はないとばかりに、慶喜は条約勅許を取り付けることに成功した。

慶喜は英米仏蘭の艦隊の脅威を大げさに喧伝《けんでん》した恫喝《どうかつ》外交で、事実上の開国に持ち込んだのだ。これにより薩摩藩の行ってきた一会桑と幕閣の離間工作も水泡に帰し、両者は歩み寄りを見せ始める。

慶応元年も押し詰まった頃、第二次征長が決定的となった。

西郷と大久保は長州藩のために砲銃や弾薬、さらに艦船の購入を代行することで、幕府軍に対抗させようとした。これが薩長同盟に発展する。

京都での生活が始まったものの、西郷や大久保は政治工作に忙しく、利良の出番はなかなかやってこない。

あれから月に一、二度ほど、お藤の店に通うようになったが、慶応元年の秋頃から、次第にその回数は増えていった。

翌二年の門松も取れる頃、人寂しくなった利良は、お藤の店を訪れてみた。

ちょうど店の前まで来た時、中肉中背の武士が店を出てくるところに出くわした。

男は左右を見回すと、そそくさと闇の中に消えていった。それを見送るお藤の様子が、やけにかいがいしい。

——まさか、お藤さんの男か。

考えてみれば、女盛りのお藤に男がいても不思議ではない。

——だが待てよ。

今の男はどこかで見たような気もするが、思い出せない。何かの会合で会っただけかもしれないが、他人の空似ということも考えられる。

少し落胆したものの、ここまで来たので店に入ることにした。

店の前まで来ると、もう日は沈んでいるのに暖簾が掛かっていない。訝《いぶか》しみつつも、利良は「ごめん」と言って店に入った。

「まあ、おこしやす」

お藤の声音《こわね》はいつもと変わらないが、どこか意表を突かれた感じもする。

「今の男は常連かい」

そう尋ねながら、利良は座敷になっている卓子《たくし》に座った。ほかに客はいない。

「へえ、たまに来はります」

お藤が困ったように言う。

「どこの藩士だい」

「さあ」と言うと、お藤は燗酒《かんざけ》と湯豆腐《ゆどうふ》を運んできた。

「寒いので、湯豆腐を作ったんどすえ」

「こいつはうまい」

利良が舌鼓《したつづみ》を打つ。

湯豆腐は十分に昆布のだしが効いているので、薄口醤油《しょうゆ》をかける必要もない。

「今宵はこれから忙しなります」

「客が大勢、来るのか」

「へえ。それほどでもおへんけど」

都人《みやこびと》の遠回しな言い方には、とんと疎い利良である。「これから忙しくなる」というのが、「今日は帰ってほしい」という意味だと気づくのは後年のことだ。

しばしの間、酒を飲んでいると、先ほどの男が別の男と連れ立って姿を現した。お藤は無理に笑みを浮かべて「おこしやす」と言っているが、その顔には困っている様子があらわだった。

利良が仕方なく頭を下げると、二人も会釈を返してきた。

「そろそろ、お暇《いとま》する」

微妙な空気を感じ取った利良が、腰を上げようとした時である。

「もしや貴殿は、薩摩藩の方では――」

先ほどの男が問うてきた。

「ないごてそいを――、いや、どうしてそれを」

咄嗟のことで薩摩言葉が出てしまった。

「藩邸内でお見かけしました」

先ほどの男が、もう一人に視線で合図すると、その男がうなずいた。

「それがしは長州藩の伊藤春輔《いとうしゅんすけ》（後の博文《ひろぶみ》）、こちらは――」

「木戸貫治《きどかんじ》、前の名は桂小五郎《かつらこごろう》と申す」

「えっ、あの――」

利良は啞然とした。

その時、記憶がよみがえってきた。見知らぬ男たちが藩邸内に逗留《とうりゅう》していることは知っていたが、誰も何も教えてくれないので、支藩の者だと思い込んでいた。

——長州藩士たちが、なぜ薩摩藩邸に。

「お邪魔でなければ、まずは一献」

二人は卓子を隔てて利良の反対側に座すと、お藤の運んできた燗酒を掲げた。

「かたじけない。それがしは川路利良と申します」

「お役職は——」

——まさか与力とも言えない。

二人は利良の格好から、いっぱしの士分だと思っている。

「西郷と大久保の手伝いをしております」

「ああ、なるほど」

二人は顔を見合わせてうなずいた。

「こちらの店は、以前からご存じで」

再び酒を注ぎながら、伊藤が問うてきた。その目にあった警戒心が薄れてきている。

「はい。まあ、さほど昔からとは言えませんが——」

助けを求めるようにお藤を見たが、お藤はこちらを見ずに次の料理の支度をしている。

「われらは以前から、こちらによく来ておりました」

「ほほう」

「ここのところ、ずっと貴藩邸に籠もっておるような生活で、気詰まりなので、たまには外に出てみようということになりました」

「この辺りは危うい場所なのでは」

「ご心配なく。われらは京にいることも長く、新選組やら見廻組《みまわりぐみ》やらといった地理不案内な者たちに見つからずに、どこへでも行けます」

替わって木戸と名乗った男が問うてきた。

「確か川路殿と言えば――」

記憶を探るように懐手をした後、木戸が言った。

「禁門の変の折、当藩の篠原秀太郎を斬ったお方ではありますまいか」

――まずい。

利良は、咄嗟に右下に置いた両刀に視線をさまよわせたが、それに気づいた木戸が笑みを浮かべた。

「やはりそうでしたか。ご安心下さい。ここで恨みを晴らそうとは考えてはおりません。そんなことは、死んだ篠原も望んではいないでしょう」

「いや、驚きました」

伊藤が大げさに感心する。

「篠原ほどの達人を斃したのだ。川路殿の腕は相当のものですな」

「いえ、篠原殿は、すでに手傷を負っていました。一対一だったら、それがしなど敵いません」

ここでは謙遜《けんそん》しておくのが無難だ。

「真にもって立派な心掛け。川路殿のようなお方に斬られ、篠原も浮かばれたでしょう」

「そう言っていただけると、気持ちが楽になります。まあ、一つまいりましょう」

川路が二人の盃に酒を注いだ。

「何たる奇遇か。こうして薩摩藩有数の剣士と酒を酌み交わすことができ、幸先いいですな」

「そうだな。とくに西郷殿と大久保殿に近い立場の方と、こうして酒を酌み交わすことになるとは思わなんだ」

「こちらこそ」

今後のことを思えば、木戸や伊藤といった長州藩の顔役と知り合えたことは、利良にとっても幸いだった。

「では、貴藩と当藩のことについては、ご存じですな」

木戸が、さも当然のように問う。

「はっ、まあ――」

「それはよかった」

長州藩と何らかの形で手を組むという噂は聞いていたものの、使い走りのようなことをやっている利良には、断片的な情報しか入ってこない。

「明日、坂本殿が参られ、いよいよ同盟条件の詳細を詰める段となりました」

——確か西郷先生が、双方の間を周旋しているのは坂本という御仁だと言っていたな。

今の状況が次第に腑《ふ》に落ちてきた。

「そうでしたか。話がうまく進めばよいのですが」

「ご存じの通り、われらは日本国すべてを敵に回すほどの苦境に陥っておりました。まさか仇敵の——、いや失礼」

二人が笑ったので、利良もそれに合わせて笑みを浮かべた。

「かつて仇敵の貴藩が、われらを助けてくれるとは思いませなんだ」

「いかにもわれらは、つい先頃まで敵同士でした。しかしわれらには、貴藩に対して憎悪の気持ちなど全くありません。貴藩と手を組むのが、この国にとってよいことだと思えば、そうするだけです」

「ありがたい」

木戸が感無量といった顔つきで盃を上げる。

——よほど辛《つら》かったんだな。

孤立するということがどれほどの重圧となるか、利良は知った。

「木戸さん、伊藤さん、今宵は飲みましょう」

「そうですな」

「お待たせしました」

ちょうどお藤が料理を運んできた。

「京大根どす。今朝方、出入りのお百姓さんが届けてくれはりました」

いかにも煮汁の染み込んだ太い大根が、湯気を上げている。

「こいつは、うまそうだな」

「料理は、やはり京が一番だな」

二人が舌鼓を打つ。

「仰せの通りです」

利良が、にこやかにうなずく。

「そういえば薩摩の大根は、実にうまい」

伊藤が思い出したように言った。

「それほどでもありません。薩摩は火山灰が降り積もっておるから、芋か大根しか穫れませんが、こちらに来ると、うまい野菜が食べられるのでありがたいことです」

「あら、川路はんは、お野菜がお好きなんどすか」

追加の燗酒を運んできたお藤が問う。

「ああ、こまんか頃は、それしか口に入れておらんかったからな」

「こまんか、とは――」

伊藤が問う。

「ああ、童子《わらし》んこってす。あっ、いや、酒が入ると故郷《くに》の言葉が出てきてしまう。こいつはご無礼仕りもした」

皆がどっと沸く。酒が回り、利良も気分がよくなってきた。

うまい地酒と料理で三人は談論風発し、夜更けてから藩邸に帰った。

十

慶応二年（一八六六）一月二十一日、薩摩・長州両藩の間で、六カ条の盟約が結ばれた。薩長同盟である。

この密約は、幕府と長州の間で開戦となった折、薩摩藩は国元から大坂と京都に兵を送り、幕軍を牽制し、長州藩の冤罪《えんざい》を朝廷に訴え、停戦に持ち込むところに主たる目的があった。

薩摩藩が禁門の変で敵対した長州藩を、これほどまでに援護するのは、従来の幕藩体制では外圧に対抗できないと感じていたからだ。すなわち薩摩藩は、長州藩と共に雄藩連合政権を樹立し、挙国一致体制を築こうという方針に転じたのだ。

一方の慶喜は、朝廷から「長州藩主父子の隠居と永蟄居《えいちっきょ》」「十万石の削封」「三家老家（益田・福原・国司）の家名断絶」といった処分案の承認をもらい、長州藩を追い詰めようとしていた。

二月には老中の小笠原長行《おがさわらながみち》を広島まで派遣し、この決定を長州藩の三支藩主や重臣に伝達しようとしたが、長州藩は時間稼ぎに出て、命令請書の提出をずるずると遅らせた。

四月、大久保は老中の板倉勝静《いたくらかつきよ》に会い、征長反対の六カ条を並べ立て、藩主名の「出兵拒絶書」を幕府に提出し、その態度を鮮明にした。この結果、日和見《ひよりみ》していた諸藩は一斉に薩摩藩に同調する。

しかし慶喜も負けていない。

六月、慶喜は参内し、孝明帝に「長州藩が朝廷の命に服さない（処分案を受諾しない）ので、問罪の師（戦争）を行いたい」と奏聞《そうもん》し、即座に受諾させた。慶喜は孝明帝の信頼を得ており、ここ一番でその手札を使って外交的勝利を勝ち取ってきたが、今回も切札を切ったのだ。

これにより第二次長州征討は確実となった。

征長を押しとどめられなかった西郷と大久保は、次善の策である「戦争勝利」に方針を転換する。

久方ぶりにお藤の許に顔を出すと、お藤は喜びをあらわにして利良を迎えてくれた。

「おこしやす。ここのところお顔が見えへんかったさかい、寂しおした」

「よせやい」

京都藩邸詰の与力仲間から、京女《きょうおんな》の言葉を真に受けてはだめだと言われていたので、利良は話半分で聞いていた。

「本気にしてくれはらへんのどすな」

お藤は店の戸口まで行くと、暖簾を中に入れて、戸口に心張り棒を掛けた。

「今日のお客はんは川路はんだけどす」

「えっ、本当かい」

さすがの利良もうれしくなる。

「今日は、あても川路はんと飲みとおす」

そう言うと、お藤は冷酒と料理を載せた盆を運んできた。

「これは嵯峨野《さがの》で穫れた京フキどす。いつも来てくれはるお百姓はんが、朝に穫れたお野菜を届けてくれはりました。今日はきっと川路はんが来はると思て、すぐに煮付けたんどすえ」

「こいつは、うまそうだな」

「お野菜の好きな川路はんのために作りました」

お藤が一つつまむと、「あーんしとくれやす」と言って、川路の口に運んだ。

淡緑色の茎から染み出すフキ独特の強い香りが、口中に広がる。

「柔らかくてうまいな」

「そうどっしゃろ」

二人は、フキのほかにも茄子や南瓜《かぼちゃ》などの夏野菜に舌鼓を打ちつつ大いに飲んだ。

「さて、そろそろ帰るか」

「えっ、もう帰らはるんどすか」

「ああ、藩邸に戻らんとな」

「そないに真面目な方は、この京にはいはらしまへん」

「そう言われてもな——」

元来が生真面目な利良としては、藩の規則は守りたい。しかし利良が西郷や大久保の手足となっていることは、藩邸の誰もが知っている。それゆえ一夜くらい戻らなくても、咎《とが》める者はいない。

「今夜は飲みまひょ」

お藤が流し目を送ってくる。

「そ、そうだな。そうするか」

さらに二人は飲み、大いに盛り上がった。お藤は何かを忘れたいかのように盃を空け続けたので、呂律《ろれつ》が回らなくなった。

遂にお藤は泥酔し、卓子に突っ伏してしまった。

「お藤さん」

「足腰が立たしまへん。奥の部屋に連れてってくれはらしまへんか」

お藤の肩に腕を回し、利良は裏にあるお藤の居室に連れていった。

――まいったな。

そう思いながらも、利良とてまんざらでもない。

有明行灯に火を入れていると、お藤が言った。

「あては、川路はんのことが好きや」

「お藤さん。本気か」

「京女は嘘《うそ》をつきまへん」

「抱いて――、いいのか」

「よろしおす」

それからは無我夢中だった。

利良はお藤の体を懸命に求め、お藤もなりふりかまわず利良に応えた。

われに返ると、真夜中になっていた。

事が終わってしばらくすると、お藤が問うてきた。

「川路はんは、大切なお仕事をしてはりますなぁ」

「たいした仕事ではない」

聞き耳を立てていたわけではないだろうが、木戸や伊藤と飲んだ時、お藤は利良の仕事を知ったに違いない。

「木戸はんたちと、この国を変えたいんどすな」

「まあ、そんなところだ」

実際は使い走りの小僧も変わらないのだが、女にそう言われると、少しは見栄を張りたくなる。

「この国は変わりますやろか」

「お藤さんの故郷《くに》はどこだ」

利良は話題を転じようとした。

「丹後《たんご》の宮津《みやづ》というとこどす。同じ京都でも、あての故郷は貧しくて食べていけへんさかい、ここに出てきて十年かけて、ようやっと店を出すことができました」

そこまで聞けば、お藤が以前に何を仕事としていたか明らかだ。

「親兄弟はどうした」

「どうもこうもあらしまへん。親ははように死に、一人だけいる弟は、大坂の料理屋に奉公に出とります」

「弟さんも料理人の修業を積んでいるのか」

「はい。この世にたった一人の肉親やさかい心配どすけど、会えるのは年に一度がええとこどす」

「そうか。それは寂しいな」

「わてらは働き詰めでも食べていくのがやっと。それに比べてお武家はんたちは、何の仕事もせずに豊かに暮らしたはります。そんな世の中を、川路はんたちは変えてくれはりますのやろ」

結局、話題は今の政局に戻っていく。

「実は、わしは武士とは言えない身分の出だ」

利良は、自らの身分や故郷の生活を正直に語った。

「ほんまのことを語ってくれはって、あてはうれしい」

お藤が利良の体に身を寄せてきた。

「川路はんや桂はんたちが、この世の中を変えてくれはるんどすな」

「ああ、必ず変える。今の幕府は己の権益を守ることに汲々《きゅうきゅう》としている。これでは外夷《がいい》に付け込まれる。そうさせないために、朝廷を中心とした挙国一致体制を築かねばならぬのだ」

利良は志士が言うような美辞麗句《びじれいく》を並べた。

その後、少し眠った利良は、一番鶏《いちばんどり》が鳴く頃、藩邸に戻っていった。


それから三日にあげずお藤の店に通った利良は、お藤と関係を重ねた。

ある日、藩邸内の自身番が回ってきた。この仕事は一刻に一度だけ藩邸内を見回り、火事や異変を察知する仕事なので、大半の時間が暇だ。

その日は、黒田了介《くろだりょうすけ》という六つ年下の男と相番になった。黒田は無類の女好きで、猥談《わいだん》ばかりしたがる。主に女郎の話なのだが、自分の話が尽きた黒田が利良にも女の話をしろと迫ったので、ついお藤のことを漏らしてしまった。

それから数日後、藩邸の広縁で書見していると、黒田が二人の男を伴って現れた。

「正どん、なんしちょ」

「あっ、村田《むらた》さんに篠原《しのはら》さん。『孫子』を読んじょいもす」

黒田と一緒に来たのは、村田新八《しんぱち》と篠原冬一郎《とういちろう》だ。二人は与力の利良にも分け隔てなく接してくれるので、利良も気を許している。

身長が六尺余もある村田は、利良よりも幾分か背が高いが、猫背なので一緒に歩くとほとんど変わらない。一方の篠原は中肉中背だが、肩幅が広く肉厚で甲鉄のような胸板をしている。西郷や大久保の片腕として、村田は外交を、篠原は軍事を担当している。

「正どん、了介から聞いたぞ」

広縁に座ると、村田は利良から『孫子』を取り上げてぺらぺらとめくった。

利良は村田と篠原よりも二つ年長だが、二人とも城下士なので、敬語を使っていた。

「なかなか、よか女子《おなご》ちゅう話じゃなかか」

「えっ、何のこつで」

二人の後方で黒田がもじもじしている。

「正どん、隠すのはいかん」

篠原が笑みを浮かべた。無口で実直が取り柄の篠原が笑うことは極めて珍しい。

ようやく何のことか気づいた利良は、黒田に言った。

「了介、おはんはなんと口が軽か」

「勘弁《かんべん》してくいやい。女んことじゃっで、よか思うて――」

二人が大笑いする。

「そいでな正どん、おいたちは、おはんの女が見たかとじゃ。今宵《こよい》にでもそん店に連れってくいやい」

村田が有無《うむ》を言わさぬ口調で言う。

「そいはよかですが――」

「よし、こいで決まりじゃ」

利良の背を痛いくらい叩くと、篠原は行ってしまった。

「楽しみにしちょっぞ」

口辺に意味ありげな笑みを浮かべると、村田も後に続いた。

「了介、覚えちょれよ」

「正どん、勘弁《かんべん》な」

黒田が小走りになって、二人の後を追う。

一つため息をついた利良は、「致し方なか」と呟くと、書見に戻った。

十一

提灯《ちょうちん》を持つ利良を先頭にして、篠原冬一郎、黒田了介、村田新八、そして江田正蔵《えだしょうぞう》が、薄暮《はくぼ》となった堀川通を南に向かって歩いていた。

江田は篠原の弟分のような存在で、その剣の腕も一流だが、射撃の腕は利良と並んで「薩摩藩随一」と謳《うた》われるほどだった。

篠原の唸《うな》る詩吟《しぎん》が町辻に漂う。不逞《ふてい》浪士だと思ったのか、どこかの店で雨戸を閉める音がする。遠方からは詩吟に刺激を受けたのか、長く尾を引くような犬の遠吠えが聞こえてくる。

薩摩・会津両藩は形ばかりに手を組んでいるので、新選組と鉢合わせしても襲われることはない。しかし夜ともなれば何があるか分からない。利良は左右の路地に気を配りつつ、先頭を歩いた。

堀川通を真《ま》っ直《す》ぐ進み、本圀寺に突き当たったところで左折すると、「小料理　藤」と書かれた行灯が見えてきた。脇窓からわずかに煙が出ているのは、お藤が今夜の仕込みをしているからだろう。

──やはり店を開けていたか。

わずかに残っていた休業の希望も消え、とたんに足の進みが滞る。

「どげんした」

篠原に背を押されたが、利良はそれ以上、進めなくなった。

「村田さん、篠原さん、今宵はやめもんそ」

「何、照れ臭がっちょる」

「心配せんでよか。冷やかしは言わん」

篠原と村田が左右から言う。

「本当にからかわんでくいやいよ」

「ちと飲むだけじゃ。機嫌直して行きもそ」

黒田が、いかにもなれなれしげに利良の肩を叩く。

「了介、すけべなこっを言うっちゃならんぞ」

「分かっちょ。分かっちょ」

ようやく覚悟を決めた利良が、いざ暖簾をくぐろうとした時だ。

「正蔵、そいじゃ頼んど」

篠原にそう言いつけられた江田は、「はい」と言うや闇の中に姿を消した。

「篠原さん、江田はよかとですか」

「ああ、気にすな」

篠原が江田を連れてきた理由が、これで分かった。

腰高障子を開けて「来たぞ」と言うと、お藤が驚きをあらわにした。しかし次の瞬間には、にこやかな顔に転じて、「おこしやす」と言って迎えに出てきた。

「お一人どすか」

「いや、今日は仲間を連れてきている」

「えっ」

お藤の顔色が変わる。

「ご無礼仕る」

続いて三人が入ってきた。

「あっ、これはおおきに。どうぞお掛けやす」

お藤が三人を座敷に案内しようとしたが、村田だけは立ったまま鴨居《かもい》に飾られた神社の札を眺めている。

「どないしはりました」

篠原も草鞋を脱がず、土間の卓子に腰掛けている。黒田は二人を見比べながら、どうしようかと迷っている。それを見て何かを感じた利良は、草鞋を脱ごうとした手を止めた。

お藤が村田に声を掛ける。

「護符にご関心がおありどすか」

「ああ、ちょっとな」

村田の視線は一つの護符に止まり、微動だにしない。

「あれは浅草神社の護符か」

「へえ」

お藤の顔色が変わり、少し身を引いたように感じられた。

「近頃、浅草神社の護符をよく見かける。のう冬一郎」

「ああ、そう言えば、よく見かけるな」

篠原が険しい顔で答える。

「この護符は、東国帰りの常連はんが、くれはりましたんどす」

お藤が笑みを浮かべて答えたが、どこかぎこちない。

「何という名のお方かい」

突然のことに、お藤は答えられない。

「まさか、壬生浪という名のお方じゃないのかい」

「あっ」

身を翻して逃げようとするお藤の肩を、村田が摑《つか》む。

「待ちなさい」

嗚咽《おえつ》を漏らしながら、お藤がその場にへたり込む。

「お藤さん――、どういうことだ」

利良には、全く状況が摑めていない。

「知りまへん。ほんまに知りまへん」

利良がお藤を抱え起こそうとしたが、お藤は首を左右に振りながら泣くばかりだ。

「了介、戸口を見張れ」

「は、はい」

啞然《あぜん》としていた黒田は転がるように戸口に向かい、置いてあった心張り棒を掛けた。

「ちと待ってくいやい。こいはどげんこつですか」

お藤の肩を抱きながら利良が問うと、村田が吐き捨てるように言った。

「正之進、こん女は壬生浪の犬じゃ」

頭の中が混乱し、次の言葉が出てこない。

「浅草神社の護符は、壬生浪が『しっかり見張っとるぞ』ちゅう意味じゃ」

篠原が話を引き取る。

「壬生浪は、こげん店の女将を脅して密偵に仕立て上げ、諸藩の武士の動きを摑もうとしちょる」

「ちゅうこつは――」

「敵に通じちょる店はここだけじゃなか。護符がにらみを利かしちょる店は、皆そうじゃ」

沈黙が訪れた。何かを煮る音と、お藤のすすり泣きだけが聞こえる。

――わしは、お藤さんにだまされていたのか。

言われてみればおかしな点は多々あった。突然、お藤は利良に体を与え、それまで聞いたことのなかった政治向きの話を始めた。

利良が重要な情報に通じていないことが、不幸中の幸いだった。

「おいは上から防諜《ぼうちょう》を任されちょる。そいで了介からおはんの話を聞き、ぴんと来たちゅうわけじゃ」

村田が聞きなれない言葉を使った。

「ぼうちょうと――」

「そいは後でよか。それよりもお藤さんとやら、壬生浪の手口は、われらも知っている。脅されてやらされたことも分かる。それゆえ正直に罪を認めてもらえんか」

村田がお藤に問う。

「許しとくんなはれ」

お藤が嗚咽を漏らしながら答える。

「お藤さん、まさか本当なのか」

「あては――、あては無理に密偵にされたんどす」

「どういうことだ」

「壬生浪に店をつぶす言われて脅されたんどす。この店は、あてが体を張って稼いだ金で始めた店どす。それを壬生浪は――」

お藤が泣き崩れた。

「つまり壬生浪に薩摩藩の動向を探れと命じられ、この男を籠絡《ろうらく》したというわけだな」

村田の問い掛けにも、お藤は泣くばかりだった。

「おい、どうなんだ！」

篠原が痺《しび》れを切らしたように問う。

「へえ。仰せの通りどす」

「お藤さん、何ということを――」

利良に言葉はない。

「正之進、了介がこの話を半次郎たちに漏らしちょったら、おはんとお藤さんは今頃、心中死体となって鴨川《かもがわ》に浮かんじょったど」

半次郎とは中村半次郎こと、後の桐野利秋《きりのとしあき》のことだ。

利良の背筋に寒気が走る。

――その通りだ。何と迂闊《うかつ》だったのか。

「新八、どげんす」

篠原が村田に問う。

「斬るしかなかじゃろ」

お藤の泣き声が高まる。

「待ってくいやい！」

その時、黒田が二人の前に転がり出て、膝をついた。

「こんこつは、おいに責がありもす。どうか堪忍しやったもんせ」

次の瞬間、篠原の平手が黒田の頬に飛んだ。

「今更、よかぶってどげんす。戸口を見張っちょれ！」

黒田は、すごすごと戸口まで戻っていった。

「おいが斬る」

村田が太刀袋の紐《ひも》を解いた。

「ま、待ってくいやい」

お藤を背後に隠すようにして、利良が土下座した。

「口を割っとんはおいです。どうかお藤さんを許してくいやい」

「こん、すっくらが！」

篠原に足蹴にされた利良が、その場に転がる。「すっくら」とは愚か者のことだ。

「もう、よか」

篠原を制すると、村田は利良の前にしゃがんだ。

「おはんの気持ちは分かっちょ。じゃっどん、けじめはつけないかん」

お藤の泣き声がさらに高まる。

「どうか、どうか頼んもす。おいの腹と引き換えにしやったもんせ」

「腹――、か」

村田がため息をつく。

いったん「腹を切る」と口に出したからには切らねばならない。それが薩摩人の掟《おきて》だ。

両刀を置き、切腹の支度に掛かろうとする利良の頭上から、村田の声が聞こえた。

「腹は切らさん」

「ないごて、切らんでよかとですか」

「おい」

村田が利良の襟首を摑む。

「こん女の前で、おいにそん理由《わけ》を言わせたかとか」

「あっ」

これで村田が女を救うつもりでいることが分かった。

「新八さん、斬らんといかん」

しかし篠原は斬るつもりでいる。

「じゃっどん、正之進も、さほどのこっは語っちょらんじゃろ。いけんよ」

「はい。たいしたことは語っちょいもはん」

「おはんは何《ない》を言うた」

篠原が利良の襟首を摑んで、片手で上に引き上げた。

「何も――、何も言うちょいもはん」

「ほんとか」

「は、はい」

「新八さん、よかな」

篠原の問い掛けに村田がうなずく。

「今日んとこは、正之進を信じっとすっか」

「あ、あいがとごぜもす」

　利良は頭を土間にすり付けた。その横で、お藤も同じようにしている。

「お藤さんとやら、壬生浪には、わしらが護符の件を知っているとは言わんことだ。あんたがしゃべれば、壬生浪は護符を使って脅さなくなる」

「決して、決して言いまへん」

「壬生浪が護符を置かなくなれば、わしが斬りに来る」

「へっ、へえ」

「そいからな――」

　村田が少し考えた後、言った。

「これまでと変わらず、この店を開けておくんだ。壬生浪には、正之進が店に来なくなったとでも言えばよい。正之進も今夜が最後だ。分かっちょっるな」

「分かっちょいもす」

「一つだけいいことを教えてやろう。この店を閉めて逃げようとしても駄目だ。あんたが裏切ったと思い込んだ壬生浪は必ず殺しに来る」

　その場に突っ伏して、お藤は泣いていた。その姿を見ても、利良にはどうにもしてやれない。

——知らぬ間に、わしは政治の世界に搦《から》め捕られていたのだ。

末端の仕事とはいえ、いつの間にか利良は薩摩藩の政治活動を担う身となっていた。

「正之進、行くぞ」

村田と篠原に続いて外に出ようとすると、背後から声がかかった。

「川路はん、堪忍しとくれやす」

振り向いて何か言葉をかけようとした利良だったが、村田がゆっくりと首を左右に振るのを見て、何も言わずに店を後にした。

外に出ると、江田が待っていた。

「壬生浪らしきもんは、だいもおいもはん」

「おやっとさあ（お疲れさん）」と江田の労をねぎらうや、村田が利良の襟首を摑んだ。

「おはんが、ないごて腹を切らされんか知っちょっとか」

「分かいもはん」

「勝さんが、おはんを気に入っちょっからよ」

——そういうことか。

ようやく利良も、自分の価値に気づいた。

篠原が付け加える。

「こいからも勝さんとは密に連絡を取っていかんならん。おはんには、まだまだ働いてもらうど」

「は、はい」

「腹は世が治まってから切れ」

「分かいもした」

利良がうなずくと、村田は少し先を歩く黒田にも言った。

「了介、おはんの口のおかげで、こん一件はうまく収められた。じゃっどん、そいは不幸中の幸いちゅうもんじゃ。こいからは、おはんも気をつくっど」

「分かいもした」

黒田は逃げるようにして少し先を歩いていく。

「正之進、おいたちの戦には三つある。こいをよう覚えちょけ」

村田が、再び利良の襟を摑んで引き寄せた。

「一つめは実際の合戦」

「そいは分かっな」

背後から篠原の声がした。

「二つめは調略戦。すなわち政治的駆け引きじゃ。こいは小松様、西郷さん、大久保さんの役割になっとう」

「は、はい」

「そして三つめが――」

　村田が大きく息を吸うと言った。

「情報戦じゃ」

「じょうほうせん――、と仰せか」

「うむ。雑説のこつじゃ。英語ではエンホメションちゅうらしいが、そいでは通じんので、新吉《しんきち》に情報ちゅう言葉を考えさせた」

　新吉とは薩摩藩士の高橋《たかはし》新吉のことだ。村田の従弟の新吉は外国語に堪能で、後に英和辞書の草分けとなる『薩摩辞書』を編纂《へんさん》することになる。

「そん情報戦じゃが、主に諜報《ちょうほう》と防諜に分けられちょる」

　村田によると情報を集める仕事が諜報で、敵の諜報活動を防ぐのが防諜だという。薩摩藩の場合、中村半次郎が諜報を担当し、村田が防諜を担っているという。

「敵方の情報を摑むことは大切じゃ。じゃっどん、同じくらい防ぐことも大切じゃど」

　――情報か。

　利良は身をもってその大切さを知った。

「正之進、もうあん店には行んな」

「はい」

「そいが、お藤さんのためじゃ」

——もう、お藤さんと会えぬのだな。

藩邸に帰る道すがら、そのことに気づいた利良は、喩えようもない寂しさを感じた。だが己の立場を考えれば、言い逃れができないほど軽率だったことも確かだ。

——お藤さんのことは、一時の夢だったのだ。忘れよう。

両手で己の頬を叩くと、利良はお藤のことをきっぱり忘れようと思った。


その数日後、女の遺体が鴨川から上がったという話を、黒田が聞き込んできた。女は旅姿をしており、追いはぎに襲われたと奉行所は断定した。

その女が誰かは言うまでもない。時代の流れはお藤のような庶民までのみ込み、怒濤《どとう》のような勢いでどこかに向かっていた。

十二

慶応二年（一八六六）六月七日、第二次長州征討が開始された。

幕府は三十一もの藩を動員し、芸州《げいしゅう》口、石州《せきしゅう》口、大島《おおしま》口、小倉《こくら》口の四方向から長州藩領に攻め入った。

当初、圧倒的な優位が予想された幕府軍（諸藩連合）だったが、旧態依然とした装備と軍組織の下、戦国時代さながらの戦い方をしたため、装備も軍制も最新式の長州藩兵の敵ではなかった。

幕府にとって悪いことは続く。

苦戦が続く最中の七月二十日、大坂城にいる将軍家茂が急逝した。生来、蒲柳《ほりゅう》の質《たち》だった家茂だが、二十一歳の若さで死ぬなど誰も予想していなかった。それでも戦いを継続しようとした慶喜だが、敗戦に嫌気が差した諸藩は積極的攻勢を取らなくなる。

「このままでは、幕府軍の敗戦が決定してしまう」と思った慶喜は、家茂の死を口実に休戦を宣言した。

そうなれば、誰かが次期将軍の座に就かねばならない。

むろん慶喜以外に適任者はいない。ところが慶喜は、将軍就任を固辞するという予想外の挙に出る。慶喜としては将軍職に飛び付くのではなく、老中、朝廷、雄藩などから懇請《こんせい》される形で就きたかったのだ。

九月、京都にいる大久保は、国元にいる西郷あての書簡に「幸いにして慶喜が将軍職就任を固辞しているので、この機会に将軍職を廃し、雄藩の諸侯会議に政治の中心を移そう」と書き、実際に内大臣の近衛忠房《このえただふさ》を動かし、天皇が慶喜に将軍宣下せず、雄藩会議を召集するよう働きかけた。

この動きを察知した慶喜は慌てて朝廷工作を仕掛け、四カ月間の将軍空位期間を経た同年十二月、将軍の座に就いた。将軍となった慶喜は強大な権力を手にすることになり、大規模な幕政改革に取り組み始める。それを支えたのが、フランス公使のロッシュである。

西郷と大久保は、次の一手を打つ必要があった。

慶喜が将軍宣下を受けた翌日の十二月六日、利良は西郷の従者として兵庫港に来ていた。兵庫港とは、かつて平清盛が繁栄の礎《いしずえ》を築いた大輪田泊《おおわだどまり》のことで、後の神戸港の西側部分にあたる。

兵庫の早期開港を求める英仏蘭米四カ国と、それを阻止しようとする朝廷との板挟みとなった幕府は、長らく兵庫開港問題が悩みの種となっていた。

というのも孝明帝は大の異人嫌いで、京都に近い兵庫の開港だけは断固として認めなかったからだ。しかし慶喜が将軍に就任したことで、慶喜贔屓《びいき》の孝明帝が開港の勅許を与えるかもしれず、この問題を幕府揺さぶりの手札としている薩摩藩としては、予断を許さない状況となっていた。

イギリス側としても、フランス主導で開港されることにでもなれば、貿易特権をフランスに独占される。それを阻止するには、雄藩主導で開港という道筋を付けねばならない。

この時、西郷の面談の相手はアーネスト・サトウという英国の外交官兼通詞《つうじ》だった。

サトウは薩摩藩と英国の橋渡し役として日本に滞在しており、流暢な日本語を操る。

温暖な瀬戸内海に面しているためか、真冬でも兵庫はさほどの寒さを感じない。利良は前方をのっしのっしと歩く西郷から二間あまり後方に付き従い、周囲に注意を払っていた。

会見の場所とされた寺に西郷が現れると、うれしそうにサトウが近づいてきた。二人は旧知らしい。

若い僧が寺の中に案内しようとすると、西郷が言った。

「ここがよかかな。サトウさん」

「はい。そうしましょう」

西郷が「よいしょ」と言いながら本堂の階段に腰を下ろすと、サトウもそれに倣う。

そこからは兵庫の海が望めた。天気も晴れており、黴臭《かびくさ》い寺の一室などで話をするより、よほど気分がいい。

利良は二人の周囲を警戒するように、円を描くように境内を歩いていた。

「サトウさん、寒くはなかですか」

「私の故郷はとても寒いところです。このくらいは何でもありません」

「そいはよかな」

その時、西郷から声がかかった。

「おう、そうじゃ。正どん、そこら歩き回っちょったち無粋《ぶすい》じゃで、こっち来んな」

「いや、しかし――」

「おはんはなただん（ただの）護衛じゃなか。そいはついでで、主たる役目は、政治ん動きを知ってもろうこつじゃ」

「あいがとごぜもす。じゃれば遠慮なく――」

与力にすぎない利良を、いつも西郷は人として扱ってくれる。

利良が遠慮がちに西郷の横に腰掛ける。

「西郷さん、一橋公が将軍となったことで、幕府は様々な手を打ってきます」

サトウが顔を曇らせる。

「そげんなってでしょなあ」

「まずは兵庫の開港問題を、どう片付けるかですね」

「はい。新将軍の手腕をじっくい拝見させていただきもす」

「それで、よろしいのですか」

サトウが不思議そうな顔をする。

「と、仰せになるっとは――」

「新将軍の背後には、フランス公使のロッシュが付いています。ロッシュは軍事面で幕府を助け、フランスの権益を広げるつもりです」

幕府とフランスの急速な接近は、薩摩藩が嫌でもイギリスを受け入れざるを得ない状況を作り出しつつあった。

「兵庫開港に関しては、新将軍の好きにすればよかち思うちょりもす。ただ、もう一つの懸案の長州再征については、断固反対しもす」

「それは分かりますが、兵庫開港問題を利用して、幕府とフランスに揺さぶりをかけ、一気に雄藩会議に政治の中心を移すというのはいかがでしょう」

「そげなこつが、でくっとですか」

人のよさそうな笑みを浮かべつつ、サトウが言う。

「わが国が兵庫開港を強く要求すれば、慶喜公は孝明帝に慌てて勅許を申請するでしょう。それに雄藩の当主たちが反対するのです。そうすれば慶喜公は双方の板挟みとなり、雄藩会議に決断を委ねることになります。そうした流れを作ってしまえば、別の議事もすべて雄藩会議を通さねばならなくなります」

「ははは、サトウさんもなかなかの策士でごわすな」

それだけ言うと西郷は、イギリスの政治や政体などへと話題を転じた。そうした小手先の策術を嫌う西郷である。「そこまで指図されたくない」というのが本音なのだろう。

致し方なくサトウは、問われるままに答えた。

近代化を進めるにあたって、イギリスやフランスなどが、どのように旧来の支配体制と折り合いを付けているかに、西郷は興味を示した。また急速な工業化による社会不安の増大に対し、どのように治安維持を図っていくかも西郷の関心事だ。

——西郷先生は、すでに倒幕後の政体や社会を考えておられるのか。

むろんそれが、大久保の影響であるのは間違いない。

この頃から、西郷は軍事、大久保は政治と、二人の間に自然な役割分担ができ始めていた。その点、治安維持というのは軍隊の所轄であるため、西郷が関心を示すのは当然だ。

「政治の変革期には、変革をよしとしない勢力の反乱や暴動が起こりがちです。それゆえ早めに、それを鎮圧する手段を確立せねばなりません」

二十四歳という若さながら、勉強熱心なサトウは欧州諸国の状況に精通していた。

「つまり軍ちゅうこつですな」

「軍だけでは無理です」

サトウによると、事が起こってからは軍事力を発動すべきだが、事を未然に防ぐには別の力が必要だという。

「奉行所んこつですか」

「そうです。幕府にも奉行所がありますね」

日本の場合、封建制を布いているため、諸藩の領国は諸藩が独自に治安を維持している。諸国はそれで十分だが、十八世紀初頭に人口百万人を突破した江戸の治安維持は、容易なことではなかった。

それゆえ幕府は、武家は目付《めつけ》の、寺社は寺社奉行の、町人は南北町奉行の管轄とし、堅固な身分制度を前提とした治安維持を図っていた。

「しかし」とサトウは続ける。

「幕府の制度は、事後の措置を中心に置いています。すなわち犯罪が起こった後の捜査、犯人と目される者の探索と逮捕、取調《とりしらべ》と吟味《ぎんみ》、そして罪状の決定が主たる仕事です。これでは、反乱や暴動を未然に防ぐことはできません」

「つまい、探索方《たんさくかた》を強化するちゅうこつですな」

「そうです。犯人を捕まえるだけでなく、犯罪を未然に防ぎ治安を維持する仕事を、われわれはポリスと呼んでいます」

「ポリスちゅうとですか」

西郷が腕組みをする。

「はい。とくに探索方はシークレット・ポリスと言います」

「シークレットち、秘密ちゅうこつですな」

「そうです」

サトウの説明に力が籠もる。

「専制国家にとって、ポリスの裏の顔、シークレット・ポリスは必要悪なのです」

サトウは、嫌悪をあらわにしつつ一人の男の名を言った。

「フランスにジョゼフ・フーシェという男がいました」

サトウによると、フランス革命からナポレオンによる帝政時代、警察大臣のジョゼフ・フーシェは警察力を支配下に置き、権力者のために密偵警察を駆使し、反政府勢力に対する諜報、扇動、攪乱を行ったという。

——ジョゼフ・フーシェか。

なぜか利良は、その男の話をもっと聞きたかった。しかし西郷の隣に座れるだけでも、破格の待遇なのだ。サトウに質問することなどできない。

「どうやらフーシェは、暗殺という手段まで用いたようです」

「暗殺とは何ですか」

身を乗り出すように聞いていた利良が、つい声を発した。それで利良の存在を思い出したかのように、西郷が笑みを浮かべる。

「正どんにゃ、面白か話ですか」

「これは——、ご無礼仕りました」

「よかど。こけ来て話加われちゅうたのはおいです」

にこやかな顔をして、サトウが答える。

「暗殺とは、この国で言う騙《だま》し討《う》ちとか闇討ちのことです。フーシェは幾度も暗殺を命じた形跡があります。また、敵対勢力の首長を暗殺するという噂を流すことで、敵方を挑発するという高度な戦法まで用いました」

「ほほう」

相槌を打つものの、西郷の顔には嫌悪感が漂っている。

サトウが続ける。

「治安を維持する、すなわち政権や権力構造を守るためには、言論弾圧や密偵活動はもとより、敵対勢力を弱めるために、あらゆる手段を講じねばならないのです」

「そこまでして、ないごて人は権力を守りたかとですか」

西郷がサトウに問うたが、サトウは首を左右に振った。

「西郷先生に分からないものを、私のような一介の通訳が分かるわけあいもはん」

サトウが語尾だけ薩摩弁を使ったので、西郷が噴き出した。


大坂に帰る船の上で、利良はサトウの言葉を反芻《はんすう》していた。

――シークレット・ポリスか。

村田が話していた情報戦のことといい、サトウのシークレット・ポリスの話といい、どうやら戦争でも政争でも、相手に勝つには情報戦を制せねばならないことに、利良は気づき始めていた。

利良の乗る蒸気船は、冬の陽光がきらめく瀬戸内海を東に進んでいた。

「何《ない》を考えちょいもすか」

その時、背後で西郷の声がした。

「サトウの話を思い出しちょりもした」

「ああ、シークレット・ポリスんこつな」

「はい。政体が変われば秩序は乱れもす。そん時は、だいかがポリスをやらななならんと思いもす」

「そうな――」

利良の隣に来た西郷は、その黒く澄んだ目で海を見ていた。

「正どんは、悲しかこつがありもしたな」

西郷はお藤の一件を知っていた。

「お気遣いいただき、あいがとごぜもす」

「善良な民を政争に巻き込むこつはできもはん。そんためにも、こいからはポリスちゅうもんが要りもす。正どんは、ポリスに関心がおありな」

「もちろんです」

少なくとも利良は、情報戦の重要性だけは理解していた。

「もしも新しか政府ができたら、正どんがポリスをやりもすか」

――わしが、ポリスをやるのか。

利良には何と答えていいか分からない。少なくともポリスという仕事が、武士として誇れるものではないという気もする。

　西郷が遠い目をした。

「もしも、おいや一蔵《いちぞう》が『だいかを殺せ』ちゅうたら、そいができもすか」

「暗殺ですか」

「そうでごわす」とうなずきつつも、西郷の瞳は澄んでいた。

「そいが正しかち思えばやりもす」

　西郷の顔が悲しげに歪む。

「正どん、人を殺す前に相手の懐に飛び込み、肚を割って話すこつが、男には大切でごわんど」

「こ、これは――、仰せん通いです」

　利良は恥じ入るように恐縮した。

「暗殺はないも生み出しもはん」

　そう言うと西郷は口を閉ざした。利良も何と声を掛けていいか分からない。

　二人の男は、航跡が白い尾を引いて西方へと消えていくのを黙って見ていた。

十三

慶応二年（一八六六）も押し迫った十二月二十五日、孝明帝が崩御した。それまで帝は健康に全く問題がなかったので、幕府・薩長両陣営に衝撃が走った。

最も痛手をこうむったのは、将軍慶喜だ。慶喜が朝廷と密な関係を築けたのも、孝明帝が慶喜を気に入っていたからで、肝心《かんじん》の天皇が亡くなれば、佐幕派公家たちの出方は分からなくなる。

さらに慶喜にとって痛かったのは、一月《ひとつき》の服喪期間が設けられたことだった。この間、慶喜は兵庫開港問題も長州処分問題も棚上げにせざるを得ない。

服喪期間が明けた慶応三年二月、慶喜は巻き返しに転じ、践祚《せんそ》したばかりの明治帝を取り込み、開国に邁進《まいしん》し始める。幕府主導で開国することで、諸外国との交易の利を独占しようというのだ。薩摩藩としては次の一手を打つ必要があった。

四月初め、利良は島原の鶴屋で伊東甲子太郎と会っていた。

伊東は最初の頃のような警戒心もなく、堂々と駕籠を乗り付けてきた。

得意の黒羽二重の紋付着物に七子織の紋付羽織姿は、初めに会った時と同じだが、金回りがいいのか、質のいい生地を使った高級品を着ている。

「これは川路殿、お久しぶり」

「こちらこそ、ご無沙汰しておりました」

二人は正月明け以来、会っていなかった。

「新選組を離脱して間もないので、いろいろ多忙でね」

「あっ、そういえば新たな隊を結成したとか」

「うむ。御陵衛士《ごりょうえじ》と名付けた」

三月に新選組を脱退した伊東は、十四人の仲間と共に御陵衛士という新たな組織を結成した。

伊東によると、思想の違いから分離したとはいえ、建前は薩長両藩の内情を探るとしているので、新選組の面々とは今でも友好関係にあるという。

――そんなはずあるまい。

新選組が、それほど甘い集団だとは思えないが、利良は伊東が語るに任せた。

「御陵衛士には、近藤《こんどう》殿らとは江戸以来の盟友である斎藤一殿もいる」

近藤殿とは、新選組局長の近藤勇《いさみ》のことだ。

利良は、かつて伊東が新選組の斎藤一につけられていたことを伊東に告げずにいた。それを伝えることで伊東が警戒し、利良と会わなくなることを恐れたのだ。

「今日は、挨拶がてら壬生の新選組屯所に寄ってきたのだが、近藤殿や土方《ひじかた》殿も御陵衛士の結成を喜んでくれた」

土方殿とは、新選組副長の土方歳三《としぞう》のことだ。

――何とも不用心なことだ。

伊東が何をしようと構わないが、薩摩藩にとって伊東は大切な間者なのだ。少しは注意を払ってもらわねばならない。

「伊東殿は豪胆ですな」

「ははは、それほどでもないよ」

伊東は早速、懐から煙草入れと火打袋を取り出し、煙草を詰め始めている。

「少しお気をつけになられた方がよろしいかと」

「ご心配には及ばぬ。あの連中はわしに一目置いている。わし抜きでは、他藩のお歴々と会うこともできなかったのだからな」

伊東が高笑いする。

その学識と弁舌で、伊東は新選組になくてはならない存在になっていた。しかもこれからも友好関係を続けたいと、近藤が言ってきているというのだ。

「それは分かりましたが、くれぐれもご注意めされよ。それで何か動きがありましたか」

伊東はにやりとすると、いかにも小器用に火打石を使い、火口《ほくち》に種火を熾《おこ》すと、煙管に火を移した。

「これは噂だが」

伊東が思わせぶりに言う。

「帝の死因は疱瘡《とうそう》（天然痘）とされているが、実は――」

大きく紫煙を吐き出すと、伊東は小声で言った。

「毒を盛られて殺されたらしいのだ」

「誰がどうすれば、そんな大それたことができるのですか」

さすがの利良も驚きを隠せない。

「まあ、落ち着きなさい」

その時、階段を上がる音がして、愛想の悪い女中が酒肴《しゅこう》を運んできた。

伊東は、「こいつは河豚《ふぐ》の刺身かい」などと問うている。

盆を置いた女中は黙って階段を下りていった。

煙管を置き、酒を一口飲んだ伊東が言った。

「まず、誰がという問いだが、女と答えておこう」

「女と仰せか」

伊東は、河豚の刺身に舌鼓を打ちつつ語り始めた。

孝明帝は十二月十二日頃に発熱し、十六日に医師が疱瘡と診断した。二十一日になると、快方に向かっているという情報が入り、周囲は安心した。この時、全快を祝う祝宴を二十七日に行うことまで発表される。ところが二十五日、急逝したという。

「天皇の側室の堀河紀子《ほりかわのりこ》が、息のかかった女官を使って殺したという噂だ」

「女官を使ったのですか」

「そうらしいな。どうやら帝が疱瘡になったのをよいことに、それに便乗して殺せば疑われないと思ったらしい」

伊東によると、帝は床の上に上半身だけ起き上がれるほど回復し、書状を書くと言い出した。

書状を書く際、帝は筆を舐《な》める癖があり、それを知る女官が、帝の筆の先にヒ素を塗ったというのだ。

「でも、なぜ――」

「堀河紀子《ほりかわのりこ》の兄を知らぬのか」

「知りませんな」

「岩倉具視《いわくらともみ》という下級公家だ。かつて帝に近習《きんじゅ》として仕えていたのだが、長州藩が都で幅を利かせていた頃、佐幕派と誤解されて蟄居謹慎《ちっきょきんしん》させられた」

「その男が、どうして帝を――」

利良には理解できない話だった。

「自らの地位回復のためだ」

「そんなことで帝を殺すのですか」

「それは、本人に問うてみるしかあるまい」

河豚の刺身の大半を平らげた伊東が、残った数枚が載る皿を利良に差し出した。利良は受け取ったが、むろん食べる気にならない。

「その岩倉公ご本人が、薩摩藩の有力者とお会いしたいと仰せだ」

「待たれよ。それがしの一存では、何とも答えられません」

そんな恐ろしい男を、西郷や大久保に会わせるわけにはいかない。

「心配は要らぬ。河豚には毒があるが、うまく毒を取り除けば、これほどうまいものはない。何を食べるにも料理人の腕次第ということだ」

利良の手元から皿を引き寄せた伊東は、残る河豚をすべて平らげた。


この話を早速、大久保にしたところ、大久保は「考えておく」と言って返事を保留した。しかし五日ほど経った後、利良を呼び、伊東に渡りを付けるよう伝えてきた。

実はここ一年、大久保の朝廷工作は不調に陥っていた。文久年間に薩摩藩寄りだった中川宮朝彦親王は、今では慶喜寄りとなっており、致し方なく手を握った近衛忠房は役に立たない。それゆえ大久保は新たな手掛かりを探していた。

下級公家とはいえ岩倉は、この三月に罪を免ぜられ、朝廷に出入りできる立場にある。しかも岩倉の頭の切れは、公家の中でも抜群という評判だ。薩摩藩にとって岩倉は、またとない相手だった。

十四

岩倉具視が謹慎しているのは、洛北実相院《らくほくじっそういん》近くの小さな家だった。平屋建ての粗末な家で、妻子を実家に帰して岩倉一人が住んでいるという。

「こんなところにいるのか」

その茅葺《かやぶき》のあばら家を見た時、大久保がつい漏らした。

「どうやら、ここのようです」

伊東から詳しく聞き込んでいた場所と、その家の姿から、ここが岩倉の寓居《ぐうきょ》に違いない。

表口で来訪を告げると、中から無愛想な男が出てきた。

謹慎処分となった時に出家をしたので、髪型は法界坊《ほうかいぼう》（五分刈り頭）である。

「薩摩藩の大久保一蔵」

「同じく川路正之進」

「わしが岩倉具視だ。こんなところまでよくぞ来られた。まずは入られよ」

岩倉の居室に案内された二人は、小さな机を挟んで岩倉と向き合う格好になった。

襖《ふすま》には、漢詩か何かを書き散らした紙が所狭しと貼られており、岩倉の焦燥感や鬱屈《うっくつ》した気持ちが伝わってきた。

覚束《おぼつか》ない手つきで襖を開けた老婆《ろうば》が、盆に載った茶碗を置いていった。岩倉が動かないため、利良が岩倉と大久保の前に茶碗を置く。

大久保が自己紹介すると、岩倉が「そちらの方は」と問うてきた。大久保と同じように自己紹介してもよいのかと思い、利良が口を開こうとすると、大久保が「護衛役にすぎません」と答えた。

それで岩倉は納得したらしく、利良を無視して話を始めた。

岩倉は薩摩藩の唱える公武合体策に賛成であり、このまま幕府の独走を許してはならないと力説した。さらに雄藩会議によって新たな政治体制を整え、外圧に対抗していくべきだとも論じた。

「ご高説、ご尤もと存じます」

大久保は相槌を打ちながら岩倉の話を聞いている。

「むろん雄藩会議となれば、柳営《りゅうえい》（幕府）は不要となります」

――つまり幕府を倒すというのか。

話の成り行きに利良も瞠目《どうもく》した。

岩倉は話が一段落する度に、その三白眼《さんぱくがん》で大久保を見つめる。反応を確かめているのだ。ところが大久保は、何も持論を述べずに相槌だけ打っている。

大久保が常々、「まず相手に語らせる。こちらは黙って聞く。決して言質《げんち》を与えてはならない」と言っていたのを、利良は思い出した。

「大久保さんは、どう思われる」

痺れを切らしたかのように岩倉が問う。

大久保は腕を組んで黙り込んでしまった。その態度に、岩倉は少し鼻白んだ。頭の回転が速いだけに書生臭さが抜けないのか、岩倉は感情を顔に出してしまう。まさに議者や小《こ》才子《ざいし》にありがちな態度だ。

「大久保さん、古き物は決して新しくはなりませんぞ」

「――」

「新しくならないのなら、なくしてしまうに越したことはない」

そこまで言われても、大久保は無言だ。

「薩摩の方々は、いまだ知らぬとは思いますが――」

岩倉が思わせぶりな言い方をする。

――此奴《こやつ》は何か手札を持っている。

利良の直感がそれを教えた。

「五月に行われる四侯会議において、新将軍は主導権を握り、薩摩藩の面子《メンツ》をつぶすつもりでおります」

この五月、島津久光、伊達宗城《だてむねなり》、松平春嶽《しゅんがく》（慶永《よしなが》）、山内容堂《やまのうちようどう》（豊信《とよしげ》）の有力四侯が上洛し、今後の政治方針について話し合うことになっていた。

「薩摩藩の面子をつぶすとは――」

さすがの大久保も、話が話だけに黙って聞いているわけにはいかない。

「新将軍は四侯から兵庫開港の合意を得る代わりに、四侯の要求をのみ、長州に対する処分を寛大なものにするつもりでしょうな」

「つまり大を取って小を譲ると仰せか」

「その通り。諸外国との交易を独占できれば、長州など、どうでもよいのでしょう。そうなれば貴藩と結託しているイギリスとて、いつ幕府に鞍替えするか分かりませんぞ」

それは大久保も憂慮している。イギリスが薩摩に肩入れしているのは先行投資の類であり、幕府が断然優勢となれば、フランスに頭を下げてでも幕府支援に転じる。

「それだけではない」

岩倉が思わせぶりな顔をする。

「貴殿は小栗上野介《おぐりこうずけのすけ》という御仁を知っておいでか」

「小栗忠順《ただまさ》のことですな。名だけは知っておりますが、その御仁が何か――」

「どうやら新将軍に建白書を提出したとか」

「いかなる建白書ですか」

話の主導権は岩倉に握られている。

「兵庫開港問題が幕府主導で決着すれば、フランスはイギリスやオランダに話をつけ、幕府に多大な武器援助を行う。それによって幕府は、まず長州を、続いて貴藩を倒し、幕府の威権を確立した後、郡県制を布くというものです」

「それでは、諸外国に魂を売ったも同じではありませんか」

「その通り。新将軍はこの国が清国と同じ目に遭おうが、薩長にだけは天下を取らせたくないということです。つまり貴殿らよりも南蛮人を取ったわけだ」

「何と、愚かな――」

大久保が舌打ちする。

「それを防ぐには、幕府をつぶすしかありません」

大久保も「倒幕」までは考えていたものの、武力を使う「討幕」までは時期尚早だと思っていた。しかし慶喜が薩長を叩くつもりなら話は別だ。

「幕府を店じまいさせても、慶喜が残っている限り、かの御仁は新政府の中心に居座るでしょう。つまり雄藩連合による公議政体を樹立したとしても、徳川家の影響力は大きく、主導権を握り続けるはずです。もちろん旧態依然とした連中が慶喜の下で実務を取り仕切り、英仏蘭の意のままに動かされるわけです」

岩倉は、大久保の反応を見るかのように一拍置く。

「もはや猶予《ゆうよ》はありません」

沈黙が訪れた。双方は視線を宙にさまよわせ、何かを考えているようだ。

大久保が先に口を開いた。

「岩倉殿は何をお望みか」

「私はこの国が外夷の圧力を跳ね返し、正しい方向に進むのであれば、それで満足です」

「本音をお聞かせいただきたい」

「ふふふふ」

口端に笑みを浮かべると、薄くなった頭に手をやりながら岩倉が答えた。

「新たな政府の舵取りの一人としていただければ、それで十分です」

「いいでしょう」

「では、これからも懇意にしていただけますか」

「もちろんです。岩倉殿には、われらの朝廷工作を担っていただきたい」

「分かっております」

岩倉が勝ち誇ったような笑みを浮かべる。

「それでは一献、よろしいか」

「お受けしましょう」

岩倉が手を叩くと、台所の方から老婆の「へえ」という気のない返事が聞こえ、しばらくして酒肴が運ばれてきた。

――さすがに自分を売り込もうとしている御仁だ。売り値を高くするには、どうすればよいかを心得ている。

下級公家の上に徒手空拳の岩倉である。自分の身を薩摩藩に高く売りつけるには、情報しかないことをよく知っていた。

そろそろ岩倉邸を辞そうとなった時、大久保が問うた。

「岩倉殿は、海翁好鷗《かいおうこうおう》という言葉をご存じか」

「野心がある者には鳥もそれを察して近寄らない、という謂《いい》ですな」

「その通り。近づいてしまえば大きな痛手を負う」

大久保が盃を置く。

「岩倉殿の妹御は、たいそうお美しいとか」

岩倉の顔が強張《こわば》る。

「同じく中国には、『李下《りか》に冠を正さず』ということわざもあります。これからは、厳にご注意めされよ。それでは――」

最後に一矢報いた形で大久保が立ち上がった。

慌てて利良もそれに続く。玄関口で振り向くと、岩倉は三白眼をぎらつかせ、こちらをにらんでいた。

利良は、権力の魔に取り付かれた男の恐ろしさを垣間見《かいまみ》た気がした。

十五

五月、伊達宗城、島津久光、松平春嶽、山内容堂の四侯が上洛を果たし、慶喜を交えて雄藩会議が開かれた。

ところが兵庫開港問題と長州処分問題のどちらを優先するかで議論が紛糾《ふんきゅう》し、怒った容堂が帰国することで、会議は空中分解してしまう。だが慶喜は、この経緯を踏まえて朝廷に兵庫開港の勅許を奏請し、うまうまとそれを得ることに成功する。

慶喜の作戦勝ちだった。しかし完全な勝利に反動は付き物である。

慶喜の悪辣な手口に憤激した久光は、これまでの公武合体路線を捨て、この時を境に、西郷と大久保が唱える武力討幕路線に傾斜していく。

ところが九月七日、思わぬところから横やりが入った。

土佐藩の後藤象二郎《ごとうしょうじろう》が西郷と大久保に対し、「幕府に大政奉還の建白書を提出するから、武力討幕を待ってほしい」と言ってきたのだ。だが二人は、慶喜がこれを拒否すると見ており、その時こそ武力討幕が図れると思っていた。

十月三日、後藤が前藩主・山内容堂の名で大政奉還建白書を提出する一方、大久保は岩倉を動かし、討幕の密勅を薩長両藩に下させた。

ところが十四日、慶喜は大政奉還の上表を朝廷に提出し、これが受理されることで、討幕の密勅は取り消されることになる。

薩摩藩にとって青天《せいてん》の霹靂《へきれき》だった。

小松、西郷、大久保の三人は、それでも武力討幕の方針を捨てず、藩主の率兵上京を促すべく国元に戻っていった。

十一月十五日、土佐藩の坂本龍馬と中岡慎太郎が、何者かによって殺害された。

世情は騒然とし、目的もはっきりしないまま、暗殺や謀殺が平然と行われるようになった。

そんな最中の十六日、利良は島原の鶴屋で、伊東と会うことになった。

鶴屋に先着した利良が、二階の張り出しに腰掛けて通りを眺めていると、伊東が店の前まで駕籠を乗り付けてきた。慌てて伊東が来た方角に目を凝らしたが、どうやら尾行者はいないようだ。

――それにしても不用心に過ぎる。

坂本と中岡が誰とも分からぬ刺客に襲われたばかりだというのに、伊東はそんなことに頓着せず、一人で駕籠に乗ってきた。

——いったい、どういう神経をしているのか。

利良が呆《あき》れていると、伊東が勢いよく階段を上ってきた。

「お待たせいたした」

「いや、お気になさらず」

「近頃は何かと多用でな」

そう言いながら、伊東は煙管を取り出し、いつものように煙草を詰め始めている。

「駕籠とは驚きました。少しは御身を気遣ったらいかがか」

利良が皮肉のように言う。

「そうだな。近頃は何かと物騒だ」

伊東は他人事《ひとごと》のように言うと、うまそうに煙管をふかした。

「さて、此度はいろいろ聞き込んできたぞ」

「と、仰せになられると」

「まあ、お待ちなさい」

無愛想な女中が酒肴を置いて去るのを待って、伊東が口を開いた。

「これから、たいへんなことになりますぞ」

「たいへんなこととは——」

「慶喜公の大政奉還を不服とした会津・桑名・紀州・彦根の四藩が、再度、幕府に大政が委任されるよう、朝廷に画策し始めた。さらに江戸でも幕臣たちが騒ぎ出し、再委任を求める建白書を朝廷に提出するとか」

手酌で酒を飲みつつ、伊東の弁舌は滑らかだ。

「貴藩にとっての難敵は会津藩だ。貴藩兵や長州藩兵が大手を振って入京すれば、必ず一《ひと》悶着《もんちゃく》起きる」

伊東によると、慶喜と会津藩の関係は冷え切っており、もはや慶喜にも会津藩兵を抑える力はないという。

「分かりました。上役に伝えておきます」

「上役っていうのは、西郷さんと大久保さんのどちらかね」

「私は、双方から命を受けて動くよう申し付けられています」

「なるほどね」

伊東が煙草盆を引き寄せると、小気味よい手つきで煙管の灰を落とした。

「二人の意見が対立したら、あんたはどうする」

「えっ」

これまで考えもしなかったことを問われ、利良はどう答えてよいか分からなかった。

「いや、今の問いは忘れてくれ。ただの仮定の話だ。西郷さんと大久保さんは一枚岩だ。

案ずることはない」

伊東が高らかに笑う。

——確かに今はそうでも、先々はどうなるか分からぬ。

幕府や会桑という共通の敵がある限り、二人は一致団結している。しかしそれがなくなれば、すべての意見が一致するとは思えない。

——大丈夫だ。われらには小松様がいる。

この頃、薩摩藩の表看板は、家老の地位にある小松帯刀だった。温和な性格の小松がいる限り、二人が決裂することはない。ところが小松は次第に病で精彩を欠くようになり、明治三年（一八七〇）七月、数えで三十六歳の短い生涯を閉じることになる。

この後、伊東は幕府や会津藩の詳細な動向を語った。

利良が十両の包みを三つ置くと、伊東はそれを懐に入れて立ち上がった。

「さてと、今日のところはこんなもんだ。次に会う時は新選組の話でもするかね」

「何か動きでもあるのですか」

「それがね、ちょうど明後日の夜、七条にある近藤さんの妾宅《しょうたく》で飲むことになっているんで、いろいろ聞き出すつもりだ」

「それは大胆な——」

「あの手の連中は、学識に弱い。手玉に取るのは難しくない」

「そうですか。くれぐれもお気をつけ下さい」

「ご忠告、すまぬ。それでは——」

伊東は颯爽《さっそう》と階段を下りていった。


この二日後、伊東は殺される。

十一月十八日の夜、伊東は近藤の妾宅で飲み、徒歩で七条《しちじょう》油小路《あぶらこうじ》の辻辺りに差し掛かったところで、新選組隊士に斬られたのだ。

伊東は己の才に溺《おぼ》れ、相手を侮《あなど》っていた。

——伊東を殺したのは新選組ではない。伊東は己自身に殺されたのだ。

利良は、それを戒めにしようと思った。

同じ日、京都に戻っていた小松、西郷、大久保の三人が藩主の率兵上京を決断し、その知らせを利良に持たせ、蒸気船で薩摩に向かわせた。

薩摩に戻った利良が、小松たちの書状を藩庁に提出すると、藩庁から利良に呼び出しがあった。

勇んで駆けつけると、藩庁の役人から、藩主茂久《もちひさ》が率兵上京することになり、その護衛部隊として兵具《ひょうぐ》隊三小隊を編制するので、その一番小隊長に任命すると申し渡された。

唖然とする利良に、役人は「一代限りの御小姓を命じる」とも言った。

利良は突然、西郷らと同じ城下士となったのだ。

最後に役人は、「すべて西郷殿のお取り計らいによる」と付け加えた。

震える手で命令書を拝領した利良は、京にいる西郷に向かって、それを掲げて何度も拝礼した。

利良は、西郷のためなら水火も辞さぬつもりになっていた。

故郷の比志島に戻った利良は、屈強の者三十二人を選抜すると、これを比志島抜刀隊と名付けて一番小隊に組み込んだ。一番小隊は他地区の外城士も含めて百名ほどになる。

十一月二十一日、利良は三千の藩兵と共に軍艦四隻に乗り、鹿児島を出発した。

――おいはやっど！

桟橋《さんばし》で手を振る人々に別れを告げながら、利良は錦江湾《きんこうわん》を後にした。徐々に遠ざかっていく桜島の煙が、やけに名残惜しく感じられた。

動乱の時代に向かって、利良の新たな戦いが始まる。

第二章　生死一如

一

歴史が大きく動く時、人々の運命も変転する。

何不自由ない生活をしていた者が零落《れいらく》し、その逆に、名もなき草莽《そうもう》の士として生涯を終えるはずだった者が台頭する。

薩摩藩の外城士にすぎない利良も、知らぬ間に歴史の渦に巻き込まれ、次第にその中心に向かっていた。

慶応三年（一八六七）十一月二十三日、薩摩藩主・島津茂久が三千の兵を率いて上洛を果たした。その中には三十四歳の利良もいる。薩摩藩に続き、長州をはじめとした諸藩兵も、続々と上洛の兵を発した。

十二月二日、西郷と大久保は土佐藩の後藤象二郎と面談し、王政復古の政変への協力を申し入れた。

後藤は前土佐藩主・山内容堂の意を受けた公議政体派（公武合体派）だが、薩摩藩の求めに応じ、薩摩藩に協力することを約束した。

早速、後藤は国元にいる容堂に、急ぎ兵を率いて上洛するよう懇請した。

八日、西郷らは薩摩・尾張・越前・土佐・広島などの諸藩兵を御所の諸門に配置する。長州藩兵は西宮まで来ていたが、朝廷への配慮から入京を遠慮していた。

この政変は、御所の守備を任されていた会津・桑名・彦根の佐幕派三藩兵にとって寝耳に水のことだった。しかし佐幕派三藩兵は、慶喜の説得に応じて兵を引く。結果的に御所を舞台にした武力衝突だけは避けられたものの、この突然の政変に、幕臣や佐幕派諸藩は怒り心頭に発していた。

佐幕派諸藩が兵を引いたため、薩摩藩の思惑通りに政変は成功し、王政復古の大号令が発せられた。

いまだ慶喜の処遇は決まっていなかったが、新政権の議定《ぎじょう》に内定するという線で妥協が図られる雲行きになってきた。

しかしこの日の夜に行われた小御所会議において、慶喜擁護派の山内容堂と松平春嶽が岩倉具視に論破されることにより、慶喜の辞官納地《じかんのうち》が決定する。

薩摩藩としては、慶喜が四百三十万石の領土を所有している限り、新政府に大きな影響力を持つと思い、何としてもそれを奪っておきたかったのだ。

翌日、松平春嶽らが慶喜のいる二条城を訪問し、辞官納地の命が下ったことを伝達した。これを聞いた会津・桑名両藩および旗本たちは激高し、「討薩」の声が上がった。しかし慶喜は、京都での衝突を恐れ、彼らを引き連れて大坂城へと退去する。

ここに、京都の雄藩連合と大坂の旧幕府勢力が対峙《たいじ》する形勢となった。

十八日の夜、薩摩藩邸に戻った西郷と大久保の二人は、飯を食いながら談議をしていた。

その場には、西郷従道《つぐみち》、中村半次郎、村田新八、篠原冬一郎、大山弥助《おおやまやすけ》、永山弥一郎《ながやまやいちろう》といった面々もおり、その末席に利良も加えられた。利良は幹部ではないが、江戸藩邸にいる薩摩藩士との連絡役という名目で、同席を許されたのだ。

さすがの利良も緊張して箸が進まない。皆も同様らしく、汁をすする音や飯を咀嚼《そしゃく》する音が、控えめに聞こえてくる。

「前《さき》の将軍も相当の狸《たぬき》であいもすな」

沈黙を嫌うかのように、西郷が腹を震わせて笑うと、大久保も吐き捨てるように言う。

「全くもって油断も隙もないご仁だ。京都を捨てて大坂に退くや、尾越二侯（徳川慶勝《よしかつ》と松平春嶽）をそそのかして土侯（山内容堂）を動かし、自らの復権を図ろうとしている」

西郷と大久保は王政復古の大号令の際、御所を守る会桑勢力と戦端を開いて慶喜を朝敵となし、一気に旧幕府勢力を討伐する方針でいた。ところが慶喜は、いち早く大坂城に退き、政治工作で復権を図ろうとしていた。すなわち新政権が、討幕派と公議政体派に分かれている隙を突き、討幕派の薩摩藩を孤立させようというのだ。

「尾越土《びえつど》三藩（尾張・越前・土佐）が公議政体論に与《くみ》し、そいを見た広島藩も日和見に転じもした。前将の軍は雄藩連合からおいたちを孤立させ、政治工作で朝敵となし、討伐するつもいでごわんど」

西郷の表情も、いつになく厳しい。

――『孫子』の「離間策」だな。

利良は、貪るように読んだ『孫子』を思い出していた。

慶喜は外交的駆け引きで薩摩藩を孤立させ、長州藩もろとも討とうとしているのだ。

「在京十藩の重臣たちが、連署で前の将軍の地位の回復を嘆願したちゅうこつで、岩倉でさえ弱腰になり、『当面、尾越二侯の周旋に任せよう』などと言うちょる」

在京十藩とは、雄藩連合の中核五藩を除いた阿波《あわ》・筑前《ちくぜん》・肥前《ひぜん》・肥後《ひご》諸藩のことだ。彼らは武力討幕を否定し、慶喜の地位保全と慶喜を加えた公議政体の樹立を願っていた。

こうした日和見的考えの裏には、あまりに急激に変革を推し進めると、武家社会の基盤が崩れるという危惧があった。すなわち慶喜の政治手腕次第で、薩長二藩を孤立させ、諸藩に討伐させることも夢ではない状況が生まれていたのだ。

「じゃっどん、こんままでは前の将軍のやりたい放題にないもす」

慶喜は十六日、新政府の承認を得ずして、フランスやイギリスなど六カ国の公使を大坂城に呼び出し、大政奉還後も自らが外交責任者、すなわち元首であることを表明した。

さらに慶喜は「薩摩藩弾劾の書」を大目付に持たせて、有栖川宮熾仁親王《ありすがわのみやたるひと》に提出しようとした。これは、すんでのところで岩倉が阻止したが、有栖川宮が慶喜の説に傾けば、一気に大勢が決し、薩摩藩が朝敵とされる可能性すらあった。

「そいじゃ、いけんしもんそ」

西郷が腕を組み、瞑目《めいもく》した。

一方の大久保は天井を見つめ、万策尽きたといった様子である。

「物申してよかですか」

中村が発言を求めた。西郷と大久保の許可を得るまでもないことだが、薩摩には「大人衆《おせんし》には議を言うな」という教えがあり、年上の者の前で自分の意見を述べるのに不自由な空気が残っていた。

西郷が「よかど」と言って、中村の発言を許す。

「こんままでは、前《さき》の将軍に再度の政変を起こされ、おいたちが、かつての長州と同じように都から放逐されんど。そいを防ぐには長州藩兵と呼応して大坂城に攻め寄せ――」

「もうよか」

西郷が中村の言を制したが、構わず中村は続ける。

「今こそ両藩で力を合わせ、一気に事を決しもんそ」

「半次郎、おいは『もうよか』ち言うたど」

「はっ」と言って中村が引き下がると、今度は永山弥一郎が挙手した。

「ここで武に訴えれば朝敵とされもす。こん場は隠忍自重《いんにんじちょう》し、場合によっては、前の将軍を新政府に迎えるだけの度量を見せるべきと思いもす」

永山は、戦となれば中村たちに負けないほど勇猛果敢だが、常に強硬論を嫌い、万事を平穏に収めようとする。

「そいでは駄目なんじゃ!」

篠原が膝を叩く。

「弥一郎の言にも一理ある。じゃっどん、ここまで来て日和見すれば、前の将軍は必ず巻き返してくる。そげんなる前に旧幕勢力を掃討せんと、禍根《かこん》を残すことにないもす。ここは長州を呼び寄せ、薩長二藩以外を御所から追い出し、錦旗《きんき》を得た上で、前の将軍討伐の勅諚《ちょくじょう》を下してもらうがよかち思いもす」

「薩長二藩で御所を押さえるちゅうんか」

西郷の弟である従道が驚いたように問う。

「そん通りじゃ。玉さえ押さえてしまえば、だいも手が出せん」

天皇への不敬を避けるため、会議などで天皇に言及する祭、玉《ぎょく》と呼ぶ習慣がある。

「じゃっどん、おいたちには大義があいもはん」

従道が反論する。

「玉さえ押さえれば、大義はいくらでも作れもす」

「新八、いけんす」

二人のやりとりを無視し、西郷が村田に顔を向ける。

西郷は、常に冷静で平衡感覚のある村田に意見を求めることが多い。

村田が腕組みを解き、皆を見回しつつ言った。

「大坂城に攻め上るは最も愚策」

中村が憎悪の籠もった眼差しを村田に向ける。

「御所を薩長だけで押さえるのは続いて愚策」

篠原がむっとしたように横を向く。

「いけんかして旧幕勢力を挑発し、敵の方から戦端を開かせっとが上策と思いもす」

「その手がないから困っている」

大久保が焦慮《しょうりょ》をにじませる。

「こんな手は使いたくあいもはんが――」

村田が迷ったように言う。

「前の将軍に議定職が内定したと告げ、帝への御礼言上《ごんじょう》で京に上らせればよかかと」

大久保の目が光る。

「つまい、気の小さか前の将軍は身一つでは上洛できない。おそらく会桑の兵を引き連れてくる。そこで事が起こるというわけじゃな」

「じゃっどん会桑も馬鹿ではあいもはん。容易なこつで、向こうからは戦端を開きもはん」

西郷が首を左右に振る。

「よしんば、どさくさに紛れて、おいたちから戦端を開いても、会桑が応戦せんかれば、おいたちが朝敵にされっど」

利良もそう思った。兵を率いて上洛するにしても、慶喜は会桑両藩主に、先に戦端を開かないよう、きつく申し付けておくはずだ。もしも何も起こらなければ、慶喜はうまうまと議定職を手にし、大手を振って新政府の中心の座に就ける。

――何かいい手はないか。

利良は頭の中の『孫子』を紐解いた。

――つまり計篇の「怒にして之を撓《みだ》し」だ。相手を怒らせるしかない。

「怒にして之を撓し」とは「怒り猛っているものは、乱れる」という意味だ。すなわち怒り猛っている者は乱れるので、相手を挑発して怒らせ、足並み（方針）を乱せばよいのだ。

——そのために何をする。

皆、沈思黙考している。ここで妙策を献言できれば、西郷と大久保はたいそう喜ぶに違いない。

利良は二人に認められたいというよりも、二人の喜ぶ顔が見たいと思った。

——考えろ。頭を使うのだ。そうだ。こうした時ほど、視野を広げるのだ。火種は京都と大坂だけにあるわけではない。となると、ほかのどこに両勢力角逐《かくちく》の場があるかだ。

利良の頭に「江戸」の二文字が浮かんだ。

——江戸には薩摩藩邸がある。あそこには益満休之助《ますみつきゅうのすけ》や伊牟田尚平《いむたしょうへい》といった対幕強硬派がいる。何かできるのではないか。

「こいだけ芋頭《いもあたま》が並んじょっても、妙案は浮かばんか。そいなら致し方あいもはん。当面、流れに身を任すっど」

西郷が苦笑して座を立とうとした。

「待ってくいやい」

末席の利良が挙手すると、一斉に皆の顔が向けられた。

「おはんは使いじゃ。黙っちょれ」

中村が吐き捨てたが、西郷は「正どんの意見ば、拝聴しもんそ」と言って浮かせかけた腰を下ろした。

利良は呼吸を整えると言った。

「江戸で――、江戸で事を起こせばよかち思いもす」

「江戸か」

西郷が顎に手を当てて首を傾げた。

「一蔵、いけんす」

「江戸で何かをやるということだな」

「はい。江戸で幕府を挑発したら、どげんですか」

西郷と大久保が視線を絡ませる。

――ここが勝負どころだ。

利良の頭に、ある考えが閃いた。

「益満らに江戸の庄内《しょうない》藩邸かその屯所を襲撃させ、負けたふりをして薩摩藩邸に逃げ込み、敵においたちの藩邸を焼き討ちさせればよか思いもす」

江戸の市中警備は、庄内藩が担っている。しかも庄内藩は洋式部隊を擁し、軍事力に自信を持っている。

――敵を挑発するのだ。

敵に戦端を開かせて明白な大義を掲げるには、何らかの形で、こちらの施設を攻撃させねばならない。

——それが成れば、われらに大義ができ、同時に旧幕府方に「もはや武力衝突やむなし」といった雰囲気が生まれる。

「そんな火付《ひつけ》盗賊のようなまねを、薩摩藩士にさせらるっか！」

永山が憤然と言い放つ。

「万が一に備え、薩摩藩士ではなく浪人を使えばよか思いもす」

自分でも理由は分からないが、利良の頭に、次々と妙案が浮かんでくる。

むろん敵は浪人を使っているなどとはつゆ知らず、薩摩藩士の仕業と決めつけて攻撃してくるはずだ。

「何ち卑怯《ひきょう》な——」

永山が汚物でも見るように顔を背けた。さすがの利良も、その態度に鼻白《はなじろ》んだ。

「卑怯も何もなかです。ほかに策があれば教えてくいやい」

「何じゃち！」

「待て」

いきり立つ永山を、大久保が制す。

「こうした火急の場だ。そうした手を使うのも仕方ない」

「西郷先生、おいは納得いかん」

西郷の発言を求めるように、永山が顔を向けた。

「おいは――」

西郷が悲しげな顔で断じた。

「代案がなければ、そいで行くしかないと思いもす」

「西郷先生――」

永山が絶句する。

西郷や大久保はもとより、発案者の利良とて、このような策を弄するのは忸怩《じくじ》たる思いがある。

――だが、ほかに手はないのだ。

利良は己の中の反論を封じた。

実はこの年の十月半ば、西郷と大久保は益満を江戸に派遣し、相良総三《さがらそうぞう》を首魁《しゅかい》とする浪士たちを使って、江戸や関東近辺の豪商などを襲い、金品を強奪したり、放火したりしていた。江戸周辺の世情を不安にさせることで、幕府の注意を引き付け、幕軍の上洛を滞らせようというのだ。利良はそのことを知らなかったが、西郷と大久保は、江戸に相良たちがいることを思い出していた。

「相良たちを使おう」

「よかど」

大久保の言に西郷がうなずく。

「正之進」

西郷に声を掛けられた利良は、「はっ」と答えて背筋を伸ばした。

「すぐに船で江戸に行き、益満と伊牟田に策を授けてくいやい」

「分かいもした。すぐに江戸に発ちもす」

「正之進、藩の盛衰はそなたの手際に懸かっている。それを忘れるな」

大久保が射るような視線を向けて言った。

西郷と大久保から頼りにされていると知り、利良の気持ちは奮い立った。

「そいでは、こいでよかな」

西郷が皆を見回したが、とくに異論はない。

「よし、今日の午後、翔鳳《しょうほう》丸を出す」

大久保が膝を叩く。

翔鳳丸とは薩摩藩の輸送船のことだ。

「えっ、おいのために船を出してくるっとですか」

「当たり前だ。それとも江戸まで走っていくのか」

珍しい大久保の戯れ言に、一同が笑った。

「申し訳あいもはん」

利良は頭を下げると言った。

「一つだけお願いがあいもす」

「何だ」

「この件が首尾よくいったら、こっちへ戻ってきてもよかですか」

利良には、御兵具一番小隊長としての責任がある。誰かにその地位を譲るわけにはいかない。

「戻ってきて、いけんす」

珍しい生き物でも見つけたかのように目を丸くし、西郷が問う。

「戦に加わらせてくいやい」

「功を挙げたかとか」

「はい」

その言葉に、皆が再び沸いた。その笑いには、「やはり外城士だな」という軽蔑が含まれている。

「薩摩藩邸から逃れてくる者を船に収容し、皆で戻ってくればよか」

「あいがとごぜもす」

逸《はや》る気持ちを抑え、利良は深く平伏した。

二

十二月二十一日、芝の薩摩藩江戸藩邸に入った利良は、益満と伊牟田に西郷の書状を渡して策の実行を要請した。

薩摩藩邸を焼き討ちさせるという逆転の発想に、当初は難色を示した二人だったが、相良を交えて話し合い、最終的には納得した。

翌二十二日、相良たちが庄内藩御預の新徴組《しんちょうぐみ》の赤羽橋《あかばねばし》屯所に鉄砲を撃ち込み、薩摩藩邸に逃げ込んだが、新徴組が反撃を自重したため、大事には至らなかった。

続いて二十三日、今度は庄内藩の市中見廻部隊の屯所に銃撃を加え、一人を殺した。庄内藩は激高したが、これにも乗ってこなかった。

不穏な事件の連続に痺れを切らした勘定奉行の小栗忠順が老中の稲葉正邦《いなばまさくに》に、薩摩藩邸に逃げ込んだ賊徒の引き渡しを要求する許可を庄内藩に下すよう要請する。これを受け容《い》れた稲葉は、庄内藩の出動を許可する。

この日の夜、庄内藩を筆頭にした諸藩兵が出陣の支度をしているという情報を摑んだ利良は、益満と伊牟田に後事を託し、品川沖に停泊している蒸気船に乗り込み、逃げてくるはずの薩摩藩士や浪士を待つことにした。

二十五日、庄内藩とそれを支援する諸藩は高輪の薩摩藩邸を囲んだ。「賊を引き渡せ」「そんな者はおらん」といった押し問答の末、居丈高《いたけだか》な益満らの態度に憤激した庄内藩兵が砲撃を開始し、薩摩藩邸は焼け落ちた。

薩摩藩は留守居役の篠崎彦十郎《しのざきひこじゅうろう》をはじめとした十二人が戦死し、生け捕られた者も出たが、百名以上が船に逃げ込むことに成功した。これも事前に「敵の攻撃が始まり次第、おのおの血路を開いて品川沖の翔鳳丸に参集」ということを徹底させておいたからだ。

この時、伊牟田と相良は逃げおおせたが、益満は捕まった。益満は処刑されそうになるが、勝海舟が止めに入り、その監視下に置かれることになった。

かくして逃げおおせた藩士や浪士を乗せて翔鳳丸は出航したが、幕府軍艦の回天丸に見つかり、品川沖を追い回された末、激しい砲撃を浴びた。それでも何とか逃げ切り、下田に入港できた。

さらに志摩《しま》国の鳥羽《とば》に着く予定が、荒天に見舞われて紀州熊野の九木《くき》浦にたどり着き、そこから大和路を使って京都を目指した。そして二十九日、やっとの思いで京都の薩摩藩邸に戻ってくることができた。

利良が江戸に行っている間、打ち合わせ通りに西郷は、慶喜の議定就任と「辞官納地は公論（諸侯の合議）で決する」という条件を朝廷から出させた。

これを伝える使者に任命された松平春嶽は二十六日、大坂に下向し、このことを慶喜に伝えた。これに慶喜は喜び、新年早々には御礼言上の上洛をすると伝えた。

早速、上洛準備を始めた慶喜だったが、そこに飛び込んできたのが江戸の事件だった。

年が変わって慶応四年（一八六八）一月一日、開戦も辞さぬつもりの慶喜は、薩摩藩の非道ぶりを列挙した「討薩表」を朝廷に送り、一万五千の軍勢を率いて京都に向けて進発した。


薩摩藩は防戦支度で大わらわとなっていた。すでに藩邸を出て、本営の東寺に入った薩摩藩軍先鋒部隊は、二日早朝を期して出陣することになっていた。

「了介、支度は整ったか」

「ああ、心配要りもはん」

御兵具一番小隊長に任命された利良同様、黒田は小銃一番小隊長に抜擢《ばってき》され、中村半次郎を長とする先鋒部隊に組み込まれていた。

ちなみに明治元年（九月八日に改元）を機に、中村半次郎は桐野利秋と改名している。

「了介、むやみに発砲すなよ」

「分かっちょる。しつこいな」

利良と黒田が出陣しようとしていた矢先、伝令が西郷の許に来るよう告げてきた。

今にも表門を出ようとしていた二人が、東寺内に設けられた本営に走り込むと、西郷が悠然と茶を喫していた。

「正どんと了介どんは、行きもすか」

西郷の問いに二人は顔を見合わせた。「すぐに出陣し、鳥羽周辺に陣所を築け」という命は、西郷から出ているとばかり思っていたからだ。

「下鳥羽に行けち聞いちょいもすが」

「ああ、そう命じた。そこで賊徒を待ってくいやい」

西郷は旧幕府方を賊徒と呼んでいた。これは三条や岩倉の工作により、すでに錦旗が新政府軍側に下るのが確実になったことによる（実際には四日に下賜される）。

黒田がおずおずと問う。

「そこで待って、いけんしもすか」

「いけんしたらよかと、了介どんは思いもすか」

西郷が黒田に問うたが、黒田は何も答えられない。

利良が代わりに答えようとした時、襖を開けて大久保が入ってきた。

「吉之助さん、もう二人に告げたのか」

「いや、まだでごわんど」

それを聞いた大久保が二人の前に座る。

「そなたら二人は鳥羽まで急行し、小枝《こえだ》橋を押さえ、その周辺に陣所を構築しろ」

京都と大坂を結ぶ鳥羽街道は小枝橋を通っており、この橋を押さえることで、敵の京への侵入を阻める。

「そいは聞いちょいもす」

黒田が「助かった」とばかりに答える。

「だが事はそう容易ではない」

「何でも申し付けてくいやい」

利良が膝をにじる。

「鳥羽街道を北上してくる敵と押し問答して時間を稼げ」

鳥羽は、鴨川《かもがわ》に架かる小枝橋を挟んで北西が上鳥羽、南東が下鳥羽と呼ばれている。

「その役を、そなたにやってもらいたいのだ」

「おいに――」

正之進は愕然《がくぜん》とした。

「そうだ。関を守る将は身分の高い者では駄目だ。顔も知られておらず、何の決定権も持たない者が、いちいち『本営に確認するまで待て』という形にする」

「何のために、時間を稼ぐっとですか」

黒田が二人の顔を交互に見ながら問う。

「正之進が押し問答している間に、了介が指揮して、下鳥羽から上鳥羽にかけて堅固な陣を築くのだ」

——そういうことか。

西郷と大久保は鳥羽の陣が突破され、敵が京に乱入してくることを危惧していた。

「正之進は、できるだけ交渉を長引かせろ。その間に了介が陣所を築く。了介から合図があり次第、今度は相手を挑発し、関を無理に押し通らせるのだ」

——これは難しい仕事だ。

利良は難しい仕事に抜擢してくれた喜びよりも、責任の重さに緊張した。

「吉之助さん、それでいいな」

「ああ、よかど」

西郷が上の空で答えた。すでに別のことを考えているのだ。

二人は脱兎《だっと》のごとく本営を飛び出すと、兵を率いて鳥羽街道を南下していった。

三

一月二日、淀《よど》城に宿営した旧幕軍一万五千は、三日早朝には城を後にした。そのまま北進して淀小橋を渡ったところで、旧幕軍は二手に分かれる。一隊は左折して鳥羽街道を北上し、もう一隊は右折して淀堤を通って伏見へと向かった。

鳥羽街道を北上した部隊は、朝廷からの上洛要請を盾に、戦わずして京都への侵入を図り、伏見に向かった部隊は伏見奉行所を占拠し、戦闘になった場合の拠点を築くのが目的だった。

総指揮官は伏見に向かった前陸軍奉行の竹中重固《たけなかしげかた》で、鳥羽街道を進んだのは江戸から駆けつけてきた大目付の滝川具挙《たきがわともたか》である。

滝川が下鳥羽の赤池付近まで来た時、先頭を行く部隊から、新政府軍の関所が設けられているという報告を受けた。それを聞いて関所まで赴いた滝川は、責任者として出てきた利良に対して居丈高に言った。

「われらは、天子様より上洛せよとの御内諭を受けた徳川前内府（慶喜）の先駆けである。速やかに関を開き、われらを通すべし」

この時、薩軍先鋒部隊は、上鳥羽から下鳥羽にかけての陣所設営に全力を傾けており、赤池の関には、利良率いる御兵具一番小隊百余名しか配置されていなかった。すなわち、初めから旧幕軍が戦端を開くつもりでいたら、御兵具一番小隊は、ひとたまりもなく壊滅したはずだ。

「ここを通りたいと仰せか。これは異なことを仰せになられる」

利良は大げさに驚いてみせた。

「これが御内諭だ」

滝川が差し出した書状を穴が開くほど見つめた末、利良が言った。

「この書状には尾張・越前両侯の花押はありますが、この御内諭が、天子様から出ているという証拠はありません」

「こうした場合、仲介者の名で出すのだ」

「それが尾越両侯だと仰せか」

「そうだ。そんなことも知らぬのか」

そんな書札礼《しょさつれい》を利良は知らない。むろん知っていても「知らない」で押し通すつもりでいた。

「何分、それがしは田舎者で、こうしたことに疎いのです」

「ならば通すがよい。そなたの失態にはならぬよう、後に口添えしてやる」

「いや、われらは、薩摩藩の指揮官以外の命に応じることを禁じられております」

「それなら、もっと上位の者を出せ！」

「この関は、それがしが差配しております」

「そなたでは埒《らち》が明かぬ。もっと話の分かる御仁を呼んでこい」

「分かりました。では、その旨を伝えるべく本営に早馬を出します」

「それなら早くせよ」

それから一刻《いっとき》（約二時間）ばかり経った後、再び話し合いがもたれた。

「わが藩の上の者らも、そんな御内諭を聞いておらず、当惑している様子」

「話の分かる御仁が、こちらに来るのではなかったのか」

「いろいろ雑事があるらしく、しばらくお待ち下されとのこと」

「いつまで待てばよい」

「分かりません」と答え、利良は首を傾げた。

　結局、二度目の話し合いも終わり、滝川らは再び待つことになった。

　未《ひつじ》の下刻（午後三時前）になり、痺れを切らした滝川から再三の催促があったが、利良は「しばし待たれよ」と繰り返した。

　気まずい空気が流れる中、申《さる》の中刻（午後四時頃）、ようやく黒田から、「陣の設営完了」という一報が入った。

　利良は強気に転じることにした。

「何としても、ここを通らせぬつもりなのだな」

　滝川具挙が居丈高に問う。

「その物言いは、ちとご無礼ではありませんか」

「無礼はどちらだ」

「いみじくも朝廷の命によりこの関を設け、何人《なんぴと》たりとも通してはならぬという命を受けているそれがしです。それを丁稚《でっち》か何かに対するように居丈高に指図されては、それがしも立つ瀬がありません」

「そなたでは話にならぬからだ」

滝川が床几《しょうぎ》を蹴倒して立ち上がる。

利良も憤怒《ふんぬ》の形相で対峙した。

「いかにそれがしの身分が低かろうとも、あまりの物言い。よろしい。この関は断じて通しません。それで腹を切ることになっても構いません」

「この下郎が、よく言うわ」

「下郎とは何と無礼な！」

「もうよい。われらは天子様の命を奉じておる。こんな関など力ずくで押し通ってやる」

「それで結構。われらもここを死守するつもり。弓矢の沙汰で決着を付けましょうぞ」

「分かった。目にもの見せてくれる！」

そう吐き捨てると、滝川たちは戻っていった。

それを見届けた利良は、真剣な面持ちで周囲にいる者たちに言った。

「そいじゃ、逃ぐっど」

酉《とり》の上刻（午後五時頃）、旧幕軍が鳥羽の赤池の関に達すると、薩軍の姿はなかった。

滝川は「口ほどにもない輩《やから》め」と呆れ、いったん整えていた臨戦態勢を解き、行軍隊形に戻した。その後、小枝橋を渡って上鳥羽まで出た時、空を割るかのような四斤山砲の発射音が轟《とどろ》いた。

なんと初弾が、旧幕軍の先頭を進んでいた大砲を直撃した。凄《すさ》まじい炸裂《さくれつ》音がすると、先頭を歩いていた人馬が吹き飛ばされる。破壊された大砲の破片は四方に飛び散り、傷ついて倒れる者は数知れずという有様となった。

一瞬にして、旧幕軍は大混乱に陥った。

少し後方にいた滝川は無事だったが、乗っていた馬がこれに驚き、凄まじい勢いで来た道を引き返していった。これにより旧幕軍の腰が引け始める。

ひとしきり続いた砲撃が止むと、「鉄砲隊、前へ！」という中村半次郎の声が聞こえた。黒田をはじめとした鉄砲隊が、胸壁《きょうへき》を飛び出していく。

――いよいよ始まるぞ。

胸壁の中にいる御兵具一番小隊の面々に、利良が命じる。

「抜刀《ばっとう》！」

皆、蒼白な顔で刀を抜く。それぞれ先祖伝来の古刀《ふるがたな》だが、この時を待っていたかのごとく、刀身を鈍色《にびいろ》に輝かせている。

砲煙が立ち込める前方を凝視していると、敵が逃げていく。胸壁を出た黒田らが、射撃を繰り返しながら敵を追っていく姿も見える。

刀槍を主武器とする部隊の出撃許可は、まだ出ない。しかしこの機を逃せば、敵に追いつくことは難しくなる。

——ここで出れば軍令を破ることになる。

それでも勝機はここだと、直感が教えてくる。

利良は肚を決めた。

「突撃用意！」

利良の周囲を取り巻く比志島抜刀隊の面々にも、緊張が漲る。

「突撃！」

利良が胸壁を飛び出した。それに御兵具一番小隊が続く。それを見て、ほかの胸壁からも、刀槍を主武器とした部隊が次々と飛び出していった。

硝煙《しょうえん》の中、利良は闇雲に走った。気づくと、小枝橋を渡った辺りで味方の鉄砲隊を追い抜いていた。

「進め、進め！」

すでに短い冬の日は落ち始め、周囲は闇に包まれている。

「うわっ！」

硝煙の中、出会い頭に誰かとぶつかった。

「大丈夫か」

つんのめって倒れた男を助け起こすと、男は「心配要らぬ」と言って走り出した。

「敵はどうした」

男が問う。

「分からん」

「もう追ってこないようだな」

その言葉は江戸弁だった。慌てて見ると、筒袖姿の旧幕兵だった。相手も薩摩絣に兵児《へこ》帯《おび》を締めた利良の姿に気づいたらしく、顔色が変わった。

「やるか」

なぜそんな言葉が出てきたのか、利良にも分からない。しかし敵は戦うつもりなどないらしく、血相を変えて走る速度を上げた。

「待て。せっかくだから立ち合おう」

せっかくも何もないのだが、咄嗟のことなので、どう声を掛けてよいのか分からない。

敵は恐怖に顔を引きつらせて走り続けていた。利良は敵の背後まで迫ったが、いくら何でも背中を見せた敵を斬ることはできない。それでも小隊長を拝命した身としては、敵の一人くらいは斃しておきたい。

利良は相手の首根っこを摑んで引き倒すと、「いざ、立ち合わん」と大声を上げた。

その時、銃弾が鬢《びん》をかすめた。すかさず伏せると、下鳥羽の集落付近から銃を撃ってくるのが見えた。

目を凝らすと、闇の中、光が明滅し、激しい射撃音が聞こえてくる。敵が胸壁を盾に反撃に転じたのだ。それに気づいた江戸弁の男は喜び勇んで、「撃つな！」と言いつつ走っていく。

「よせ、行くな！」

利良が呼び止めるよりも早く、豆を炒るような連射音がすると、男がどうとばかりに倒れた。

——行くなと言ったのに。

味方に撃たれるくらいなら、無理にでも立ち合わせ、堂々と討ち取ってやりたかった。

その時、利良は味方の先頭にいることに気づいた。近くの厩舎《きゅうしゃ》の物陰まで這《は》いずって移動すると、走り来る味方に大声で「行くな、とどまれ！」と声を嗄《か》らして叫んだ。それでも追撃戦の常で、つい深入りしてしまう者がいる。その度に銃撃音が轟き、絶叫が聞こえる。

どうやら敵は、下鳥羽集落北端にある公卿の菊亭家《きくていけ》の米蔵に踏みとどまり、そこを拠点として反撃に転じるつもりらしい。おそらく滝川たちの後方で、拠点造りを進めていたのだろう。旧幕軍には築造兵（工兵部隊）という部隊があり、堡塁《ほうるい》や胸壁造りはお手の物だ。

敵が落ち着きを取り戻すと戦線は膠着《こうちゃく》した。およそ四半里弱（一キロメートル弱）の距離を隔てて、双方はにらみ合いに入った。

双方の狙撃手の散発的な射撃音がするだけで、戦闘は翌日に持ち越されると思われた。

しばらくすると、東の空が赤くなっているのに気づいた。伏見の町が焼けているのだ。

――伏見でも戦闘があったのだな。

真夜中頃になると、次々に入ってくる噂話により、伏見方面の状況がはっきりしてきた。

三日、伏見奉行所に入った旧幕軍は、すでに奉行所を占拠していた会津藩部隊と合流し、拠点造りを始めた。

伏見奉行所というのは、近くを流れる宇治川《うじがわ》の通行を管理するために設けられた関所のようなもので、要害とは言い難い。しかし旧幕軍としては、すぐに開戦となるとは思ってもおらず、まずは河川と陸路双方の交通の要衝である伏見を押さえ、兵糧や物資の搬送を円滑に行おうとしたのだ。

しかも奉行所の北東にある桃山《ももやま》という小丘《しょうきゅう》には、味方の彦根藩兵が布陣しており、低地にある伏見奉行所が危機に陥ることはないと楽観していた。

この桃山こそ、かつて豊臣秀吉《とよとみひでよし》の指月《しづき》伏見城が造られた場所で、伏見の町や奉行所を一望の下に見渡せた。

一方の諸藩連合軍は、奉行所の四町ほど北の御香宮《ごこうのみや》に兵を入れたので、極めて近い距離での対峙が始まった。

それを破ったのが、夕刻の鳥羽方面での砲声だった。これを聞いた御香宮の新政府軍は、奉行所に向けて砲撃を開始した。

一方、勇躍して反撃しようとした旧幕軍だったが、突然、桃山から砲撃を受ける。いつの間にか桃山の彦根藩兵は撤退しており、薩摩藩砲兵隊に占拠されていたのだ。

実は、彦根藩は勤王派に転じ、新政府軍側と水面下で密約が結ばれたのだ。

こうした不利な状況を打開すべく、土方歳三率いる新選組が御香宮に抜刀突撃を敢行するが、これも堅陣に阻まれて弾き返された。

さらに南の豊後橋方面から長州藩兵も駆けつけてきたので、旧幕軍は奉行所を捨て、雪崩《なだれ》を打って中書島《ちゅうしょじま》まで潰走《かいそう》することになる。

伏見方面では鳥羽方面以上の戦果が上がっており、それを聞いた利良たちの戦意も、いやが上にも高まった。

四

翌四日、鳥羽戦線では、夜明けと同時に旧幕軍が反撃に転じた。利良ら新政府軍はこれを受けて立つ。激しい砲銃戦が展開されたが、旧幕軍は新政府軍の築いた胸壁を破れず、午後には米蔵に引いていった。

戦場には小康状態が訪れていた。その時、後方から伝令が入り、小枝橋付近にある前衛軍指揮所に出頭するよう伝えてきた。そこには総指揮官の西郷が出張ってきている。

利良は前線を副官たちに任せると、後方に向かった。

利良が陣幕をくぐると、西郷が中村たちと地図に見入っていた。

「おやっとさあ」

利良を認めた西郷が、満面に笑みを浮かべる。

「昨日は厳しか戦でございもしたな。そいでも皆の頑張りで、何とか愁眉《しゅうび》を開けもした。とくに正どんの戦いぶりは、『鬼神のごとき有様』と伝え聞いておいもす」

「本当ですか」

「本当も何も、凄まじか顔をしちょったと、皆が言うちょりもした」

「ああ――」

利良はうれしさのあまり、その場にくずおれそうになった。

「じゃっどん、正之進――」

中村である。

「呼び出したのは、そんこつではなか」

「では、何で――」

「おはんが軍令を破ったこつじゃ」

「軍令とは――、いったい何のこつであいもすか」

利良には何のことだか分からない。

「開戦当初、おいは鉄砲隊だけ進むよう命じたはずじゃ。そいを、おはんは突撃した。そんため残る者らも、突撃せんとならんごつになり、烏合《うごう》の衆《しゅう》のような追撃戦となった。そん結果、敵に米蔵に拠《よ》られたんじゃ」

「そいは――、ちと待ってくいやい」

利良としては、逆に全軍で突撃して敵を圧倒したからこそ昨日の勝利があったと思っていた。もちろん米蔵に拠られたことを、利良の責にされるなど考えもしなかった。

「正之進、おいは西郷先生から軍配を預かっちょる身じゃ。おいの命に背いたちゅうこつは、先生の命に背いたも同じじゃ。向後《きょうこう》のこつを考え、おはんを軍令違背者として斬り、皆の気持ちを引き締める」

「待っちくいやい」

「正どん」

西郷である。

「半次郎の言うこつにも一理あっど」

西郷が中村の肩を持つとは思いもしなかった。

――ということは、わしもしまいか。

胸底から絶望が込み上げてくる。

敵の銃弾や白刃《はくじん》に斃されるのなら、利良にも悔いはない。しかし軍令違背者として斬首刑に処されるなど、最悪の死に方だ。

「じゃっどん、昨日の功に免じて死罪だけは免じるちゃる。半次郎も納得した」

利良はほっとしたが、中村は不満をあらわにしている。

「そん代わりに、頼みたか仕事があっど」

「何なりと申し付けくいやい」

利良は、西郷が慈悲深い神のように見えてきた。

「実は、伏見から冬一郎どんと弥助どんが向かってきちょ」

伏見での戦闘が一段落したため、西郷は篠原冬一郎の三番大隊と大山弥助の二番大隊を、鳥羽方面に呼び寄せたという。

中村が西郷の話を引き取る。

「じゃっで、おいたちが米蔵を正面から攻め上げちょる隙に、増援部隊と共に東から奇襲を掛けてほしかとじゃ」

「奇襲を――」

「そうじゃ。下鳥羽の西には横大路沼《よこおおじ》ちゅう湿地がある。ここじゃ」

中村が得意げに続ける。

「米蔵に籠もる敵は、こげな湿地帯を通って、おいたちが来るとは思うちょらんはずじゃ。敵は鳥羽街道の正面に神経を集中するに違いない。じゃっどん――」

中村が芝居じみた仕草で顔を曇らせる。

「冬一郎どんも弥助どんも、こん辺りのことはよう知らん」

「おいも同じです」

「そいは違《ちご》ど。おはんたちは昨日、こん辺りを走り回ったはずじゃ」

確かに、その通りだった。

「つまい、おいと了介が増援部隊の嚮導《きょうどう》役となって米蔵まで案内せいちゅうんですね」

「案内だけじゃなか」

中村が地図を強く叩く。

「了介の鉄砲隊を先頭に、おはんの抜刀隊がそいに続く。そん後に増援部隊が攻撃を仕掛ければ、敵は算を乱して逃げ出し、おいたちの勝ちとなる」

「そいじゃ、おいたちは捨て石じゃなかですか」

「おはんは文句の言える立場か！」

中村が雷鳴のような怒号を発する。

「もうよか」

西郷が中村を制する。

「実は開戦したと聞いた敵が、続々と大坂城から駆けつけてきちょるらしか。戦が長引けば、江戸からも兵が送られてくっかもしれん。つまい時間は、おいたちに味方しておらん。おいたちが勝つには、速戦即決しかなかとじゃ」

――それゆえ、犠牲も顧みず攻撃を仕掛けるというわけか。

茫然とする利良を尻目に、中村が言う。

「だいかがやらないかん仕事じゃ。正之進、ここで軍令違背者として首を落とされっか、米蔵に攻め寄せて『太か人（英雄）』になっかは、おはん次第じゃ」

西郷は地図に目を落とし、何も言わない。

――西郷先生は、わしに「死んでくれ」と言っているのか。

利良は初めて西郷に疑念を抱いた。ところが口からは、別の言葉が溢《あふ》れていた。

「やいもす。やらせてくいやい」

西郷が顔を上げてうなずく。一方の中村は、勝ち誇ったような冷笑を浮かべると言った。

「よか心がけじゃ」

何とも口惜《くや》しいが、冷静になって考えれば、軍令に違背した自分が悪いのだ。

「よし、横大路沼の北面の隘路《あいろ》で冬一郎どんらを待ち、合流した後、未の下刻（午後三時前）には米蔵ん近くで待っちょれ。おいたちの攻撃に敵が引き付けられる隙に、米蔵に飛び込め」

「分かいもした」

「正どん、頼んもしたど」

西郷の目は、いつものように慈愛に溢れていた。その目に魅入られた者は、死地だろうと地獄だろうと行くしかないのだ。

――「往くところなき者は、死地なり」、か。

『孫子』における死地とは、「ほかに行き場のない者」が行く場所を言う。まさに利良こそ、「ほかに行き場のない者」なのだ。

「そいでは、行ってきもす」

利良は二人に一礼したが、すでに二人は、地図に見入って別の話に移っていた。

馬を飛ばして最前線に戻った利良は、黒田に命令を伝え、共に横大路沼に向かった。

湿地帯の中に足を半ばまで埋めつつ、利良たちは米蔵を目指した。傍《かたわ》らを歩く黒田は、ずっと文句を言っている。

「了介、誰《だい》かがやらななならん仕事じゃ。たまたま此度は、そいがおいたちに回ってきた。性根据えて掛かるしかなかど」

「そげん言うても、いつもこげな役回りばっかいじゃ。正之進さんもおいも、此度は間違いなく死んど」

「死んとが嫌か」

「嫌じゃ。そんどこが悪《わ》り。人は生きてなんぼじゃ」

「そいじゃ、おはんは生きて何すんじゃ」

「よか女を抱いて、うまいもんを食う。そいで『太か人』になり故郷に錦を飾るんじゃ」

夢を語る時だけ、黒田の顔は明るくなる。

「こいは、そんための仕事じゃ。楽して出頭は叶わんど」

「そう言うてもな——」

それでも黒田は、割り切れない思いを抱いているようだ。

——そういえば、わしは何のために戦っているのだ。

あらためて考えてみると、死を懸けて戦うのは、いい女を抱くためでも、うまいもんを食うためでもない気がする。ましてや、故郷の比志島に錦を飾ろうなどとは思いもしない。仮にそうなったとしても、老人たちの気のない拍手を受けるだけだ。

——では、何のためだ。

西郷や大久保の喜ぶ顔が見たいという思いはある。だが、それだけでもない気がする。

——わしは何を望んでいるのだ。

利良の心中には、自分でも分からない何かが蠢《うごめ》いていた。

——それは何だ。

何か得体の知れないものが、殻を破って溢れ出てくるような感覚に襲われた。

「正どん、見えてきたど」

黒田が米蔵を指差す。やや西に傾いた日を受け、何棟か並ぶ米蔵が白く輝いている。

——あそこが、おいの死に場所か。

利良は覚悟を決めねばならないと思った。

黒田と共に正面軍の攻撃開始を待っていると、後方から篠原がやってきた。

「無理すなよ」

「そんなん言われても、あすこに突っ込めば死ぬこつにないもす」

黒田が泣きそうな顔をする。

「今更、泣き言を言うてどげんす」

「分かっちょいもす。じゃっどん、おいが死んだら、後んこつはよろしゅう頼んもす」

「心配すな。首は獲らるっかもしれんが、胴だけでん丁重《ていちょう》に葬っちゃるで」

篠原が真面目な顔で言う。

「そんこつではなく、おっかんのこつでごわんど」

黒田は二十九歳になるが未婚で、故郷に老母を残してきている。

「ああ、そんこつは心配せんでよか。存分に戦っちから死ねばよか」

二人の会話は嚙み合わないが、利良とて笑っている場合ではない。利良には妻子がいるのだ。

――わしが死んだら、生活にも困るだろうな。

そんなことを思っていると、合図の砲音が轟いた。それがしばらく続いた後、喊声《かんせい》が上がると、正面部隊が突入を開始した。

「いよいよじゃ」

篠原が後方に去っていった。

「行くっど、了介」

「仕方なかな」

さすがの黒田も顔を引き締め、「弾込め！」と銃兵たちに命じた。

「抜刀！」

利良も配下に命じる。前日の戦いで負傷者が出たので、この時、利良率いる御兵具一番小隊は兵士八十に輜重兵《しちょうへい》十五を含めて九十五人になっていた。うち比志島抜刀隊は、三十二人のうち死者二名と負傷者三人を出しているので二十七人である。

「正どん、あの世で会いもんそ」

「ああ、あの世の酒をすべて飲み干しちゃる」

黒田はにこりと笑うと、「突撃！」と叫んで走り出した。

日本の近代戦は鳥羽・伏見の戦いから始まったとされる。近代戦すなわち砲銃戦に重要なことは陣所の防御力であり、新政府・旧幕両軍共に、欧米先進国から堡塁と胸壁を使った防御法を学んでいた。そのため突撃をしても、さほどの効果がないことを知っている。

それでも新政府軍は強硬策によって、この日のうちに米蔵の敵を敗走させるつもりでいた。そうしなければ敵は次第に増強され、ただでさえ三分の一の兵力差が、さらに開くからだ。

米蔵まで迫った黒田の鉄砲隊が、築地塀を乗り越えていく姿が見える。小者たちが梯子《はしご》を持ち、そこかしこに掛けるので、瞬く間に大半が米蔵内に消えていった。

敵は東側からの攻撃を全く予想しておらず、塀の上から撃ってくる敵兵は一人もいない。

――これは死なずに済むかもしれん。

そうとなれば、いかに功を挙げるかだ。

塀際に着いた利良は、刀を鞘に収めると塀を乗り越えた。

米蔵の中は凄まじい銃撃音の中、「チェストー」という薩摩示現流特有の気合が飛び交い、すでに白兵戦が始まっていた。

敵は慌てて応戦しているが、虚を衝《つ》かれたことで混乱している。

「突撃じゃ！」

抜刀した利良は、先頭を切って敵兵に斬り掛かっていった。

五

米蔵の戦いは新政府軍の大勝利に終わった。敵は米蔵を放棄し、鳥羽街道を大坂に向けて逃げていった。

一月四日の夕刻、旧幕軍は下鳥羽から半里ほど南西の富《と》ノ森《もり》に布陣した。そこで大坂城からの増援部隊を待つつもりでいるのだ。

富ノ森には酒蔵《さかぐら》が多くあり、旧幕軍築造兵は酒樽を押収し、堡藍《ほうらん》代わりとしていた。堡藍とは堡塁や胸壁築造時に造られる円筒形の籠のようなもので、中に土を詰めるだけで、敵の銃弾を防ぐことができる。旧幕軍築造兵は、酒樽を代用できたので堡藍を造る手間が省け、瞬く間に陣所を築いた。

同日深夜、新政府軍は富ノ森の敵陣を攻撃し、これを奪うと、富ノ森から南西八町ほどの納所《のうそ》に設けられた敵陣に殺到する。しかしこれは罠《わな》で、富ノ森と納所の間に隠れていた会津・大垣両藩兵に奇襲を食らって敗走した。

新政府軍は敵を追い落とすことを焦り、深入りしすぎたのだ。

利良は懸命に逃げた。背後から銃声が間断なく聞こえ、敵が追いかけてくるのが分かる。

――負けるというのは、これほど恐ろしいものか。

利良は敗軍の恐怖を嫌というほど味わった。勝っている時は、銃弾が飛び交っている戦場でも恐怖を感じない。しかし負けて敗走する時は、死の恐怖が込み上げてくる。

——それが戦というものなのか。

いったん奪った富ノ森まで放棄した新政府軍は、下鳥羽まで退却することになる。

今度は旧幕軍が勝った。

富ノ森まで進んだ旧幕軍は、納所から酒樽を運び込み、さらに堅固な陣を築いた。ところがこの日の夜から翌朝にかけて、寒波が襲うことで事態は一変する。

富ノ森から納所にかけての陣で野営を始めた旧幕軍だったが、ろくな防寒具を持ってこなかったため寒くて仕方がない。酒樽を壊して焚火《たきび》にし、その前に立て掛けてあった板戸や畳を外して寝床とした。それを一部の者がやり始めると、瞬く間に広がり、翌朝には大半の酒樽が灰になり、陣所は用をなさなくなった。

五日、新政府軍の攻撃が始まった。ところが旧幕軍は、早々に富ノ森の陣所を放棄して納所まで引いていった。不思議に思って富ノ森の陣所に入った新政府軍の将兵は、その理由を知って唖然とした。

それでも旧幕軍には、淀城という堅固な要塞がある。この城に拠れば何日でも持ちこたえられる。ところが旧幕軍が開門を願っても、城兵は門を閉じて旧幕軍を中に入れない。戦況を見て、淀藩が寝返ったのだ。

旧幕軍は鳥羽・伏見から一斉に兵を引き、宇治川に架かる淀小橋と木津川に架かる淀大橋を焼き、男山山麓にある楠葉《くずは》砲台まで退いた。

戦国の昔、羽柴秀吉《はしばひでよし》と明智光秀《あけちみつひで》が天下分け目の戦いを行った山崎は、南北から山が迫っているため、淀川の川筋と並行して走る京街道は、左右に逃げ場のない隘路となっている。つまりその隘路を砲撃すれば、新政府軍は一歩も進めなくなる。

旧幕軍が陣所と定めた楠葉砲台は、その対岸の高浜砲台と共に最新鋭の洋式砲台で、この両側から放たれる砲弾をかわしながら両砲台を制圧するのは至難の業である。

旧幕軍としては、この両砲台で敵を防ぎつつ枚方《ひらかた》に築いた陣所に慶喜を迎え、一大決戦を挑むつもりでいた。

楠葉砲台には旧幕府陸軍や会津藩兵が入り、淀川対岸の高浜砲台には、津《つ》藩藤堂《とうどう》家の兵が入った。

津藩藤堂家三十二万石は藩祖・高虎《たかとら》以来、徳川家の譜代も同然の忠節ぶりを発揮し、徳川家からも厚い信頼を寄せられている。

六日早朝、利良は津藩の守る高浜砲台に向かった。戦わずして高浜砲台を寝返らせるべく、勅使として下向してきた四条隆平《しじょうたかとし》の護衛を命じられたのだ。

厳《いか》めしい顔つきの津藩兵に囲まれながら待っていると、この砲台の責任者である家老の藤堂采女《うねめ》が姿を現した。

「お待たせしました。藤堂采女に候」

采女はこの時、三十三歳。一方の四条は二十八歳の若さである。

「錦旗が揚がったんを、ご存じであらっしゃいますやろか」

公家装束に長烏帽子《えぼし》をかぶり、歯には鉄漿《おはぐろ》を塗った四条が、挨拶もそこそこに切り出す。

「その噂は聞いておりますが――」

「噂やあらへん。藤堂はんも、そないにのんきなことを言うとったら、えらいことになりますえ」

采女が苦渋を顔ににじませる。その一方、立て続けの勝利に、四条のような下級公家まで鼻息が荒くなっている。

「で、それがしにどうせいと仰せか」

「そないなことは、あんさんらで考えたらええやろ」

困惑する采女を弄ぶかのように、四条が鼻で笑う。

「そう仰せになられましても――」

「ほな、徳川家と心中しはったらええ」

「いや、さようなわけにはまいりません」

「ほな、撃ちなはれ」

「撃てといっても、どこを――」

「そんなもん、決まっとりまっしゃろ。対岸や、対岸」

「対岸というと、楠葉砲台で」

「そ、う、や」

扇子で口を隠してそう言うと、四条は呆《ほう》けたような笑い声を上げた。

「武士として、そこまではできかねます」

「采女はんは、帝の命に背くと言わはりまんのか。ほな津藩藤堂家は朝敵ゆうことになりまっせ」

「いや、そういうわけではありません」

「采女はんのお心、よう分かりましたわ。これからみどもは御所に戻り、藤堂家は徳川家に忠節を尽くすと言わはったと、天子様にお伝えします。天子様も『武士として見事な心掛け』と仰せになられますやろな」

「いや、お待ちを」

「何も待つことなどあらへんやろ。ほな、さっさと対岸に向けて砲撃しなはれ」

「当藩は東照大権現（家康）に大恩があり、いかに勅命とはいえ、それでは武士の一分《いちぶん》が立ちません」

「ははははは」と四条が高笑いする。

「貴藩の藩祖の高虎公は、臨機応変に主を替えたお方でおじゃりましたな。貴藩が武士の一分などと言うては、皆に笑われますやろ」

さすがの利良も、四条の態度にひやひやしてきた。

「いや、そう仰せになられても──」

しかし采女は、板挟みの苦悩をあらわにしている。

その時、陣幕内に使番が入り、采女に何事か耳打ちした。

采女の顔色が変わる。

「どないしはったん」

この様子を不審に思ったのか、四条が問う。

「今、会津藩の使者が参られました」

「な、なんやて」

余裕たっぷりだった四条の顔が蒼白になる。

「明日にも大坂城から三千の援軍が来るとのことです。さて、いかがしたものか」

今度は采女が、わざとらしく首を傾げる。

「なあ、藤堂はん、ここは考えどこやで。もう徳川家はあきまへん。そやさかい、はよう見切った方がええんとちゃうやろか」

四条の言葉には、先ほどまでの余裕はない。

——これでは、采女は煮え切らないまま時間ばかり過ぎていく。

「御免」と一礼すると、利良が四条の襟首を摑んで立たせた。

「何しはる」

「ご同道願いたい」

采女に一礼した後、四条の背を陣幕から押し出した利良は、高浜砲台の虎口《こぐち》付近で待つ会津藩兵の許に向かった。

「ひい。やめてたもれ」

ようやく利良の目的が分かったのか、四条が踏ん張ろうとする。

「お静かに。これしか手がないのです」

四条の背を押し、啞然とする会津藩兵の前に出た利良は大声で言った。

「たった今、津藩は勅書を受け取り、宮方となりました」

「何だと——」

会津藩兵が顔を見合わせる。

「ここに勅使の四条隆平殿もおられる。控えおろう!」

会津藩兵がたじろぐように二、三歩身を引く。そこに采女も駆けつけてきた。

「何をやっておられるのか!」

「采女殿、津藩藤堂家はたった今、帝に忠節を尽くすことになった。それで間違いないな」

「何を勝手に――」

「徳川方の使者の前でそれを宣言すれば、武士の一分も立つのではないか」

「いや、しかし――」

「藤堂殿、それは真《まこと》か！」

会津藩士が怒りをあらわにする。

采女が万事休したとばかりに天を仰ぐ。先ほどまで傍らにいた四条は、すでにどこかに逃げてしまっている。

――ここが切所《せっしょ》だ。

「藤堂殿、お家の行く末を過たれるな！」

利良が采女に強く言うと、ようやく状況を理解した会津藩士が声を荒らげる。

「お待ちあれ。津藩藤堂家は、徳川家に多大なる恩義のあるお家柄。ここで薩長の賊徒側に寝返り、汚名を千載に残すなど、できようはずがなかろう！」

「ああ、どうしたら――」

「藤堂殿、ここがお家の正念場ですぞ！」

「藤堂殿、名を重んじられよ！」

しばらく何事か考えていた采女が、ようやく口を開いた。

「分かりました。藤堂家は勅書を奉じて宮方となります」

――よし！

利良は賭けに勝った。

「何と――、それでよろしいのか！」

采女に近づこうとする会津藩士を利良が制する。

「かくなる上は、互いに正々堂々、弓矢で決着をつけようではないか。今から半刻（約一時間）後、この砲台から対岸に砲撃を開始する。貴殿らも応戦の支度を整えるべし！」

「何だと！」

「さっさとお帰りなされよ。さもないと捕虜としますぞ！」

後方に控えていた津藩士が、周囲を取り巻くように身構える。

「何たる無礼。覚えていろ！」

会津藩士は怒りをあらわにして去っていった。

――何とかやりおおせたな。

利良は、その場に膝をつきたい心境だった。

「貴殿のおかげで大変なことになった。藩主のご意向も、うかがっておらぬのだぞ」

采女が、ぶつぶつ文句を言う。

「これで采女殿は未来永劫、藤堂家を救った忠臣として名を残すことになります」

「そうであればよいのだが、よしんば負けたら――」

「われらは負けません！」

「分かった。もう肚を決めた」

「それでこそ、藤堂家の御家老！」

采女の顔が、次第に覚悟を決めたように引き締まってきた。

「さあ、命を下されよ」

利良に促され、采女が砲撃の支度に入るよう家臣に命じた。

「四条殿！」

驚き慌てたかのように四条が走ってきた。

「これで話はまとまりました。半刻後、こちらとあちらで砲戦となります」

「ひいっ」

四条が、淀川の対岸を見て顔をひきつらせる。

「いち早く、ここを発って鳥羽に戻るべし」

それを聞くと四条は、水干《すいかん》が汚れるのも厭《いと》わず、足早に走り去った。

「それではこれにて。采女殿、また、どこかでお会いしましょう」

采女は何も言わず、顔をしかめただけだった。

利良の土壇場の判断で、津藩藤堂家は新政府に与すると決した。

　この日の午後、高浜砲台から楠葉砲台に向けて砲撃が開始された。同時に鳥羽街道を南進してきた新政府軍の砲撃も始まる。二方面からの砲撃にたじたじとなった旧幕軍は、楠葉砲台を破壊して退却していった。結局、築造途中の枚方の陣をも放棄した旧幕軍は、雪崩を打って大坂城へと引き揚げていく。

　難攻不落と思われた山崎の両砲台を攻略した新政府軍だったが、天下の名城を攻め落とさねばならないという難題が待ち構えていた。しかも籠城戦が長引けば、江戸から陸続と洋式部隊が送り込まれてくるはずで、腰を据えて城攻めをしている暇はない。

　ここまでは順調に来ていたが、西郷と大久保は、いかにして大坂城を落とすかで頭を悩ませていた。

　ところがそこに、慶喜が会津藩主の松平容保や桑名藩主の松平定敬《さだあき》らを伴って大坂城を脱出し、海路、江戸に向かったという話が入ってきた。

　この朗報に、新政府軍は沸き立った。

　前代未聞の総大将の敵前逃亡によって旧幕軍は瓦解《がかい》し、それぞれ江戸や国元を目指して落ちていった。まさに新政府にとって、「棚から牡丹餅《ぼたもち》」の勝利だった。

　大坂城の石垣上に立った利良は、その南に広がる上町台地を見下ろしていた。

——権力か。

利良の胸には、これまでにない何かが芽生えてきていた。だが薔薇《ばら》に棘《いばら》があるように、それは危険極まりないものでもあった。

歴史上の多くの英雄たちが権力に魅せられ、それを得たがために滅んでいった。だが利良には、それが魔物であろうと飼いならす自信がある。

——権力を握るのだ。

利良は、大坂湾に沈みゆく夕日に誓った。

六

歴史というのは一種の舞台劇である。徳川慶喜が逃げるようにして舞台から降りると、一人の男が煙管片手に舞台に上ってくる。男は悠然と紫煙を吐き出し、ほかの役者も観客も煙に巻こうとした。

正月六日の深夜、大坂城を脱出した慶喜は、大坂湾に係留していた開陽《かいよう》丸に乗り込み、江戸に向けて脱出した。

船に乗るまでは、「江戸で再挙を図る」と言っていた慶喜だが、船上で突然、「謹慎恭《きんしんきょう》順《じゅん》する」と言い出した。これに猛反発したのは、成り行きから同船させられた松平容保・

定敬兄弟だ。二人は必死に翻意を促すが、慶喜の決意は変わらない。

十一日夜半、開陽丸は品川に到着した。これを出迎えたのが勝海舟だった。

この時、勝は慶喜から「頼るのは、その方一人である」と言われ、自分の出番が来たことを覚《さと》った。

十二日のうちに江戸城を出た慶喜は上野寛永寺に入って謹慎する。慶喜は徹頭徹尾「謹慎恭順」を貫くつもりで、恭順支持派の大久保《おおくぼ》一翁《いちおう》や勝海舟を徳川家の重職に就け、新政府との交渉に当たらせようとした。


一方、京都では二月三日、天皇親征の詔《みことのり》が発せられ、九日には、有栖川宮熾仁親王が東征大総督に任命された。

それを補佐する下参謀の西郷は、総勢五万の征討鎮撫《ちんぶ》軍を東海道・東山道・北陸道の三道に分け、十一日から陸続と江戸に向けて送り出した。

十五日早朝、天皇から錦旗を授けられた有栖川宮が京都を後にした。この隊列には西郷も加わっている。下参謀とはいえ実質的な指揮官である。この時、利良率いる兵具小隊は西郷を護衛する役割を課され、東海道軍に編入された。

その日の午後、大津に着いたところで、利良は西郷に呼ばれた。

西郷の宿舎に慌てて駆けつけたが、西郷が琵琶《びわ》湖の周りを散策していると聞き、利良はそちらに向かった。

湖畔に着くと、西郷は村田新八と共に何事か語り合いながら歩いていた。

利良が息せき切って追いつくと、その姿が可笑《おか》しかったのか、二人の相好が崩れた。

利良はあまり冗談も言わず謹厳実直《きんげんじっちょく》だけが取り柄のような男だが、なぜか言動に愛嬌《あいきょう》があるらしく、人の笑いをよく誘う。昔は馬鹿にされているようで嫌だったが、最近はそれも自分の強みだと思えるようになっていた。

村田は西郷に物怖《ものお》じするでもなく腕組みし、まるで同格のような歩き方をしている。ときには激しく議論を戦わせることもある二人だが、西郷は村田を深く信頼しており、常に側近く置いている。それが西郷に反論しない中村や、議論を好まない篠原たちと異なる点である。

二人の姿を見て、利良は村田に軽い嫉妬《しっと》を覚えた。

「正どん、いけんですか」

西郷が問う。

「いけんち仰せになると——」

何のことだか分からず、利良が思わず問い返す。

「こん、どまぐるほどひれ湖《うみ》んこつでごわんど」

西郷は琵琶湖のことを、「度胆が抜かれるほど広い湖」と表現した。

「はあ、何とも風光明媚《ふうこうめいび》じゃち思いもす」

「風光明媚か」

村田が笑う。利良が洒落た表現を使ったのが面白かったのだ。村田は漢詩にも造詣《ぞうけい》があり、文武両面で一目置かれている。

赤面する利良に西郷が言う。

「おいたちは、こん国のこげん風景を守っていかんといけもはん」

「はっ――、仰せん通りです」

「前の将軍（慶喜）がフランスと手を握れば、もう、こげん景色も見るこつができんくなっかもしれもはん」

利良にも、ようやく西郷の言わんとしていることが分かってきた。

実はこの頃、フランス公使のロッシュが慶喜と会談を持ち、徳川家の支援に乗り出すと表明していた。慶喜が「謹慎恭順」と言いながら、その実、裏でロッシュと手を組む決定を下せば、関東で大激戦が展開される。旧幕府軍の巻き返し次第で、その戦火が畿内《きない》各地に及ぶことも考えられるのだ。

「正どんは、死地に飛び込めもすか」

「はい。西郷先生のため、いや、こん国んためなら、命の一つくらい、捧げもす」

西郷はうなずいているが、村田は不快そうに横を向いた。村田は、命を軽く見る志士という生き物が大嫌いなのだ。

——では、どう答えればよいのだ。

西郷の護衛隊長という利良の立場で、「飛び込めない」とは言えない。

「そいでは、おいたちに先駆けて江戸に入ってもらえもすな」

「江戸に——」

——今の江戸は死地ではないか。

慶喜の帰還以来、江戸では旗本たちの怒りが沸騰《ふっとう》していると聞く。江戸に入ってもしも薩摩藩士だとばれれば、斬られるどころか拷問の末に八つ裂きにされる。

「江戸で勝さんと会い、前の将軍の真意を聞いてきてほしいと思っちょいもす」

村田が西郷に代わって言う。

「前の将軍のご意向が間違いなく『謹慎恭順』で、勝さんがそん立場で徳川家を代表しておらるっとなら、おいたちには話し合う余地があっど」

「つまい、前の将軍のお命を奪わんと仰せで」

すでに「朝敵処分」において、慶喜の死罪は決まっている。西郷はそれをひっくり返そうというのだ。

「奪う必要のなか命は、奪わんでもよか思いもす」

西郷が琵琶湖に向かって大きく伸びをした。

勝が西郷の出す条件をのむというのなら、西郷は寛大な措置を取るつもりでいるのだ。

――つまりわしに、その下ごしらえをしておいてほしいというのだな。

「じゃっどん新政府には、いろんな人がおいもす。おいの一存では決められもはん」

西郷が悲しげに首を左右に振る。慶喜を「斬れ」と言っている三条実美や岩倉具視を指しているのだ。

「つまいじゃ」

村田が話を引き取る。

「西郷先生と勝さんの二人が、一芝居を打つ必要があるちゅうこつじゃ」

その言葉に西郷が笑った。

「分かいもした。そんお役目、つつがなく果たしもす」

利良が一礼すると、西郷が「そいでは、よろしゅう頼みもそ」と言って歩き去った。

「こいを勝さんに渡してくいやい」

村田は懐から書状を取り出すと、利良に手渡した。

「熱田《あつた》までは馬を用意しちょる。そこからは伊勢《いせ》商人の廻船《かいせん》に水主《かこ》として乗り組め。品川港に着いたら土蔵相模に潜伏し、そこん手代を通じて勝さんに接触しろ」

「分かいもした」

「では、気いつけるんやど。おはんの命を案じとるわけじゃなかが、おはんの使命は大切じゃ」

村田はそう言うと、先を行く西郷を追い掛けていった。

その後ろ姿を見送りつつ、利良はこの仕事がいかに危険か痛感した。

七

「そいつは弱ったな」

勝が陽気に笑う。言葉とは裏腹に、いっこうに弱ったようには見えない。

十七日の夜、人もまばらな土蔵相模の一室で、有明行灯を間にし、利良と勝は向き合っていた。

この座には、いま一人の男がいた。薩摩藩士の益満休之助だ。薩摩藩邸焼き討ち事件の折、益満は逃げ遅れて捕まり、処刑されるところだったが、勝に救われ、今は双方の橋渡し役を担っている。

「西郷が、もう駿府《すんぷ》まで来ちまったとはな」

勝が舌打ちする。

「西郷先生は駿府にとどまり、何とか戦をしたい連中を押しとどめています」

「木戸は来てるのかい」

「あの方は、京都にとどまり、指図しているだけです」

勝は西郷同様、慶喜の寛典《かんてん》を主張する木戸のことを頼りにしていた。

一方、対徳川強硬論者は三条実美と岩倉具視の二人だった。これに大久保利通も賛意を示している。

西郷は二月二日付けの大久保あて書状で「断然追討」を主張しているが、これは西郷一流の韜晦《とうかい》で、その本心が穏便に事を収めることにあるのは、その後の行動を見れば明らかだった。

「こういうものは、公家のように自分が戦わない奴ほど強気になるもんさ」

勝が懐から煙草入れを取り出すと、煙管に煙草を詰め始めた。この危急存亡の秋《とき》にあっても、勝の動作には澱《よど》みがない。

「それで正之進、新政府の総意はどこにあるのか」

益満が問うてきたが、それに答えては手札を晒《さら》すことになる。

「待たれよ」と言って益満を制した利良は、勝に問うた。

「勝さんは、戦うおつもりか」

「そうだねえ」と言いつつ、勝が首筋をかく。

「春になってくると、湿瘡《しっそう》（疥癬《かいせん》）ができてね。これから暑くなると、もっとひどくなるんだ」

「勝さん、これは真剣勝負です。はぐらかさないでいただきたい」

「分かったよ」と言いつつ、勝が苦笑する。

「そりゃ、徳川家はおれの主家さ。食い扶持《くぶち》もいただいている。それに報いるよう働くつもりさ。何なら、こいつを――」

　勝が己の首筋に手刀を当てる。

「落とされても、徳川家を救ってくれるなら、文句は言わねえつもりさ」

「つまり戦うのですか、戦わないのですか」

　紫煙を吐き出しながら勝が答える。

「そちらさんが箱根の山を越えないのなら、徳川家の馬鹿どもは、おれが抑える」

　そう言うと、勝の眼光が真剣味を帯びる。

「むろん、それだけじゃねえ。こちらの条件は、徳川家の所領四百三十万石を丸々残すのと江戸からの転封はなしだ」

「それは無茶というものです」

　利良が言下に否定すると、益満が横から口を挟んできた。

「正之進、あんたは使者だろう。それをのむかのまないかは、西郷先生が決めるはずだ」

――いかにも、わしは使者に過ぎぬ。

　あらためて自らの役目を思い出し、利良は悄然《しょうぜん》とした。

「まあ、こっちにも立場があるんだ。分かってくれ」

勝は半身になって背後を向くと、「よっこらしょっと」と言いながら、海側に面した障子戸を開けた。そこには、月に照らされた漆黒の海が広がっていた。それを見つめながら、勝が真剣な口調で言う。

「徳川家は、四百三十万石で幕臣六万人を食わせてきた。それを減らされては、飢え死にする者も出てくる。分かってほしいのはそこんとこだ」

勝の吐き出した紫煙が外の月に懸かり、雲のように見える。そんな風情《ふぜい》を楽しむゆとりもなく、利良が問い返す。

「では、西郷先生が勝さんの出した条件をのめないと言えば、どうなさるおつもりか」

「つまり、徳川家の廃絶と前の将軍のお命頂戴《いのちちょうだい》ってわけかい」

利良がうなずく。

「そうなると、おれも軍艦に乗って徹底抗戦ということになる」

「つまり江戸が火の海になると」

「冗談言っちゃいけねえよ。おれは十二隻の軍艦を指揮して、東海道をやってくるおめえらを叩くのさ。場合によっては大坂を占拠することも、赤間関《あかまがぜき》（下関）を封鎖することも、錦江湾から鶴丸《つるまる》城を艦砲射撃することもできるんだぜ」

海軍力は、旧幕府軍の方が新政府に付いた全藩を足しても優位にある。つまりその気になれば、旧幕府海軍が制海権を握ることもできるのだ。

「つまり、それが勝さんの手札というわけですね」

「ああ、そうだよ。交渉というのはな、手札がなければできねえもんだぞ」

「分かりました。西郷先生に、そこのところをよく伝えておきます」

「ああ、そうしてくれ」

いかに大慈悲の人・西郷が相手でも、勝は甘く見ていない。

「こいつを持っていきな」

懐に手を入れると、勝が書簡を取り出した。

「今、言ったことが書いてある。多分、西郷はこれを使い、一芝居打つだろうがな」

「一芝居――」

村田が同じことを言っていたのを、利良は思い出した。

「まあ、見ていなよ。きっと面白いぜ」

「分かりました。とくと拝見させていただきます」

利良が座を立とうとすると、勝がその背に向かって言った。

「西郷に、もう一つ言い添えてくれ」

「なんなりと」

「手札は一枚じゃねえ、とな」

そう言うと勝は再び外を眺めつつ、「明日は雨だな」とひとりごちた。

八

二十日に駿府に着くと、西郷から「そこで待つように」という指示があった。

利良が駿府城内で待機していると、二十八日、西郷に率いられた東海道鎮撫軍先鋒隊が入城してきた。

その夜、利良は西郷と会い、勝の書簡を渡した。それを読みながら西郷は、上機嫌で「よか、よか」と言っては首肯していた。

翌朝、諸藩の先鋒隊長を召集した西郷は、彼らを前にして勝の書状を読み上げた。

「徳川前内府は城を出て恭順の実を上げている（姿勢を示している）。われらもその意を体し、恭順を旨としている。ところが今、征討の大軍を向けられ、今にも江戸城を攻撃するかの勢いを示しているが、これはいかなるお見込み（つもり）であられるのか」

やや鼻にかかった銅鑼《どら》のような声音が、本丸広間に響きわたる。

この後、勝は海軍力を手札として、西郷に征討軍を箱根以西にとどめておくよう要請してきた。

末席に連なることを許された利良は、西郷が旧幕府と和平交渉を始めると宣言するものと思っていた。ところが、その予想は見事に覆される。

「まことにもって言語道断！」

雷鳴のような怒声が広間を圧する。

「諸氏は、この書状を読んでどう思われたか。かの者は官軍を官軍とも思わず、無礼にも恫喝《どうかつ》することで、既得権益を守ろうとしておる。かような輩を相手に交渉など行えるか。早速、江戸に進軍し、勝はもとより、慶喜の首を引き抜いてみせようぞ！」

西郷が、顔から火を噴かんばかりの勢いで立ち上がる。

「しかもそこにおる――」

西郷が突然、利良を顎で示した。皆の視線が一斉に集まる。

「使者によると、勝は徳川家の所領の安堵を求め、江戸からの立ち退《の》きを拒否してきた。朝敵という立場を忘れた徳川家の不遜《ふそん》な態度を、諸氏は許せるか！」

利良はもとより他藩士たちも、こんな西郷を見るのは初めてだ。誰もが蒼白となり、咳払い一つ聞こえない。

「明日、江戸に向けて出陣しもす。だいか異存はあいもすか」

西郷が大きな双眸《そうぼう》で諸藩士を見回す。

「あいもはん！」

利良より少し上座にいた中村が青畳《あおだたみ》を叩く。

「よか。そいでは明日、ここを発ちもす」

他藩士に対しては江戸弁で話す西郷だが、最後のところだけは薩摩弁で通した。強い決意を表すためだろう。

――これが一芝居ということなのか。

茫然とする利良に、村田が声を掛けてきた。

「正之進、西郷先生の真意が分かっか」

「分かいもはん」

「よう考えてみるとよか」

それだけ言うと、村田は去っていった。


翌朝、新政府軍は駿府を後にした。大戦を前にして士気は旺盛《おうせい》に見える。

――一つはこれか。

西郷は全軍を引き締めるために不動明王と化したのだ。和睦《わぼく》の雰囲気が漂えば、軍は弛《し》緩《かん》する。そこを敵に衝かれれば、諸藩の寄せ集めにすぎない新政府軍など、瞬く間に瓦解する。それを防ぐには、戦闘は必至とし、将士に覚悟を決めさせねばならない。

利良は西郷の深慮遠謀《しんりょえんぼう》と、それを見通している勝の狡猾《こうかつ》さに舌を巻いた。

翌日、東海道鎮撫軍先鋒隊は三島で一泊した後、江戸に向けて出発した。一方、三島まで来たにもかかわらず、西郷は有栖川宮を迎えるべく駿府に戻ることにした。利良も、これに同行する。

三月五日、東征大総督の有栖川宮が駿府に到着し、西郷らと会談の末、十五日を期して江戸城総攻撃と決した。

東海道鎮撫軍先鋒隊は全く抵抗を受けず十二日、江戸に入り、池上本門寺《いけがみほんもんじ》に本営を設けることになる。また翌日には、東山道鎮撫軍先鋒隊も江戸郊外の板橋《いたばし》に着陣する。

北と南から江戸をうかがう態勢を取った新政府軍は、江戸城への攻撃開始命令を待っていた。さらに新政府は、徳川家が罪に服するというのなら降伏を認めるが、所有するすべての城郭、軍艦、兵器、弾薬などを三カ月以内に差し出し、百名程度の主戦派を斬首に処すという過酷な条件を課した。

一方、勝は自ら駿府に赴いて直接交渉に当たろうとする。だが慶喜に押しとどめられ、まずは幕臣の山岡鉄舟《やまおかてっしゅう》を行かせることにした。

九日、駿府に着いた山岡は、堂々たる弁舌で徳川家の寛典を願い出た。

この時、山岡は「徳川家では君臣共に恭順一途の態度を取っているが、皆、同じ考えでいるわけではない」と語り、恫喝することも忘れなかった。つまり勝の出した条件と、何ら変わらない内容である。それでも西郷は前回の赦免《しゃめん》条件から一歩引いた形で、「百名程度の主戦派を斬首に処す」というところを「慶喜妄挙を助け候面々厳重取調べ」へと変更した書状を山岡に渡した。

山岡が去った後、西郷は自ら勝と会談すべく、駿府を後にした。

十日の夜、江戸に戻った山岡が、勝に西郷との面談の顚末《てんまつ》を復命すると、十三日、江戸入りした西郷と、これを迎える形になった勝は、高輪の薩摩藩邸で顔を合わせた。

この時は儀礼的な挨拶を交わしただけで、本会議は十四日に持ち越された。

一方、同日、総督府から「横浜表外国人応接」を仰せつかった長州藩士の木梨精一郎《きなしせいいちろう》が、横浜でイギリス公使のパークスと会談した。

パークスは軌道に乗り始めていた日本との貿易を戦火で台無しにしたくないため、慶喜の助命と江戸への侵攻中止を木梨に要請する。

その夜、木梨からこの報告を受けた西郷は、参謀たちと協議の末、秘密裏に十五日の攻撃開始を無期延期にした。

十四日、高輪の薩摩藩下屋敷で、西郷と勝の二度目の会談が持たれた。

勝は羽織袴で従者を一人連れただけ。一方の西郷は、古びた洋服に下駄を履き、熊次郎《くまじろう》という従僕を一人、連れてきているにすぎない。

この会談の警護を任された利良は、配下の者たちを外に配置し、中村や村田と共に、末座に控えて会談を聞くことができた。

「つまい勝さんは、まず前の将軍の身柄を備前《びぜん》藩ではなく、故地の水戸藩預かりとしたいち仰せか」

「そういうことだ。どうせ謹慎するんだから、せめて故郷に帰してやんなよ」

「じゃっどん、そいは――」

「あんただって同じだろう。例えば隠退して土いじりでもしながら余生を過ごそうって時に、見ず知らずの土地を耕したいかい。どうせなら薩摩に帰り、桜島の噴煙を仰ぎ見ながら土を掘り返したいんじゃないのかい」

「まあ、そいはそうじゃっどん――」

情に訴えかけられると、西郷はとたんに弱くなる。

慶喜が備前藩預かりとなれば、切腹命令が出た時には有無を言わさず腹を切らされる。だが実家の水戸藩預かりなら、切腹命令が出ても手を回して時間を稼ぎ、救える可能性がある。そのため何としても、水戸藩預かりを実現させたかった。

「江戸城を明け渡すのに異存はないよ。ただし城を明け渡すとなると、強気な連中が騒ぎ出す。だから、いったん徳川家の一門の田安《たやす》家に、城を預けさせてもらえないか」

西郷が無言なので、勝が畳み掛ける。

「戦をしたい連中には、おれもほとほと手を焼いているんだ。ここは一つ、あんたも譲歩してくれよ」

物を頼まれれば嫌と言えないのが西郷である。

西郷が無言でいると、勝は「すまないね」と言いつつ話を進める。

「軍艦や大砲についてだが、まずはこちらで取りまとめ、いったん目録を作ってから渡したいと思っている」

「そいは、お待ちくいやい」

ようやく西郷が口を開いた。この点だけは譲れないのだ。

「まずは取りまとめて目録を作る。そのうち徳川家の新たな石高が決まる。それから、その石高に見合ったものだけ残してもらうつもりなんだが、どうだい、理屈に合っていないかい」

ここで勝は理屈を持ち出した。確かに徳川家を一大名家として残すのなら、勝の言うことは理に適《かな》っている。

「勝さん、新政府では、すべてを差し出していただいた上で、徳川家の石高に見合ったもんをお返ししたいち思うちょいもす」

「それは申し訳ないってもんだ。そうした煩雑《はんざつ》なことは、こちらでやっておくよ」

「そいは困りもす」

「そいじゃ、持ち帰って検討してくんな。おれが言いたいのはそれだけだ」

「待っちくんさい。勝さんの言うこつを、そんままのむわけにはいきもはん」

「ああ、そうかい」

正座していた勝が胡坐《あぐら》に座り直した。

「じゃ、やるってのかい」

勝が一転して強気に転じる。

西郷はむっとしたようだが、四つも年上で一目置いている勝の手前、「売り言葉に買い言葉」というわけにもいかない。

「やればどげんなるか、分かっちゅうはずじゃなかですか」

「ああ、そうだよ。前の将軍もおれも、炎に包まれた江戸の町を見ながら、城内で腹をかっさばくことになるだろうね」

「おいは江戸を燃やすとは言うちょいもはん」

「燃やすのは、あんたでなくおれだよ」

「えっ」

西郷が、その巨体をのけぞらせた。そこにいた一同も驚いて顔を見合わせる。

「そいは、いけんこつですか」

「あんたらが前の将軍の首を獲るというなら、おれが江戸の町を焼くというのさ」

西郷が沈黙する。

——もしや勝さんの言っていた手札とは、このことか。

「あんたらが江戸を攻めている最中に、その背後から火の手が上がる。そうすれば江戸の民と一緒に、あんたらも焼け死ぬ。いわば心中だな」

勝が楽しそうに続ける。

「だいたい江戸が灰になって困るのは、もうあんたらだろう。東国の経済は麻痺《まひ》し、餓死《がし》者《しゃ》も出る。貿易が軌道に乗り始めた英仏も怒る。となれば、この国は滅茶苦茶《めちゃくちゃ》だ。だがその時は、前の将軍もおれもあの世から高みの見物ってわけだ」

「勝さんは、そこまでお考えじゃったとか」

「お考えどころか、もう手を回しているよ」

「手を回すち――」

「ああ、火をつける支度はもうできている」

勝は新門《しんもん》の辰五郎《たつごろう》や清水次郎長《しみずじろちょう》をはじめとした渡世人《とせい》たちに、火をつける支度をさせていた。さらに行徳《ぎょうとく》や市川《いちかわ》から船を回す手はずも整えており、辰五郎や次郎長の配下、総勢五百人を要所に配置し、江戸に住む人々をそちらに誘導できるようにしていた。

「勝さんの肚、よう分かいもした」

「そうか。分かってくれたかい」

「まずは十五日の総攻撃を中止しもす」

「おう、そうしてもらえるか」

――もしや二人は、肚芸《はらげい》をしているのではないか。

この場には、薩摩藩士のほかにも長州藩士や公家の使いなどがいる。西郷は彼らにやりとりを聞かせているのだ。

「半次郎、新八！」

下座に控えていた二人が呼ばれた。

「半次郎は板橋まで馬を飛ばして東山道鎮撫軍に、新八は池上本門寺に行って東海道鎮撫軍に、それぞれ攻撃中止を伝えにいってくれたもんせ」

「はっ」と言うや、二人が座を立った。

「ご苦労だね」などと言いつつ、勝は音をたてて茶を喫している。

「そいでは、おいはこいから駿府の本営まで戻り、協議してきもす。しばしの間、そちらは恭順の姿勢を取り続けてくれもはんか」

「ああ、分かったよ」

これで何となく会談は終わり、勝が帰っていこうとした。

「正之進、勝さんをご自宅まで送っちくいやい」

「はっ」

「いいよ。下手に薩摩藩士に守られていたら、こっちの首がいくらあっても足らねぇや」

勝が高笑いする。むろん、いきり立っている旗本に斬られるからだ。

これには西郷も笑みを漏らし、「そいでは、門までお見送りしちくんさい」と命じた。

利良は勝から一歩下がった形で、門まで随伴《ずいはん》した。

門まで来たところで、利良が小声で尋ねる。

「勝さん、これでよろしかったのですか」

「ああ、これでいい。後は西郷に任せた」

そう答えると勝は馬にまたがり、大あくびをしながら帰っていった。

——何という男だ。

勝と西郷は詳しく連絡を取り合わずとも、互いに肚芸で通じ合い、江戸明け渡しを決めたのだ。その証拠に、利良が戻ると、西郷は笑みを浮かべて広縁から庭を眺めていた。

「勝さんをお見送りしてきもした」

「あいがとな」

「西郷先生——」

「正どん、今年の桜はそろそろでごわんど」

「えっ、ああ、はい」

「まあ、おいはちと忙しかから、江戸の桜を愛《め》でるんは来年の楽しみにしもす」

そう言うと西郷は、ゆっくりと自室に向かった。

九

江戸城総攻撃の日になるはずだった三月十五日、江戸を発った西郷は二十日、京都に着き、三条実美、岩倉具視、大久保利通、木戸孝允《たかよし》らを集め、勝の降伏条件への対応を協議した。

西郷が「慶喜に大逆《たいぎゃく》の罪があるとはいえ、死一等は減ずべきではないか」と言うと、寛典論者の木戸が大いに賛意を表し、一気に議論が決着した。死一等を減じられた慶喜は、水戸藩預かりとなる。

四月四日、西郷は勅使を江戸城に派遣し、新政府の改正条件を通達した。これに徳川家も同意し、晴れて江戸は戦火から救われた。

西郷と勝は十日、池上本門寺で三度目の会談を持ち、互いの労をねぎらった。この翌日、寛永寺を出た慶喜は水戸へ向かい、江戸城が新政府に引き渡された。

徳川家の家臣たちが整列する中、東征総督府の重職を占める公家たちに続き、西郷らが城門をくぐった。

——これが江戸城か。

利良も西郷に付き従う形で江戸城に入った。西郷らは城内で城引き渡しの儀を行うが、利良らは城内の警備に散った。城明け渡しの屈辱に耐えられない主戦派の旗本たちが、いつ何時、徒党を組んで攻め込んでくるか分からないからだ。

利良が赤坂《あかさか》御門付近を見回っていると、背後から声を掛けられた。

「よおっ」

従者を一人連れただけで、こちらにやってくる者がいる。

「勝さんじゃないですか」

「何をやっている」

「見ての通り、城内の警備ですよ。それより勝さんは、城内にいるとばかり思っていましたが」

「いや、おれは格式ばったことが大嫌いでね。大久保さんたちに任せたよ」

ここでいう大久保とは、この時の徳川家の中心人物・大久保一翁のことだ。

「では、勝さんは何をやっているのですか」

「何もやることがないから、ぶらぶらしてたんだよ」

勝は両刀を差しただけで、供侍《ともざむらい》さえ連れていない。

「お一人で出歩いても大丈夫なんですか」

「そうだな。こんなとこをぶらついてたら、いつ斬られるか分からないよな」

勝が高笑いする。

しかし江戸の中心部は、すでに新政府軍が制圧しており、赤坂元氷川坂下《ひかわざかした》の勝の自宅から江戸城辺りの治安は保たれていた。

すでに日は西に傾き、水堀に反射する光も赤みを帯びてきている。

「これで江戸も焼かずに済み、一安心ですね」

「そうでもないぜ。まだ問題は山積している」

「そうなんですか」

「ああ、上野の山に不穏な連中が集まっているのを知ってるかい」

「ああ、彰義隊《しょうぎたい》のことですね」

彰義隊とは、寛永寺《かんえいじ》に謹慎した慶喜の護衛を名目とした幕臣たちの集まりで、一時は総勢三千余の大勢力となっていた。

頭取に渋沢成一郎《しぶさわせいいちろう》、副頭取に天野八郎《あまのはちろう》が就き、当初の慶喜の護衛と江戸の治安維持という目的から、次第に反政府勢力へと変貌を遂げていった。

それでも四月十一日、慶喜が水戸に去ったのを機に渋沢ら穏健派は退去し、四月半ばには、その兵力は一千を下回っていた。それでも天野らは、江戸市中の治安維持と徳川家の霊廟警護を名目に、いまだ寛永寺に居座り、江戸城の新政府軍とにらみ合いを続けていた。

「奴らを抑えるのは容易じゃねえが、厄介なのは陸よりも海の方だ」

「旧幕艦隊ですか」

「そうだよ。榎本《えのもと》の野郎が、おれの海軍を返さないんだ」

旧幕府海軍副総裁の榎本武揚《たけあき》は、幕府きっての俊秀《しゅんしゅう》でオランダに留学していた。慶応三年（一八六七）、かつての幕府がオランダに発注していた開陽丸に乗って帰国して以来、旧幕海軍の実質的な総司令官の座に就いていた。

「威勢だけがいい彰義隊と違い、海軍が本気になれば、艦砲射撃だけで江戸を火の海にできる」

　榎本艦隊は品川沖に停泊し、新政府に無言の圧力をかけている。

「勝さんでも、どうにもならんのですか」

「今のところ、手なずけてはいるさ。奴のほしいものをちらつかせてね」

「ほしいもの――」

「最新の軍艦だよ」

「軍艦と仰せか」

「旧幕府が米国に購入を申し入れていたストーンウォール号（甲鉄艦、後の東艦《あずまかん》）さ。もうすぐ横浜港に回航されてくる。榎本が甲鉄を入手すれば怖いもんなしだ」

　勝は他人事のように言うが深刻な問題だった。

「それだけじゃねえよ」

「まだあるんですか」

「この四日、大鳥《おおとり》の野郎が伝習隊《でんしゅう》を率いて江戸を脱出した」

伝習隊というのは旧幕軍きっての洋式部隊のことだ。

「奴にも困ったもんだが、とりあえず江戸を出ていってくれたんで一安心だ」

「となると目指すのは——」

「まずは会津だろうな」

旧幕軍の中でも、まだ戦う意欲のある者たちは、それぞれ大小の徒党を組み、新政府から討伐命令の出ている会津に向かっていた。

「その中にはな、新選組もいるぜ」

新選組は甲陽《こうよう》鎮撫隊として甲州勝沼《こうしゅうかつぬま》で一敗地にまみれた後、江戸に戻って下総流山《しもうさながれやま》に向かっていた。この後、近藤勇は流山で捕まって処刑されるが、土方歳三は大鳥と行を共にし、北関東から奥羽を経て蝦夷地《えぞち》に至り、箱館《はこだて》の市街戦で壮絶な討ち死にを遂げることになる。

「この国には厄介な連中が、まだまだごろごろしている。この戦は、そう簡単には終わらないよ」

そう言うと、勝は大きく伸びをした。

「もしかして勝さんは——」

「よしてくれよ。もう手札はないよ。ただな、西郷が徳川家にそれなりの体裁を整えさせてくれると約束するなら、うるさい連中を手なずけたり、呼び戻したりできないこともないんだがね」

徳川家は、所領四百三十万石で幕臣六万人を食わせてきた。その家族まで含めると、途方もない数になる。当然、現在の石高を維持しないと、食べられなくなる者が続出する。そのため勝は頭を絞り、新政府から好条件を勝ち取ろうとしていた。

勝は利良を通じて、そうした事情を西郷に訴えたいに違いない。

「委細、承知しました」

「うまく言えよ」

「分かっています。もう昔の山出しじゃありませんから」

「そうか。お前さんも変わったな」

勝は小石を拾うと水堀に放り投げた。波紋が広がり、驚いた水鳥が非難するような鳴き声を上げながら逃げていく。

「勝さん、これで世は収まるのでしょうか」

「そうさな」と言いつつ、勝が顎に手をやる。

「まだ一波乱も二波乱もあるだろうな」

「やはり――」

「だけど何があろうと、地に足をつけて自分の仕事をしていれば心配は要らねえ」

勝が木陰で休んでいた従者に顎で合図した。そろそろ引き揚げようというのだ。

「何でも同じさ」

そう言うと勝は、元来た道をのんびりと引き返していった。

——地に足をつける、か。

だが利良は、こうした混乱期だからこそ、自分のような下賤《げせん》の者にも頭角を現す機会があるような気がした。

——このままでは終わらんぞ。

西郷の護衛役という、外城士階級としては垂涎《すいぜん》の的となる役割を課されながらも、利良はさらに上を見ていた。

利良も勝に倣って石を拾うと、水堀に投げてみた。しかし、勝のように美しい波紋は広がらない。力が入りすぎているのだ。

——わしはわしでしか描けぬ波紋を、この世に描いてみせる。

利良の心中には、さらに大きな野心が芽生え始めていた。

十

江戸の北から南にかけて伸びる山の手台地の先端にあたる上野台地（忍岡《しのぶがおか》）に上野寛永寺はある。その総面積は三十万坪に及び、塔頭分院は三十六もある。芝《しば》の増上寺《ぞうじょうじ》と並ぶ徳川家の菩提寺《ぼだいじ》として、六人もの将軍が眠り、徳川家の聖地の一つだった。そこに籠もっているのが、天野八郎率いる彰義隊だ。

四月二十九日、徳川家達《いえさと》が徳川家を継ぐことを許されたのを機に、勝海舟は彰義隊に解散を命じたが、天野らは応じない。致し方なく江戸の東征総督府は、五月一日から江戸市中の巡邏《じゅんら》を新政府軍が行うことを通達し、彰義隊の役割が終わったことを伝えた。ところがこれに不満を持った彰義隊は、各所で新政府軍兵士を襲い、死傷者まで出した。

これにより総督府は、彰義隊討伐の断を下す。その総指揮を執ったのが、「その才知、鬼の如し」と謳われた長州藩の大村益次郎《おおむらますじろう》である。

寛永寺は不忍池《しのばずのいけ》を前面やや西に望む位置にあり、その池の畔《ほとり》には、上野広小路と呼ばれる幅四十間余（約七十三メートル）の参道広場がある。広小路の北端にある寛永寺の大手門にあたる黒門を入ると、山王台《さんおうだい》という台地になり、台地上の西に東照宮、北西に吉《きっ》祥閣《しょうかく》（文殊楼）、中堂、本堂と並び、搦手《からめて》には天王寺が鎮座していた。

彰義隊の本営は東照宮の北側にある寒松院《かんしょういん》という塔頭にあり、こちらが新政府軍の最終攻略目標となる。

大村は、南正面にあたる上野広小路方面から薩摩藩兵を、北西の天王寺・団子《だんご》坂方面から長州藩兵を攻め上らせた。

薩摩藩を先鋒とした正面軍には、助攻として鳥取《とっとり》・熊本《くまもと》両藩兵が、長州藩を先鋒とした搦手軍には、同じく大村・佐土原《さどわら》両藩兵が配置されている。

正面軍は黒門を、搦手軍は谷中《やなか》門をそれぞれ突破し、二方向から彰義隊の本営である寒松院を陥れようという目論見《もくろみ》だ。

さらに不忍池を挟んだ西側の本郷台から、佐賀藩のアームストロング砲をはじめとする諸藩の砲術隊が、援護砲撃を加えることになった。

ただし大村は、上野台地の東側にあたる坂本門に一切の兵を配置しなかった。つまり敗勢が明らかになれば、彰義隊士たちは根岸《ねぎし》・三河島《みかわしま》方面に逃走が図れることになる。

正面軍の総数は四百余、搦手軍は四百三十余になるので、兵力だけ見れば約一千の彰義隊とほぼ互角だ。

この布陣は一見、正面軍に花を持たせているように見えるが、実際は援護の砲撃以外、遮蔽物もない中での突撃となるので、正面軍の苦戦は必至だった。

薩軍は、それぞれ八十余の兵から成る三つの部隊が攻撃を担当することになった。中村半次郎率いる一番隊、篠原冬一郎率いる三番隊、そして薩軍砲兵隊だ。これらに鳥取・熊本両藩兵が加わるという編制である。

十五日の辰《たつ》の上刻（午前七時頃）、江戸城を発した薩軍は、一ツ橋と水道橋を経て湯島天満宮を中継陣所とし、上野広小路の南端に到着した。

この日は霧が立ち込め、広小路の南端からは黒門も山王台もよく見えない。

斥候《せっこう》を命じられた利良率いる御兵具一番小隊は、町屋の陰に隠れつつ、じわじわと敵陣に近づいた。

上野広小路の左右には、料亭などの店舗や町屋が連なっている。

建物の間を縫って前進していると、ようやく敵陣が見えてきた。

彰義隊は不忍池東南端から広小路を横切るように東流する忍川《しのぶがわ》を境にして胸壁を築いており、そこを最前線陣所としていた。忍川に架けられた三橋《みはし》と呼ばれる三つの橋も無事だ。

「どうやら橋は、落とされちょらんようじゃな」

「そんようです」

半隊長の安藤十郎則命《あんどうじゅうろうのりなが》が、ほっとした顔をする。

安藤は利良より六つ年上の四十一歳で城下士の出身だが、利良の命に忠実な上、機転が利くので、この戦いの前に副隊長に抜擢した。安藤は「資性《しせい》磊落《らいらく》強直《きょうちょく》を以《もっ》て聞え、壮年、過激派の雄」(『明治過去帳』)と謳われ、薩摩隼人の典型のような男だった。

安藤と二人で黒門方面を見ていると、一瞬、霧が晴れて山王台が見えた。

「安藤、あいは何じゃ」

「臼砲《きゅうほう》じゃあいもはんか」

黒門背後の山王台から、臼砲二基が顔を出していた。そのほかに砲らしきものはない。

——彰義隊の砲は二十前後と聞いていたが、上野台地全体を守るために分散配置せざるを得なかったのだ。

「よし、山王台に臼砲二基。忍川を前にして敵は胸壁を築き、三橋は残っちょる。こいを後方におる中村隊長に伝えろ」

伝令が後方に走り去る。

段取りでは、斥候隊の報告を聞いてから攻撃方針を定め、本郷台の砲撃を端緒として突撃を開始することになっていた。ところがしばらくすると、一番隊が前進してきた。

正面軍の隊形は、先鋒部隊は桐野率いる一番隊を先頭に、篠原率いる三番隊、薩軍砲兵隊、そして鳥取・熊本両藩兵となっている。

洋式兵制になってからの薩摩藩兵の象徴である半首笠《はっぷり》という練革《ねりかわ》製の尖笠《とがりがさ》が霧の中を左右に動いている。薩摩藩兵の制服は黒の半マンテルに黒のズボンなので、霧が立ち込めている中でも見つかりやすい。

すぐ近くまで迫ってきた一番隊の銃兵に、利良が下がるよう合図を送った。

その時、背後から「チェストー！」という気合が聞こえると銃撃音が轟いた。

「話が違《ちご》ど！」

驚く間もなく敵も撃ち返してきたので、早くも銃撃戦が始まった。距離は百十間（約二百メートル）ほどしかない。

その間にいる利良たちは、店舗の物陰に釘付けにされた。

「どうなっちょっとか！」

「分かいもはん！」

霧の中、味方は背後からどんどん突撃していく。

――辺見《へんみ》か。

赤毛に赤鬚《あかひげ》をたくわえた男が髪を振り乱し、利良たちの横を駆け抜けていくのが見えた。

一番隊の半隊長を務める辺見十郎太《じゅうろうた》である。辺見は豪勇の者が多い薩摩藩の中でも、屈指の暴れ者として名を馳《は》せている。

その時、近くで砲弾が炸裂した。山王台の敵砲台が砲撃を開始したのだ。

「皆はここを動んな！」

周囲にそう命じた利良は店舗の裏手に回り、池の畔の路地を走った。

「どげんした！」
二、三軒先の家の陰に隠れていた兵たちが、四人がかりで一人の男の手足を持って下がってきた。
「やられたのは誰《だい》じゃ」

慌てて利良が駆け寄ると、比志島抜刀隊の一人の奥新五左衛門《おくしんござえもん》である。

「新五か」

砲弾の破片が額に突き刺さり、顔は一面朱に染まっていた。そこからは白い脳漿《のうしょう》が流れ出している。

――何と運の悪いことだ。

奥は目立たない物静かな青年だったが、勇猛果敢なことにかけては誰にも引けを取らず、鳥羽・伏見の戦いでも弾雨の中をかいくぐって走っていくので、皆は「新五んとこからは弾が逃げる」と言っては笑っていた。

そんな奥が、真っ先に敵弾を食らうとは思わなかった。

――それが戦争なのだ。

自分の身にも、次の瞬間には同じようなことが起こるかもしれない。

――人の運とは、それほど儚《はかな》いものなのだ。

「正どん、いけんす」

駆けつけてきた安藤が利良の腕を取る。

味方は次々と突入を開始している。

その時、再び近くに着弾した。凄まじい音が轟き、近くの町屋が倒壊する。

ところが前方を見ると、辺見隊も忍川の先には突入できず、立ち往生している。

――まずいな。

利良が退却を命じようとした時、左手の方から凄まじい轟音が聞こえてきた。

「あいは味方か！」

「そんようでごわんど」

不忍池を隔てて屹立《きつりつ》する本郷台から、アームストロング砲独特の殷々《いんいん》たる砲声が轟き始めた。

敵の動揺が手に取るように分かる。前方を見ると、霧と硝煙の中を辺見隊が前進し始めた。横を見ると、辺見と共に一番隊の半隊長をやっている小倉壮九郎《おぐらそうくろう》（東郷平八郎《とうごうへいはちろう》の実兄）の部隊も、前線に向かって駆けていく。

利良の部隊は鉄砲を持たないので、彼ら洋式部隊の後に続くわけにはいかない。

しかし辺見と小倉も、敵の築いた忍川の胸壁を突破できないでいる。橋の上では銃弾が飛び交い、薩兵の死傷者が折り重なるように倒れている。

――突入するのは、まだ早い。

これまでの利良なら、思い切って一番隊に続いて突入したかもしれない。しかしかつて軍令違反を犯した利良は、慎重になっていた。

利良が町屋の陰から戦況をうかがっていると、背後から利良を呼ぶ声がする。

振り向くと江田正蔵だった。江田はその射撃の腕を買われ、篠原率いる三番隊の半隊長を任じている。

「川路さんは、こげんとこでなんしちょ」

「見てん通りじゃ」

「ないごて斥候隊が立ち往生しちょる」

「辺見が、おいたちんこつを考えんで、勝手に突入したんじゃ」

利良が舌打ちした時、頭上で砲弾が炸裂し、周囲に埃《ほこり》が満ちた。

——このままでは、やられるだけだ。

しかし斥候隊とはいえ、皆が前線に押し出している時に退却するなど、薩摩隼人としてできない。

——何とか突破できないか。

「そいじゃ、行きもす」

江田の肩を利良が摑む。

「正蔵、あそこから撃てんか」

利良の指差す先には、「松源《まつげん》」という看板の掛かった料理屋があった。「松源」は忍川に面しており、そこの二階からは、敵陣が見渡せるはずだ。

「あん料亭ですけ」

「そうじゃ。あん二階から撃てば、敵陣がよう見えるんじゃなかか」

「あっでなあ」

江田が「なるほど」と感心する。

「そいから別のもんらを、あっちに回せ」

広小路の東側にも料亭が立ち並んでおり、「雁鍋《がんなべ》」という看板を掲げた鳥鍋屋がある。

「川路さんは賢かな。よし、やっど」

江田が飛び出していった。

やがて江田の鉄砲隊が、「松源」と「雁鍋」の二階から銃撃を加え始めると、敵は瞬く間に逃げ腰になった。それを見て一番隊が橋を渡っていく。横を見ると篠原冬一郎に率いられた三番小隊が走っていく。その背後から薩軍砲兵隊が駆けつけ、黒門に向けて砲撃を始めた。それに続いて熊本藩の砲も火を吹く。

「正どん、そろそろ行きもすか」

安藤が焦《じ》れるように言う。

——確かに潮時だな。

利良が「抜刀！」と喚くと、鞘を払う音が聞こえ、皆が刀を抜いた。抜刀と同時に兵士たちの顔に殺気が満ちる。

利良が高橋長信を掲げた。刀身が雲間から差してきた光を反射する。

――何とか功を挙げさせてくれ。

刀に願を懸けると、利良は配下の兵士に向かって怒鳴った。

「目指すは寒松院の敵本陣じゃ。それ以外には目もくるんな！」

「おう！」

「よし、突撃！」

正之進は、兵具隊の先頭を切って寛永寺に突入していった。

十一

弾雨の中、利良は一心不乱に駆けた。敵は背を見せて逃げていく。そこに薩軍洋式部隊の乱射が浴びせられる。

山王台の砲台も瞬く間に陥落し、砲を反転させた薩軍は、寛永寺境内に向けて砲撃を開始した。これにより江戸の象徴の一つだった吉祥閣が焼け落ちた。

寛永寺の広い境内は修羅場と化していた。彰義隊士の大半は、逃げ道が確保されている東北方面目指して走っていく。そのため中堂や本堂から火の手が上がった。逃走のために彰義隊が放火したのか、薩軍が放火したのかは定かでないが、この戦いで寛永寺とその塔頭群の大半が焼け落ちた。

皆が目前の敵を斃すことに躍起になる中、利良と比志島抜刀隊は寒松院を目指していた。それでも敵が眼前にいると、つい立ち合いになってしまう。そうしたことで兵士の大半が遅れ、気づくと利良は五人ほどの兵士と共に走っていた。

「こっちじゃ！」

寒松院の前面、すなわち南側に位置する東照宮は、本郷台からの砲撃によって炎上していた。すでに砲撃はやんでいるのだが、炎の中を突っ切って寒松院に向かうのは容易でない。それでも利良は、「敵の本陣に一番乗りした」という功を挙げたかった。

「よし、行くっど！」

炎の中、利良が駆け出すと、安藤が兵を叱咤《しった》しながら続く。

「あいじゃ！」

築地塀越しに寒松院が見えてきた。幸いにしてまだ焼けていない。

警戒しつつ中に飛び込んだが、敵も味方も一人もいない。

「よし、門前に旗を立て！」

旗持ちの少年兵が、必死に抱えてきた御兵具一番小隊の大旗を高々と掲げた。

「やった、やったど！」

兵たちが沸き立つ中、利良は一番乗りの一報を本営に伝えるべく、伝令を走らせた。

敵を斃すことよりも、敵陣を制圧することを目指したことで、利良は配下の命を無駄にせず、大功を挙げることができた。

「勝鬨《かちどき》を上げろ！」

利良の掛け声に応じ、兵具隊が波濤《はとう》のような勝鬨を何度も上げた。

「えい、えい、えい——」

「おう！」

その時、表門が騒がしくなると、怒鳴り声が聞こえてきた。何かと思っていると、旗持ちの少年兵が、転がるように走り込んできた。

「旗を奪われもした」

「なんじゃと！」

利良が駆けつけると、先ほど掲げたばかりの兵具隊の旗を踏みつぶしている者がいる。

「だいじゃ！」

「正之進か！」

辺見十郎太である。

「おいたちの間隙《かんげき》を縫い、無人の敵本陣を陥れるなど卑怯千万《せんばん》！」

「おいたちは本営から命じられた攻略目標を忘れんで、ここに向かっただけじゃ」

「なんゆうか。おいたち洋式部隊を助け、一人でも多くの敵を掃討するんが抜刀隊の仕事じゃなかか！」

二人が、互いの鼻を接するばかりににらみ合う。

「そいよりも、おいたち斥候隊が最前線におっとに鉄砲を放ちおって。本郷台からの砲撃が始まらんかったら、おいたちは全滅するとこじゃったぞ！」

「戦は『兵眼一撃（臨機応変）』が肝心じゃ」

辺見がうそぶく。

「何が『兵眼一撃』じゃ。おはんらは逃げる敵を背後から撃ち、焼かんでもよい寛永寺の堂宇《どうう》を焼き尽くしたとじゃなかか」

「なんじゃち！」と喚きながら辺見が飛び掛かってきた。

取っ組み合う二人を双方の兵士たちが囃《はや》す。薩摩では喧嘩を止めるのは無粋《ぶすい》とされるので、誰も止めに入らない。やがて兵たちも興奮し、集団での殴り合いが始まった。

「おはんらなんやっちょっか！」

その時、雷鳴のような怒号が轟いた。知らせを聞いて駆けつけてきた篠原冬一郎だ。

篠原は、取っ組み合っている利良と辺見を引き剝《は》がした。

「こんどぐされどもが！」

篠原に殴られた辺見がその場に倒れる。続いて利良にも鉄拳が飛んできた。よけようと思えばよけられたが、利良は歯を食いしばってそれを受けた。次の瞬間、凄まじい衝撃に見舞われ、利良は二間も転がった。

篠原の剣幕に驚き、兵たちも争うのをやめる。

「十郎太、調子ん乗るんも、よか加減にしろ」

辺見の胸ぐらを摑んで立たせると、篠原がどすの利いた声で脅す。だが辺見は動ずる風もなく、あらぬ方を向いている。開き直っているのだ。

「正之進」

辺見を突き飛ばした篠原が、今度は利良の胸ぐらを摑む。

「今は戦国の世じゃなか。手柄を立てたところで出頭できるとは限らん。そんこつを、よおく頭に叩き込んじゃけ！」

利良は悄然と首を垂れ、「分かりもした」と答えた。

「よかか。自分のこつばっかい考えちょる阿呆《あほう》は、次の戦でおいが殺す。そいを忘るんな！」

「分かいもした」

利良が首を垂れたが、辺見は不貞腐《ふてくさ》れたままだった。

「こんこつは西郷先生には黙っちょってで。おはんらは、さっさと消火に当たらんか！」

そう言うと、篠原は本堂の方に走り去った。

気を取り直した利良は、消火作業を手伝うべく配下を率いて本堂の方に向かった。だが折からの強風により、本堂はもとより、最後には寒松院まで焼けてしまうことになる。

終わってみれば、上野戦争は新政府軍の圧勝だった。

彰義隊の死者は、討ち死にと自害を含めて二百六十余。天野八郎は捕らえられた末、獄死することになる。

新政府軍の死者は三十四で、負傷者は八十四。死者の中には益満休之助もいた。御兵具一番小隊では、奥新五左衛門と唐鎌勘助《からかまかんすけ》の二人が戦死した。

戦火は東北地方へと飛び火していった。

会津藩の処分を不服とする仙台藩や米沢藩《よねざわ》は、会津・庄内両藩に与して新政府と戦う決意をする。これに長岡藩《ながおか》なども加わり、奥羽越列藩同盟が産声を上げた。盟主は仙台藩で、加盟した藩は最大三十一藩に及んだ。

閏《うるう》四月二十五日、白河城《しらかわじょう》外で同盟軍と新政府軍の最初の衝突があった。これには勝利した同盟軍だったが、五月一日の戦いで惨敗を喫し、いったん奪った白河城を放棄せざるを得なくなる。この戦いは、上野戦争で出番のなかった薩軍二番隊（隊長は村田新八）、四番隊（隊長は川村純義《かわむらすみよし》）、五番隊（隊長は野津鎮雄《のづしずお》）が活躍する。

六月六日、利良らは薩軍一番隊や三番隊と共に、陸路で白河に到着した。

薩軍諸隊は白河城周辺に展開し、十二日には同盟軍と衝突する。

この時、白河城の半里ほど南東にある鹿島《かしま》神社周辺で戦闘が始まったと聞いた利良は、兵具隊を率いて駆けつけた。

薩軍四番隊を率いる川村純義は、桜岡《さくらおか》という小丘を押さえることが戦局を有利に進めることになると判断し、兵具隊に占領を命じた。

兵具隊が桜岡に登ると、同盟軍が反対側の山麓から大砲を運び上げている途中だった。常の場合、洋式部隊の砲銃攻撃を先頭に押し立て、斬り込み隊はその背後を進むのだが、銃兵が遅れていたため、利良は援護射撃なしで斬り込みを敢行した。これに驚いた会津・二本松両藩兵は、たちまち敗走する。

『戊辰《ぼしん》戦役史』によると、「十二日白河口で両軍の第四回目の戦闘が展開された。このときの兵具隊の働きは、極めて勇猛で、最強といわれた薩軍の一番隊から六番隊までの本隊にくらべても、いささかも見劣りしないほどであった」とされる。

十六日、新政府軍は、白河の南東にある北茨城《いばらき》の平潟港《ひらかたこう》に敵前上陸を敢行し、兵員と食料を陸揚げした。その勢いで白河と平潟の間を扼《やく》していた棚倉《たなくら》を二十四日に攻略、二十九日には小名浜《おなはま》、七月十三日には磐城平《いわきたいら》を陥落させた。利良は棚倉周辺を守っていたため、小名浜と磐城平の戦いには参加していないが、小競り合いは毎日のようにあった。

六月二十八日、兵具隊は二番砲隊の護衛部隊として棚倉方面に出動し、斥候や掃討戦に活躍した。小戦闘が繰り返されたが、七月十六日、棚倉の北方にある浅川での戦闘の折、流れ弾が利良の股間を直撃した。

幸いにして玉は二つとも無事だったが、袋の中央部分を撃ち抜かれた。戦闘中なので、そのまま指揮を執っていたが、出血が激しくなり、知らぬ間に気を失っていた。

これは、後に「川路どんのだらりきんたま」という逸話となって流布され、利良の豪胆さが他藩士にも知られるようになる。だが傷は思ったよりひどく、利良は横浜の病院に運ばれて入院することになる。

病院の窓から空を行く雲を眺めつつ、利良は最後まで戦えなかったことが口惜しかった。その時、妻の澤子《さわこ》が見舞いにやってきてくれた。明治になっても、利良は澤子を鹿児島に置いてきていたが、利良の負傷を聞いた澤子は藩に談判し、蒸気船に乗せてもらったという。

利良はうれしかった。夫婦で過ごす機会はもうないかもしれないと思った利良は、澤子と一緒の時間を多く取るようにした。これに澤子も喜び、利良の車椅子を押して病院の庭をよく散歩した。利良の人生において、これだけゆっくりと時間が流れることはなかった。

澤子の献身的な看護のお陰か、利良は驚異的な回復を遂げ、二月《ふたつき》後には志願して会津戦線に復帰した。

この時、棚倉城の守備に就いていた御兵具一番小隊だったが、利良の到着と共に会津戦線に回された。だが会津城攻防戦では、郊外の残党掃討を担当することが多くなり、攻城戦に加わることはなかった。

このまま、さしたる戦闘もなく終戦を迎えると思っていた矢先、運命の糸が、再び利良とある人物を結び付けることになる。

十二

約二月の入院生活を送ったことで、利良はこれまでの生き方と距離を取り、己と向き合うことができた。それにより進むべき道筋らしきものも見えてきた。

多くの志士たちは、そうした時間を持てず、熱に浮かされたまま無謀な戦いに踏み出し、貴重な命を落としていった。利良も一歩間違うと、同じ轍《てつ》を踏むところだった。

勇気だけが人の価値を決める薩摩隼人の中で、誰よりも勇猛果敢であろうとすれば、いつかは無理が生じて命を失う。今回の戦いでも、有名無名の薩摩隼人の多くが、己が何者かを証明したいがために無駄に命を散らしていった。彼らは勇士として遇され、人々の記憶に刻まれるが、それ以上のことを成すべき機会は失われる。つまり、死の時点までの働きで評価されるしかないのだ。

――死者に与えられるものは、名誉と墓しかない。

多くの傍輩《ほうばい》たちの死に接し、さらに埋葬や供養に立ち会うことで、利良はそれを学んだ。

――わしは死を恐れてはいない。だが死なねばならないのなら、死を価値あるものとせねばならない。

利良の心中には「死なずに功を挙げたい」という気持ちと、「いざとなれば死を厭わない」という気持ちが、せめぎ合うようになっていた。

それが利良の心に目覚めてきた野心と、薩摩隼人本来の矜持《きょうじ》との争いであることに、利良は気づいていた。

――命は惜しいが、卑怯なまねだけはせぬ。つまり運を天に任せるということだ。

利良はその方針を貫くことにした。


会津城攻防戦が続いている九月初旬、棚倉から会津郊外の掃討に回った兵具隊に、新たな任務が課された。会津城の北西一里ほどにある高久《たかく》南方の如来堂《にょらいどう》村に、敵兵が十五ほど駐屯し、陣所を築いているというのだ。新政府軍本営は、まず降伏するよう説諭し、それでも聞かない場合は戦っても構わないと命じてきた。

九月四日、十ほどの鉄砲小隊を付けてもらった利良は、六十余の兵具隊を率いて如来堂村に向かった。

斥候が戻り、「敵の旗印には『誠』と記されていました」と報告してきた。

――「誠」だと。

安藤則命が問う。

「奴らは、ないを企てんじょっとですか」

会津城は囲まれつつあり、ここで何かに貢献できるとは考えにくい。まだ戦いたい者たちは、すでに米沢や仙台に向かっている。

「ないも企てておらんかもしれん」

「そいじゃ、ないごてここにおっとですか」

「死んためじゃなかろか」

「あっ、そげんこつか」

安藤がため息をつく。

「安藤、すまんが一汗かいてきてくれんか。雑兵《ぞうひょう》では投降を勧告したところで聞く耳を持たん」

「分かいもした」

そう言うと、安藤は馬に乗って敵陣に向かった。

「よし、陣を進ませっど」

利良も近くまで行くことにした。

物陰から城内の様子をうかがっていると、しばらくして安藤が土塁の外に姿を現した。

渋い顔をしていることから、交渉は不調に終わったらしい。

「敵は新選組じゃ。じゃっどん土方はおいもはん」

「そいなら、だいが仕切っちょっとか」

「斎藤一、言うちょりもした」

——斎藤だと。

利良には斎藤一と少なからぬ因縁がある。

「白旗は揚げんちゅうこつか」

「はい。ここを新選組の墳墓の地とするちゅうこつで」

「頑固者《いっぼぎった》じゃな」

土方とはぐれたのか、袂《たもと》を分かったのかは知る由もないが、斎藤は新選組最後の幹部として、隊に始末をつけるつもりなのだ。

「斎藤はこいが武士の最後の戦いになるかもしれんで、鉄砲なしではどげんかちゅうとりもした」

安藤は、そんな話に利良が乗るわけがないという顔をしている。

「敵はどんだけおっとか」

「十二、三ちゅうとこです」

「仕方がなかな」

「ああ、こいで武士の世に始末をつけもんそ」

——命を落とすことになるかもしれんな。

それでも、利良は戦わねばならないと思った。そうしなければ、いつまでも武士としての己と訣別《けつべつ》できない気がしたからだ。

——ここで死ねば、川路利良は武士として生き、武士として死んだというだけの存在で終わる。しかし生き残れば、新たな川路利良としての一歩が踏み出せる。

利良は立ち上がると周囲に言った。

「敵は、こいが最後じゃちゅうて真剣勝負を挑みたがっちょる。将としてそげな阿呆なこつは命じられんが、武士としてやりたかちゅう者《もん》は止められん。おいも武士として行く。十三人だけじゃが、希望者はおっか」

最初は何のことだか分からなかった配下の面々だが、あらためて安藤が説明することで、挙手する者が続出した。むろん比志島抜刀隊が大半だった。

「安藤、おはんは行かんか」

「おいは、剣術が得意じゃなかとですから」

「ああ、そじゃったな。そいでは万が一ん時は頼んな」

韮山笠《にらやまがさ》を置いた利良はベルトを外し、薩軍士官の制服であるダブルボタンの半マンテルを脱いだ。これで西洋のシャツをまねて作った藩製の上襦袢《うわじゅばん》に刀を差しているだけの姿となった。

共に行く兵たちも、それぞれ戦いやすい格好に着替えている。

「行くっど！」

「おう！」

利良たちが、ほぼ一列になって土塁の内側に入ると、茅葺屋根の堂が見えた。

――これが村の名の由来となった如来堂か。

利良たちが近づいていくと、銀杏《いちょう》並木の陰から新選組隊士たちが次々と姿を現した。

双方に緊張が走る。

最後に如来堂の引き戸を押し開け、細面の武士が現れた。

斎藤一である。

「斎藤殿、ご無沙汰しておった」

「ご無沙汰とは異なことを申される。わしは貴殿に会ったことはない」

斎藤は利良と初対面のつもりでいる。

「京都では、ゆえあって本名を名乗らず失礼仕った」

「ということは、あの直心影流の――」

「仰せの通り。あの時は佐倉藩納戸方・天野七兵衛と名乗りました」

「そうか。やはり薩摩藩士だったのだな」

斎藤が口惜しげに唇を噛む。

「致し方なき仕儀があり、偽りを申した。真に申し訳ない」

「それはもうよい。それよりも、われらの望みをよくぞ聞き入れていただけた」

「同じ武士として当然のこと」

「同じ武士、か」

斎藤が感無量といった顔をする。

「いかにも。斎藤殿とお仲間は武士の世の最後を飾るべく、ここに籠もった。それほどの士を遇すべき道は、われらも心得ております」

「それなら、もう言葉は要らぬな」

斎藤がにやりとする。

「川路殿とやら、われらの覚悟は決まっておる。だが手を抜くつもりはない」

「もとより」

「それなら話は早い」

斎藤がゆっくりと刀を抜く。

「抜刀！」

利良の号令に、付き従ってきた者たちも抜刀する。

高橋長信が陽光にきらめく。

「互いに正面の敵と打ち合え。己の相対する敵を斃しても、他人に助太刀は無用。戦えぬ手傷を負ったら、それで負けを認めて太刀を引け」

利良が配下に指示を飛ばす。一方の斎藤はすでに正眼に構えている。

「いざ！」

双方が正面の敵と間合いを詰める。しばしの間、その状態が続いたが、誰かが凄まじい気合と共に打ち掛かることで、集団戦が始まった。

武士たちの最後の戦いである。

斎藤が誘うように後ずさる。それに釣られるように利良も移動する。斎藤は戦うのに十分な空間を得ようというのか、本丸跡に向かって走り出した。それを利良が追う。しばし走った後、斎藤が突然、止まった。

周囲に人気《ひとけ》はなく、遠方から気合と刃を打ち合う音だけが聞こえてくる。

「斎藤殿、お藤さんを斬ったな」

「何のことだ」

斎藤が首を傾げる。

「本圀寺前の小料理屋だ」

「ああ、あの女将のことだな」

「どうして斬った」

「わしではない。探索方の仕業だ」

「嘘を申せ！」

「武士は嘘をつかぬ！」

雷鳴のように斎藤の言葉が轟く。

「分かった。その点については謝罪しよう」

「では、行く」

斎藤が間合いを詰める。

利良は先に仕掛けないよう、注意深く身を引いた。

——かつて伊東甲子太郎は、踏み込む寸前、「口元を見ろ」と言っていたな。

利良が足を止める。斎藤も止まった。

続いて斎藤の口元がわずかに開き、息を吸い込んだ。

——来るぞ！

斎藤の切っ先が上がる。それに先んじて利良も切っ先を引き上げる。

その時、伊東の言葉が再び頭をよぎった。

「天然理心流には、『三方當二階下』や『向止返し討ち』といった奥義があり、それらを習得した者は、こちらの刃を押さえて瞬時に返し技を繰り出してくる。わしも最初の頃は、稽古でよくやられたものだ」

利良は斎藤が振り下ろした刃を受けたが、せり合った後、撥《は》ね上げられてしまい、右手首が正面になった。

――しまった。「向止返し討ち」だ。

斎藤の左手が伸び、利良の右手を摑む。

――ということは、刀を持つ右手が下から来る。

案に違わず、太刀を持つ斎藤の右腕が伸びてきたが、間一髪、利良はそれをかわした。切っ先は左の脇腹をこすり上げるように抜けていく。

鮮血がほとばしり、痛みが走ったが、致命傷ではない。

斎藤の顔に驚きの色が広がる。

斎藤は利良の右手を放さないので、利良は斎藤の背中に回ろうとした。

互いに背と背がぶつかったと思った瞬間、二人の足が絡まり、そろって転倒した。

こうなれば早く立ち上がった方が勝つ。体を回転させて立ち上がった利良は、躊躇《ちゅうちょ》なく太刀を振り下ろした。

次の瞬間、利良は鮮血を浴びるはずだった。しかし刃が斎藤の首筋に触れた時、そこで動きは止まった。

――なぜだ。殺《や》らねば殺られるだけではないか。

刃は斎藤の首筋に張り付いたまま、ぴくりとも動かない。

斎藤がさも無念そうな顔で利良を見上げる。

「殺せ。わしの負けだ」

「負けではない」

「どういうことだ」

「そなたとわしの間にも、薩長と会津の間にも、勝ち負けなどない」

「何だと」

「勝ったのは時代の流れで、負けたのはわれら武士すべてだ」

利良は後ずさると、太刀を鞘に収めた。

ゆっくりと立ち上がった斎藤も同じようにした。

「斎藤殿、われらは武士として最後の立ち合いをした。これですべてを水に流し、互いの道を歩んでいこうではないか」

斎藤に言葉はない。

「貴殿と立ち合い、わしは何かを終わらせられた気がする。貴殿もそうは思わぬか」

不思議そうな顔をしていた斎藤が、小さくうなずく。

「ああ、そうだな」

「ここでわれらは死んだのだ。それですべてを終《しま》いにしよう。どこへでも立ち去れ」

「いいのか」

「構わぬ。もし縁があったら、また会おう」

「分かった。これは借りだ」

「そう思いたいなら、それで結構」

斎藤はにやりと笑うと、その場から去っていった。

利良が如来堂に戻ると、皆が駆け寄ってきた。安藤によると、利良と斎藤がどこに行ったのか分からなくなり、探しに行こうとしていたという。

如来堂の石段には、死んだ者の遺骸が並べられていた。新選組の死者は六人で、残る者たちは逃げ去った。立ち合いの最中、「もう十分」とばかりに刀を収めると、相手に介錯《かいしゃく》を頼み、その場で腹を切った者もいたという。

一方、利良の配下は一人が即死したほか、二人が重傷、二人が軽傷を負っていた。

話を聞くと、最初のうちは新選組が有利だったが、いかに剣術が得意の新選組でも、ここ数日、まともなものを食べていなかったらしく、長期戦になった立ち合いは、ことごとく兵具隊が勝ったという。

「いずれ劣らぬ勇者たっじゃ。丁重に葬ってやれ」

負傷者を急いで後方に搬送させると、利良は埋葬作業を指揮した。

この後、利良率いる兵具隊は戦闘のないまま、九月二十二日の会津藩降伏の日を迎える。降伏開城の儀は式典の形式をもって行われ、会津藩の名誉を尊重する形となった。兵具隊は城外の警備に当たったため、式典の内容までは知らなかったが、表面的には互いの労をねぎらい、恨みを忘れようということになったらしい。

しかし、新政府軍の主体となった薩長両藩に対して、会津の人々が強い憎しみを抱いていた。生き残った人々の目を見るだけで、それは分かる。

会津藩降伏後、庄内藩も新政府に帰順し、東北戊辰戦争は終わりを告げた。榎本武揚率いる反政府軍が蝦夷地に健在とはいえ、もはや新政府の樹立に障害となるものはなくなった。

十月初旬、警戒部隊として最後まで会津周辺に残っていた兵具隊にも、東北を去る時が来た。

十二日、会津を後にした兵具隊は十七日、東京（七月に江戸から改称）に着き、西郷から労をねぎらわれた後、十一月八日、京都に入った。京都では大歓迎を受け、朝廷から金《きん》子《す》と酒肴《しゅこう》を下賜された。

そこで利良は、父正蔵が同月十二日に亡くなったことを知る。年老いたとはいえ、いまだ野良仕事に精を出していた正蔵だが、突然倒れて、そのまま帰らぬ人になったという。

あとわずかで息子が凱旋《がいせん》するというのに、死なねばならなかった正蔵の胸中を思うと残念でならなかった。

利良は西の空を望み、父の冥福を祈った。

その後、兵具隊は京都で休暇を与えられた。十五日には、西本願寺において藩主の忠義《ただよし》（前名は茂久）への拝謁が叶い、多額の酒肴料を下賜される。

利良たちは伏見に滞在し、昼は石清水《いわしみず》八幡宮を参詣するなど名所観光を行い、夜は祝杯を上げた。

十八日、薩摩藩が借り上げたイギリス船で大阪港を出港した利良らは二十日、故郷鹿児島に到着する。

蒸気船の上げる濛々《もうもう》たる黒煙の間から桜島が見えた時、船上で歓声が上がった。皆、涙を流して肩を叩き合い、帰郷の喜びを分かち合っている。

生きて再び故地を踏むことはないと思っていた利良も、さすがに感無量だった。

――ようやく帰ってきたのだな。

しかし、帰りたくても帰ってこられなかった者もいる。

結局、鳥羽・伏見の戦いから東北戊辰戦争の間に、比志島抜刀隊七十四人のうち十三人が戦死し、十一人が重傷を負った。

故郷に戻った利良は、父の墓に手を合わせただけで家に荷を置くや、十三人の遺族の元を回った。利良は、自らがもらった賞与のすべてを戦死者の家族に分け与えた。戦死者の仏壇の前で謝罪する姿は、敗軍の将かと見まがうばかりだったという。さらに利良は戦死者一人ひとりの墓石の碑文を書き、それぞれの菩提寺に石灯籠《いしどうろう》を寄進することまでした。

配下に多くの死者を出しても、飲めや歌えの大騒ぎをする将の多い中で、利良の態度は際立っており、その噂は城下士の間にまで広がっていった。やがて利良の態度に倣うかのように、藩全体が戦死者の喪に服するような雰囲気に変わっていった。

二十九日、あらためて生き残った者たちが一堂に会し、比志島抜刀隊解団式と慰労会が利良邸で催された。この日、利良は鹿児島に帰って初めて酒を口にした。

この日を境にして、利良は戦場を駆け回る走狗《そうく》としての人生に訣別しようと思った。だが時代の嵐は、まだまだ吹きやむことはなかった。

第三章　手快眼明《しゅかいがんめい》

一

明治二年（一八六九）二月、新政府が京都から東京（前年七月に江戸から改称）に移り、いよいよ新しい国家作りが始まった。

前年の十一月に新政府から身を引いていた西郷は、故郷に帰って農事や狩りにいそしんでいた。ところが帰郷後三月《みつき》も経たない二月二十五日、藩主の忠義から藩の参政の地位に就いてほしいと懇望《こんもう》され、致し方なく重い腰を上げる。

西郷が携わったのは主に軍事面での改革だった。

西郷は城下士にも銃を持たせ、銃隊と砲隊を、それぞれ四大隊ずつ常備することにした。また外城士たちも銃隊十四、砲隊三に再編成された。西郷の軍制改革により、薩摩藩改め鹿児島藩は、洋式化された一万二千の軍団を擁することになる。

一方、大久保率いる明治政府も様々な改革を進めていた。

明治二年の改革の目玉は版籍奉還である。これは封建制度からの脱却を目指すべく、藩の支配下にある土地（版）と人民（籍）を朝廷に返還するという大改革だった。

もちろんその最大の狙いは、藩ごとに所有する軍隊を天皇の下で一括して統率し、諸外国に対抗できる軍事力を育て上げることにあった。

六月、晴れて二百七十四人の諸侯が藩籍を奉還し、明治政府は近代国家への第一歩を踏み出すことになる。

戊辰《ぼしん》戦争の恩賞として、利良にも八石ほどの賞典禄（恩賞金）が下賜された。西郷隆盛の二千石、大久保利通と木戸孝允の千八百石はもとより、桐野利秋の二百石にも遠く及ばないが、外城士出身者としては破格の恩賞だった。

ちなみにこの時、黒田清隆《きよたか》は七百石を得て、一気に薩摩藩の次代を担う人材へと飛躍する。北陸道鎮撫軍越後口総督府参謀として、さらにこの年の五月に終結した箱館戦争で、青森口総督府参謀としての功績が大だったことによる。とくに箱館戦争では、長州藩の山《やま》田顕義《だあきよし》と並ぶ実質的司令官として、五稜郭《ごりょうかく》を降伏開城に追い込み、榎本武揚や大鳥圭介といった旧幕軍の逸材を捕らえるという大功を挙げる。

これまでほぼ同列にいた黒田の出世に、利良は複雑な思いを抱いていた。

黒田は薩摩隼人の典型のような豪放磊落な性格で、なぜか他人から愛され、引き立てられることが多い。利良も西郷や大久保に可愛がられ、引き立てられてきたが、黒田には及ばない。

――ここからは、地道に階段を登っていくしかないのか。

この時代の平均寿命は四十半ばなので、三十六歳になる利良にとって、出世の門は閉まり掛かっていた。しかも戦がなくなれば、利良のような外城士出身者に出世の機会はなくなる。能吏《のうり》くらいでは出世できてもたかが知れている。

そんな利良の元に、驚くべき知らせが入ったのは九月八日のことだった。

突然、藩庁から使者がやってきて、藩主の名が書かれた辞令を置いていったのだ。

そこには「兵器奉行に任ずる」と書かれていた。何度見直しても、その辞令には、そう書かれていた。

奉行とは藩の要職であり、外城士出身者が就ける役職ではない。

――何かの間違いではないか。

だが、いくら読み直しても、「川路利良を兵器奉行に就ける」としか読み取れない。

兵器奉行とは銃隊を指揮し、砲隊を護衛する隊長のことで、配下は百五十余に及ぶ。平時の役割は銃兵の調練と銃器の管理にあるが、有事には戦闘部隊となる。

早速、藩庁に出かけて確認したところ、間違いなく兵器奉行に任命したという。

家に飛んで帰り、妻の澤子と手を取り合って喜んだ利良は、早速、自家製の焼酎を抱えると、家に一頭だけいる農耕馬に飛び乗り、西郷が移り住んでいる武村《たけむら》の農家に向かった。

西郷は下戸《げこ》に近いが、焼酎ならば少しは嗜《たしな》む。一方の利良は大の焼酎党だ。

武村は甲突《こうつき》川の左岸にあり、鹿児島城下に近接している。利良の住む比志島村からは、馬で行けば小半刻で着く。

馬を飛ばしていると、弁当箱を提《さ》げて家に向かっている西郷の後ろ姿が見えてきた。

「西郷先生！」

馬を飛び下りた利良は、その場に這いつくばった。

「ああ、正どんか。いけんしちょっとね」

利良は馬上考えてきた感謝の言葉を述べようとしたが、込み上げるものがあり、声にならない。

その様子を見て、利良の気持ちを察した西郷は慈愛の籠もった声音で言った。

「なんも言わんでよかど」

西郷は利良の体を抱き起こすと、肩を抱くようにして歩き出した。

「先生、おいんこつを忘れんでいてくれもしたか」

「ないごて忘れるっとか。何ちゅうても『だらりきんたまの正どん』じゃなかか」

西郷が高笑いする。

「あいがとごぜもす」

利良も泣き笑いした。

「正どんな、こいから世の中はごった煮んごとないもす。そん時は、おはんに大いに働いてもらわないけもはん」

「はい。いくらも走り回りもす」

「うんにゃ、もう走り回らんでよか」

「えっ、そいはいけんして――」

西郷の言葉は意外なものだった。

「もう正どんは、どっさい走りもした。もう走るっは二才《にせ》に任せ、頭《びんた》を使《つこ》うてくいやい」

「頭と――」

「はい。こいからは新しか世を作らないけもはん。そん時には、正どんの頭を貸してくいやい」

自分などの頭がどのような役に立つのか、利良には見当もつかない。

「おいの頭でよかなら、どしこでん（いくらでも）貸しもすが、こげな頭がなんの役に立ちもすか」

利良が己の頭を叩いたので、西郷は再び笑うと言った。

「きっと役に立ちもす」

西郷の家に着くと、家族が歓迎してくれた。

この日、西郷の家で利良は大いに飲み、最後は酔いつぶれて泊めてもらった。

利良の人生で最も幸福な一日が、瞬く間に過ぎていった。

二

兵器奉行としての多忙な日々が始まった。部下の多くは実戦未経験者で、そのため砲隊の警護を主たる仕事とする利良の部隊に配属されたのだ。

張り切る利良は、何人もが倒れるほどの激しい調練を連日行った。中には大身の城下士の子弟もいたが、利良は容赦せず、へたばれば激しく罵倒し、倒れた者には水を掛けた。

ついこの前まで、城下士と狭い道で行き当たれば、道を譲って頭を下げていた外城士の一人がここまで出世したことは、外城士たちの励みになった。

利良は城下士たちの恨みを買うことを承知で、あえて厳しい調練を施した。さもないと、いざ実戦となった時、城下士たちは利良の指揮に従わず、勝手な行動を取るからだ。

明治二年から三年（一八七〇）にかけて、薩長両藩は新政府の方針をめぐって対立し、一触即発の危機を迎えていた。庶民の間でも、薩長両派に分かれた抗争が始まると信じられており、利良たちも仮想敵は長州藩のつもりでいた。

その場に倒れ、「もう動けもはん」と訴える兵士に、「おはんは、奇兵隊にきんたま抜かれたかとか」と言えば、大半の兵士は起き上がった。それは対抗心というよりも、恐怖心から来ていた。

東北戊辰戦争において、奇兵隊は敵の負傷者や捕らえた者に多くの残虐行為をしていた。それを見てきた者たちから話を聞いている二才たちは、奇兵隊が恐ろしくてならないのだ。

そんな最中の明治三年の一月十九日、大久保が帰ってきた。大久保は久光と西郷を東京に引っ張り出し、長州藩との確執に終止符を打とうとした。だが久光は政府の中央集権政策を非難し、西郷も「今は藩政改革に携わっておいもす」と言って上京を拒否した。

それゆえ二月二十六日、大久保は空《むな》しく東京に帰っていった。

同年七月、小松帯刀が死去する。幕末の薩摩藩の実質的指導者として、新政府内で主導的立場に立つはずだった帯刀だが、病には勝てず、三十六歳という若さでこの世を去った。帯刀の死により、薩摩藩改め鹿児島藩の指導者は西郷と大久保の二人に絞られた。

十月、約一年の洋行を終えた西郷従道（隆盛の弟）が帰郷し、その家で祝いの祝宴が開かれた。

従道は、長州藩の山県有朋《やまがたありとも》と共に明治二年六月に欧州遊学に出発し、約一年間、欧州の文物を学んできた。フランスの諸制度、とくに徴兵制に感銘を受けた従道は帰国後、山県と共に徴兵制支持者になる。

従道は様々な話をした。とくに夜のパリの様子は、若者たちの憧れをかき立てた。

利良もいつかパリに行ってみたいと思ったが、従道が言った「此度《こたび》の帰郷の第一の目的は、ポリスになりたい者を百名ばかり東京に連れていくことにある」という言葉が気になっていた。

——ポリスだと。

アーネスト・サトウの話が思い出される。

「犯人を捕まえるだけでなく、犯罪を未然に防ぎ、治安を維持する仕事をポリスち呼んじょいもす」

皆、すでに酒が入って勝手気ままにしゃべり始めており、従道の話を聞いていない。

利良はそっと従道の隣に割り込むと、その茶碗に焼酎を注ぎながら問うた。

「つまい、いよいよポリスを始めるちゅうこっか」

「はい。こいは東京の一蔵さん（大久保利通）も木戸さんも承知しちょる話で、鹿児島の二才で困窮しちょる者や外城士の次三男を連れていくつもいでおりもす」

従道は、利良よりも九歳年下なので敬語を使う。

「そいじゃ、おいもポリスになってよかな」

「なん言うちょ。正どんは兵器奉行じゃろが」

従道は高笑いしながら自分の茶碗に焼酎を注ぐと、利良に渡した。

「そいはそうじゃがな――」

「ポリス言うんは、市中を巡邏《じゅんら》したり、街路に立ったりして、道に迷っちょる者がおれば、親切に道を教え、何かを盗んだ者がおれば、笛を吹きつつ追いかけて捕まえる。そげん仕事でごわんど。つまり兵器奉行様のやるようなこつじゃなか」

従道は高笑いするが、利良は真剣だった。

「要するに東京の治安を守るちゅうこつか」

「東京も物騒なとこじゃっで、市民の保護、重要人物の警護、犯罪の摘発、犯罪人の捜索などに、ポリスが活躍ばすっとですよ」

――一蔵さんは、とりわけ「重要人物の警護」に関心があるのだろう。

明治二年一月五日には横井小楠《よこいしょうなん》が、同年九月四日には大村益次郎が、反対分子に襲われている。小楠は即死で、大村は重傷を負って十一月五日に死去する。二人とも新政府の重要人物であり、この二つの事件は新政府の威信を著しく傷つけるものだった。

「正どん、もう横浜や神戸の居留地では、エゲレスやフランスが持ち回りでポリスをやっちょりもす。紺羅紗《こんラシャ》の制服で斜めに帯革を掛け、そこに小銃が入っちょりもす。まこちよか格好じゃっど」

この時は「巡査」という言葉はもとより「邏卒《らそつ》」という言葉もなく、「取締」という言葉が用いられていた。

それ以外の藩では江戸期の組織を継承し、「見廻役」や「警固方」が設けられ、それぞれの制度の下で治安維持にあたっていた。明治四年以降は各府県の制度統一の動きが活発化し、「取締番卒」から「取締邏卒」という名称で統一されるようになる。

「信吾《しんご》、シークレット・ポリスとかジョゼフ・フーシェちゅう男んこつは聞かんかったか」

「聞きもはんな。そいはないですか」

「聞いちょらんなら、そいでよか」

――従道は公の留学生なので、フランス政府は教えなかったのだ。

あの時のサトウの話によると、フランス革命からナポレオンによる帝政時代、警察大臣のジョゼフ・フーシェは警察力を支配下に置き、権力者のために密偵警察を駆使し、反政府勢力に対する諜報、扇動、攪乱を行ったという。それがシークレット・ポリスである。

「そいで信吾が、そんポリスを作っとか」

「そいは、まだ分かいもはん」

そこまで話したところで、年寄《としより》連中に呼ばれた従道はそちらに行ってしまった。

かつて西郷が言った言葉を、利良は思い出していた。

「もしも新しい政府ができたら、正どんがポリスをやりもすか」

——あの言葉は思いつきだったのか。

利良は少し失望したが、兵器奉行の職をなげうってまで、一人のポリスになるため東京に行く気はない。ただかねてより、なぜかポリスという言葉とその仕事の内容に、引っ掛かりがあるのだ。

この後、参政である西郷の協力を得た従道は、城下士や外城士を問わず、食い詰めている者や農家の次三男に募集を掛け、希望者を面接した上で百名余を選び出した。この時にポリスとなることを希望した者たちが、後の警察機構の母体となる。

だが従道には、もう一つ重大な使命があった。


この頃、東京では、従道と共に欧州に行ってきた山県有朋が、日本の兵制を改革しようとしていた。

明治維新から明治二年の九月まで、兵制改革は兵部省《ひょうぶ》の長である兵部大輔《たいふ》の大村益次郎の仕事だった。その後、大村が凶刃に斃れてからは、前原一誠《まえばらいっせい》が兵部大輔に就任した。しかし前原は大村の「国民皆兵」路線に反対で、同郷の木戸孝允と対立した末、辞表を提出して故郷に帰ってしまった。そのため、兵制改革は滞っていた。

渡欧前は徴兵制に慎重だった山県だが、徴兵制により精強な軍隊の創設に成功した帝政ロシアの繁栄ぶりを見て、「軍事力こそ国家の礎《いしずえ》」と唱えて徴兵制を支持する。

大久保と木戸は「それならお前がやれ」と言ったが、山県は条件を二つ出した。一つ目は諸藩の兵制を統一すること。二つ目は鹿児島にいる西郷隆盛を引っ張り出し、兵制改革の旗頭にすることだった。

山県は慎重な性格で、自分が陣頭に立てば失敗するかもしれないが、西郷が立てば成功すると見ていたのだ。

この案には大久保、木戸、岩倉も賛成だった。というのも彼らは廃藩置県を考えており、実行の際には西郷の人望と実績に頼るつもりでいたからだ。

そこで帰郷直前の従道を呼び出した三人は、西郷の引っ張り出しを依頼した。

こうして西郷への根回しを行った上、明治三年十二月、岩倉が勅使として鹿児島を訪れ、同行してきた大久保と共に西郷を説得することで、遂に同意を取り付けた。

かくして西郷の上京と政界復帰が決まった。

三

明治四年（一八七一）四月、西郷は四つの歩兵大隊と四つの砲隊、合わせて五千の兵を率いて鹿児島を出発した。この時、利良も同行を許された。

鹿児島藩兵器奉行の職を解かれた利良は、東京に着いた後、新政府の新たな職に就くことになった。

利良にとって明治元年の十月以来、二年半ぶりの東京だった。

二月二十二日、天皇から御親兵《ごしんぺい》編制の勅令が出ることで、西郷は薩長土三藩一万人で御親兵（後の近衛兵）を設立した。

四月二日、西郷から呼び出された利良は、鹿児島藩高輪藩邸内の西郷の部屋に通された。

「正どん、おやっとさあ」

部屋に入ると、書状を書いていた西郷が顔を上げた。

「正どん、東京はいけんですか」

「はい。随分と様変わりしもしたな」

西郷に勧められるままに、利良が対面の座に就く。

「ああ、御一新じゃっで、どこも変わりもした」

西郷が目を細める。

――先生は、自らが葬り去った過去を懐かしんでおられるのだ。

そうした矛盾を抱えているのが西郷であることを、利良も分かっている。

「無念ながら兵助《ひょうすけ》どんは、殺されてしまいもしたが、そん後は、御親兵によって東京の治安は維持できちょいもす」

一月九日、長州藩の重鎮・広沢《ひろさわ》兵助こと真臣《まさおみ》が暗殺された。広沢は幕末に木戸と共に活躍し、維新後も参議などを歴任した維新の立役者の一人だった。

「じゃっどん、兵助どんを殺した下手人は、いまだ見つかっちょいもはん」

「はい。そう聞いちょいもす」

「国家として、とてつものう情けなかこつとは思いもはんか」

「全く情けなかこつであいもす」

「じゃっどん、おいは治安維持や犯人捜査を軍から専門機関に移すべきち思っちょいもす」

「仰せん通りです。フランスはじめ欧州諸国にはポリスちゅう官庁があいもす」

「そいはサトウどんや信吾（西郷従道）から聞いちょいもす」

「あっ、そうじゃった」

利良が頭をかく。

「そいで、そん仕事んこつですが――」

西郷が常と変わらぬ顔つきで言った。

「正どん、そいをやってもらえもはんか」

「おいがですか」

新政府での新たな仕事とは、ポリスのことだったのだ。

――先生は、あの言葉を忘れてはいなかったのだ。

愚鈍のように装ってはいても、西郷の記憶力はずば抜けている。

「こん仕事は、謹厳実直な正どんにしかできんち思っちょいもす」

「信吾んこつはよかですか」

これまでの流れから、従道がポリスの頭になると利良は思っていた。

「信吾は、狂介《きょうすけ》どん（山県有朋）の下で兵部省の仕事に就いてもらいもす」

西郷の率いる兵は天皇を守る軍隊であり、国家には当然、それ以外の軍事力も必要となる。それが各地に作られていく鎮台であり、鎮台を束ねるのが兵部省となる。

「そいで一蔵どんと語らい、正どんには東京府大属《だいさかん》ちゅう職を用意しもした」

「東京府の〝だいさかん〟ですか」

そんな職名は聞いたことがない。

「はい。おいたちは弾正台《だんじょうだい》を廃止し、欧州の制度に倣った新しか組織を立ち上げよう思っちょいもす。そん長を、暫定的に東京府大属と呼ぶこつにしもした」

「そいをおいにやれと」

「はい。受けてくれもすか」

「喜んで拝命いたしもす」

思わず涙が出た。西郷は利良のことを、しっかりと見てくれていたのだ。

「こん御恩は忘れもはん」

「御恩どころか、こいはおはんの重荷にないもすぞ」

西郷が笑う。

「そいなら、喜んで重荷を背負いもす」

「あいがとな」

正座していた西郷は膝をにじらせると、大きな手を伸ばして利良の肩を叩いた。

「おいや一蔵どんは、こいから、こん国がひっくり返るようなこつをやりもす」

「廃藩置県ですね」

「はい。おそらくどっちかは斬られもそ。そん時、死に水を取ってもらうのは正どんにないもす」

「分かっちょいもす。万が一ん時は、おいの手で犯人に縄を掛けもす。じゃっどん、そん前にお二人だけでなく、岩倉さんや木戸さんたちも含めて守ってみせもす」

「おう、そん意気じゃっど」

西郷が再び肩を叩く。

利良は涙で目が曇り、西郷の顔をまともに見られなかった。

明治四年七月十四日、廃藩置県が断行された。二百六十一を数えた藩を全廃し、全国を東京、京都、大阪の三府と三百二の県にしてしまうという大改革だ。これにより日本は、近代国家への第一歩を踏み出した。

だが、こうした大改革には騒擾《そうじょう》が付き物だ。それを未然に防ぐべく十月二十三日、東京府中の治安維持のために、ポリスすなわち邏卒三千人を置くことが決定した。また同時に「取締」という用語が廃され、「邏卒」という用語が正式に採用された。

この時、千人は東京にいる旧薩摩藩士の中から西郷が選び、千人は諸藩出身者から希望者を募り、残る千人は利良が鹿児島に戻って徴募することになった。つまり二千人を鹿児島県から、残る千人をその他の府県から集めることになる。これは維新で功労のあった旧薩摩藩士たちへの優遇策だったが、国内治安維持部隊（後の警察）を薩摩閥で占めていくための、西郷と大久保の深慮遠謀でもあった。

十一月、利良は帰郷するや、この布告を発表して希望者を募ろうとした。そうなれば手足となる人材が必要になる。まず利良は旧比志島抜刀隊や兵具隊の部下たちに声を掛け、優先的に採用した。その後、彼らの協力を得て、募集、試験、面接などを行った。

仕事を失い、茫然自失していた者たちは、こぞって募集に応じた。そのため応募者だけで三千を超え、選抜作業は難航を極めた。面接は深夜にまで及び、呼び出されるまで三〜四時間も待たされる者までいた。それでも利良は「公明正大」を謳い、分け隔てなく面接した。

とにかく邏卒は「謹厳実直」を旨とせねばならない。そのため議者（議論好き）や知者

（知恵者）を避け、朴訥（ぼくとつ）で行動力のありそうな者を優先して採用した。

希望者の中には、かつて駕籠で城に通っていた城下士の子弟も含まれており、一夜にして利良と入れ替わった立場に戸惑っていた。

利良は城下士だろうが農民出の若者だろうが、平等に採用を決めていった。

――もはや身分や家格の時代ではないのだ。

それを鹿児島の人々に植え付けるためにも、公正な選考は必要だった。中には旧知の者や内々に頼み込みに来る者もいたが、利良はそれらを全く受け付けなかった。そんな利良に周囲からは悪口が聞こえてきたが、その一切を無視し、利良は公平性を貫いた。

十二月初旬、屈強な者たち千名余がそろった。利良は彼らを三隻の蒸気船に分乗させ、十七日、東京に向かった。

一方、廃藩置県を終わらせた政府内では、幕末に締結した不平等条約を改正しようという動きが高まっていた。

昨年十月から今年の初夏まで渡米していた伊藤博文は、政府に条約改正の準備を急ぐよう促していた。しかし国内諸問題の解決に追われていた政府に、そんな余裕はなく、ひとまず要人たちを米国に送り、改正期限の延長を申し入れることになった。

十月八日、使節団の顔ぶれが決まる。

特命全権大使には外務卿の岩倉具視、副使には大蔵卿の大久保利通、参議の木戸孝允、工部大輔の伊藤博文、外務少輔で旧佐賀藩出身の山口尚芳《やまぐちなおよし》が就いた。この使節団の中には、文官となって宮内大丞《だいじょう》という重職に就いている村田新八もいた。

十一月十二日、後に岩倉使節団と称される一団が横浜港を出発した。アメリカ合衆国に始まり、大西洋を渡って欧州諸国を歴訪した後、帰国するという旅程である。

一方、留守政府は西郷、板垣退助《いたがきたいすけ》、後藤象二郎、江藤新平《えとうしんぺい》、大隈重信《おおくましげのぶ》、大木喬任《おおきたかとう》らに託された。この時、岩倉や大久保は西郷らに対し、自分たちが外遊の間、主要政策の決定や重要人事を留守政府が行ってはならないという十二カ条から成る約定《やくじょう》を取り交わした。

かくして廃藩置県の反動を前にして、政府の要人たちは二つに分かれた。

四

明治五年（一八七二）一月、邏卒三千人が東京に勢ぞろいした。制服と制帽は紺色の羅紗地で、ズボンや袖口に幅五分で統一された赤羅紗のストライプが施されており、腰には三尺余の棍棒《こんぼう》が提げられていた。

こうした制服は外城士や足軽階級出身者には好評だったが、彼らと同じ格好をさせられた武士階級出身者の中には、あからさまに不快な顔をする者もいた。

西郷は自ら選んだ坂元純凞《さかもとすみひろ》と国分友諒《こくぶともあき》、利良が選んだ安藤則命という三人の旧鹿児島藩出身者と、募集に応じてきた旧高知藩の郷士出身の桑原譲《くわばらゆずる》、同じく旧福井藩出身の田辺《たなべ》良顕《よしあき》を邏卒取締組（幹部）とし、利良と共に邏卒の組織体制の確立などの立案を委託した。

邏卒隊の本拠は東京府庁の置かれている内幸町《うちさいわいちょう》の旧大和郡山《やまとこおりやま》藩上屋敷で、利良も含めて全員が、近くに造られた宿舎に寝泊まりすることになった。家族持ちも合宿生活を義務付けられ、非番の日も家族と過ごすことは許されないという厳しさだった。

規則や規律も厳しく定め、勤務時間の厳守はもとより、非番の時の外出も、制服を着用することを義務付けた。

飲酒は五節句《ごせっく》（一年に五回の式日）のほかは禁止とした。これには不平不満が噴出したが、利良は「邏卒とは、いつ何時、出動するか分からないので当然である」と一蹴した。

その方針は「手快眼明」を旨とし、規則や規律は様々あるものの、どれも「手に取って目を通せば、誰にでも分かる」ものとした。この方針は、後に警察手帳を作る際に引き継がれていく。

三月にはさらに全国から千人が採用され、鹿児島県出身者と他県出身者は同数になる。すべては順調に進んでいた。利良は西郷の期待を一身に担っているような気になっていたが、冷や水を浴びせられるようなことが起こる。

五月二十三日、西郷から呼び出しを受けた利良たちは、皇城内にある太政官《だじょうかん》庁を訪れた。そこで利良は、西郷から六人の邏卒総長の一人に任命された。ほかの五人は坂元、国分、安藤、桑原、田辺である。彼らの上に立つ役職に就くと思い込んでいた利良は、彼らと同格の邏卒総長と聞き、わが耳を疑った。

西郷によると、邏卒の管轄は当面、東京府になるが、将来的には全国に広めていくため、中央省庁のいずれかに管轄が移るかもしれないので、一時的に自らが統括するというのだ。

利良の管轄は第五大区（浅草・上野・新吉原地区）となった。

雲間から一瞬、光明が差したかと思われたが、再び陽光は黒雲の間に身を隠した。しかしそんなことで弱音を吐いている場合ではない。

利良は自らの部下となった者たちを引き連れ、第五大区の役所とした浅草猿屋《さるや》町に移り、勤務に精励した。

利良も邏卒同様に規則を守るべく、五節句以外は好物の焼酎を断ち、銭湯に行く時も髭を剃《そ》り、制服制帽着用で出かけた。それを知った邏卒たちは、次第に利良に倣うようになり、第五大区は一糸乱れぬ結束を見せていく。そんな最中に事件は起こった。

発足当初から邏卒たちの抱える最大の問題は、犯罪者ではなく身内にあった。かつて御親兵と呼ばれていた近衛兵が、邏卒を見かけると絡んでくるのだ。

近衛兵とは、一国の元首を護衛する直属の軍団を意味するが、有事の場合以外は調練のほかにすることがない。当然、非番や休暇の際は町に繰り出してくる。天皇の兵であるという誇りから肩で風を切るように歩き、府民との間で頻繁に問題を起こしていた。とくに利良の管区の中にある新吉原に出入りする近衛兵は多く、中には酔って暴れる者もいた。

その度に府民から頼られるのは邏卒だった。大半は何とか収めてきたが、中には邏卒を馬鹿にして喧嘩を売ってくる近衛兵もいた。

七月のある夜、利良が第五大区の役所で事務を執っていると、新吉原で、邏卒と近衛兵の大喧嘩が勃発したという知らせが届いた。

利良が駆けつけた時、喧嘩は終わっていたが、邏卒二人が血まみれになっていた。

「どうした。大丈夫か！」

二人の邏卒は、青息吐息《あおいきといき》で事情を話せる状態になかったが、店の者たちが状況を説明してくれた。

それによると、新吉原の丸屋という三流の遊女屋に上がり込んだ近衛兵が、酔って店の中で暴れ、店主や女郎を殴ったという。

邏卒二人が駆けつけて暴れる近衛兵を説諭したが、乱暴されたので捕縛し、役所に連れて行こうとした。ところが集まってきた近衛兵たちに殴る蹴るの暴行を受け、犯人も取り逃がしたという。

――何たることか！

利良が店の外に出ると、いまだ近衛兵たちは店を取り巻いて殺気立っている。

だが利良も、ここで引くわけにはいかない。

「狼藉《ろうぜき》を働いた者を出せ！」

「そんなもん、どこにもおらぬわ」

誰かの一言に、近衛兵たちがどっと沸く。

「正直に出さぬと、全員、連行するぞ」

「外城士がそげなでかい口叩くっか。おいたちは近衛兵じゃ」

鹿児島弁が聞こえた。明らかに利良を知る者である。

――いまだ外城士扱いするのか。

城下士の中には、利良の出世を妬《ねた》む者が多い。そうした者は利良の功績を評価せず、ただ西郷や大久保に取り入っただけだと陰口を叩く。

「たとえ近衛兵であろうと、罪を犯した者は罰せられる。それがこの国の法律だ！」

利良が前に進み出ると、その迫力に押されて輪が少し広がる。

「おらぬというなら、ここにおる近衛兵を残らず連れていく！」

その時、人垣が左右に開かれると、近衛兵の将校服を着た男が悠然と姿を現した。

「正どん、随分とえろうなったもんじゃの」

「十郎太――」

辺見十郎太である。

「久しっかぶいじゃな。なんやら邏卒ちゅう足軽の大将になり、えらい羽振りらしかな」

「足軽だと――」

利良は屈辱で拳が震えた。

「やるっちゅうなら、いつでも相手んなっど」

周囲を見回すと、近衛兵は邏卒の倍以上はいる。

――ここで問題を起こせば、この先、邏卒組織がどうなるか分からぬ。

利良は自分のことよりも、発足したばかりの邏卒制度と組織自体がつぶされることを恐れた。

「正どんよ、得意の剣術ば使いたかとじゃなかか。じゃっどん刀はどけあっとな」

近衛兵がどっと沸く。

「刀を持っちょらんもんと闘うわけにはいかん」

辺見がサーベルをじゃらじゃらと鳴らす。

「われらは刀など使わぬ」

「ああ、そいで棍棒を提げちょっとか」

「おのれ――」

「なんじゃい」

二人の眼光が火花を散らす。

――ここで引いたら負けだ。

二人は胸を付けんばかりに接近し、しばしの間、にらみ合った。

周囲に一触即発の緊張が漂う。

だがしばらくすると、辺見は視線を外した。

「今日んとこは見逃すっで。じゃっどん、次は分からんど」

近衛兵たちを引き連れ、辺見は吉原の雑踏の中に消えていった。

――何という失態だ。

辺見とのにらみ合いには勝ったものの、結局、暴れた者を逮捕できず、邏卒総長として利良の面目は丸つぶれとなった。

「けっ、なんてこたねえな」

「格好だけのお飾りさ」

大立ち回りが見られなかった腹いせか、見物人たちも悪態をつきながら散っていく。

血まみれになった邏卒が店の中から運び出されてきた。

「総長、いつか仇を取って下さい」

「分かっている。何もしてやれずすまない」

「われらのことはいいのです。ただ口惜しいのです」

原形が分からないほど腫れ上がった顔を引きつらせ、その邏卒は泣いていた。

「もうよい。今はゆっくり休め」

戸板に乗せられ、二人の邏卒は運ばれていった。

――もっと力を持たなければならない。

利良は権力を手にしなければ、部下を救うこともできないと覚った。


仕事が始まってから約三月後の八月二十七日、官制が変わり、邏卒の管轄が東京府から司法省に新設された警保寮に移った。司法省は司法大輔の福岡孝弟《ふくおかたかちか》の下、法律家を養成する明法寮と、邏卒を率いる警保寮の二局体制になった。警保寮の長には、福岡と同じ旧高知藩出身の島本仲道《しまもとなかみち》が任命された。

この組織改編に伴い、利良は警保助《すけ》兼大警視に就任した。同時に坂元も同じ職位に就き、ここにほかの四人を押さえ、利良と坂元が同格となった。

辞令を受けた翌日、太政官庁に呼び出された利良は、西郷から新たな使命を託される。

五

明治五年九月八日、利良が太政官庁内の西郷の執務室に入ると、正面の机に座した西郷の背後で、パイプを片手に窓から外を見下ろしている男がいた。

「正どん、いや川路殿、ご多忙の折、呼び出してすまんこってす。ところで、ここにおられるお方をご存じですか」

西郷は、他藩出身者の前では標準語を使おうとする。しかし使おうとするだけで、結局、鹿児島弁になってしまう。

男が振り向いた。

「ああ、江藤さんでしたか」

男は初代司法卿に就任した江藤新平だった。警保寮は司法省の一組織であり、江藤は利良の上長にあたる。

「佐賀藩出身の江藤新平だ。以後、よろしく頼む」

江藤は評判に違わず無愛想だった。

「こちらこそ、よろしくお願いします」

江藤は、外国人がするように握手を求めてきた。すでに握手に慣れている利良は、前に進み出て手を握った。江藤の手は女のように小さかったが、その表皮は硬く、これまでの苦労がしのばれた。

江藤は、利良と同じ天保五年（一八三四）生まれの三十九歳。肥前佐賀藩の下級武士の家に生まれ、脱藩して京都で志士活動をするが、すぐに藩の派遣した目付に捕まり、佐賀に戻されて永蟄居に処される。しかし大政が奉還されると、前藩主の鍋島直正《なべしまなおまさ》直々の指名により、佐賀藩の代表として京都に派遣される。その後、戊辰戦争で活躍して賞典禄百石を賜った。

江藤は、立法・行政・司法の三面で明治政府の基盤作りに多大な貢献を果たしていた。その人格も志操堅固《しそうけんご》で公明正大、潔癖な上に頑固者と、まさに司法卿としては打ってつけだった。

西郷が着席を促したので、利良は西郷の対面に座した。

一方の江藤は、来客用の椅子があるのに立ったままだ。

「さて、おいたちは、川路どんに大きな跳躍をしていただこうち思いもした」

そう言いながら西郷は、「江藤さん」と呼びかけて後を任せた。

「川路殿も知っての通り、われらは政府の諸制度を早急に整備せねばならない。そのためには、何かに倣う必要がある」

利良の鼓動が高まる。すでに話の内容は予想がつく。

「そこで司法制度の調査研究のために、官吏八人を欧州に派遣することになった」

「はっ、はい」と答えて利良が背筋を伸ばす。

江藤はゆっくりと窓の側を離れると、西郷の横の椅子に腰掛けた。

「実は、わしも行きたかったのだが、三条太政大臣に、『岩倉、大久保、木戸らが不在の時に、君にまで行かれてしまっては困る』と懇請されてね」

岩倉具視、大久保利通、木戸孝允の三人は、条約改正交渉の根回しのために洋行中だ。

西郷が口添えする。

「江藤さんは『どうしても』と食い下がったとですが、三条氏が泣き出しそうな顔をするので、致し方なく洋行を断念されもした」

二人が顔を見合わせて笑う。

「司法制度については、河野《こうの》たちに調べさせるので心配ないのだが――」

河野とは、旧高知藩出身で司法少丞《しょうじょう》の河野敏鎌《とがま》のことだ。

「誰かに警保（警察）制度を調査してもらわねばならん」

鋭い眼光で利良を見据えながら、江藤が続ける。

「日本の司法制度確立のためには、警保制度の調査が必要不可欠だ。欧州に渡った岩倉使節団に一通りは調査をしてもらっているが、時間がなく、実務的な面までは調査できないと言ってきている」

岩倉使節団は平等条約改正交渉の根回しが主目的なので、法律や警察関係の調査までは手が回らないのだ。

「それで、警保関連の調査を貴殿にお願いしたい」

利良が戸惑う。

「私は外国にも外国語にも明るくないのですが、よろしいのですか」

「大事なのはそこだ。洋行の要は、各国の制度や文物を学び、その長を取って短を捨てることにある。手放しで各国の制度を移入するつもりはない」

パイプで机をコツコツと叩きながら、江藤が続ける。

「つまり学習は大事だが、そればかりでは駄目だ。洋行する者は冷静な観察眼と批評精神を持たねばならない」

西郷が話を引き取る。

「そいなら川路どんが適任じゃち思い、江藤さんにそう申し上げもした」

その言葉の裏には、坂元純凞や国分友諒だと「欧州の制度や文物に心酔しすぎる」という言外の意味が含まれている。

「この仕事は、外国に憧憬《しょうけい》を抱いていない者の方が向いている」

江藤が自信を持ってそう言うと、西郷が口を挟んだ。

「川路どんは、和魂洋才《わこんようさい》ちゅう言葉を知っちょいもすか」

「和魂漢才なら、聞いたことがあります」

「そん二つは同じこつであいもす」

西郷は、いかに欧米の制度や仕組みを学んでも、精神だけは日本人であることを忘れてはならないと言いたいのだ。

「われらは、日本人であるこつを忘れてはいけもはん」

江藤が話を引き取る。

「時間的余裕があれば、われら独自の制度や仕組みを、何もないところから構築することもできる。しかし時間がそれを許さない。それゆえ、いったん移入したものに修正変更を加えながら、独自のものに仕上げていきたい」

「お二人のお言葉、よく分かりました。謹んで拝命いたします」

己の前途に光明が見えてきたことを利良は感じた。というのも洋行帰りの者たちは、とんとん拍子に出世していくからだ。

「よし、それでは横浜出港は九月十四日となる。前日までに船に乗ってもらいたい」

「えっ、そんなに早く――」

「ああ、引き継ぎなら三日あれば十分だろう。しかも貴殿は、妻子をまだ東京に連れてきていないと聞く」

「はあ」としか利良には答えられない。

利良は邏卒たちと一緒に官舎で生活しているので、妻子は鹿児島に残してきている。

「それで行き先だが――」

江藤は一拍置くと、もったいぶるように言った。

「フランスのパリだ。われらはフランスの警保制度を範にすると決めた。死ぬ気で学んできてほしい」

「分かりました。ご期待に沿えるようがんばります」

「川路どん、頼んもしたぞ」

「はっ、はい」と答えて一礼すると、利良は二人の前を辞した。

――たいへんなことになった。

当然、通詞を付けてくれるだろうが、常に通詞と同一行動を取るわけではない。となれば、片言でもフランス語を話せるようにしておく必要がある。

――まずは言葉だ。

利良の帰る足が速まった。

六

九月十四日の早朝、耳をつんざかんばかりの汽笛の音と共に、フランスの郵便船ゴタベリイ号が横浜港を出港した。

寒気は厳しく、風は強くて波も高い。そのため共に洋行する者の多くは船室に籠もっている。しかしその方が、船酔いがひどくなると知っている利良は、船尾に一人佇《たたず》み、横浜港を眺めていた。

利良は戊辰戦争の頃、何度となく船に乗ったが、船酔いからは逃れられず、乗れば必ず一度は嘔吐《おうと》した。今回は長旅となるので、外洋に出れば辛い目に遭うのは間違いない。だがそれを気にして、この機会を無駄にするわけにはいかない。

司法省から派遣された者は利良を含めて八人だが、後に朝野《ちょうや》新聞を主宰する反骨の民権派・成島柳北《なるしまりゅうほく》ら自費留学生を含めると、フランスに行く者は十七人になる。

利良を除いた司法省の調査団は、司法少丞の河野敏鎌や明法大属の井上毅《こわし》ら三十前後の若者たちだった。


横浜港の岸には洋館や倉庫が立ち並び、多くの外国船が係留されている。夜明けと同時に荷揚げが始まった船もあり、その喧騒《けんそう》が風に乗って聞こえてくる。

――時の流れは速い。

かつて寂れた漁村に過ぎなかった横浜村は、安政六年（一八五九）の開港によって一大商港となり、今では日本の玄関口になっている。その流れに乗って栄えた者もいれば、流れの速さについていけず衰えてしまった者もいるだろう。

幕末から明治初期は、そうした時の流れに乗るか乗れないかで、すべてが逆転する過酷な時代でもあった。

――時間にも寿命にも限りがある。此度の洋行を出世の糸口とせねばならない。

利良は気持ちを引き締めた。若くもなく学歴もなく外国語にも通じていない利良が、坂元純憑や国分友諒といった城下士出身の精鋭を差し置いて抜擢されたのだ。その機会を無駄にするわけにはいかない。

一人を公費で洋行させれば、短くても半年は現地に駐在させねばならない。その経費は資金に乏しい明治政府にとって大きな負担となる。それゆえ明治も五年になると、厳格な審査の上、優秀と思われる人材だけが送り出されるようになった。

おそらく西郷は、利良の年齢や出自を危惧する江藤を説き伏せて推薦してくれたのだ。

――その期待に応えるには、欧州の警察制度を骨の髄まで吸収することだ。

三十九歳になる利良が選ばれたのは、西郷から「冷静な観察眼と批評精神」を持っていると見込まれたからに違いない。

――わしには、それしかない。

いかに効率よく情報を収集し、的確にまとめ上げるかに、日本の警保制度の行く末はかかっている。しかもそれは表面をまねただけでなく、本質的な部分、すなわち精神のようなものにまで踏み込んだものでなくてはならない。

――むろん毒をも食うつもりだ。

利良の脳裏に、かつてアーネスト・サトウの言っていたジョゼフ・フーシェという男のことが浮かんだ。フーシェは五十二年も前に鬼籍に入っていたが、彼の行ってきたことこそ今の明治政府に必要なことだと、利良は思っていた。

西郷や大久保がやろうとしている改革には、強い反動が伴う。だからこそ反対分子を未然に摘み取る組織が必要になる。

――それがシークレット・ポリスだ。

西郷が利良を選んだもう一つの理由が、そこにはあった。

――誰かが汚水に手を入れねばならない。つまり新政府には裏通りを歩く者が必要だ。表通りを行く西郷や大久保の陰で、利良は裏通りを行く覚悟をした。

「川路さん、初めまして」

突然、声を掛けられて横を向くと、若者が笑っていた。

「ああ、河野君か」

同行する八人の顔合わせは、前日に船上で行われた晩餐会《ばんさんかい》で終わっていたが、それまで利良は河野と面識がなかった。というのも高知藩出身の河野は、志士活動を始めたばかりの文久三年（一八六三）、藩論転換によって投獄され、六年間の牢獄生活を送ったからだ。

明治維新となり、ようやく釈放された河野は、同じような境遇にあった江藤に可愛がられ、今ではその副官のような立場にある。そうした経緯から河野の年齢は利良より十も下だが、官僚としての地位は上だった。

河野のように戊辰戦争で戦場に出ていない者たちが、若くて優秀という理由だけで出世していくことに、利良は釈然としないものを感じていた。

「川路さんは、戊辰の役で大活躍だったそうですね」

「たいしたことではない」

謙遜するつもりはないが、今更、武を誇ったところで意味がない。

「私は六年も獄につながれていたので、出征できず無念の涙をのみました」

「ああ、聞いている」

河野にしてみれば、戦いたかったという気持ちは本音なのだろう。

「しかし、これからの世に必要なのは知識です。われらは先駆者たる欧州に学び、多くのものを持ち帰らなければなりません」

河野の顔が引き締まる。

――此奴は此奴なりの覚悟があるのだ。

利良は、こうした文官に対しての偏見を取り去らねばならないと思った。

「仰せの通りだ。わしは武人としての己を捨てた」

「武人としての己と――」

「ああ。これからの世は魂だけが武士であればよい。他国が優れていると思えば、膝を屈して学び、それを政府の諸制度に役立てていくのだ」

「その通りです。私は川路さんを典型的な薩摩っぽ、あっ、失礼。薩摩人であると思っていました。しかし、ほかの方とは一線を画していらっしゃる」

「ほかの方とは」

「ええ、まあ、近衛兵の方々とか――」

　河野が言葉を濁す。

　近衛兵には旧薩摩藩出身者が多いので、気にしているのだ。

「気にすることはない。もはや藩閥などないも同然だ。藩は出身地を表しているにすぎず、それに拠って群れるなどという愚か者は徐々に減っていくだろう」

　大久保利通が長州藩出身の伊藤博文を重用しているのと同様、高知藩出身の河野は、佐賀藩出身の江藤に重用されている。

　その時、二人が同時に「あっ」と声を上げた。船が相模湾に入り、はるか彼方に富士山が見えたからだ。

「これで富士山も見納めになるかもな」

「縁起の悪いことを言わないで下さい」

　河野が不安そうに笑う。

「いや、欧州に行くというのは命懸けだ。あちらで客死することも考えられる。その時は、貴殿がわしの手記を持ち帰り、江藤司法卿に渡してくれ」

「分かりました。万が一、逆の場合はお願いします」

「心得た。だが貴殿は死ぬようには見えん」

「その言葉は、そのままお返しします」

二人が富士の高嶺に届けとばかりに笑う。

二十九歳の河野が死を笑い飛ばせるのとは異なり、三十九歳の利良に残された時間は、さほど多くはない。それを思えば笑いも頬に張り付く。

「いずれにせよ――」

河野があらたまって言う。

「長い滞在になると思いますが、よろしくお願いします」

「こちらこそ」

二人は固く握手を交わした。


翌十五日も風は激しい上に波は高く、食事をする者はまれだった。利良も食欲がわかず、朝昼晩にリンゴをかじるだけだった。

十六日、風波がようやく収まってきた。陸岸を右手に見ながら進んでいた船は、薩摩半島南東端にある開聞岳《かいもんだけ》を望む場所に来た。これ以降、日本の陸地を見ることはない。

同行している成島柳北の洋行記『航西日乗』によると、「此山《このやま》を失へば全く本邦の地を離るるを以て、衆皆悵然《ちょうぜん》として回顧する久し」すなわち、皆で悄然として開聞岳を眺め、それぞれの思い出を語ったという。

利良にとって開聞岳は故郷の山だ。やや離れてはいるものの、鹿児島城下には母の悦子、妻の澤子、娘の水尾子《みおこ》がいる。それを思うと感慨深いものがあった。

――澤子、すまなかった。

今回の海外視察も書簡で一方的に知らせただけで、その返信が来る前に旅立たねばならなかった。

驚いて書簡を読む澤子の姿が脳裏《のうり》に浮かぶ。仕事一筋の自分でも、故郷に帰れば寛容な態度で接してくれる家族には、頭の下がる思いだった。

妻の澤子は無口で地味な女だった。何を命じても文句一つ言わず、利良に尽くしてくれた。そんな澤子の労にいつか報いるためにも、利良は力を尽くすつもりでいた。

――澤子、待っていてくれ。わしは必ず出世の糸口を摑む。

開聞岳に向かって、利良は深く一礼した。

二十日の十一時、一行は香港《ホンコン》に着いた。陸地に上がれるということで、皆の表情はこれまでになく明るい。この日は皆で山上の公園に遊んだ。

二十一日、大型船のメーコン号に乗り換えた一行は、インド洋から紅海に入り、スエズ運河を通って地中海に出ると、一路マルセイユを目指した。

七

十月二十八日、司法省調査団一行はフランスのマルセイユ港に着いた。九月十四日に横浜港を発ってから、実に四十五日間に及ぶ船旅だった。

メーコン号が汽笛を鳴らしつつ入港すると、停泊している船舶もそれに応える。その中を縫うようにして、メーコン号は所定の桟橋に錨《いかり》を下ろした。

上陸してまず驚いたのは、その港の賑《にぎ》わいだ。船の多さはもちろんのこと、四、五階はある煉瓦《れんが》造りの建物や大きな倉庫が所狭しと並んでおり、その取引量が尋常なものではないと察せられた。

——これでは勝てん。

幕末に隆盛を極めた攘夷《じょうい》思想も、維新後は鳴りを潜めている。次第に洋行帰りの者が多くなり、攘夷の愚を声高に唱え始めたからだ。

今、こうしてマルセイユ港を眺めていると、皆が大真面目に語り合っていた攘夷という思想が、いかに頑迷固陋《がんめいころう》で馬鹿馬鹿しいものだったかを実感できる。

三十日、一行は汽車でパリに向かい、翌十一月一日の朝四時、汽車はパリ北駅に到着した。

誰もが笑顔で、「着いた、着いたぞ」と口々に言いながら肩を叩き合った。

この時代のパリは人口百八十万を数える大都市だった。フランス全体の人口は三千七百万人なので、二十人に一人がパリに住んでいる勘定になる。

到着が朝の四時ということもあり、いまだパリは眠っていた。しかし汽車から見える瓦《ガ》斯《ス》灯に照らされた風景は、巨大な都市を想像させるに十分で、一行の胸を高鳴らせた。

政府の手配した案内人に先導されて馬車に乗り込んだ一行は、キャピシーヌ街のグランドホテルに向かった。すでにパリの寒気は厳しく、駅舎の外は靄《もや》が漂っている。それがいかにも風情がある。

グランドホテルに着き、各部屋に入って荷を解いた一行は、ホテルで昼食を取った後、午後になって動き出した。

まずパレ・ロワイヤルに連れていかれた。パレ・ロワイヤルはかつての王宮で、数百にも及ぶ店が入っており、欧州各地の文物を売っている。珍奇な品々を見つけては皆で騒いだが、誰しも懐が寂しいので、何かを買う者は少なかった。パリの町は見るもの聞くものすべて珍しく、一行の興味は尽きなかった。

利良が驚いたのは、パリの夜が昼と見まがうばかりに明るいことだ。その明るさは、瓦斯灯のなせる業だった。

この時代、夜ともなれば、どこでも漆黒の闇に閉ざされ、それが犯罪の温床となっていた。夜の支配者は闇であり、パリでも大半の犯罪は闇の中で行われ、翌朝、白日の下に晒される。闇は強盗や人殺しの味方であり、市民は闇に怯《おび》えながら家路を急がねばならない。

ところが一八三〇年ごろに登場した瓦斯灯により、すべては変わった。パリは、女性も夜道を散歩できる光の都に変貌を遂げたのだ。

——そうか。瓦斯灯によって闇をなくすことで、犯罪は減るのだ。

ホテルの自室に入った利良は、パリでの第一日目の手記に、「瓦斯灯夜を照らし、白昼に異ならず」と記した。

約一年の滞在となるので、皆、急いで仕事をしようとしないが、利良は見聞すべきことを整理してきており、それが膨大なため、すぐにでも仕事に取り掛かりたかった。

・警察制度と組織
・ポリスの現場活動の確認
・ポリスの服装、日常行動、訓練など
・法律の学習（主に刑法）
・監獄の見学
・売春婦の取締
・消防活動

・警察の防疫《ぼうえき》活動
・下水道施設の見学
・瓦斯施設の見学（瓦斯灯の普及のため）
・反政府活動の取締
・出版物に関する検閲方法と発禁処分の基準

まずフランスの警察制度を学ぶことが最優先となる。当然、組織から給与制度、また殉職した際の家族への補償など、調べるべきことは多い。また街路に立つポリスの行動をつぶさに見学し、それを元にして、日本なりのポリスの「振る舞い」を確立せねばならない。さらに刑法を中心にした法律も学習するつもりでいた。これは河野たちの仕事になるが、刑法にかかわる分野だけでも、頭に入れておきたかった。

そのほかにも刑務所、売春、消防、防疫など、調査する分野は多岐にわたる。とくに開国後、コレラなどの伝染病の流入に悩まされてきた日本としては、いかに伝染病を防ぐかも大きな課題となっていた。防疫に関しては必ずしも警察だけの仕事ではないが、国民への啓蒙《けいもう》活動、患者の収容と隔離、国民が恐慌状態に陥った際の措置など、警察の職掌となるところは意外に多い。

こうした警察の表の仕事と同時並行的に、秘密警察という裏の仕事の調査も行わねばならない。こちらは容易には教えてくれないことが予想されたが、利良はその一端だけでも摑んでおこうと思っていた。

八

十二月一日、利良が木枯《こが》らしの舞うセーヌ河畔を歩いていると、突然、背後から薩摩弁で声を掛けられた。

「おやっとさあ」

「あっ、村田さんじゃなかかと」

村田新八が、その長身を持て余すように立ってた。

「そげなとこで、なんしちょ」

「見てん通り、散歩ばしちょいもす」

「そいはよかこつじゃ。根詰めて学ぶんも大切じゃが、気分転換も必要じゃっでな」

村田は利良の肩を叩くと共に歩き出した。

「村田さんは確か四月頃、こちらにいらしたとですね」

「おう。皆の先駆けをやらされちょ」

「先駆け――、ですか」

「なんも戦をするわけじゃなか。皆がどこに行くか予定を立てる仕事じゃ」

村田が呆れたように笑う。

「そいで宮内省の面々は――」

「七月にパリに着き、十月に帰国の途に就いた」

「使節団とは別行動を取ったとですね」

村田がうなずく。

侍従長の東久世《ひがしくぜ》通禧《みちとみ》に率いられた宮内省調査団は、岩倉使節団の目的とする条約改正の下交渉とも、工部省の主宰する産業施設調査団とも目的を異にするため、先行してフランスに入り、独自の調査を進めていた。

すなわちフランスが近代化を進めるにあたって、どのように旧来の支配体制と折り合いを付けているかの調査だ。その所定の目標が達せられたことで東久世らは帰国したが、村田は一人残ってフランス語の学習に励む傍ら、岩倉使節団本隊が来た時の見学予定を立てているという。

「じゃっどん、そいは建前じゃ。皆、昼は観光名所、夜はブラスリやメゾン・クローズに行きたがる。宮内省の輩もそうじゃったから、こいから先が思いやらる」

「何ですか、そんブラスリとか、メゾンなんたらとかは」

「こいは参った。お奉行様はなんも知らんでおらるっと」

川路はかって兵器奉行だったことから、仲間から「お奉行様」と茶化されることがある。

「お恥ずかしい話ですが、いまだこちらに来て一月そこそこじゃっで――」

「そうか。ブラスリは酒場。メゾン・クローズは公認売春宿のこつじゃ」

「つまり売春を政府が公認しちょるとですか」

「ああ、管理売春ちゅうて政府が監視の目を光らせている売春宿でなかと、建前上、女は買えん」

「ははあ、なるほど」

「どこん国も水清ければ魚棲《うおす》まずじゃ」

メゾン・クローズとは十九世紀前半に登場した政府公認の娼館で、娼婦を一定の場所に囲い込み、これを監視することにより、梅毒などの性病の発生や蔓延《まんえん》を防ぐという狙いがある。

「なんとも恐ろしか国ですね」

利良は欧州の懐の深さに恐れ入った。

「一緒に行ってみんか」

「ど、どこにですか」

「メゾン・クローズじゃ」

「そいは遠慮しときもす」

利良とて興味はあるが、性病の話を先にされては腰も引ける。

「ないごて遠慮などすっか。金なら歓迎の意味で、おいが出すっで」

「今はよかです」

「ああ、そうけ。もう誘わん」

「怒らんでくいやい」

村田は西郷配下の者たちの中では抜群に優秀だが、頑固で薩摩人気質丸出しのところがある。

「村田さん、そいじゃブラスリちゅうとこだけでも連れてってくいやい」

「おお、よかど」

機嫌を直した村田は利良の肩を抱くようにして乗合馬車に乗り、いずこかへ向かった。

モンマルトルの丘の麓《ふもと》辺りで馬車を下りた村田は、どんどん先を歩いていく。周囲にはブラスリとおぼしき賑やかな店が立ち並び、外から窓越しに、様々な民族衣装を着た娘たちが働いている姿が見える。そのうちの一軒の前で止まった村田は、中をのぞくと「おった、おった」と言い、扉を押して入っていった。

煙草の煙が立ち込める店内には、若い男女が所狭しと座り、耳元で何かを囁いたり、肩を組んで歌ったりしている。

ブラスリのヴェルスーズ（ビールを注ぐ女）は、アルザス、チロル、ボヘミヤなどの民族衣装を身にまとい、片手にビールが満々と注がれたピッチャーを持ち、客の待つテーブルへと向かう。そして客の前でピッチャーからグラスへとビールを注ぐのだが、頭上からテーブルの上のグラスに注ぎ、一滴もこぼさないといった芸を見せる。

ビールが白糸の滝のようにグラスに吸い込まれていくのを、利良も唖然として見つめた。

さらにヴェルスーズたちは馴染《なじ》み客の隣に座ると、共にビールを飲む。中には口づけをしている者たちや、肩を組んで店の奥に設けられている個室に向かう者たちもいる。こうした業態を知らない利良にも、ようやくこれも管理売春の一種だと気づいた。

「おい、なんしちょ」

突然、村田に腕を引っ張られると、利良は奥まったところにある座席に連れていかれた。

そこには、左右にヴェルスーズを侍《はべ》らせた一人の若い男がいた。

「ようこそ『ブラスリ・ア・シェルブール』へ。あっ、あなたは確か川路大警視ですね」

「ああ、そうだが」

「私の名は西園寺公望《さいおんじきんもち》。こちらに留学しています」

「ああ、あの――」

西園寺公望は徳大寺《とくだいじ》家の次男として生まれたが、西園寺家に養子入りし、その家督を継いだ。戊辰戦争では山陰道鎮撫総督や会津征討越後口総督府大参謀の地位に就き、明治新政府では越後府知事を拝命する。しかし海外留学への思いは断ち難く、二十二歳の時にパリ・コミューン最中のフランスにやってきた。バカロレア（大学入学資格試験）に合格した西園寺は、この頃、パリ大学（ソルボンヌ大学）法学部で学んでいた。

二時間ほどブラスリで歓談した後、利良は二人が住むというアパルトマンに連れていかれた。そこは瀟洒《しょうしゃ》な建物で、新たな都市政策の一環として建てられたという。

しばしの間、三人は欧州の情勢などについて語り合った。とくに利良が興味を抱いたのは、フランス共和国政府がパリ・コミューンを押さえられず、ヴェルサイユに本拠を移し、パリの実権が一時的に革命政府に握られた理由である。

「やはり一揆《いっき》を甘く見ていたのでしょうね」

西園寺が葉巻に火をつけながら答える。

最初は小規模だったパリ・コミューンの蜂起だが、野火のごとく広がり、血で血を洗う抗争になっていったという。

「それでフランスは、一揆持ちの国にされました」

「一揆持ちの国」とは戦国時代の加賀と越前が一向宗に支配されていたことを指すが、この時代の日本人に「革命」などと言っても話が通じにくいので、西園寺なりに分かりやすい話に仕立てていた。

話は警察にも及んだが、西園寺は警察制度を学んでいるわけではないので、すでに利良が仕入れている情報の域を出なかった。

「西園寺さんは、警察の仕事に精通しとる者は知らないか」

「警察の仕事と言うとポリスマンですか」

「いや、そうではなく、警察中枢の仕事だ」

しばし考えた末、「ああ、そうだ」と言って、西園寺が膝を叩いた。

「警察の中枢にいて、その後、退官した男を知っています」

「そうか。ぜひ紹介してほしい」

「よかですよ」

西園寺がおかしな鹿児島弁で答えた。

この時の話はそれで終わったが、西園寺に紹介された男が、後の利良に大きな影響を及ばすことになる。

三人の話題は、次第に国内問題に転じていった。

「もう知っちょっとは思うが――」

アプサントの入ったグラスを傾けつつ、村田が言う。

「国内が、ちと、まずかこっになっちょ」

「まずかこっですか」

「何じゃ、正どんは新聞を読んじょらんとか」

「もちろんです。日本の新聞をどげんして入手すっとですか」

村田は立ち上がるとクローゼットの中に積んである新聞を手で摑み、どさりと利良の前に置いた。夜目にも分かるほどの埃が立つ。

「どこにおっても、国内情勢には目を向けちょらないかん。新聞だけではなく、国内からの便りも大切じゃ」

村田には、国内の政治情勢を手紙で伝えてくれる友人もいるらしい。

――当然のことだ。わしは、まだまだ甘い。

利良は任された仕事に邁進するつもりでいた。しかし、すでに大警視という政府の高官なのだ。国内の政治情勢に気を配っておかねばならないのは当然だった。

「そいで、何か事件でも起こったとですか」

「うむ。たいしたこっじゃなかち思うが、実は国内組と外遊組の間に疎隔《そかく》が生じちょ」

「疎隔ですか」

留守政府の表向きの首班は三条実美だが、実質的には西郷隆盛と江藤新平が仕切っている。彼らと外遊中の岩倉具視、大久保利通、木戸孝允らとの間に意見の相違があるという。

「疎隔ちゅう言葉が妥当かどうかは分からん。もっと深刻な問題を内包しちょるようにも思える」

明治三年（一八七〇）十二月、岩倉具視と大久保利通は西郷に入閣を請い、翌年六月、西郷もこれを受けて参議の座に就いた。西郷は薩長土三藩の兵一万余を基盤にして御親兵（近衛兵）を創設し、同年七月、己の信望と国軍の力を背景に廃藩置県を断行した。

これを見届けた岩倉、大久保、木戸孝允らは、十一月、留守政府を西郷らに託して欧米巡遊に出発する。留守政府の実質的首班となった西郷は、廃藩置県の反動から来る社会不安を抑えて明治政府を軌道に乗せた。

ただし出発前、岩倉や大久保らは、自分たちが外遊の間、主要政策の決定や重要人事を留守政府が行ってはならないという十二カ条から成る約定を、西郷ら留守組（大隈重信、板垣退助、山県有朋ら）との間で取り交わしていた。しかし留守政府は、朝敵とされた大名や旧幕軍将兵の全員大赦《たいしゃ》、徴兵制の施行、地租改正、学制制定、太陽暦の採用などの重要政策を立て続けに決定し、後藤象二郎、大木喬任、江藤新平を参議に補充したため、約定などあってなきものとなった。

こうした情報を洋行中に知った大久保が不快になっているという情報が、村田の許に届いたのだ。

――一蔵さんは、今の政府を己の作品だと思っている。

政府を作ったのは紛れもなく大久保だが、西郷を呼び込んだのも大久保なのだ。

「つまい西郷先生と大久保さんの間に、隙間風が吹き始めたちゅうこつですか」

「そうじゃ」と答えて、村田がため息をつく。

「どうして、そうなったんですか」

西園寺が問う。

「おそらく江藤じゃ」

「江藤ちこつは、江藤司法卿と――」

「うむ。江藤は才人じゃ。一蔵さんの外遊を千載一遇の機会と考え、己の思うままの政府を打ち立てるつもりになったとじゃ。その首班は西郷先生じゃ。一蔵さんや木戸さんが帰国してから文句を言えば、西郷さんの顔をつぶすこつになる」

――つまり江藤は、西郷先生を押し立てる格好にして、薩長出身の有力者たちを政府から締め出そうとしているのか。

江藤が己の野望を実現するために、西郷と大久保を仲違いさせるなど、とんでもない話に思える。

「大久保さんと江藤さんは、以前から犬猿の仲らしいですからね」

西園寺が口を挟む。

「江藤さんは大久保さんの独裁を阻止すべく、佐賀藩出身者たちと徒党を組み、様々な手を打っているとか」

政府の中枢には、江藤のほかにも大隈重信、副島種臣《そえじまたねおみ》、大木喬任ら佐賀藩出身者がいる。

とくに大隈は使節団団長に内定していながら、大久保の政治工作によって岩倉に取って代わられたという経緯がある。江藤ら佐賀藩閥としては、条約改正の下交渉を大隈が行うことで新政府の主導権を握るという野望を持っていたが、それを未然に摘み取られたことで、大久保に対する怒りは並々ならぬものがあった。

「人ちゅうのは厄介なしろもんじゃ」

村田が伸びをしながら言う。

「こんままでは、行くところまで行ってしもかもしれん」

冷徹無比な大久保は、虫《むし》が好《す》かない相手には一切の妥協をしない。江藤との衝突は不可避に思える。

――ではその時、西郷先生はどうする。

この政争が、大久保と江藤だけのものに収まらないのは自明だった。

「大久保さんが帰国し、江藤さんを下野《げや》させる以外に手はなさそうですな」

西園寺が他人事のように言ったが、それを無視して利良は村田に問うた。

「で、村田さんはどげんさるっとな」

「もうすぐ一蔵さんたちが来ると聞いちょる。そいで、まずは話を聞く」

「それがいい」と言いつつ、西園寺は葉巻を二人に勧めたが、喫煙癖のない二人は首を左右に振った。

「話を聞いてからはどげんす」

「場合によっては帰国せにゃいけんじゃろう」

いざという時、村田は二人の仲裁に乗り出そうというのだ。

――とてもわしにはできん。

二人の巨人から信頼を勝ち得ている村田に、利良は軽い嫉妬を覚えた。

西園寺の吸う葉巻の臭いが立ち込める中、気まずい沈黙が訪れる。

「正どん、万が一んこつじゃが、二人は喧嘩すっじゃろか」

「そいは考えられもすが、そげんちこつにでもなれば、西郷先生はすべての職を辞し、故郷に帰るち思いもす」

「ああ、そげんな。問題はそげんなった後じゃ」

村田がソファに深く座り直すと、ため息をついた。

西園寺が問う。

「鹿児島藩出身者が二分されるというのですね」

「ああ、西郷先生は一村夫子《そんぷうし》に戻りたいだけじゃろが、周りがそいを許さん。そいに乗じて士族の権限を取り戻そうとする輩も付け入ってくるに違いなか」

「つまり、鹿児島どころか日本が二分されることに――」

膝に灰が落ちたので、西園寺は慌てて払っている。葉巻を吸うのも忘れるほど、話にのめり込んでいたのだ。

　この頃、日本では家禄削減問題、樺太《からふと》や朝鮮をめぐる外交問題などで士族の不満が募っていた。西郷が政府にいるからこそ、士族たちも大人しくしているが、西郷がいなくなれば、不満が噴出するのは間違いない。

「おいは全力を尽くして、そげんならんようにする。そん時は、正どん――」

　村田の強い視線が利良に据えられる。

「どっちにも付かんで、おいに力を貸してくれんか」

　利良が絶句する。

　確かに村田は宮内大丞という高位にあるが、何かの組織を持っているわけではない。ところが利良には、警保寮という強力な武装組織がある。

「難しかとは分かっとが、そいをしてもらわないかんど」

　――わしも岐路に立たされていたのか。

　利良は西郷と大久保双方に恩義を感じている。しかし常に利良に目を掛け、引き立ててくれたのは西郷だ。それを思えば中立でいることなどできない。

『おはんは大警視じゃ。そいでも西郷先生と鹿児島に戻っか』

　そうなれば確実に出世の道は閉ざされる。その代わり西郷の傍らで一生、芋を掘り続けることはできる。

「忘れていかんのは、中立ちゅうんは、政府方の大久保さんに付くのとはわけが違う。政府の命令があってん、厳正中立を保つちゅうこつじゃ。おはんがそうしちょる間に、おいが話をつけっで」

――そういうことか。

二人が仲違いすれば、近衛兵の大半は西郷に付く。場合によっては東京で革命が起こることも考えられる。その時に治安を維持し、近衛兵の反乱を抑えるのが警保寮の役目だと、村田は言いたいのだ。むろんそこには、時の政府の命に従うことを拒否し、治安維持だけに徹するという難しい舵取りが要求される。

「まあ、万が一ん時の話じゃ。二人は仲違いなどすうはずなか」

村田が高笑いする。

しかしその笑いには、どこかしら不安が漂っていた。

酒も醒《さ》めた利良は、「泊まっていけ」という二人の言葉を丁重に断り、馬車を呼んで自らのホテルに帰っていった。

その道すがら、喩《たと》えようもない不安が、背後から追いかけてくるような気がした。

九

十二月十六日、岩倉使節団がパリ北駅に降り立った。河野らと共に利良もこれを迎えた。

大久保はフランスの高官たちに囲まれ、笑顔を振りまきながら馬車に乗り込んだ。

利良たちはそれを見送った後、夜になってから迎賓館《げいひんかん》での歓迎レセプションに出かけた。

迎賓館でのレセプションは、その豪奢《ごうしゃ》な食事といい、舞い踊るパリジェンヌたちといい、華麗の一語に尽きた。めくるめくような一夜が過ぎ、その翌日から観光地めぐりが始まる。

一行は凱旋門《がいせんもん》とエトワール広場、ノートルダム寺院、マドレーヌ寺院、チュイルリー宮、ヴェルサイユ宮、オペラ座、オデオン座、パリ国立図書館、エリゼ宮（大統領官邸）、フォンテーヌブロー宮などの文化施設を回り、それが終わると、それぞれの目的に応じた見学場所に赴くことになった。

夜ともなれば、お楽しみはブラスリやメゾン・クローズである。

利良も「物は試し」ということで、一度だけメゾン・クローズで娼婦を抱いてみた。しかし、ほかの者たちのように耽溺《たんでき》せず、通い詰めるようなことにはならなかった。

後々、使節団の中の誰かを何かの疑いで取り調べねばならない時、「あの時、一緒に楽しんだ仲ではないか」と言われては、大警視としての面目が立たないからだ。

現に利良は、司法省調査団に同行してきた『航西日乗』の著者・成島柳北を、後に讒謗《ざんぼう》律《りつ》・新聞紙条例違反で取り調べることになる。

利良の多忙な日々は続いた。警察に関する調査も並行して進めたかったが、一行が帰国の途に就くまでは通詞なども取られてしまうので、身動きが取れない。今更ながらフランス語を学びに学校に通ったが、年齢が年齢だけに容易に習得できるものではない。

西園寺の時間が空いている時に、何とか頼み込んで同行してもらったりしたが、西園寺は必ずと言っていいほどメゾン・クローズに行きたがるので、利良の財布の中身は次第に寂しくなっていった。

それでも西園寺によって、シークレット・ポリスについての大きな収穫もあった。

翌明治六年（一八七三）二月二十六日の夜、サンジェルマンのレストランで鹿児島県郷友会が開かれた。パリにいる総勢十六人の鹿児島県出身者が一堂に会しての大宴会である。

この時は、いつも近寄り難い雰囲気を漂わせている大久保も上機嫌だった。

――思い切って聞いてみるか。

大久保が一人で壁際の椅子に腰掛けるのを見計らい、利良はワイングラスを手にして隣に座った。

「どうぞ」とグラスを渡すと、「おお、正どん、すまんな」と答え、大久保が受け取る。

政府の公式行事や他県出身者がいる場合、大久保は鹿児島弁での会話を禁じている。だが、この日ばかりは鹿児島弁での会話を楽しんでいた。

この日は大久保にしては珍しく、したたかに酔っていた。日本酒なら酔わないのだろうが、ワインには慣れていないので、自分の酒量が把握できないのだ。

「一蔵さん、久しっかぶいです」

「おう、そうじゃったな。こん二カ月は多忙を極めちょったで、正どんとは、ゆっくい話もできんじゃった」

「はい。致し方なかこつです」

大久保は連日、フランスの貴顕《きけん》たちとの面談やパーティで多忙を極めていた。

「ここを発つのは明日じゃ。また国に帰って、ゆっくい話でもしもんそ」

「はい。そうしてくいやい」

大久保は黙ってグラスを傾けている。

「ちいと小耳に挟んだのですが、留守政府が――」

「そんこつはよか」

大久保の顔が引き締まる。

「正どんは、託された仕事を全うしてくれればよかど」

「はい」としか利良は答えられない。

「吉之助さんにも困ったもんじゃ」

大久保が呟く。酔いも手伝っているのか、つい本音が出たのだ。

「一蔵さん、何か役に立てそうなことがあれば、おいに申し付けちくいやい」

利良にとって何の気なしに言った言葉だった。しかし大久保は別の意味で捉えた。

「そいを本気で言うちょっとか」

大久保の目が光る。

「おいは大警視の地位にありもす。何があろうと秩序は守らないかんと思うとりもす」

「つまり警保寮は政府と共にある、ちゅうこつじゃな」

「警保寮は政府の機関です」

「そうは思うちょらん輩もおる」

大久保が憎々しい顔をする。それが近衛兵を指しているのは明らかだった。政府に所属する一機関であるにもかかわらず、一朝《いっちょう》事あれば、近衛兵が「西郷の私兵」となるのは間違いない。

「いずれにせよ、国に帰ってからの話じゃ」

「はい。そん時はおいも帰国しもす」

「いや、正どんはよか。当面、こちらの調査を進めてくいやい」

「じゃっどん――」

その時、若手の一人が「写真を撮ります」と言って大久保と利良を呼びに来た。

すでに椅子なども並べられている。背の高い大久保は後ろに立とうとしたが、皆に強く勧められ、中央の椅子に座らされた。

若い連中はその前に胡坐をかいた。こうした記念撮影の場では、長身ゆえ背後に回ることの多い利良は、この時もそうした。その時、同じ長身の村田が隣に立った。

「一蔵さんと、なん話しちょった」

村田は腕を組み、少し半身に構え、利良に背を向けるようにしている。

「とくになんちゅうこつはなかです」

「政治向きん話じゃろが」

その時、フランス人の写真家の右手が掲げられた。写真家は夜でも写真撮影ができる発光機を持っている。

「おい、みんな動いたらいけんど」

誰かの言葉に皆が動きを止める。

「正どん、いざっちゅう時は中立を貫いちくれよ」

それに何も答えずにいると、閃光《せんこう》が走った。

「撮れたらしか」

皆が一斉に動き出す。

利良が横を向くと、すでに村田の姿はなかった。

薩摩隼人だけなので、大いに盛り上がるパリの一夜でありながら、得体の知れない黒雲が利良の胸中に広がっていくような気がした。

翌朝、パリ北駅でマルセイユに向かう大久保を見送った後、利良の調査は本格化する。

もちろんフランスだけでなく、この機会に他国も見聞しておきたいと思い立ち、利良は旅に出ることにした。

三月初旬までパリで過ごした利良は、三月中旬にはベルギーとオランダに赴き、四月にいったんパリに戻った後、五月六日、プロシャ（ドイツ）のベルリンに至った。プロシャにしばし滞在した後、六月七日にロシアに入ると、オーストリア、スイス、イタリア、ハンガリーを経てフランスに戻ってきた。

その手記の中で利良は、「ベルリンは、パリに比べて公衆便所が少ないので清潔ではない。街路の清潔を保つには、公衆便所の設置は必須だ」と記した。これが後々、日本の公衆便所の多さにつながっていく。

その他の国でも、利良は様々なことを学び、こまめにメモを取った。

利良にとって切っても切れない挿話である人糞《じんぷん》事件が起こったのは、パリへの帰途でのことだった。汽車に便所があるとは知らない利良は、個室のコンパートメントだということもあって、その中で用を足し、それを新聞紙に丸めて窓から外へ放り投げた。ところが不幸にも、それが保線夫に当たり、保線夫は糞まみれになってしまった。

怒った保線夫は証拠となる新聞紙を携えて訴え出た。これが日本の新聞だったので、犯人はすぐにばれた。新聞を取り寄せて読むようにしていたのが、裏目に出てしまったのだ。

パリ警察に出頭した利良は平謝りして許してもらったが、利良が日本の警察の最高幹部だと知ったパリ警察の高官たちは、腹を抱えて笑ったという。

そんな失敗をしながらも、利良の欧州滞在も終わった。滞在期間は一年弱に及び、膨大なメモを携えた利良は九月六日、司法省調査団の一行と共に帰国する。

十

明治六年(一八七三)九月末、太政官の一室で、利良は大久保利通と伊藤博文を前に渡欧の報告を行った。利良の派遣を決めてくれた西郷と江藤にも報告せねばならないのだが、二人は朝鮮への使節派遣問題で多忙を極め、それどころではないという事情があった。

「ポリスなくして国家なし!」

利良が高らかに叫ぶ。

「明治政府が取り組むべきは富国強兵策です。だがそれを行おうとしても、国家の基盤が安定していないと遅々として進みません。基盤とは何か。良民が安んじて暮らせる国家であり、それがあってこそ、民は日々の仕事に邁進できます。その結果、民は富を生み出し、納税が促進されて国家財政が潤い、富国強兵につながるのです」

演説が得意ではない利良だが、胸底からわき上がる情熱の命じるままに弁じたてた。

「モンテスキューの『法の精神』にある通り、国家というのは、立法、司法、行政の三権が分立されていなければなりません。これを保持していくには、治安維持が何よりも大切です。そのためには反国家分子を未然に取り締まる必要があります」

「それは、警保機能を司法と行政に二分するということですか」

伊藤が問う。

岩倉使節団の一員だった伊藤は外遊中に大久保と意気投合し、帰国後は同郷の木戸孝允よりも大久保と近い関係になっていた。

「その通りです。犯罪を未然に防ぐ行政機能と、犯罪捜査と被疑者の逮捕といった司法機能を併せ持つ警察こそ、われらの目指すものです」

警察活動とは行政と司法の二つに大別される。司法警察とは法律を犯した者を取り締まることで、行政警察とは社会公共の秩序を維持することだ。

ただし行政警察の機能を強めると権力の濫用《らんよう》につながり、人権の侵害に至ることも考えられる。しかし司法機能だけでは反乱を未然に防ぐことができず、政権の転覆計画を察知しても動くことができない。それゆえ、いかなる国家でも行政警察が必要となってくる。

「つまり警保寮を司法省から離すべきというご意見なのですね」

伊藤の指摘は鋭い。

「仰せの通り。警保寮に行政機能を持たせるなら、司法省ではなく、政府中枢に直結した省庁に管理させるべきです」

「それは、どこの省庁だ」

大久保が問う。

「フランス語を直訳すると、外務省とは逆の意味で内務省となります」

「その内務省とやらが警保寮を管轄することになれば、内務省の権力は絶大なものになるというわけですね」

伊藤がにやりとする。警保寮が江藤新平の支配下にある司法省から離されれば、江藤の力が弱まるからだ。

「仰せの通り。万民を統べるには、一時的にでも誰かが権力を掌握せねばなりません。さもないと国内は混乱をきたし、外夷の侵攻に対抗できません」

「それでは民権はどうなる」

大久保が鋭い眼光で問う。

「今は民権よりも、国権の強化が重要です」

「そんなことをすれば、国内で大反発が起こりますよ」

伊藤を無視して利良が続ける。

「また、中央と地方の分掌《ぶんしょう》をはっきりさせる必要があります」

「つまり、東京府下以外の警保機能を府県に分け与えよと言うのだな」

大久保の目が光る。

「いかにも。東京府警保寮には全国の行政と司法機能を、府県の警保寮には府県内の司法機能を持たせるのです。むろん行政機能を行使する際には、各府県の警保寮に、東京府警保寮の指揮下に入ってもらう必要があります」

つまり内務省を新設して警保寮を統括させ、さらに中央と地方に警保寮を分け、行政機能は中央の指揮権を強め、司法機能は権限を分散させるべしというのだ。

さらに利良は、東京府下の邏卒で優秀な者を各府県に派遣して教育に当たらせること、内乱鎮圧には軍隊を動かす前に武装した邏卒を動かすこと、火災発生時は人民の誘導も重要なので、警保寮が消防をも管轄することなどを提案した。

大久保が自慢の髭をしごきながら問う。

「これは、フランスなりプロシャなりのポリスの現状をまとめただけではなく、君の提案が入っているのだな」

「はい。ありのままの報告は別途、『諸国のポリスの現状』としてまとめてあります」

「それでは君の提案が入ったものは――」

「それがこちらです」

利良が『我国警察制度改正の建白書』と書かれた分厚い書類を差し出す。

「警保でなく警察と呼び方を変えるのですね」

伊藤が首をひねる。

「はい。警保という言葉には、非常の事態に備えて危険を予防し、治安を維持するという意味はありますが、これだけではポリスの機能をすべて言い表せていません。しかし察という語には、察知する、推察するといった意味があります。つまり警察という言葉なら、危険を未然に察知し、防ぐという意味になります」

「警保でなく警察か。いいだろう」

大久保が首肯する。

「しかし権力を内務省に集中させ、軍隊同然の警察を持つというのはどうですかね」

伊藤が疑問を口にしたが、大久保は内務省設立案に賛意を示した。

「権力が集中するといっても、司法省も陸・海軍両省も独立した省庁としてある。内務省は、あくまで国内の治安維持のために警察を使うことになる」

「確かにそうですね。疑問ばかり呈していては何も進まない。内務省と警察の件を進めましょう」

二人がうなずくのを見て、利良が直立不動の姿勢で頭を下げる。

「川路、よくやった」

短い言葉ながら他人を滅多に褒めない大久保だ。利良は、これまでの労苦がすべて報われた気がした。

帰国後、ようやく利良は家族と同居することにした。

利良は、下谷龍泉寺町《したやりゅうせんじまち》にある美濃大垣《みのおおがき》藩十万石の戸田《とだ》家の下屋敷を購入していた。実は視察旅行の直前、この屋敷を買い入れていたのだが、視察旅行に行くことになったので、鹿児島から呼び寄せた家族に住むよう伝えていた。ところが利良が帰ってみると、澤子と子供は長屋の一室で過ごしていた。

それを見て驚いた利良が、妻の澤子に「ないごて母屋に住まんかったとか」と問うと、澤子は「あげな広かとこ住んだこっがあいもはん」と答えた。利良は大笑いし、「さすが、おいのうっかた（妻）じゃ。質素が身に染み込んじょる」と言って喜んだ。

十一

伊藤が帰った後、ソファから立ち上がった大久保は、海外で買ったとおぼしきパイプを手にして窓際まで行き、うまそうに吸い始めた。

「大久保さん、欧米巡遊の旅はいかがでしたか」

「巡遊の旅か」

大久保が苦笑いする。

利良の帰国よりも三カ月ほど早い五月二十六日、大久保は一年半にも及ぶ欧米巡遊から帰国していた。

「君の察する通りだ」

大久保は、岩倉使節団の欧米巡遊を大失敗と見なしていた。と言うのも、不平等条約改正交渉はその糸口さえ摑めず、同行した木戸との関係は悪化し、不在の間に西郷ら留守政府に勝手なことをさせてしまったからだ。

大久保は日記に「大敗北にて帰陣」と書くほど、この視察旅行を評価していなかった。むろんその裏には、欧米諸国と日本の差に愕然としたこともある。

帰国後、留守政府に割り込むことが政局を有利に運ぶことにならないと判断した大久保は、あえて休暇を取り、政治の渦中から距離を置いた。政府首班の三条実美と岩倉具視からの参議就任要請にも首を縦に振らなかった。

「では、これからどうなされますか」

「ほほう、面白いことを聞くな」

大久保が、珍しい動物でも見つけたかのように利良に目を向けた。

「では、問い方を変えましょう。大久保さんは西郷さんを切るおつもりか」

「斬る、とな」

大久保が笑う。もちろん「切る」の意味は分かっている。

西郷と大久保の間に疎隔が生じた原因は、朝鮮問題にあった。

日本政府からの国交正常化の呼び掛けに対し、朝鮮国は鎖国政策を布いて容易に開国しなかった。日本の最近隣国である朝鮮との国交正常化は新政府にとって喫緊《きっきん》の課題だが、朝鮮政府は日本を見下して相手にしない。

再三の呼び掛けに対し、明治六年（一八七三）五月、朝鮮国は日本公館への生活物資の供給および同館に出入りする日本人商人の貿易活動を規制してきた。

朝鮮政府の言い分としては、貿易は対馬《つしま》商人だけという江戸幕府との取り決めに、日本が違反したという。さらに日本を「無法之国」と罵ったので、これは「朝威を貶《おとし》め、国辱にかかわる問題」だとされた。

板垣退助ら強硬派は、「すぐにでも居留民保護の名目で軍隊を送るべし」と騒いだが、西郷は「陸海軍を送る前に、まずは使節を派遣し、公理公道をもって談判すべきである」と説諭し、「派兵すれば必ず戦争になる。初めにそんなことでは、未来永劫、両国の関係にひびが入る。それゆえ、断じて出兵を先行させてはならぬ」と言い張った。そして西郷自ら使節となり、朝鮮に赴くと主張するようになっていった。

八月十七日、板垣ら土佐派の説得に成功した西郷は、閣議において、正式に朝鮮派遣使節に任命された。太政大臣の三条実美が西郷の使節決定を天皇に上奏すると、天皇は即座に了解し、「ただし、岩倉具視の帰国を待って最終決定すべし」と回答した。

九月十三日、岩倉が帰国し、西郷の派遣を了承した。ところが九月末になっても朝鮮行きの日程が決まらないことに、西郷は業を煮やしていた。

大久保が胸を張って言う。

「わしは国権を強化し、富国強兵策を取ることで、この国を諸外国と対等に交渉できる国にしたい。とくに諸外国を見聞したことで、その意を強くした」

「その実現の邪魔者となるのは、西郷先生なのですね」

大久保は一瞬、口ごもったが、何かを決意したように眦《まなじり》を決すると言った。

「吉之助さんの人徳と信望を利用し、われわれは廃藩置県を成し遂げた。それを見て外遊に出たものの、不在の間に吉之助さんは政府を己のものとした。そこには、私の入り込む隙はない。しかも吉之助さんの片腕として江藤が台頭し、政治権力を握りつつある」

大久保は帰国したものの、現政府に自分の席がないことに気づいたのだ。

「だが、維新の大立者である吉之助さんを除くことはできない」

大久保が気弱そうに首を左右に振る。

「なぜですか」

「なぜ、だと」

大久保が不思議そうな顔をする。

「大久保さんが理想の国家を築きたいのであれば、情誼《じょうぎ》は捨てるべきでしょう」

「私は吉之助さんを排除できない。だいいち君は――」

「西郷先生のおかげで、ここまで出頭したと仰せになりたいのですね」

「そうだ。ここで私から言質を取り、吉之助さんに告げ口でもするつもりだろう」

「それは違う！」

利良の怒声に、大久保がびくりとした。

「西郷先生への恩義は恩義。それは個人的なことです。国家百年の計を考えれば、政権は大久保さんが担うべきでしょう」

「それを本気で申しておるのか」

「天下に両雄並び立たず。これは往古の昔から言われていることです」

「待て」

大久保は神経質そうにパイプで窓枠を叩いた。そのコツコツという音が、静かな部屋に反響する。

「君は変わった。何かきっかけがあったのか」

「あちらで、いろいろなことを学ばせてもらいました。その中で大事なことは、まず国権を強めることだと思いました。すでに欧米では、国権に対するものとして民権が芽生えています。民権を尊重し、民主国家に変貌を遂げつつある国もあります。しかしそれらの国々も、かつては国家が強大な権力を持ち、富国強兵策と産業革命を推し進めたのです。われら遅れた国が今、民権を認めてしまえば、富国強兵策は停滞し、やがてロシアの侵攻を許すことになるでしょう」

「つまり、吉之助さんと江藤の民権を認めていくという政治方針は間違っているというのだな」

「間違っています。わが国は今、国権を強化せねばならないのです」

「国権の強化か」

「そうです。それを合法的に行うのが内務省なのです」

「では君は、私が吉之助さんを排除すると言っても、反対しないと断言できるか」

「それが国家のためであれば――」

――西郷先生、申し訳ありません。ただ国家の運営は、一蔵さんに任せた方がよいと思います。

利良は心中、西郷に詫《わ》びた。

大久保が髭をしごきながら部屋の中を歩き始めた。何事かを考えているのだ。

「大久保さん、朝鮮への使節派遣問題こそ、そのきっかけになるのではないでしょうか」

「どういうことだ」

「大久保さんは今、三条・岩倉両卿から参議就任を打診されているはず」

「そうだ」

「それを承諾する代わりに、二つの条件を出すのです」

「条件だと」

大久保が参議就任をためらっていたのは、今、参議に就任すれば、西郷と江藤の留守政府の方針に従わねばならず、自らの考える方向に国家を導けないからだ。

「まず三条・岩倉両卿に、朝鮮使節派遣問題については大久保さんに一任し、方針を途中から変えないという念書を書かせるのです」

「念書など書くわけがあるまい」

「いや、書かせねばなりません。公家衆は西郷さんに一喝されれば容易に変節します。書かせねば大久保さんは梯子を外され、政府内に孤立します」

「つまり誰かを参議にしろというのか」

「そうです。大久保さんの強い味方となる人物を推すのです」

「伊藤君か」

「いや、伊藤さんは工部大輔ですから、一足飛びに参議に就かせるのは難しいでしょう。だいいちそんなことをすれば、江藤さんが猛烈に反対します」

「江藤に反対されずに、私の与党を増やすなど無理だ」

「いや、それが可能な人物が一人だけいます」

「誰だ」

「副島さんです」

「副島は、吉之助さんとの関係が密なはずだが」

「そんなことはないでしょう」

西郷が朝鮮使節に任命されたことに外務卿の副島が気を悪くしていることを、利良は伝えた。

「なぜ君がそれを知る」

「それが行政警察の力です」

利良は帰国してすぐに政局を把握するため、腹心の安藤則命に命じて、各参議の情報を収集させていた。

「つまり副島の参議就任に、同郷の江藤は反対しないということか」

「仰せの通り。江藤と副島の関係を見れば、反対することはないはずです」

二人は同じ佐賀藩出身の上、義祭《ぎさい》同盟という勤王結社の仲間だった。

「おそらくこれで、大久保さんの思惑通りに行くでしょう」

しばし考えた後、大久保が問うた。

「君は、恩人である吉之助さんを裏切ることになっても構わないのか」

「それは大久保さんも同じでしょう」

二人の間に重い沈黙が垂れ込めた。二人にとって西郷はそれだけ大きな存在であり、西郷を罠にはめるようにして政権から追い出すなど、つい一年前までは、考えもしなかったことだからだ。

「大久保さん、今は個人的な情誼よりも、国家のことを考えるべきです」

大久保の顔が苦悶《くもん》に歪む。

「小事にかかずらって大事を見失えば、この国は破綻します」

「分かっている」

大久保の顔が引き締まった。


十月十二日、大久保は参議に就任し、副島もその座に就くことで、西郷・江藤体制への追撃態勢が整った。それゆえ三条は十二日に予定されていた閣議を十四日に延期する。

これに怒ったのは西郷である。わずか二日とはいえ、大久保と副島が閣議に参加する権利を得たことで、朝鮮への西郷派遣の件が覆される恐れが出てきたからだ。

むろん江藤も巻き返しを図るべく、副島への説得を開始する。

そして十四日、閣議が開催された。

十二

——あの男と会ったのは、わしの運命だったのか。

明治六年（一八七三）一月末、利良は西園寺公望に連れられ、トラヴェルシーヌ街に赴いた。この町は通り沿いに瀟洒な店や家屋が並んでいるが、迷路のような裏の路地に一歩入ると、とたんに貧民街の様相を呈してくる。

西園寺は「えーと、この辺りだったたっけな」と呟きながら、角をいくつも曲がっていく。すでに夕日は長い影を作り始めており、間もなくパリに闇が訪れる。

「おい、大丈夫か」

「任せて下さい。パリは私の庭のようなものですし、パリには街灯がありますから、心配は要りません」

周辺の建物には、何世紀にもわたって堆積したような汚れや染みがにじみ出し、石畳の中央を流れる路央下水道からは、喩えようもない悪臭が漂っていた。石畳も泥やごみによって黒ずんでおり、場所によっては布団の上を歩くような感覚がある。

――ひどいところだな。こんなところに元シークレット・ポリスが住んでいるのか。

西園寺が何かを指差して叫んだ。

「あっ、分かりました。このタピ・フランの角を曲がったところです！」

タピ・フランとは、カウンターとテーブル席が少しあるだけの小さな居酒屋のことだ。酒の看板が所狭しと打ち付けられた居酒屋の脇の路地を、西園寺は入っていく。

「ここです。いるかな」と呟きつつ西園寺が「ジャン・ジャック」と呼びかけると、しばらくして中から錠前が外され、ガウンをまとった七十前後の老人が顔を出した。

「なんだ、お前か」

「お久しぶりです。こちらは友人の川路さんです」

老人が胡散臭《うさんくさ》そうに利良を見回す。

利良がフランス語で丁寧に名乗ると、老人は無愛想に「元警視のジャン・ジャック・デュシャンだ」とだけ答えた。

「ジャン・ジャックさんは、かつてシークレット・ポリスの幹部でした」

西園寺が日本語で補足する。

「今は身を持ち崩していますが」

「で、何の用だ」

ジャン・ジャック・デュシャンと名乗った元警視は、かつての職業柄か、やけに居丈高だ。

「お話を聞かせていただきたいんです」

「何の話だ」

「シークレット・ポリスのことです」

そう言ったとたん、ドアがバタンと閉められた。

「待って下さい。せっかく来たんですから、少しでもお話を聞かせて下さい」

西園寺が泣きそうな声で懇願する。

「シークレット・ポリスは国家機密にかかわることだ。日本人などに教えられるか」

中からくぐもった声が返ってきた。

フランス語でのやりとりが続いていたが、利良にも何となく会話の主旨は摑める。

「そこを何とか」

「下手にしゃべれば、官憲がやってくる」

「秘密は守ります」

「嫌だね」

「お礼はします」

西園寺が早くも切り札を切った。

「お礼だと」

「五フラン銀貨を十枚持ってきました」

ドアが開くとデュシャンが顔を出した。その視線は、西園寺の手の中にある銀貨に注がれている。

「二十枚なら話してもいいぞ」

「全部で十五枚しか持ってきていません」

「分かった。十五枚とビール三杯だ」

「分かりました」

ようやく取引が成立した。

薄汚れたコートを引っ掛けて出てきたデュシャンと共に、二人は先ほどのタピ・フラン

に入った。店内は暗く、鼻をつまみたくなるくらい臭い。どうやら奥の便所が悪臭源となっているらしい。

そんなことを気にもせず、デュシャンは席に着くと、右手を挙げてビールを注文した。

「さて、何を聞きたいって」

デュシャンはいかにも重大なことを話すかのように、左右を見回して声をひそめた。

まだ時間が早いからか、タピ・フランには、中東出身らしきバーテン以外、誰もいない。

「こいつは気にしなくていい。飲み物以外のフランス語を知らないからな」

運ばれてきたビールを口にしながら、デュシャンがうれしそうに言う。

「日本でもシークレット・ポリスを設立しようと思っています」

利良の日本語を西園寺が訳す。

「それで、その仕事内容から組織まで、あらゆることをお聞きしたいのです」

「そういうことか」

デュシャンが出した手の上に、西園寺は五つの銀貨を並べた。

「足りないぞ」

「残りの銀貨は、話が終わった時に出します」

「お前も、この町に慣れてきたな」

苦笑いを漏らすとデュシャンは話し始めた。

それは司法警察と行政警察の違いから始まり、シークレット・ポリスにまで及んだ。

「シークレット・ポリスの存在意義は、金をかけずに国家権力を守ることにある」

「金をかけずに――」

「そうだ。金をかけて警察官を増員すれば、たいていの反乱は鎮圧できる。だが国家予算は無尽蔵ではない。そこで敵の内部に潜入して情報を探り、陰謀や反乱を未然に防ぐことが必要になる」

「つまり潜入警察官ということですね」

「そうだ。敵の情報を摑むだけでなく敵を攪乱し、場合によっては疑心暗鬼に陥らせ、同士討ちをさせる。それもシークレット・ポリスの仕事だ」

「シークレット・ポリスは手段を選ばないということですね」

「うむ。捕まえた敵には拷問で口を割らせる。そして、そいつを二重スパイとして敵陣営に送り込むことさえする」

デュシャンが語気を強める。

「シークレット・ポリスにかかわる者は皆、冷徹であらねばならない。情けは禁物だ。時の権力を守るためには、親兄弟でさえ拷問に掛けるくらいの覚悟が要る」

「親兄弟まで」

「そうだ。あんたは情誼に厚いか」

しばし考えた末、デュシャンが言い換えた。

「あんたの大恩人が国家に盾突《たてつ》こうとしたら、あんたはどうする」

ビールを飲み干したデュシャンは、グラスを指差し、バーテンに「おかわり」の意思表示をした。

「日本人は、恩を受けた人を裏切ることはできません」

デュシャンが首を左右に振る。

「それでは、この話はやめにしよう。そんな奴に話しても無駄だ。西園寺、残りの銀貨は要らないぞ」

「お待ち下さい」

利良が食い下がる。

「国家権力を守ることが、何物にも勝るということですね」

「当たり前じゃないか。わが心の師であるジョゼフ・フーシェ卿は、時の権力者のために働きに働いた。それが共産主義者であろうが、王政復古主義者であろうが、ブルジョア共和主義者だろうが同じことだ」

「つまり政治信条など持たない者だけに、シークレット・ポリスができるわけですね」

「この国の権力を支えたジョゼフ・フーシェ卿は、変節漢《へんせつかん》などと蔑まれているが、本人は変節などしていない。常に権力に対して忠実だったからな」

「なるほど。しかし既存の権力が取って代わられるのが明らかな時は、どうしていたんですか」

「そんな時はサボタージュをするのさ。それでも時の権力者の要求が強ければ、仮病《けびょう》を使って寝込んだという」

「仮病と――」

利良が絶句する。

「そうさ。政局が混迷を極め、八方ふさがりになった時、自らの立場を守るには、仮病ほどいい手はない。仮病こそ政治の万病に効く妙薬なのだ」

――確かに仮病を使えば責任から逃れられ、時の権力者にも、次の権力者にも言い訳が成り立つ。

利良はフーシェの知恵に感心した。

デュシャンが真顔で問う。

「もう一度聞く。もしも、あんたの大恩人が国家に反逆することになったら、あんたは政府と恩人のどちらに付く」

利良は黙り込んだ。利良にとって大恩人とは、ただ一人しかいないからだ。

「川路さん、もうここらで帰りませんか」

そろそろメゾン・クローズに行きたくなったのか、西園寺が席を立とうとした。それを無視して利良が問う。

「それができなければ、警察の長などには就けないというのですね」

「当たり前だ。警察の長は、常に権力者の犬であらねばいかん」

――犬か。

デュシャンが二杯目のビールを飲み干した。

「たとえ大恩人であっても、国家に盾突く者は殺します」

「それでいい」

バーテンに三杯目を要求したデュシャンは、笑みを浮かべると言った。

「この仕事は辛いぞ。あんたにそれが耐えられるか」

「耐えられます。どうかシークレット・ポリスのすべてをご教授下さい」

「よし」と言うやデュシャンは、これまでに立ち会ってきた様々な事件を引き合いに出しながら、シークレット・ポリスについて語った。

やがて夜も更け、西園寺と二人で酔いつぶれたデュシャンを家まで運んだ利良は、約束通り、残る銀貨をポケットに入れ、その場から立ち去った。

十三

　十月十四日、太政官で閣議が開かれた。参加したのは、太政大臣の三条実美、右大臣の岩倉具視、参議の西郷隆盛、板垣退助、大隈重信、後藤象二郎、江藤新平、大木喬任、大久保利通、副島種臣の十名である。欠席は病床にある木戸孝允だけだった。

　朝鮮への使節派遣の追認と日程の確定を求める西郷に対し、大久保は使節の派遣によって開戦に至れば財政上の困難をもたらすとの理由で、時期尚早を訴えた。

　また使節を派遣することが、一方でロシアやイギリスとの開戦の可能性を高め、また膨大な戦費の負担が国内不安を呼び覚まし、不平士族の反乱の呼び水となると論じ、派遣延期を主張する。

　対する西郷は、使節派遣は日朝両国の交誼《こうぎ》を篤くするためであり、開戦のきっかけになどならないと反論した。

　そこで岩倉が、大久保の意見を後押しするように樺太の領土問題を先に解決すべきではないかと発言すると、江藤が「樺太問題と朝鮮問題は関連がない上、樺太の問題は住人たちの紛争であり、国家の外交上の問題ではない」と片付けた。

　この間、頼りの副島は黙して語らない。副島は旧佐賀藩閥の党利を考え、消極的西郷支持に回っていたのだ。

これで大勢は決した。しかも翌日、決を取る際に、約を違えて三条と岩倉も裏切ったので、大久保は孤立してしまった。ここに西郷の朝鮮への派遣は決定した。


十月十六日、大久保の私邸には伊藤博文と利良が集まっていた。

慨嘆を繰り返す大久保に、明るく伊藤が言う。

「敗因は一に三条と岩倉の腰砕け、二に副島の日和見、といったところですな」

岩倉使節団の欧米巡遊の際に大久保に接近した伊藤は、旧長州藩出身でありながら、今では大久保の片腕のような存在になっていた。

「打つ手はないな」

「粘りと執念深さが信条の大久保さんにしては、珍しく弱気ですね。私は、あきらめるのはまだ早いと思いますよ」

伊藤が知恵者らしい余裕を見せる。

「西郷さんの使節派遣が決定されるには、天皇の裁可が必要です」

「その通りだが――」

「そこを何とかできないでしょうか」

「閣議で決定したことは覆せない。太政大臣の三条が形ばかりに天皇に上奏し、天皇はそれを裁可し、再び日程などを閣議で決めることになる」

利良が確かめる。

「つまり三条殿を説得せねばならないのですね」

大久保がうなずく。

「三条は度胸がない。われらが脅せば、その場では承諾するが、吉之助さんが顔を見せれば、それでまた変節する。かような者をどう説得するというのか」

大久保の言うことは尤もだった。三条は主体性がない上に、これまでの庇護《ひご》者だった長州藩閥が勢いを失った今、寄る辺をなくして精神的に不安定な状態にある。すなわち西郷に一喝されれば、唯々諾々と従うに違いないというのだ。

「ましてや筋が通っているのは、吉之助さんたちだ。事なかれ主義の三条としては、法を遵守するしかない」

何かを考えるように顎に手をやり、伊藤が問う。

「三条が最も恐れていることは何でしょう」

「川路君、どうだ」

大久保が利良に顔を向ける。

「おそらく戦となった時に責任を負わされることでしょう」

伊藤が補足する。

「今後、対外戦争になる可能性もあります。勝てばよいが負けでもしたら、その責は太政大臣である三条に回ります」

——さすがだ。

利良は、伊藤の頭の回転に一目置いた。

「つまり、大久保さんと岩倉さんに辞職されることが、三条さんにとって最も痛いことでしょう」

伊藤が得意げに付け加えたが、大久保は疑問を呈した。

「それでは、その手札をいかように使う」

「二人が辞めると脅しても、太政大臣として上奏しないなどできません。それは明らかな『太政官職制違反』として、江藤に追及され、下手をすると三条さんは法廷で裁かれます」

それは二人の参議辞任以上に、三条が避けたいことに違いない。

「では、手がないではないか」

「そうですな」

さすがの伊藤も、ここまでで手詰まりになったように感じられる。

利良が提案する。

「仮病を使わせるというのはいかがですか」

「仮病だと。つまり三条に上奏できなくさせるというのか」

「そうです。仮病なら代理の太政大臣を立てねばならなくなります」

「そうか」と言って伊藤が膝を叩く。

「三条さんの代わりに、岩倉さんを太政大臣代理に就かせるのですね」

「そうです。仮病こそ政治の万病に効く妙薬なのです」

これで話は決まった。

大久保陣営の逆転の秘策は「仮病」にあった。むろんそれは、デュシャンから伝え聞いたフーシェの切り札だった。


十月十七日、早速、岩倉の許に赴いた大久保は、その賛意を得て、二人で三条邸に押しかけるや、辞任をちらつかせて仮病を了承させた。何もかも放り出したい心境になっていた三条は、仮病という逃げ道を示唆され、一も二もなく飛びついた。

同日、太政官に登庁した西郷らは、三条に対し、早急に閣議決定を天皇に上奏するよう求めたが、三条は一日だけ待ってほしいと返答する。十八日早朝、これを受けた三条は岩倉と密談後、突然、卒倒して人事不省に陥った。

一方の伊藤は同郷の木戸に根回しし、西郷らと論争に及んだ際には味方してくれるよう依頼する。大久保とは不仲の木戸だが、元来、朝鮮問題に消極的だったので否はない。

二十日、岩倉に太政大臣代理に就任するよう勅命が下された。

二十二日、西郷、板垣、江藤、副島の四参議（後藤は欠席）は、岩倉邸に押しかけて天皇への上奏を促した。ところが岩倉は、「自分は、前任者とは別人なので知らない」と言い張る。

これに怒った江藤は、「太政官職制」の法理を持ち出し、「閣議で決定されたものは問答無用で天皇に上奏し、その裁可を得てから、公布せねばならない」と説いたが、岩倉は聞く耳を持たない。

岩倉の発言は「太政官職制違反」に当たり、江藤は食い下がろうとしたが、西郷は一言、「退き申すべし」と言って、抗議辞職を決意した。

二十三日、西郷は病を理由に辞表を提出した。西郷に同心する四参議（板垣・江藤・副島・後藤）は天皇の裁可が出るまで提出を待つよう説得するが、西郷の意思は変わらない。

一方の岩倉は辞表の受理を躊躇したが、大久保から「陸軍大将のみ据え置き、参議と近衛都督《ととく》の辞職は受理すべし」と勧められ、その通りにした。

大久保としては、西郷に一つでも官職を残すことで、その与党の反発を避けようとしたのだ。

二十二歳の天皇は岩倉に説得され、二十四日、四参議に対して、「十月十五日の閣議決定を支持しない」という意思を明確にした。

法治主義の観念が十分に行き渡っていないこの頃、いかに江藤が騒いだところで、天皇の意向は絶対である。

結果的に全参議は天皇の信任を失った形になり、二十五日、全員が辞表を提出した。しかし岩倉は、板垣、江藤、後藤、副島の辞表のみ受理し、木戸、大隈、大木、大久保四人の辞表は却下した。

後に「明治六年の政変」と呼ばれることになるこの権力争いを、大久保陣営は粘りと執念によって勝ち抜いた。

十四

黒田が幾度となく卓子に頭をぶつける。実は今回の件で、黒田も大久保の手先として朝廷工作などに関与していた。

「おいは、なんちゅうこつをしたとじゃ」

先ほどまで嬌声を上げて給仕していた芸者たちは、震え上がって隅に身を寄せている。

「了介、たいがいにせい！」

利良がたしなめても、黒田は酒をあおるばかりだ。

「おいは——、おいは西郷先生を裏切ったとじゃ」

利良が目配せすると、鳥が飛び立つように芸者たちが下がっていった。

「了介、こいでよかったんじゃ。昔から両雄並び立たずと言うじゃろが。政治は一蔵さん、軍事は西郷先生、そげん分担が一番よか。現に一蔵さんは、西郷先生を陸軍大将のままとしたとじゃなかか」

「じゃっどん、こんままじゃ面子をつぶされた西郷先生は、すべてをなげうち故郷に帰っち言い出すど」

実は利良も、それを考えていた。

——となれば、西郷与党は大挙して官を辞すはずだ。

利良の脳裏に、競争相手の坂元純凞と国分友諒の顔が浮かんだ。彼ら二人は大の西郷党で、西郷が故郷に帰れば彼らも職を辞すに違いない。

——彼奴《きゃつ》ら二人が去れば、警察はわしのものか。

利良の胸底から、黒い焔《ほのお》が立ち上ってきた。

「おそらく西郷先生は鹿児島に帰るこつになっじゃろ。じゃっどん、そいも考えもんじゃなかか」

「考えもんじゃと」と言って、黒田が顔を上げる。

「おはんは偉《えろ》うなったが、こんままでは桐野、篠原、村田らの風下に立たされるちゅうこつは分かっちゅうな」

「おはんは西郷先生から好かれちょるが、下加治屋町の郷中《ごじゅう》でも、精忠士《せいちゅうし》でもなか。そいはおいとて同じじゃ。こいだけは一生かかってもどげんならん」

郷中とは旧薩摩藩特有の用語で、地区別の組織のことをいう。旧薩摩藩では郷中教育が盛んで、例えば西郷、村田、篠原らは、同じ下加治屋町の郷中の先輩と後輩の関係にある。また桐野は同じ郷中ではないものの、早くから西郷の許に出入りし、郷中同然の扱いを受けている。

精忠士とは、精忠組とも呼ばれていた旧薩摩藩の若手組織のことで、結成者の西郷や大久保が中心となって幕末の政局を左右した。

「ああ、分かっとる」

「正どん、なんちゅうこつ考えちょるんか」

「おいは、ただこん国の混乱を治め、政府を安定させたかだけじゃ」

「そいは本当か。西郷先生たちを追い出し、警察を己のもんにしたかとじゃなかか」

「そいが政府の安定につながるっとなら、そうするのがよかち思う」

「なんじゃち！」

黒田が飛び掛かってきた。二人は摑み合いになるが、黒田は足元がふらついており、繰り出された鉄拳はことごとく空を切った。結局、二人はもみ合って倒れた。

「了介、よさんか！」

「おいは、どげんすいばよかか！」

黒田が泣きながら利良の上に覆いかぶさる。

「了介、そげん先生を好いちょっとなら、鹿児島に帰り、先生と一緒に芋でん掘ればよか。桐野たちはすべてをなげうち、そげんするつもいじゃ」

「ううう……」

利良が黒田を突き放す。

「おはんにそいができるなら、そげんすればよか。できんのなら一蔵さんを支持して大人しゅうしちょるしかなか」

「ああ、西郷先生――」

「おいも西郷先生は好きじゃ。じゃっどん、ここは心を鬼にして先生には退いてもらう。考えに考えた末、おいはそげん結論に達した」

その場で泣きながら黒田は酔いつぶれた。

明治六年二月に一粒種の愛息を二歳で失い、それがきっかけで妻との関係が冷え切り、さらに樺太問題で批判の矢面に立たされた黒田は、ここのところ酒癖が悪くなり、泥酔しては誰かに喧嘩を吹っ掛けるようになっていた。しかも「西郷を父、大久保を兄と仰ぐ」と言って憚《はばか》らなかった黒田にとって、西郷と大久保の決裂は、最後に残された寄る辺を失うに等しかった。

——酒に溺れたい気持ちも分からんではない。だが、ここは心を鬼にせねばならない。

利良は唇を嚙み締めた。


「西郷下野」の衝撃は大きかった。陸軍少将・桐野利秋（中村半次郎）、同・篠原冬一郎（国幹《くにもと》）、少佐・別府晋介、大尉・辺見十郎太、同・河野主一郎《こうのしゅいちろう》ら、西郷を慕う近衛士官四十六人が辞職した。彼らの部下も次々と辞職し、邏卒や文官の辞職者も相次いだ。

案に相違せず、坂元純凞と国分友諒も職を辞した。二人の辞職により、警察権力は利良一人が掌握することになる。

結局、近衛兵五千五百のうち三百余、邏卒四千のうち三百余が辞職した。これらの大半は鹿児島県出身者だった。

一方、この頃、井上馨《いのうえかおる》や山県有朋らの汚職事件で窮地に陥っていた長州閥は、江藤の下野により、司法省が骨抜き同然となっていくことで息を吹き返す。

また岩倉と大久保は、これまでの卿と参議は兼任できないという制度を改め、兼任も可とし、大隈は大蔵卿に、大木は司法卿に、伊藤は工部卿に、勝海舟は海軍卿に、寺島宗則《てらしまむねのり》は外務卿に、それぞれ参議を兼任させた上で就任させた。

そして大久保自身は、同年十一月に新設された内務省の卿となった。さらに翌明治七年一月には、木戸が文部卿と参議を兼任することになる。

　ここに有司専制体制、すなわち「大久保時代」と呼ばれる四年半（明治六年十一月から明治十一年五月まで）が幕を開けることになる。

十五

　明治七年（一八七四）一月、西郷を除く下野参議四人、すなわち板垣、後藤、江藤、副島、ほか四人は「民撰議院設立建白書」を政府に提出し、自由民権運動を開始させた。

　その本質は、有司への権力集中が社会不安を引き起こしているので、民撰議院を設立し、国民の意見を政治に反映させていくべきという点にある。すなわち武力ではなく言論を政治闘争の手段とし、国民の政治参画意識を高めていこうというのだ。

　すなわち大久保の政府、板垣ら民権派、さらに西郷を中心とした不平士族勢力に、日本国が三分される様相を呈してきた。

　そうした最中に衝撃的な事件が起こる。岩倉が襲撃されたのだ。

　一月十四日の夜、公務を終えた岩倉が赤坂喰違《くいちがい》坂に差し掛かった時、高知県士族で元陸軍大尉の武市熊吉《たけちくまきち》ら九人に襲われた。赤坂喰違事件である。

　武市らは強硬な征韓論者で、自らは捨て石になっても武断派内閣の発足を願っていた。

　この時、岩倉は手傷を負ったものの、夜陰に紛れて逃走し、難を逃れた。

この一報を受けた利良は、ただちに出動し、現場に残されていた下駄に書かれた名から犯人を割り出し、たちまち逮捕に至った。

武市らは厳しい拷問の末に自白し、斬首となった。

事件後の対応は迅速《じんそく》だったものの、岩倉に警護を付けていなかったのは不覚だった。せめて政変後しばらくの間は、政府要人を保護する態勢を整えておくべきだったと、利良は反省した。

事件の余韻冷めやらぬ一月十九日、一人の男が利良の執務室を訪ねてきた。

「村田さんではないですか」

「久しっかぶいなあ。いや、執務中は互いに標準語で話そう」

「いつ、お戻りになられたのですか」

「つい先日だ」

「風の噂では、官を辞してフランスに腰を落ち着けると聞いたのですが」

村田新八は本格的に仏語の勉強に取り組むべく、官を辞して私費留学に切り替え、フランスに滞在していた。

「最初はそのつもりでいた。だが事態がここまで進んでしまえば、誰かが何とかせねばならないだろう」

──つまり村田さんは、西郷先生と大久保さんの間を取り持とうというのか。

村田が急遽《きゅうきょ》、帰国した理由はそれしかない。

「だが、もう手遅れかもしれないな」

すでに西郷は故郷鹿児島に帰っており、東京にはいない。

──おそらく村田さんは双方の橋渡し役となり、何らかの形で事態を丸く収め、西郷先生を政府にとどめるつもりでいたのだ。ところが西郷先生は政府に辞表を提出し、帰郷してしまった。

「川路さん、どうしてこんなことになったのだ」

「私にも、よく分かりません」

「分からない、か」

村田が険しい眼光を利良に向ける。

「帰国してから、わしは足繁く皆の許に通い、いろいろ話を聞いた」

「そ、そうですか」

利良はこの時、村田の来訪目的を知った。

「誰が、この謀略にかかわっていたかもだ」

「何が言いたいんですか」

「一蔵さんを煽《あお》り立《た》て、西郷先生と仲違いさせたのは誰だ」

利良が言葉に詰まる。

「君の狙いは分かっている。薩摩隼人の半数が帰郷すれば、君は警察権力を掌握でき、一蔵さんの政権下で政府の要人になれる」

図星を突かれたが、利良にも言い分はある。

「それは違います。私は、国権を強くしなければ外圧に耐えられないと思っています。富国強兵策を進め、国家基盤を強化し、イギリスやロシアなど列強の植民地と化すことを防がねばなりません」

「ご立派な意見だ」

村田は鼻で笑ったが、利良も負けていない。

「西郷先生、いや江藤さんの政治方針は、法の支配の下、民にも発言権を与えるというものです。そんなことをすれば国内は混乱し、富国強兵策は挫折します。その先に見えるのは何ですか。ロシアの植民地とされ、シベリアの開発に連れていかれる若者たちの姿ではありませんか」

「それでは聞くが、君は国民を否定するのか。国権は民権に勝ると言いたいのか。汚泥にまみれた長州の連中と妥協しても、そんなものを守りたいのか！」

村田が机を叩く。

「村田さん、赤子同然のこの国を一人前にするには、国権強化しかないのです。どうして、それがお分かりいただけないのですか」

「それは間違っている。国民の意見を政治に反映することなくして、何のための国家だ！」

村田が立ち上がる。

「では、村田さんも故郷に帰ればよい。帰って芋でも掘ればよい。わしは――」

利良の脳裏に、辛かった少年時代が思い出された。

「わしは、もう芋を掘るのはたくさんだ！」

「何ちこつゆう！」

村田は懐に手を入れると、拳銃を取り出した。

「おはんを殺し、おいも死ぬ」

村田は腕を上げると、利良の眉間《みけん》に狙いを定めた。二人は執務机を隔てているだけなので、村田が引き金を引けば、利良は間違いなく死ぬ。

――ここは勝負だ。気持ちで負けたらだめだ！

利良は腹底に力を入れた。

「村田さん、ここで二人が死んでどうなると言うのです。何も変わりません」

「いや、変わる。一蔵さんが西郷先生に詫びを入れ、政府に連れ戻す」

「いつまで夢を見ているのですか。二人の間の亀裂は大きく、もう修復などできません」

村田の顔に動揺が走る。

「それでも、私が大久保さんを支えている限り、長州の連中には覇権を握らせません。彼奴らが覇権を握ればどうなるか。村田さんなら分かるはず」

長州の正義を代表していた木戸孝允は病によって勢いをなくし、今は伊藤が長州閥を支える形になっている。伊藤自身は金権政治家ではないものの、山県や井上の汚職を隠蔽《いんぺい》し、旧長州勢力を守ろうとしている。

「毒を以て毒を制す、か」

村田の顔から殺気が消え、自嘲《じちょう》的な笑みが浮かぶと、その長い腕が下ろされた。

「村田さん、共に大久保さんを支えていきませんか」

「いや、わしは帰郷する」

「村田さんほどの方が、桐野や篠原同様、西郷先生と芋を掘るのですか」

岩倉使節団の中で、巡遊中に宮内大丞を辞して私費留学に切り替えたのは村田一人だった。村田は政界での出世など眼中になく、欧米の文明や科学技術に魅せられ、ただ純粋にそれらを吸収しようとした。薩摩系官僚の中でも村田はインテリで、唯一と言っていい開明派だった。

「芋を掘るのも悪くはない。だが、まずは西郷先生の言い分を聞き、もしも復帰の道筋が開けるのなら、わしはそれを後押ししたい」

「鹿児島に戻れば巻き込まれるかもしれませんよ」

「何に巻き込まれるというのだ」

「桐野たちの決起です」

この時点で、すでにその可能性は危惧されていた。

「わしは、わしの考えを貫くだけだ」

「果たして、それができるでしょうか」

「できるかどうかは、やってみなければ分からん」

それだけ言うと、村田は踵《きびす》を返し、別れの言葉もなく執務室を出ていった。

これが利良と村田の最後の面談となる。

二十一日、村田は横浜から船に乗り、鹿児島へと向かった。


これを少しさかのぼる十三日、もう一人の男が佐賀に向かった。

江藤新平である。

江藤は下野した後、板垣らと自由民権運動に身を投じるつもりでいた。だがこの頃、佐賀では士族結社が先鋭化し、不穏な空気が漂っていた。

佐賀県内では、不平士族を代表する憂国党、開明派の士族たちで結成された征韓党、また比較的穏健で政府支持の攘夷論党の三党に分かれ、陰に陽に抗争を繰り広げるようになっていた。

全国でもこうした士族反乱の芽が見え始めていたが、とくに佐賀は組織化が進み、暴発の危険性が極めて高くなっていた。

大久保を実質的首班とする新体制は、どこかの士族反乱を武力で鎮圧することで見せしめとし、後続する反乱の芽を未然に摘み取ろうとしていた。

江藤としては、佐賀がその生贄《いけにえ》とされてはたまらない。

同郷の副島や同志の板垣らが「帰郷すれば反乱に巻き込まれるぞ」と制止したにもかかわらず、江藤は「やむにやまれず」帰郷することにした。

その裏で大きな謀略が進み始めていることを、江藤はまだ知らない。

動乱の足音は、ひたひたと迫っていた。

第四章　山河血涙《けつるい》

一

　人は、ときとして運命の糸に搦め捕られてしまうことがある。その糸は容易なことでは外せない。そこから脱するには、大局的見地から事態の全体を俯瞰《ふかん》し、冷静な判断を下すことが必要になる。しかし沸騰する問題の渦中に身を置いてしまうと、そうはいかなくなる。目先の問題を解決しようとすればするだけ糸は絡まり、そこから抜け出せなくなるのだ。とくに幕末の余熱が冷めやらぬこの時代においてはなおさらだ。

　江藤新平も、そうした糸に搦め捕られた一人だった。

　赤坂喰違事件の前日にあたる明治七年（一八七四）一月十三日、江藤は周囲の反対を押し切り、佐賀行きの船に乗る。もちろんこの時の江藤は、佐賀の不平士族たちをなだめるつもりでいた。

佐賀に着いた江藤は、すぐに佐賀城下に向かわず、嬉野《うれしの》温泉で静養することにした。ここまでの江藤は、冷静さを失ってはいなかった。

一方、その頃、東京でこれを聞いた大久保は、「江藤は、本気で佐賀士族の鎮静化を図るつもりではないか」という危惧を抱いていた。


一月九日、これまでの警保寮が、前年の十一月に発足した内務省の一部局となった。さらに警保寮は東京警視庁へと、邏卒が巡査へと改称される。

警視庁の庁舎は鍛冶橋《かじばし》門内の旧津山藩邸で、発足時でも約五千三百人の大所帯となった。その頂点である大警視の座に就いたのは、言うまでもなく利良だった。

利良は副官である権《ごん》大警視に安藤則命ほか二人を指名した。安藤は同郷だが、ほかの二人は縁もゆかりもない他藩出身者だ。しかし利良は公平を期すため、あえて他藩出身の二人を副官に指名した。これは、露骨な同郷人事を恬《てん》として恥じない陸海軍と一線を画すためだ。

管轄区分はかつてと同様、東京府下を六大区に分け、その下に九十六の小区を置き、小区には屯所（後の交番）を設けた。こうしたきめ細かい体制を確立することで、利良は庶民の間に、警察や巡査の存在を認知してもらおうと思っていた。

ところが、東京警視庁が発足する前日の十四日に勃発した赤坂喰違事件によって、早くも利良たち警視庁は、面子を懸けた捜査を開始せねばならなくなる。その結果、十七日から十九日までに、実行犯九人全員を逮捕するという成果を挙げることができた。

二十日、コート姿の三人の男が大久保邸の庭を散策していた。

「何とか江藤を起《た》たせられないか」

パイプをくゆらせつつ大久保が問う。

「自ら火中の栗を拾いに行ったのですからね。何としても起たせたいものです」

伊藤が小賢《こざか》しげな笑みを浮かべる。

二人の背後を歩く利良は黙っていた。

明治政府の体制も固まってきている今、「長上の命令は篤く之を信認し、その代人となって下官に達すべし（上司の命令を信じ、代わって部下に正確に伝える）」（『警察手眼』）という組織の姿勢を、利良自身も貫こうとしていた。つまり大警視という立場をわきまえ、その場の思い付きのような提案を慎み、意見を求められた時や、ここ一番の時にだけ発言するつもりでいた。

「伊藤君、このまま何もせずとも、江藤は起つと思うかね」

「そうですな――」

伊藤は腕組みをしながら、しばし考え込んでいる。

「起つとも起たぬとも言いかねますが、佐賀が熱している間に、何らかの挑発をした方がよいでしょうね。例えば江藤の背を押すような輩を、佐賀に送り込めればよいのですが」

「副島が行きたいと申していたが」

江藤の佐賀行きを止めようとして叶わなかった副島種臣は、自らも行きたいと願い出ていた。

「副島などを行かせては、松の廊下になってしまいますよ」

伊藤が鼻で笑う。

この場合の松の廊下とは「抑え役」の意味だ。元禄赤穂《げんろくあこう》事件の折、江戸城松の廊下で、吉良上野介《きらこうずけのすけ》に斬り掛かった浅野内匠頭《あさのたくみのかみ》を背後から羽交い締めにした梶川与惣兵衛《かじかわよそべえ》は、子々孫々に至るまで、「不要な抑え役」として揶揄《やゆ》され続けた。

「副島のほかに佐賀に戻りたがっているのは、島《しま》くらいしかおらぬが」

「島とは、あの蝦夷地開拓の――」

「そうだ。島義勇《よしたけ》だ」

江藤や副島と同じ佐賀藩出身の島は、安政年間から蝦夷地を探索するほどの蝦夷地開拓の第一人者だった。明治三年（一八七〇）一月まで蝦夷開拓御用掛開拓判官（実質的責任者）を務めた後、侍従や秋田県の初代権令《ごんれい》（知事）を経て、明治五年六月には官を辞していた（侍従は留任）。性格は江藤に似て直情径行で、思い込みが激しい上に熱しやすい。この時、島は政府の正式な鎮撫使として佐賀に赴きたいと、太政大臣の三条に願い出ていた。

「あのお方なら、火に油を注げるかもしれませんね」

伊藤の言葉に、大久保の頰が緩む。

「火に油を注ぐか。面白い言い回しだ」

それで話はまとまった。ただし島には、三条の内々の使者として行かせることにした。というのも太政大臣から任じられた正規の鎮撫使となると、島自身が責任を感じ、松の廊下になってしまう可能性が高いからだ。

二人は、「どいつもこいつも、梶川与惣兵衛役をやりたがるから困る」などと言って笑っている。

笑いが収まった頃、大久保が川路に話の矛先《ほこさき》を向けた。

「川路君は佐賀が起った時、鹿児島も起つと思うかね」

「いいえ、起ちません」

利良が自信をもって答える。

「それほど確信が持てるのか」

「はい。佐賀と鹿児島には都合四十人ほどの密偵を入れていますが、不穏な動きは報告されてきていません。とくに鹿児島では、西郷先生や桐野は農耕を専《もっぱ》らとし、帰郷した者たちを組織化するなどの動きはありません」

「それはそれで先々困るが、佐賀と共に起たれるのはもっと困る」

大久保は一部の不平士族を決起させ、見せしめのように討伐するつもりでいた。だが決起が飛び火することを恐れ、各個撃破したいと思っていた。とくに最大勢力である鹿児島県士族にここで起たれては、事態を収拾できるかどうか分からなくなる。

「高知はどうですか」

伊藤の問いに利良が答える。

「板垣が下野し、林有造《はやしゆうぞう》が高知参事（知事）を辞任した高知の方が、佐賀の呼び掛けに応じるかもしれません」

利良は高知の情勢を手短に伝えた。

板垣退助が東京で参議をしている間、高知の不平士族たちの頭目には、林有造と片岡健《かたおかけん》吉《きち》が就いていた。二人は強硬路線を貫いており、板垣さえ同意すれば、高知が佐賀に呼応する可能性は高い。

「高知の士族決起は、何としても阻止せねばなるまい」

「仰せの通りで」と伊藤が相槌を打つ。

「とにかく佐賀単独で決起させる。問題は、こちらの思惑通りに島が動いてくれるかどうかだ」

大久保が、白いものの交じり始めた髭をしごきながら言うと、「行かせるだけでは丁半博打と同じですな」と言って伊藤が笑う。

「卒爾《そつじ》ながら――」

自らの考えを述べる時が来たと、利良は察した。

「島を怒らせるしかありません」

「どうやって」

「傲慢《ごうまん》無礼《ぶれい》な男を一人、佐賀県権令あたりに任じて送り込むのです」

大久保が首をひねる。

「しかし、そんな嫌な奴がおるのか」

「岩村高俊《いわむらたかとし》ではどうでしょう」

「そうか、かの者ならうってつけだ」

大久保と伊藤がうなずき合う。

戊辰戦争の折、越後総督府軍監として北陸戦線に出向いた岩村は、和平談判の席で長岡藩参政の河井継之助《かわいつぐのすけ》を怒らせ、長岡藩を奥羽越列藩同盟に加盟させたという経歴がある。

岩村は日頃から傲岸不遜《ごうがんふそん》なところがあり、河井を旧態依然とした藩の、益体《やくたい》もない一家老として見くびっていたのだ。そのおかげで、政府軍は無駄な血を多く流した。

「これほどの適役がいたとはな」

大久保が苦笑いを漏らすと、伊藤も賛成した。

「申し分なき人選です。かの男は上の者には媚《こ》びへつらい、下の者には傲慢に振る舞う。あれほど嫌な男はおりませんからな」

「しかも岩村は、出世したくてうずうずしている」

「餌を投げれば食いついてきます」

二人は嫌悪をあらわにしたが、策そのものには賛成している。

「もう一つ、申し添えると――」

利良が付け加えた。

「岩村が佐賀に入れば、高知は起ちません」

「なぜだ」と言いつつ、大久保が首を傾げる。

「岩村は林有造の実弟です」

「あっ」と言わんばかりに、二人が顔を見合わせた。

「つまり岩村を慮《おもんぱか》り、林が佐賀に同調しないと言うのか」

「その通り」

「これぞ一石二鳥《いっせきにちょう》だ」

伊藤が手を叩かんばかりに喜ぶ。

早速、二人は具体策を話し合い始めた。だが利良はこれ以上、口を挟まないことにした。

二人は発案者が誰か忘れたかのように、議論を続けている。

——これでよいのだ。

すでに利良は、一騎駆けで功を挙げねばならない兵士ではなかった。自分の発案だと主張するよりも、あたかも彼ら自身が発案したように仕向けることで、実現性を高めた方がよいからだ。

——もはやわしは、走狗ではない。

すでに利良は、獲物をくわえて主人の許に戻る立場から脱していた。だが胸中に巣くう別の何かが利良を支配し、動かしていることに気づいてはいなかった。

嬉野温泉に滞在して佐賀の情勢を探っていた江藤は、相次いで説得に来る佐賀征韓党の若者たちの熱意にほだされ、一月二十五日、「ひとまず城下に入る」ことにする。そこで議論を重ねるが、江藤は次第に若者たちの熱気に煽られ始めた。

それでも江藤は事態の鎮静化に努めていたが、二月一日、佐賀憂国党が政商の小野組佐賀出張所に押しかけ、無理に資金を借り出すという事件が起こった。

この情報をいち早く摑んだ利良は、大久保に「江藤率いる征韓党が小野組を襲撃したと三条や参議たちに報告し、佐賀討伐の全権を握るべき」と提案した。

大久保は「それでは嘘つきになる」と言って難色を示したが、利良は「川路の間抜けが誤報を伝えてきたと、後で言い訳すればいいでしょう」と言って説き伏せた。

これに合意した大久保は二月三日、政府から全権を委任され、討伐軍を率いて現地に向かうことにした。

四日、大久保が熊本鎮台軍に佐賀出兵を命じたという一報が伝わると、三条は大久保と示し合わせた通り、島を「内々の使者」として佐賀に向かわせることにした。

この時、島が乗る船を調べた利良は、すでに佐賀県権令に任命されていた岩村を同じ船に乗せた。

船上で岩村を見つけた島は、これ幸いと、佐賀の鎮静化をいかに図るかを岩村と話し合おうとするが、岩村は鼻で笑い、佐賀人を侮蔑するようなことまで言った。もちろん大久保から、そうするよう指示されていたからだ。

これに島は激怒する。

八日、総司令官として佐賀まで出向くことになった大久保は、木戸邸に赴くと、嫌がる木戸に無理やり後事を託していった。木戸はその日の日記に、この時の様子を、「大久保大《おおい》に歓喜して去る」と書き留めている。

十一日、佐賀に着いた島は江藤と面談し、岩村が熊本鎮台軍六百四十余を率いて、こちらに向かっていると伝えた。これに驚いたのは、戦うつもりのない江藤である。

「このままでは佐賀が、全国の不平士族を鎮静化するための生贄にされる」

そう思った江藤は、征韓党に隠忍自重を呼び掛ける一方、岩村の佐賀入りを何とか押しとどめようとする。しかし岩村は耳を貸さず十五日、戦わずして佐賀城を接収した。

その夜、見回りと称して市内を徘徊《はいかい》していた熊本鎮台兵が、佐賀士族に喧嘩を売ることで、双方は衝突する。初めは単なる喧嘩だったが、岩村は鎮台兵に発砲させ、紛争に発展させた。

すでに島は肚を決め、憂国党の党首に祭り上げられていたが、一方の江藤も、ここまで来てしまえば征韓党を抑える術《すべ》はなく、党首の座に就いた。

十六日、江藤と島は会談し、開戦に同意する。

十八日、征韓党と憂国党合わせて一万余の士族に包囲された岩村と鎮台兵は、佐賀城に籠もって激戦を展開するが、初めから逃げるつもりの岩村は、そこそこ戦うと血路を開いて脱出した。この時、城に残された鎮台兵は、二百余もの戦死者を出した。彼らこそ、大久保が佐賀討伐の大義名分を得るために必要とした生贄だった。

佐賀人の精神の拠り所である佐賀城を奪還したことで、佐賀軍の士気は天を衝くばかりに騰がった。だが十九日、大久保が東京、大阪、広島の鎮台兵五千三百余を率いて博多に上陸することで、戦況は一変する。九州各地の支持派を集めた政府軍は一万余に膨れ上がり、佐賀城目指して進軍を開始した。

それでも装備が互角なら、まだ戦いにはなる。しかし佐賀軍には、二門の大砲と三千の旧式銃しかなく、弾薬も不足気味だった。いち早く鉄製大砲を造り上げ、アームストロング砲を擁して戊辰戦争で活躍した旧佐賀藩だったが、最新兵器はすべて政府に差し出していたため、国元には演習用の古い武器しか残っていなかったのだ。

佐賀城下から五里半ほど北東の朝日山に防衛線を布いた佐賀軍だったが、二十二日、政府軍の猛攻を受けて朝日山陣が陥落する。いったん佐賀城に引いた佐賀軍は、それでも田《た》手川《てかわ》の線で粘り強く戦うが、弾薬が底を尽いて徐々に押され始めた。

激戦の最中、城に戻った江藤は、島に降伏を提案するが一蹴され、やむなく城を出ることにする。

二十五日、鹿児島入りした江藤は、鰻《うなぎ》温泉に滞在する西郷に面談して決起を促した。しかし色よい返事をもらえず、林有造の協力を請うべく船で四国に渡った。

同じ日、佐賀城は陥落し、主立つ者たちは自害するか捕らえられた。

高知で林有造に会った江藤は、林にも決起を促すが、実弟の岩村と戦ったばかりの江藤を林は快く思っていない（この時点で、岩村の生死は不明）。

結局、話し合いは不調に終わり、江藤は万事休した。しかしそれでもあきらめず、江藤は高知から徳島に渡ろうとするが、三月二十九日、両県の境に近い甲《かん》ノ浦《うら》で逮捕された。

佐賀に連れ戻された江藤は、同じく捕らえられた島と共に裁判に付される。

裁判は二日間という短期間で結審し、二人は除族の上、斬罪梟首《きょうしゅ》という最も重い罪を言い渡された。本人の陳述もなし、上告も認めないという暗黒裁判だった。

この時の裁判長は、かつて江藤の書生を務め、利良と共に洋行した河野敏鎌だった。法廷には大久保も同席していたが、結審した際、発言の機会が与えられないと知った江藤は取り乱し、法廷と大久保を口汚く罵った。

大久保は四月十三日の日記に、「江藤、島以下十二人断刑につき罰文申し聞かせを聞く。江藤醜躰《しゅうたい》（醜態）笑止なり」と記した。

さらに大久保は、斬罪となった江藤の晒し首の写真を撮らせ、江藤が親しくしていた芸妓に送り付け、彼女が働いていた新橋の色町にもばらまかせた。

大久保としては「見せしめ」のためにやったことだが、この件に関与していなかった利良は、やりすぎではないかと感じた。

この一件が、後に大久保の運命を決することになるとは、この時の大久保は知る由もなかった。

二

佐賀の乱が鎮定されて間もない明治七年（一八七四）四月四日、西郷従道が中将に昇進し、台湾征討の司令官に任命された。

台湾を征討するに至ったのは、一つの事件がきっかけだった。

明治四年十月、宮古島《みやこじま》から沖縄本島に向かった年貢《ねんぐ》輸送船が台風によって漂流し、台湾南部に漂着した。ところが、これに驚いた先住民によって、宮古島の島民五十四人が虐殺された。これに対して賠償を求める日本政府に対し、清国は「台湾は化外《けがい》（未開）の地」として支払いを拒否してきた。世論は沸騰し、台湾征討の気運が盛り上がる。

その後、明治六年の政変や佐賀の乱で国内は混乱し、この問題は棚上げされていたが、不平士族のはけ口として、大久保はこの問題を利用することを思いついた。

五月二日、四隻の軍艦に分乗した約三千六百の兵を率いた従道は、長崎を後にした。台湾征討は弓矢しか武器を持たない先住民が相手なので難なく成功したが、コレラやマラリアなどの熱病にやられ、六百五十人余が命を落とした。しかも出兵経費は当時の貨幣価値で千二百六十万円、輸送船代金は七百七十万円にも上った。

それでも大久保は、佐賀の乱の即時鎮圧と台湾征討の成功を合わせた実績で周囲を黙らせ、「有司専制」を推し進めようとしていた。

この時、鹿児島にいた坂元純凞と国分友諒は、警保寮を退職した旧邏卒三百人を率い、従道に同行を志願した。従道は大いに喜び、「徴集隊」と名付けて連れていくことにした。

彼らは鹿児島に帰ったものの、なすこととてなく、持て余した鋭気を台湾征討で発散させようとしたのだ。つまり「台湾征討を不平士族のはけ口にする」という大久保の思惑に見事、乗せられたことになる。

征討終了後、陸軍に進んだ坂元を除く大半が警視庁に復職するものの、徴集隊の幹部には、反川路派としての過酷な運命が待っていた。

七月のある日、利良の前に一人の男が座っていた。

「まさか、君が警察に入るとはな」

「こちらこそ大警視から呼び出されるとは思いもよりませんでした」

その男、斎藤一は皮肉交じりに言った。斎藤はこの年、鹿児島に去った者たちの補充で、巡査に採用されたばかりだった。

「君とは因縁があるな」

「あの時はしてやられました」

「天然理心流の返し技のことか」

「そうです。まさか大警視が、われらの奥義に通じているとは思いもよりませんでした」

「伊東甲子太郎から教えてもらったのだ」

「懐かしい名ですな」

斎藤にとって伊東は裏切り者にあたるが、すでに明治も七年になり、誰もがそうした恩讐を乗り越え、明治の曙《あけぼの》を見ずに死んでいった者たちを懐かしむようになっていた。

「一つだけ確かめさせてくれ」

「何なりと」

「小料理屋の女将を殺したのは、貴殿ではないのだな」

「それは、すでに申し上げたはず」

斎藤が嫌な顔をする。

「もう一度、確かめたいのだ」

「この斎藤一、罪もない女を殺すほど落ちぶれてはいませんでした」

「そうか。それを聞いて安心した」

利良に喫煙の習慣はないが、大警視室に備えられた煙草を勧めると、斎藤はうれしそうに一本を取り、マッチで火をつけた。

「文明開化か」

マッチの火が指先まで延びてきているのを意に介さず、斎藤はすべて燃え尽きるまで持っていた。その指先を見ると、石のように硬そうな皮膚が覆っている。

「まだ剣術をやっているのか」

「稽古は続けています。ほかにすることもありませんからね」

「わしの方は、さっぱりやっておらん」

「もう、その必要もないでしょう」

二人は声を上げて笑った。

「それにしても、時が経つのは早いものだな」

「仰せの通り。その時というものが、われらの間にこれだけの差をつけたのです」

「われらに差などない。同じ警察官ではないか」

それが空しい言葉なのは、利良にも分かっていた。利良は下谷龍泉町に大邸宅を構えているが、斎藤は寮暮らしの一巡査にすぎない。

「さて、大警視ともあろうお方が、私のような者に何用ですかな」

昔話をしに来たわけではない、とばかりに斎藤が用件を問う。

「君の腕と度胸を買いたい」

「と、仰せになられると」

「わが懐刀《ふところがたな》として働いてくれないか」

斎藤が人懐っこい笑みを浮かべる。

「汚れ仕事をやらせるのですね」

「嫌か」

しばし考えた末、斎藤が言った。

「大警視とは縁があります。これも天命でしょうな」

「ありがたい。もちろん功を挙げれば、出頭させる」

斎藤が高笑いした。

「見損なっては困ります。この斎藤一、出頭などにつられて走狗になる気はありません」

「走狗、となーー」

「もちろん巡査である限り、大警視の命令を聞き、それを忠実に遂行しましょう。ただし、一つだけ約束してほしいのです」

「何だ」

「大警視のご命令は、間違いなく、この国のためになるものですね」

斎藤が真剣な目をする。

ーーこの男には、この男なりの正義がある。

これまで斎藤と親しく話をしたことはなかったが、かつて新選組にいたことからも、今こうして警察官に志願したことからも、斎藤は治安を維持し、世情を静謐《せいひつ》に導くことに身を捧げたいのだ。

斎藤から視線を外さず、利良が答える。

「わしのために働くことは、間違いなくこの国のためになる」

「分かりました。それなら喜んで走狗となりましょう」

斎藤が低い声で言った。

三

明治八年（一八七五）五月、大久保と川路は警察制度の再編を行う。すなわちこの時、警部や巡査の職制、出張所（後の警察署）設置、巡査召募、俸給《ほうきゅう》、懲罰、検査、報告書式の統一や提出方法などの全国的基準が確立された。また川路は行政警察の権限を強化すべく、様々な権限を東京府から警視庁に移し、警察組織は次第に巨大な権力を有し始める。

この頃、鹿児島でも動きがあった。

西郷の下野に追随して官吏を辞めた者は六百名余に及んだが、彼らは西郷を慕い、一時の熱気から辞職した者がほとんどで、今後の生活の方途など考えていない。桐野らは率先して開墾や農事に精を出し、新たな授産の道を開こうとするが、外城士はまだしも、城下士の多くは鋤《すき》や鍬《くわ》を持とうとしない。彼らは昼から酒を飲んで徒党を組み、悲憤慷慨《ひふんこうがい》しながら鹿児島城下を闊歩《かっぽ》していた。

このままでは佐賀士族同様、些細《ささい》なことから暴発する恐れがある。それを憂えた者たちの建議で、西郷は鹿児島県内各所に私学校を創設し、学びながら士族授産の道を開いていくことにした。

また西郷は、遠からず対外的な危機が生じると見通しており、政府軍の補完として私学校で兵士を育成するつもりでいた。

六月、鹿児島城厩《うまや》跡の土地借用の申請が出され、秋に政府から認可が下りることで、私学校の建設が本格化する。


佐賀の乱、台湾征討、そして樺太・千島交換条約と、大久保を実質的首班とする政府は強引に政策を推し進めてきた。その強硬な姿勢に世情は反発し、それを新聞各紙が煽ることで、いよいよ各地で不平士族の動きが本格化してきた。

大久保と伊藤は言論による反政府攻撃を抑制すべく、六月、「新聞紙条例」と「讒謗律」という法令を発布した。これは事実の有無に関係なく、公衆に対して公然と政治家や官吏といった公人を誹《そし》ることを禁じた法令で、板垣ら自由民権派の主張する言論の自由とは相反するものだった。

世情騒然としている最中の九月、江華島《こうかとう》事件が勃発する。

日本の艦船が朝鮮半島の漢江河口の江華島付近でボートを下ろし、測量を行っていたところ、朝鮮側の砲台から砲撃されたのだ。これに驚いた日本側は即座に応戦し、砲台を破壊した上、占拠したという事件である。

全くの偶発的事件だったが、日本側は朝鮮側を外交交渉の席に着かせ、翌明治九年（一八七六）二月に日朝修好条規が結ばれる。

この話を聞いた西郷は、「外交的手段を尽くさず、挑発行為によって戦端を開くのは、弱い者（朝鮮国）を侮り、強い者（欧米列強）を恐れる心から起こったもの」と言って激怒した。

この話が伝わると、江華島事件を好意的に捉えていた民権派や征韓派も、政府に対する批判を強めていった。不平士族・農民一揆・自由民権派という三大勢力が、反政府で一致し始めていた。

明治九年の十月も押し迫った頃、三年町の大久保邸に伊藤と川路が訪れていた。

三月の帯刀禁止令で誇りまで奪われた士族たちは、同八月の秩禄《ちつろく》処分で収入の道をも断たれ、経済的にも困窮を極めていた。その結果、十月には熊本や福岡で、小規模な士族反乱が勃発した。

大久保がパイプに煙草を詰めながら言う。

「神風連《しんぷうれん》（敬神党）が熊本鎮台を制圧したと聞いた時には、冷や汗が出たぞ」

十月二十四日、熊本の復古主義者たちの結社・神風連が武装蜂起した。彼らは維新によって急速に西洋化していく世を憂い、百七十余名の同志と共に熊本鎮台に乱入、鎮台司令長官の種田政明《たねだまさあき》、同じく参謀長の高島茂徳《たかしましげのり》を殺害し、熊本県令の安岡良亮《やすおかりょうすけ》と県参事の小《お》関敬直《せきたかなお》に重傷を負わせた（後に二人とも死亡）。

伊藤が口惜しげに言う。

「それにしても、神風連ごときにここまでやられるとはな」

神風連は刀剣・槍・弓矢だけで武装する時代錯誤な集団にすぎず、決起したところで、砲銃を装備した軍隊の相手にはならないと思われていた。それゆえ武装して鎮台を襲うなど、誰も思っていなかったのだ。

利良が話を替わる。

「熊本に潜行させている者から、不穏な動きがあると直前に知らせてきたのですが、手を打つのが遅れました」

「九州に気の利いた密偵を入れているのか」

「はい。ここのところ九州各地をめぐらせておりますが、その集める情報は正確です」

大久保は「誰だ」とは聞かなかったので、利良は斎藤のことを伏せていた。

「いずれにせよ、容易に鎮圧できて何よりです」

緒戦で熊本城を制圧した神風連だったが、翌朝、駆けつけてきた児玉源太郎《こだまげんたろう》率いる鎮台軍によって、なす術もなく壊滅させられた。神風連の戦死者と自刃者は百二十四人に及び、そのほかに五十名余が逮捕された。

伊藤が「やれやれ」といった笑みを浮かべる。

「呼応して起った秋月《あきづき》の士族決起も、たいした広がりを見せず一安心です」

神風連の決起から三日後の二十七日、旧秋月藩の士族たちが神風連に呼応して挙兵した。しかし共に起つことを約束していた旧小倉《こくら》藩の士族たちは動かず、孤立した旧秋月藩の士族たちは、乃木希典《のぎまれすけ》率いる熊本鎮台小倉分営の部隊に鎮圧された。

大久保がパイプをくゆらせつつ言う。

「全国にはまだまだ不平士族がいる。どうせ膿《うみ》を出すなら個々別々に出さねばならん。それでだ――」

大久保が伊藤を見据えながら言う。

「次は山口士族に起ってもらいたいのだが――。どうだろう伊藤君」

「構いませんよ。山口には前原がおります。前原なら容易に御輿《みこし》に乗るでしょう」

前原とは元参議の前原一誠のことだ。

明治二年七月、参議となった前原は、大村益次郎の後任として兵部大輔を兼任したものの、政府の急激な欧化政策や「国民皆兵」を旨とする徴兵制を非難し、翌明治三年に辞職して萩《はぎ》に帰っていた。それでも明治八年、木戸が前原のために元老院議官の座を用意して政府入りを勧めたため、いったんは東京に戻ったが、再び木戸と衝突して帰郷した。

同じ松陰門下であるにもかかわらず、伊藤が他人事のように言う。

「前原は有能ですが人望人徳に欠けるので、決起したところで人が集まるとは思えません」

ってあります」

「覚悟はできておるようだな」

「はい。山県中将、井上君、品川《しながわ》君らにも、故郷が火の海になる覚悟をしておくように言ってあります」

　山県中将とは山県有朋、井上君とは井上馨、品川君とは品川弥二郎《やじろう》のことだ。この頃、品川は大久保の下で内務大丞を務めていた。

「となると後は、どうやって前原を起たせるかだな」

「それはご心配なく」

　利良が口を挟む。

　すでに利良は、鹿児島出身の密偵を山口に送り、前原の真意を確かめていた。二人は偽名を名乗り、「西郷大将の使い」として前原を訪問し、「前原先生が起つなら、西郷先生も起ちもす」と言って前原の背を押した。

　さすがに顔見知りではないので、最初は前原も半信半疑だったが、二人が時勢を憂え、政府を辛辣《しんらつ》な舌鋒《ぜっぽう》で批判するので、つい本物と信じてしまった。二人が持ってきた西郷の密書というのも、筆跡に疑う余地はなかった。結局、前原は二人に決起を約し、武器弾薬を送ってくれるよう西郷への書状を託した。

「前原にとって、西郷先生の後押しがどれだけ心強いか。これで間違いなく山口の不平士族は起ちます」

大久保がパイプを置く。

「君はたいしたものだな」

「その通りですね」

大久保の言葉に伊藤が賛意を示す。

「で、いつ決起する」

利良が入手したばかりの最新状況を説明した。

十月二十七日、神風連の武装蜂起を聞いた前原は呼応して決起しようと、与党を藩校だった明倫館《めいりんかん》の講堂に集めた。そこで「山口を占拠した後、大挙して東上し、奸賊《かんぞく》を討つ」と表明し、挙兵の準備に入ったが、その後に入った情報により、神風連はもとより、秋月の乱まで即座に鎮圧されたと聞き、方針を転換せざるを得なくなった。

結局、前原は武装蜂起を自重し、百五十人の同志と共に上京の上、士族の困窮を明治天皇に訴えることに方針転換した。

「つまり熊本も福岡も、鎮圧が早すぎたということです」

伊藤が皮肉な笑みを浮かべたが、利良はそれを無視して続けた。

「このままでは、前原を途次に拘束するだけになります」

それでは膿出しにはならない。

「では、どうする」

「流言《るげん》を流し、前原を帰郷させるしかありません」

流言によって敵陣営を混乱させるのは、ジョゼフ・フーシェの得意技の一つだ。

「前原が萩に戻るのはよいが、それだけでは決起せぬのではないか」

「仰せの通り。ですから保護の名目で、前原たちの家族を捕らえたらいかがでしょう」

「誰にやらせる」

「山口県令の関口隆吉《せきぐちたかよし》以外におりません」

幕臣出身の関口なら、山口県にしがらみがないので強硬姿勢に出られる。

大久保が伊藤の顔を見る。

「伊藤君、下手をすると郷里が灰になるが、それでもよいか」

「国家のためなら、いっこうに構いません」

伊藤が不気味な笑みを浮かべる。

大久保が利良に視線を据える。

「後は任せた。うまくやってくれ」

「承知しました」

伊藤がしみじみとした調子で利良に言った。

「あなたは優秀だ」

「いいえ、そんなことは――」

「謙遜する必要はありません。これからは、かつての身分や出自にかかわりなく、優秀な者が出頭していく時代なのです」

考えてみれば、伊藤自身も旧長州藩の農民の出である。大久保とて高い家柄の出ではない。

――人の運とは不思議なものだ。

世が世ならば、ここにいる三人が政府を牛耳《ぎゅうじ》るなど考えられなかった。それが可能になったのも、時代の激変期に生まれたからなのだ。

利良は実用成ったばかりの電報を使い、広島の鎮台にいる斎藤と山口にいる関口に連絡を取り、偽装工作に着手させた。

斎藤は島根県の浜田《はまだ》に入り、漁師や農民を使って「萩に残った陳情組の家族が虐待されている」「前原に反対する一派が萩を制圧し、前原支持派と戦っている」といった虚言を流させた。

三十日には、萩の東の須佐《すさ》に着いていた前原一行だったが、荒天で足止めされた上、こうした情報に惑わされ、ひとまず萩の状況を探らせることにした。

そこで何人かが萩に戻ってみると、山口から警察官や官憲を率いた関口県令がやってきており、明倫館に備蓄しておいた武器弾薬を運び出し、家族の取り調べも行われていた。

早速、須佐まで戻った斥候たちは、口々に噂が事実だと告げた。これに動揺した一行は、萩に戻ることを前原に進言し、前原もこれに同意した。

三十一日、前原一行は萩に戻るや、状況を正確に把握せずに逆上し、関口県令のいる萩役所を襲撃した。だが、これを待っていた広島鎮台軍に攻撃され、萩中心部の橋本橋を挟んで激戦が展開された。

関口は戦いが長引くことを想定し、巡査三百名を派遣してくれるよう電報を打った。これを受けた利良は、第一陣として林三介《はやしさんすけ》少警視率いる百名の巡査を派遣する。

一方、いったん兵を引いた前原は、萩の戦線を同志に任せ、当初の予定通り、少人数で上京しようとした。

しかし十一月五日、前原は島根県の宇龍浦《うりゅううら》で逮捕され、萩に残った者たちも六日には鎮圧された。かくして萩の乱は呆気なく終息する。

形式的な裁判が行われた末、前原ら幹部八人は除族の上、斬罪と決まった。処刑はその日のうちに行われ、前原は四十三年の生涯を閉じる。

流言に惑わされた末、だまし討ちに遭い、その持つ力の半分も発揮できずに、前原と山口県の不平士族は潰《つい》え去《さ》った。見事としか言いようのない利良の手際だった。

四

明治九年（一八七六）十一月中旬、内務省での会議が終わり、利良は馬車で下谷龍泉町の自邸に向かっていた。

――大久保さんは前原の討伐が成ったことで上機嫌だが、いまだ鹿児島には三千に及ぶ西郷先生の与党がいる。これを何とかしないことには、国家の基盤は安定しない。

「何とかする」とは当然、抹殺を意味する。

利良の脳裏に、桐野利秋、篠原国幹、村田新八らの顔が浮かんだ。

――村田さんは結局、官を辞したまま鹿児島に腰を据えるつもりだろうか。

利良は政府に残ったが、鹿児島にいる西郷与党の全員を憎んでいるわけではない。利良を毛嫌いしてきた桐野、別府晋介、辺見十郎太などを除けば、篠原や村田とは逆に親しいくらいだ。

――だが、彼らを討伐せねばならない。

伊藤は心を鬼にして郷里の朋友を討った。それを伊藤にさせておいて、大久保と利良がしないわけにはいかない。

――では、どうやって。

利良は西郷だけを救いたいと思ってきた。だが桐野たちに扇動され、江藤や前原同様、西郷が御輿に乗ってしまえば、利良とて助ける術はない。

逆に西郷を除いてしまえば、鹿児島の士族たちは求心力を失い、決起してもたいしたものにはならない。

——つまり薩摩の二才たちを救うには、西郷先生を殺せばよいということか。

利良は身震いした。

——そんなことができようか。

だがその思いは、利良個人としてのものだ。国家のことを思えば、西郷を殺すことさえ選択肢の一つになる。

かつて、ジャン・ジャック・デュシャン元警視から言われたことが思い出された。

「この仕事は辛いぞ。あんたにそれが耐えられるか」

目の前に、西郷の大きく澄んだ瞳が浮かぶ。

——西郷先生、どうしたらよいのですか。

西郷は何も言わず黙っていた。

——情誼のために生きられたら、どんなに楽だったか。

そこまで考えた時、馬車が邸前に着いた。利良が馬車を下りると、馬がいななき前足で宙を掻いた。

突然、殺気を感じた利良は、馬車を背にして懐の拳銃を手にした。

その時、風のように現れた影が利良に突進してきた。すんでのところで身をかわす。

「よせ！」

刺客の振るう長包丁《ながぼうちょう》らしきものが、腕に当たった。

──しまった！

制服の袖から血が滴り、じんわりと痛みが走る。

しかし薩摩人は習慣として、こうした場合に大声で助けを呼ぶことをしない。

「死ね！」

凄まじい殺気と共に、刺客の突きが繰り出される。だが剣技に長じ、幾度となく修羅場を潜り抜けてきた利良である。全く動転せず、冷静に相手の攻撃をかわし続けた。

──今だ！

刺客が長包丁を振り下ろした瞬間、利良は刺客の腕を押さえ、足を掛けて倒した。思わず刺客が尻餅《しりもち》をつく。

──今なら殺せる。

利良は手にした拳銃を構えた。だがどうしたわけか、引き金が引けない。

──なぜだ。

誰かが指先を押さえているような気がする。

すぐに立ち上がった刺客は、肩で息をしながら再び襲ってきた。

「狼藉者《ろうぜきもの》だ！」

異変に気づいた馭者《ぎょしゃ》が邸内に駆け込み、大声で助けを呼んだ。

邸内から書生や使用人が駆け出してきた。それを見た刺客は、「覚えていろ！」と言い残し、闇の中に姿を消した。

「お怪我《けが》はありませんか」

執事の老人が利良を助け起こす。

「心配要らん。かすり傷だ」

利良は刺客を追跡しようとする書生たちを制した。

「追うな！」

この時代、夜の闇の中に逃げ込んだ犯人を捜すのは容易でない。逆に近くに潜んでいれば、追跡者が傷つけられることも考えられる。

皆に取り囲まれるようにして邸内に入ると、澤子が飛んできた。

「お怪我は――、お怪我は大丈夫ですか」

「たいしたことはない」

早速、怪我は治療してもらったが、浅い裂傷だった。

――太刀だったら腕一本、斬られていたな。

刺客はなぜ長包丁などを使ったのか、見当が付かない。

——刺客は武士ではなかったのか。だが、長包丁の扱いには慣れているようだった。となると料理人か。なぜ料理人がわしを襲う。

利良には全く理解できなかった。

大久保邸の執務室には、三人の男が集まっていた。

「いよいよ、禍根《かこん》を断つ時が来た」

大久保がいつもと変わらぬ声音で言う。

——つまり鹿児島を、西郷先生を決起させるというのか。

その言葉の重さを理解した利良と伊藤に、緊張が走る。

「最も大きな病巣に手を付けるのですね」

いつになく伊藤も真顔だ。

「うむ。いずれはやらねばならぬ。それなら諸外国どうしが牽制し合っている今がよい」

この頃、対外関係には奇妙な平穏が訪れていた。日本にとって最大の脅威となるロシアは、オスマン帝国（トルコ）との関係が悪化し、戦争へと発展しかけていた。現に翌年四月には宣戦布告して露土戦争が勃発する。すなわちロシアの関心は西方に向いていた。

「密偵によりますと——」

利良が鹿児島の状況を報告する。

相次ぐ不平士族の反乱に際しても西郷と私学校党は沈黙を守っていたが、私学校の生徒たちは、地租改正、秩禄処分、徴兵制、帯刀禁止令、極端な欧化政策、対外政策（樺太・千島交換条約など）に憤激しており、暴発寸前になっていた。

この頃、鹿児島にいる村田新八は、書状に「(私学校党の形勢は)、あたかも四斗樽《しとだる》に水をいっぱいにし、腐れ縄《くさなわ》で括《くく》っているような有様で、西郷や自分の力でも抑えることはできない。いずれ破裂は免れ得まい」と書いている。

伊藤が非難がましく言う。

「鹿児島の状況は、ひどいものです。県令の大山綱良《おおやまつなよし》や警察署長の野村忍介《のむらおしすけ》まで西郷の与党で、こちらの言うことを全く聞きません」

大山は県下の租税を中央政府に納めず、すべて県で費消しており、一部は私学校の経費に充てていた。また人事権を掌握しているので、私学校党の幹部の一人である野村を警察署長に、別府晋介や辺見十郎太らを区長や県の中枢機関の長に任命していた。すなわち県下郷村の政治は、私学校党が掌握しているも同然だった。

「これでは独立国家です」

鹿児島だけが、政府の威令の及ばない治外法権に近い状態になっていた。

「全くもって言語道断だ」

大久保が珍しく怒りをあらわにする。

「少なくとも私学校をつぶし、不平分子だけでも取り除かねばなりません」

「私学校をつぶすとなると一戦交えねばならん。そのためには、彼奴らを決起させるきっかけが必要だ。川路君――」

大久保がパイプを利良に向けた。

「果たして私学校の連中は起つだろうか」

「旧石川県士族の密偵を桐野の許に派遣したところ、決起するにしても、政府が対外的危機に瀕した場合でないと勝ち目はないので、『時節を待つ』と言っていたそうです」

利良は桐野と旧知で警察に関係していない者を探し出し、金をやって鹿児島まで派遣し、桐野の本心を探らせていた。

「となると、何か仕掛けを作らねばならぬな」

伊藤は他人事のように言うと立ち上がった。

「鹿児島のことには、口を挟まぬ方がよさそうだ。所用があるので、これで失礼します」

そう言うと伊藤は一礼し、執務室から出ていった。

――かかわり合いになりたくないのだな。

伊藤は、「鹿児島の始末は薩摩人につけさせる」という方針を貫くつもりでいるらしい。

「それで川路は今、何を考えている」

大久保は政治家になるために生まれてきたような男だが、陰謀家には向いていない。

「密偵を入れようと思っています」

「密偵は情勢を知らせてくるだけだろう」

「いいえ」

この瞬間、利良は、自らの人生が大きな岐路を迎えたと気づいた。

――フーシェでさえやらなかったことを、わしはやろうとしている。わしは、まさかフーシェを超えるつもりなのか。

「どうした」

大久保が先を促す。

「密偵を入れたことを、敵に知られるようにします」

「どういうことだ」

「密偵には西郷先生の暗殺を命じます」

「何だと」

大久保が啞然とする。

私学校党にとって、西郷暗殺を画策する者ほど憎むべき敵はいない。

「たとえ密偵に暗殺を命じたところで、彼らにはできないでしょう」

「つまり未遂で終わらせて桐野らを怒らせ、決起させるというのだな」

大久保の顔から血の気が引く。

「まさか君は、実際に吉之助さんを殺すというのか」

「それならそれでよいのでは——」

「何と恐ろしいことを」

大久保は明らかに動揺していた。

——大久保さんにとっては、兄を殺すも同然なのだ。

「うまくいかなかったらどうする」

「うまくいかずとも暗殺未遂事件を起こせば、桐野たちは怒りに任せて決起します。尤も——」

利良は困ったように腕を組んだ。

「機をうかがうばかりで、誰も手を下さないことも考えられます」

「うまくいっても失敗しても、刺客は殺されるだけだからな」

「その通り。それゆえ鹿児島に戻ったら、郷中《ごじゅう》の信用できる者を味方に付け、助力を請うように仕向けます。そうすれば暗殺命令が漏洩《ろうえい》するか、誰かが桐野たちの許に駆け込むでしょう」

「しかし、そうはならなかったら」

「二十名以上の密偵を入れ、仲間を募らせれば、その中で怖くなった者が暗殺計画を訴え出るはず」

大久保がパイプの灰を落とし、新たな煙草を詰め始めた。

「そんな仕事を引き受ける者はおるまい」

「いえ、引き受けさせます」

「密偵は君の部下だぞ。武士であれば家臣同然の者を無下に犠牲にはできないはずだ」

大久保の言葉は、利良が外城士出身であることを揶揄しているように聞こえた。

「もう武士の時代は終わりました。われらは、国家の基盤を堅固なものにしていかねばなりません」

大久保の目が大きく見開かれる。

「君という男は――」

「何と言われようが、国家のためであれば構いません」

「密偵は内務省の配下でもある。いわばわしの部下だ。人道に反することはさせられぬ」

「それでは、いつまで経っても鹿児島は起ちませんぞ」

その言葉に大久保が沈黙する。

「密偵には、国分友諒と共に警視庁に戻ってきた者たちを使います」

「徴集隊出身者か」

大久保の目が見開かれる。

徴集隊出身者とは、かつて台湾出兵の折、坂元純凞と国分友諒に率いられ、台湾に行くことを志願した元邏卒三百人余のことだ。征討終了後、陸軍に進んだ坂元を除く大半が警察に復職していた。

「彼らはいったん国家に背いた者たちです。あの時は小西郷《こさいごう》に強くねじ込まれ、警視庁への復帰を許しましたが、いつか、その忠節を試さねばならないと思ってきました」

小西郷とは従道のことで、兄の隆盛が大西郷と呼ばれたことに由来する。

「君は、そこまで鬼になれるのか」

「それでは大久保さんは、国家のために鬼になれないのですか」

「何だと」

大久保が目を剝《む》く。

「捕まった者は殺されるぞ」

「桐野一派ならそうなりましょう。しかしその場に西郷先生がおられれば、殺すことまではしないはず」

「君はそこまで考えていたのだな」

「拷問を受けて辛い目には遭うかもしれませんが、命は助けられるに違いありません。しかもこの役目を果たした者には、出頭は望みのままという条件を出します」

大久保はパイプを手に取ると立ち上がり、窓辺まで行き、紫煙を吐き出した。

「だが、それでも吉之助さんは起たぬだろう」

その言葉には、大久保の願望も含まれていた。

「仰せの通り。私学校党の御輿に西郷先生を乗せないことには意味はありません」

「その策も考えてあるのか」

「はい。西郷先生が二才たちを見殺しにするなら別ですが、そうでなければ必ず御輿に乗ります」

利良がその策を語ると、大久保は目を見開き、「君が味方でよかった」と言った。

五

明治九年（一八七六）十二月下旬、警視庁の一室に七人の男たちが集められた。

彼らに共通するのは、旧鹿児島藩の外城士出身者で、西郷下野とほぼ時を同じくして警保寮を退職し、坂元純凞率いる徴集隊に志願し、台湾に渡ったことだ。

指名された者たちは、利良の執務室で直立不動の姿勢を取っていた。

「君たちを呼んだのは、ほかでもない」

椅子から立ち上がり、敬礼を返した川路は、七人に休めの姿勢を取らせた。

「この新年、鹿児島に帰郷してほしいのだ」

ちょうど正月休みということもあり、鹿児島には多くの者が帰郷する。それに紛れて彼らを鹿児島に入れようというのが利良の狙いだった。

「これは卑怯な仕事ではない。鹿児島を暴発させぬためには、かの地の情報を的確に摑み、対策を練らなければならない。私学校党が決起すれば、必ず政府軍と戦争になり、双方に多くの犠牲が出る。それだけでなく西郷先生は、江藤や前原と同じ賊になる」

利良は一拍置くと続けた。

「私学校党が決起するとしたら、その大義名分は何か。彼らの主張する政府の罪とは何か。いかなる作戦や勝算があるのか。挙兵の資金はあるのか。海路を取るなら船はあるのか。陸路を取るなら熊本鎮台をどうするのかといった情報を、君らに集めてほしいのだ」

利良は詳細にわたって指示を出した。

「また、君らだけでは十分に情報を入手し得ないこともあるはずだ。そんな折は、信用できる者を味方に付けろ。とくに警察に戻らず帰郷した徴集隊出身者は信頼できるはずだ。彼らの力を借りて情報を集めるのだ」

「はい」と言いつつ、再び七人が直立不動の姿勢を取る。

「私学校党が決起すれば、それは『無名の師（大義のない戦争）』でしかない。大義はわれらにあり、私学校党は天皇陛下に背く賊となる。故郷の同胞を賊に貶めないために、故郷の二才の命をあたら散らさないために、そして西郷先生が無理やり御輿に乗せられないためにも、君らは鹿児島に赴くのだ」

「はい！」

七人の顔は紅潮していた。その使命のあまりの重さに、緊張が頂点に達しているのだ。

「しかもわれらは外城士だ。父祖が城下士から蔑まれ、同じ人でありながら牛馬同然に扱われてきたことを、君らは忘れられるか」

七人の顔が憤怒に歪む。

「せっかく御一新となり、四民平等の世が来たというのに、因循姑息《いんじゅんこそく》とした世に戻してよいのか。君たちは再び牛馬となるのか。そうではなかろう！」

「はい！」

列の中に歩み入った利良は、傍らの者の肩に手を掛けながら言った。

「鹿児島を、そして国家を救えるかどうかは、君らの双肩に懸かっている！」

「はい！」

「万が一――」

利良の言葉が上ずる。

「西郷先生自ら御輿に乗るような動きを察知したら刺し違えろ」

予想もしなかった言葉に六人の目が見開かれる。明らかに動揺している。

「それが鹿児島のためでもあり、国家のためでもある」

七人は息をのんでいるのか、全く返事はない。

「それは西郷先生のためでもあるのだ。先生は陰嚢水腫《いんのうすいしゅ》を患っておられる」

西郷は沖永良部島《おきのえらぶじま》に流されていた文久年間、陰嚢に水がたまって膨れ上がるという病に罹患《りかん》した。その症状は深刻で、西郷自身「赤子ん頭《びんた》を二つも提げちょいもす」と言うくらい、陰嚢が腫れ上がることがあった。

「この病を治すことはできない。つまり――」

利良が言葉に詰まる。

「西郷先生は長くは生きられん。桐野たちの御輿に乗せられて賊魁《ぞっかい》にされるのなら、未然に命を断ち、英雄として生涯を全うさせるべきではないか」

利良が涙声で言う。

――わしの言っていることは正しいのだ。

幾度となく己に言い聞かせてきたことを、利良は脳裏で反芻した。

気づくと、執務室の空気は凍り付いていた。

「もしも、この命令を聞けぬ者がいたら、今この場で職を辞してもらいたい」

それについても返事はない。たとえそう考えていても、名乗り出られる雰囲気ではない。

「誰もいないようだな。では皆、この件について了解したと思ってよいな」

利良が七人の顔を見回したが、誰も目を合わせようとしない。

「よいのか！」

「はい」

ようやく覇気のない返事が聞こえた。

「よし。それでは、それぞれの班の者たちには、君らからこのことを伝えろ。もし嫌がる者がいたら即刻、拘束しろ」

七人が驚いたように顔を上げる。

「これは国家機密である。当然の措置だ」

利良が確信を持って言う。

「最後に付け加えておくが、この使命を全うして東京に戻れた者は、わが副官とする」

その言葉にも反応を示す者はいない。しかし後にこの一言が効いてくることを、利良は分かっていた。

「以上だ。戻ってよろしい」

七人は敬礼すると、執務室から出ていった。

——これでよかったのか。いや、これでよいのだ。

利良は、胸中からわき上がる疑問をねじ伏せた。

十二月最後の船便で、後に「東京獅子《あずまじし》」と呼ばれることになる総勢二十三人の密偵たちが、鹿児島に向かった。

　横浜の大桟橋で一行を見送った利良が東京に戻ろうとした時、港の倉庫の陰で煙草をふかしている男がいる。

「安藤君、先に帰っていてくれ」

「分かりました」

　副官の安藤則命ら幹部を先に返した利良は、男に近づいていった。

「ハンチング帽にスーツとは驚いたな」

「ははは、私は密偵ですからね」

　斎藤一が油断のない目つきで笑う。

「さすが元新選組だ。ここまで期待に違わぬ働きをしてくれた」

「これも国家のため、ですから」

　斎藤が皮肉な笑みを浮かべる。

「さすがに君を鹿児島に送り込むわけにはいかなかった」

「鹿児島県人は皆、親類のようなものですからね。言葉のこともある。私などが歩いていたら、半刻と持たず川に浮かんでいますよ」

　江戸時代初期から、幕府は薩摩に隠密や探索方を送り込んでいたが、その大半が行方不明となった。それは明治になっても変わらず、鹿児島への密偵は他国者には務まらない。

「鹿児島出身者を密偵として送り込んだようですね」

「ああ、これからが大変だ」

利良には、秘策のすべてを斎藤に伝えるつもりはない。

「奴らを使って、私学校党を焚きつけるんですね」

「まあ、そういうことだ」

「私には関係のないことです。で、用向きは――」

斎藤は空気を読むことに長《た》けている。それゆえ、利良が話さないことには立ち入らない。

「明日、熊本行きの船が出る」

「熊本鎮台に入るのですね」

「さすがに察しがいいな」

「察しがよくなければ、ここまで生き残れませんよ」

斎藤が苦笑いを漏らす。すでに使命が分かっているのだ。

「鎮台の谷《たに》君には話をつけておいた。いざとなれば谷君の許に逃げ込め」

谷君とは熊本鎮台司令長官の谷干城《かんじょう》のことだ。

「つまり私学校党が挙兵した時、鎮台の内部から反乱を起こさせないようにするのですね」

「そうだ。とくに鎮台の序列二番目になる参謀長の樺山資紀《かばやますけのり》は大の西郷党だ。彼奴がどちらに付くかは五分五分だ」

「その樺山さんとやらを、とくに注意するのですね。それで、どんな身分で入りますか」

「君は、小倉にある第十四連隊からの連絡係として入ってくれ」

「面が割れてやしませんか」

「他人《たにん》の空似《そらに》と言ってとぼければよい」

「まさに他人事だな」

斎藤が笑う。

やや目が垂れているものの、斎藤は特徴のない顔をしており、こうした場合にうってつけだ。

「乃木少佐には話をつけておく」

「承知しました。で、樺山さんに不穏な動きがあったらどうします」

「殺せ」

それを聞いてにやりとすると、斎藤は港の朝霧の中に消えていった。

――これで鎮台の心配はなくなった。

私学校党が挙兵した場合、最初の攻略目標とするのは熊本鎮台となる。内部から反逆者を出せば、いかに堅城とて落ちる可能性が高い。それを防ぐべく、腕利きの密偵、すなわち斎藤を送り込む必要があった。

明治十年（一八七七）の正月が明けた。二十三人の密偵たちは故郷鹿児島に帰り、思い思いの正月を過ごしていた。

帰郷した者たちは、たいてい幼馴染《おさななじみ》や郷中仲間と共に焼酎を飲む。その場で出てくる話題は、世の中の動きと地元の話である。

それゆえ密偵たちは、西郷の行動から私学校党の動静まで十分な情報を集められた。しかし私学校党中枢部の情報は入ってこないため、利良が命じた主旨のことは、いっこうに分からない。

だが利良にとって、そんなことはどうでもよかった。

――何としても私学校党を決起に追い込まねば。

利良は正念場を迎えていた。

六

旧鹿児島藩では、開明的な藩主だった島津斉彬《なりあきら》によって、嘉永年間から近代産業の育成が行われていた。とくに富国強兵策は重視され、造船所はもとより、反射炉や溶鉱炉まで設け、兵器・砲銃弾・弾薬などを自前で製造できるほどだった。これらの事業所や工場は鹿児島の磯《いそ》に集められ、集成館事業と呼ばれた。

ただし弾薬は取り扱いが難しいため磯に弾薬庫を造るわけにいかず、あまり人の住んでいない場所に設けられていた。草牟田《そうむた》、田上《たがみ》、坂元上之原《さかもとうえのはら》などの弾薬庫である。これらは維新後、陸軍省に移管されていた。

一月二十九日の夜、政府の汽船が何の前触れもなくやってくると、草牟田の火薬庫から弾薬の搬出を始めた。

この時、たまたま近くで酒を飲んでいた私学校生徒二十数名は、火薬庫に駆けつけて搬出を阻止した上、小銃弾六万発を奪った。

生徒らにしてみれば、弾薬は元を正せば旧鹿児島藩のものだという意識が強く、また弾薬を取られてしまえば、政府から攻撃を受けた時、何ら抵抗できずに敗れるという危惧があった。

この事件は小規模で怪我人も出なかったため、私学校の幹部たちは、西郷にも知らせず静観していた。しかし翌三十日と三十一日に、一千名余に膨れ上がった私学校生徒が各火薬庫に押し入り、二万四千発の銃弾と小銃多数を奪って私学校に運び込むに至り、大事件に発展する。さらに若者たちは磯の造船所を再襲撃し、海軍の官吏を追い出し、これを占拠するという挙に出た。これは明らかに士族反乱である。

篠原や村田ら幹部たちは、小根占《こねじめ》温泉にいた西郷の許にこれを知らせた。この時、西郷は「我事已《や》む」、つまり「自分のできることは終わった」と言ったという。

数日後、東京でこの一報を聞いた利良は、安堵のため息をついた。

——これで西郷先生は逃げられなくなった。

ここからの西郷には二つの道があった。

一つは決起を自重することだが、それを貫くには一千名余に及ぶ若者たちを、政府に引き渡さねばならない。彼らは犯罪者であり、東京警視本署（警視庁より改称）によって逮捕され、裁判にかけられることになる。これまでの士族決起の判例から、少なくとも主犯格十数名は死刑に処される。

いま一つは、若者たちを引き渡さずに決起することだ。西郷が唯々諾々と若者たちを引き渡すはずはないが、村田ら穏健派によって自重という方針が出される可能性がある。

——それを防ぐには、大義名分を与えてやることだ。

決起には大義が要る。難しいのは、それが鹿児島県士族にとっての大義であっても、他県の士族には大義ではないようにすることだ。

——それを作ってやるのが、密偵たちの役目だ。

利良は、獲物が確実に罠に近づいてくるのを感じていた。

二月二日、中原尚雄《なかはらなお》少警部は、幼馴染の谷口登太《たにぐちとうた》と酒を飲んでいた。谷口に私学校を内偵するよう依頼した中原は、「鹿児島を救うには、西郷先生に死んでもらわにゃならん」と言って悲憤慷慨した。

これを聞いた谷口は仰天し、翌朝、このことを桐野たちに知らせたので、すぐに中原は捕まった。警察署に連れていかれた中原は、取り調べを受けたが口を割らない。そのため私学校で激しい拷問を受けた。さすがに中原は耐え切れず、西郷を暗殺するために戻ってきたという自供書を取られた。

だが「西郷暗殺」は、私学校党にとっては武装蜂起の大義となり得るが、他県の不平士族が決起する大義とはなり得ない。

密偵たちの一斉検挙が始まった。すでに暴徒と化していた私学校党の若者たちは、今度は鹿児島各地を走り回り、帰郷者を捕まえて回った。

正月休みで帰郷した者たちで二月まで残っている者は少なく、瞬く間に二十二人が捕らえられた。帰郷した者から持ち掛けられて密偵となった地元の者たちも三十五人ほどおり、彼らは獄舎につながれた。

この報告を受けた時、利良は心中、快哉を叫んだ。しかし次の瞬間、西郷に対して詫びていた。

――西郷先生、申し訳ありません。これも国家のためなのです。

それでもまだ、西郷が桐野らに同調せず、鹿児島を動かないのではないかという希望があった。

二月五日、鹿児島の私学校党は決起を決定する。ただし西郷は、率兵上京すなわち、兵を率いて上京し、政府に抗議するという方針を貫くつもりでいた。というのも西郷は陸軍大将の地位にあるので、政府軍を率いる権限があり、熊本鎮台などにいる兵は、西郷の命令に服さねばならないという法的根拠があるからだ。

すなわち西郷は挙兵に同意したのではなく、率兵上京に同意したのだ。

この時点では、西郷が私学校党の挙兵に同意しているという情報は入っていなかったが、大久保、伊藤、利良の三人は「してやったり」とほくそ笑んでいた。

二月七日付、伊藤あての書簡の中で、大久保は「誠に朝廷（のために）不幸（中）の幸とひそかに心中に笑を生《しょうじ》候《そうろう》位に有之《これゆき》候」と書き残している。

二月中旬、薩軍が雪の降る鹿児島を後にした。その総数は一万三千余。内訳は城下士一千六百、残りはすべて外城士である。

七

薩軍は軍を二つに分かち、一路、熊本を目指した。

革命家の多くは、革命が成っても満足することはない。革命家は革命を行うことで高揚感を得て、そこに自らの生きがいを見出す。そうなると革命家は、また新たな革命を起こそうとする。革命から得られる高揚感という薬が切れるからだ。

そうした革命家の背後には、必ず政治家や実務家が付き従っている。彼らは革命によって得た果実を手にすることが目的であり、革命そのものには魅力を感じていない。それが革命家とは根本的に異なる点だ。

革命家の西郷隆盛、政治家の大久保利通、そして実務家の川路利良という鹿児島生まれの三人によって、時代は大きく転回していくことになる。

明治十年（一八七七）二月中旬、西郷率いる一万六千の私学校党軍、すなわち薩軍が、鹿児島城下を出陣した。目指すは熊本鎮台のある熊本城である。

西郷は留守を託した県令の大山綱良に「二月下旬か三月上旬迄《まで》には大阪に達すべく」と言い残していた。西郷は、政府軍と戦闘状態になる可能性が低いと思っていたのだ。

現に大山は十五日付けで、西郷の名をもって熊本鎮台に照会書を発し、「兵隊整列指揮を受けらるべく」と指示を出している。

挙兵直前に西郷と会ったアーネスト・サトウによれば、西郷は鎮台の参謀長である樺山資紀に大いに期待していたという。ところが鎮台側は戦う意欲満々で、当の樺山も、死を覚悟して薩軍を押しとどめるつもりでいた。

これをさかのぼる十日、利良は東京警視本署の精鋭約六百名を横浜港に向かわせた。

この時、利良は「巡査においてはもとより悉《ことごと》く士族の者なり。故にこの度の出張、必ず他兵に劣らず十分の奮発一層の勉励を希望する」という訓辞を垂れた。つまり警察官に、陸軍の兵士に負けないほどの奮戦を期待したのだ。彼らは陸軍諸隊と区別するために、警視隊と呼ばれた。

利良としては、陸軍が動き出す前に警視隊を鎮台に送り込み、武功を挙げさせるつもりでいた。

利良にとっても東京警視本署にとっても、必要なのは陸軍に対して物申せる実績であり、この戦いで大きな武功を挙げることで、警察の発言力を向上させようとしていた。

警視隊第一陣を送り出した数日後、鍛冶橋の東京警視本署で、利良は一人の男と向き合っていた。

「久しぶりですね」

人懐っこい笑顔を浮かべるその男は同郷の江田国通《くにみち》少佐だった。江田は利良よりも十五歳下の三十歳で、近衛歩兵第一連隊に所属している。

「元気にしていたか」

「はい。見ての通りです」

江田は黒々と日焼けしており、近衛兵の日々の鍛錬がいかに凄まじいかを表していた。

かつて正蔵の名で親しまれていた江田は、篠原国幹の弟分のような存在で、いつもその後ろに付き従っていた。剣の腕も立つが射撃の名手でもあり、上野戦争や東北戊辰戦争でも抜群の活躍を示した。

「君は、篠原さんと行を共にしなかったのだな」

「はい」と言いつつ、江田が俯《うつむ》く。

「よくぞ残ってくれた」

一瞬、迷った末、江田が言った。

「私は共に下野したかったのですが、篠原さんが――」

「残れと言ったのか」

「はい。『近衛兵を頼む』と仰せでした」

――やはり、冬一郎さんは死を覚悟している。

篠原自らは私人としての情が勝り、西郷に従うことにしたが、弟分の江田に近衛兵の将来を託していったのだ。

「連れていってくれないのなら腹を切るとまで言いましたが、篠原さんは『おはんが腹を切ったら、おいも切らんといけんくなる』と――」

江田が唇を嚙む。

篠原は「腹を切る」と口にしたら間違いなく切る男だ。それゆえ江田は泣く泣く残るしかなかったのだ。

——だが、ここからは鬼にならねば。

利良は己の良心を封じた。

「近衛兵は征討軍に編入されたと聞くが、君は行かないのか」

「はい。第一旅団を率いる野津少将のご配慮により、東京に残ることになりました」

野津少将とは、鹿児島出身の野津鎮雄のことだ。かつて野津は精忠組に所属しており、西郷に付き従って戊辰戦争を戦った。その時、薩軍の小隊長には一番隊に桐野、二番隊に村田、三番隊に篠原が配されていたが、野津は五番小隊長を務めていた。西郷党でありながら東京に残った野津には、江田の胸中がよく分かるのだ。

「聞いての通り、西郷先生は挙兵し、篠原さんも賊の一人となった」

利良の言葉に江田が目を剝く。

「君は賊ではないと言うのか」

「——」

「篠原は賊だろう！」

「はい！」

江田が反発するように返事をする。

「それでよい。中途半端な気持ちで鹿児島に赴けば、待っているのは死だけだ」

それを聞いた江田の顔が一瞬、引きつる。

「君には鹿児島に行ってもらう。野津さんには私から話す」

「それは構いませんが、まさか同胞と戦えと――」

「もはや彼らは同胞ではない！」

利良が執務室の机を叩く。その残響が、わずかに残る良心を呼び覚まそうとする。

――ここは堪えろ。

利良が良心をねじ伏せる。

しばらくの間、何事かを口にしようとしては躊躇していた江田だが、ようやく声を絞り出した。

「仰せの通りです」

「それでよろしい」

優しげな口調でそう言った後、利良は語気を強めた。

「それでは、君に賊が撃てるか」

利良が江田の目を見据える。江田は何も答えない。

「撃てないのなら、今ここで軍服を脱げ！」

しばし顔を引きつらせていた江田だが、思い切るように言った。

「撃てます！」

「では、君の持つ銃の照準に篠原が入っても撃てるか」

「えっ」と言いつつ、江田がたじろぐ。

「撃てるか、と聞いておる！」

江田の顔が蒼白になる。

「君は篠原を撃ってこそ、真の軍人になれる」

江田が驚きで目を見開く。

「よいか。賊の首魁は西郷先生だが、先生は指揮権を桐野と篠原に委ねている。主に作戦面を桐野が担当し、軍の進退を篠原が受け持つという態勢のようだ」

この時代、前線指揮官として篠原の右に出る者はいなかった。かつて千葉の大和田原《おおわだはら》には近衛兵の演習場があり、明治六年（一八七三）にここで大演習が行われた。その時、明治天皇はこれを観閲し、兵を自在に操る篠原の指揮ぶりに感嘆し、「篠原に習え」という意味から、「以後、この地を習篠《ならしの》（習志野）と呼べ」と言ったとされる。

――敵の中で最も恐れるべきは冬一郎さんだ。

西郷を除けば、軍事的駆け引きという点で篠原ほどの才を持つ者はいない。桐野は作戦参謀で、村田は文官肌、永山も軍事の専門家ではない。

――つまり冬一郎さんを斃すことで、薩軍は力を十分に発揮できなくなる。

「それで君に頼みたいのだが、敵中に入ってくれぬか」

「敵中に――、それは、どういうことですか」

「賊に加わることにした、とでも言って篠原の懐に飛び込み、隙を狙って殺すのだ」

「そ、そんなことはできません」

「よいか」と言って、利良が再び机を叩く。

「もはや、武士が互いに名乗り合って正々堂々と戦う時代ではないのだ。いかなる手を使っても敵の戦力を削《そ》ぐ。さもないと味方の損害が大きくなる」

「そんな卑怯なまねはできません！」

「近代戦に卑怯などない！」

「私は武士です！」

「それでは、わしは武士でないというのか」

江田が言葉に詰まる。外城士出身の利良と違い、江田は城下士の出だった。

悲しげに眉を寄せ、江田が黙り込む。

「どのみち篠原さんは死ぬつもりだ。それなら最も親しい君の手で死に水を取ってやれ」

利良も苦悶を顔ににじませた。こうした場合、相手を意のままに操るには、硬軟取り混ぜた駆け引きが効果的だ。利良は孫子やフーシェの教えから、そうしたことを学んでいた。

江田は唇を震わせ、蒼白になっている。

「いわばこれは介錯だ。切腹する者の介錯は、最も親しい者が行う。それが武士道ではないのか」

この世の苦痛をすべて担ったような声音で、遂に江田が言った。

「命令を――、命令を承りました」

「やってくれるか」

うなずく江田に近づいた利良は、背後に回ると、その肩に手を置いた。

「君は立派な武士だ。これは武士にしかできない仕事だ」

直立不動の姿勢のまま、江田は泣いていた。その涙が詰襟《つめえり》の内側に吸い込まれていく。

「篠原さんも武士だ。篠原さんに、武士らしい堂々たる最期を迎えさせてやれ」

「は、はい」

「男に二言はないな」

「ありません」

「以上だ。君は野津さんの部隊に編入されるが、少数の部下と共に特殊任務に就くと話しておく。あちらに着いてからの行動は自由だ。もちろん――」

利良は一拍置くと言った。

「寝返ることもな」

江田が憎悪をにじませた顔で利良を見る。それでも利良は動じなかった。

「国家のために尽くすも、賊となるも、すべては君次第だ」
「分かりました」
江田が肺腑《はいふ》を抉《えぐ》るような声を絞り出した。

八

二月二十日、綿貫《わたぬき》少警視率いる警視隊第一陣が熊本の百貫石《ひゃっかんせき》港に到着した。そこで待っていたのは明治天皇の正式な「鹿児島賊徒追討令」だった。これにより政府軍は正式な官軍となった。

当時の兵士の感覚では、西郷こそ明治政府の象徴だった。それが天皇の追討令で覆ったのだ。それだけ西郷の存在は際立って大きかった。

この時、「薩軍迫る」の一報に接した警視隊は熊本城に急行し、午後には入城を果たした。警視隊の入城により、籠城部隊の総計は約三千四百となった。

この日の夕方、乃木少佐率いる第十四連隊一千四百余も入城すべく熊本城近郊に到達した。しかし時すでに遅く、城は薩軍に包囲されており、入城を果たせなかった。

二十一日の朝、薩軍が城際まで隊伍を組んで進軍してきた。それに鎮台側が砲撃を加える形で、熊本城攻防戦の幕が切って落とされる。

同じ頃、野津少将の第一旅団と、三好重臣《みよししげおみ》大佐の第二旅団、合わせて二千余が福岡に上陸した。

福岡・久留米《くるめ》方面から熊本城に向かう場合、三池街道を使うのが最短距離だ。しかも大砲が通れるほどの広い道はほかにない。

第一・第二旅団が熊本城に着いてしまえば、逆包囲されるのは薩軍となる。そのため薩軍は彼らの接近を阻まねばならない。問題はどこで阻止するかだった。

薩軍は熊本城の北方約十四キロメートルのところにある田原坂《たはるざか》で、第一・第二旅団を阻止することにした。

一部を熊本城包囲のために残した薩軍主力部隊は、田原坂へと移動していった。

二十二日、薩軍の先行部隊と乃木少佐の第十四連隊が衝突することで、田原坂の戦いが始まった。

二月下旬から三月にかけて、両軍は田原坂周辺で激しくぶつかり合い、万にも及ぶ死傷者を出していた。それでも薩軍の籠もる堅塁は落ちない。とくに薩軍の抜刀攻撃は効を奏し、政府軍は田原坂を突破できない状態が続いた。

三月八日、川村純義参軍の「こちらも斬り込み隊で対抗できないか」という言葉を聞いた上田良貞《うえだよしさだ》大警部は、その実現に向けて動き出す。

上田らは綿貫らとは別に輸送業務に携わっていたが、川村の警護で最前線まで来ていたのだ。

　この話を聞いた山県参軍は、警視隊が戦争に関与することを嫌がったが、背に腹は代えられず、許可することにした。

　警察官を中心に結成された百一人の政府軍抜刀隊の中核を成したのは、旧薩摩藩の外城士だった。彼らは薩軍の主力を成す城下士に対し、父祖代々虐げられてきた恨みを晴らすつもりでいた。これに、東北戊辰戦争で敗れた旧奥羽越列藩同盟諸藩の者たちが呼応する。

　三月十四日、抜刀隊が投入され、目覚ましい働きを見せた。

　翌十五日にも抜刀隊は出撃し、横平山《よこひらやま》という敵の要地を奪い、薩軍の守備隊を全滅に追い込んだ。この戦いにおける政府軍抜刀隊の死者は二十名を超え、残る者もほとんど負傷し、この二日間の戦いで政府軍抜刀隊は壊滅した。それでも、田原坂攻略の糸口となる横平山を奪取したのは大きかった。

　一方、兵力に限りがある薩軍は、田原坂の戦いに掛かりきりになり、後方が手薄になっていた。

　三月八日、一千三百の陸軍歩兵隊と七百の警視隊を率いた黒田清隆が、勅使の柳原前《やなぎはらさき》光《みつ》に随行し、海路から鹿児島に上陸した。柳原は前左大臣の島津久光が薩軍を後方から支援することを阻止すべく、天皇の勅諭を持ってきたのだ。

　これにより、捕虜となっていた中原尚雄ら東京獅子も釈放された。後に東京獅子の多くは、県知事や警視総監へと異例の出世を遂げていく。

これにより薩軍の背後が思いのほか手薄だと知った山県らは、衝背軍《しょうはいぐん》を編制し、三月十九日に日奈久《ひなく》に上陸させた。これにより薩軍の熊本城包囲軍は、北上してくる政府軍に兵を割かねばならなくなった。

一方、田原坂では激戦が続いていたが、遂に三月二十日、薩軍の田原坂陣地が陥落する。二十六日、陸軍少将に任命された利良と警視隊一千が八代《やつしろ》港に到着した。別働第三旅団と呼ばれることになるこの部隊の主力は、東北地方から臨時徴募した巡査たちだった。彼らは「戊辰の復讐」を合言葉に、勇猛果敢な戦いぶりを示すことになる。

警視隊の増援により、黒田の指揮する衝背軍は、高島の別働第一旅団、山田顕義の別働第二旅団、そして利良の別働第三旅団の三旅団編制となった。

利良と山田を出迎えた黒田は早速、軍議を開いた。

苦渋を顔ににじませた黒田が軍議劈頭《へきとう》、三人に言った。

「おい、いや私は自ら望んで、この地に来た。この無益な戦を一刻も早くやめさせ、一人でも多くの日本男子を救わねばならないからだ。私は――」

黒田はいったん言葉を切ると、自ら肚を決めるように言った。

「私は西郷先生、いや賊徒の首魁である西郷隆盛元陸軍大将を討ち果たす！」

黒田は自らの言葉に酔い、本気でそうするつもりでいるのだろう。しかし本来が情誼に篤い男なので、いざとなればどうなるか分からない。

「山田、川路、高島のお三方には、今日からわが麾下《きか》として、八代から熊本城まで攻め上り、熊本城を解囲《かいい》してもらう」

「はい」と三人が声をそろえる。

続いて、この地をよく知る高島が、熊本城に至る経路や作戦を説明した。

「最後に一つ――」

軍議が終わりかけた頃、黒田が付け加えた。

「この三月四日、敵将の一人である篠原国幹が戦死したと思われる」

――江田がやったのか。

その噂は横浜港に着いた頃から流れていたが、定かなものではなかった。

「ここ最近、篠原の姿を見た者はいない」

「黒田中将、狙撃したのは誰ですか」

利良の問いに黒田が答える。

「江田国通少佐と聞いている」

「今、江田はどこに」

「狙撃した江田君以下三人は、死を覚悟して藪《やぶ》の中に隠れていた。それを知らずに通り掛かった篠原を狙撃したらしい。残念ながら江田君はじめ三人は戦死したとしか思えない状況だ。このことは、捕虜となった薩軍の兵を尋問して聞いた」

――江田は自ら死を選んだのだ。

篠原への贖罪《しょくざい》から、江田は死を覚悟して隠れていたに違いない。部下の二人は、どうしても江田に付き従うと言って聞かなかったのだろう。

――よくやってくれた。

「江田君と二人の兵に向かって敬礼！」

黒田の声に応じ、三人が北を向いて敬礼した。

それで軍議は終わり、山田と高島はテントの外に出ていった。利良もその後に続こうとすると、「川路君」と黒田に呼び止められた。

「正どん、薩摩弁でよかな」

二人だけになったので、黒田は薩摩弁になった。

「今だけはよか」

「江田は篠原の弟も同然じゃった。そげな江田が、ないごて篠原を撃った」

「知らん」

「そげなこっなか。江田がここに来る前、鍛冶橋に行ったち聞いちょる。しかも帰ってきた江田は、口をほとんど利かんで、思い詰めとるようにしか見えんかったたち、江田の同僚が言うちょったど」

「黒田中将、何を仰せになりたいのですか」

黒田と距離を置くべく、利良が標準語で応じた。

「正之進、まっさか江田に篠原を狙わせたんじゃなかな」

「何のことか分かりません。失礼します」

「待て」

踵を返した利良の肩を黒田が摑む。それを利良は振り払った。

「おはんは陰でなんやっちょる。おいんとこにも、いろんな噂が流れっきちょっど」

「それは心外ですな」

「おい！」

黒田が利良の襟を摑んだ。

「やめて下さい」

臨時編制とはいえ黒田は上官である。ここで殴り合うわけにはいかない。

黒田の口から、わずかに酒の臭いが漂った。

——なんて奴だ。

黒田の精神的な弱さは、かつてと何ら変わっていなかった。

「その手を放して下さい！」

利良が黒田の手首を摑んだので、さすがの黒田も手を放した。

「正之進、ここでは勝手なまねはさせんぞ」

「黒田中将、私は上官の命に従います。ただし――」

利良が黒田を見据える。

「西郷先生を殺す機会があれば、殺します」

「なんじゃち――」

「了介、そいでよかな！」

そう言い捨てると、利良は陣幕の外に出た。外には衛兵が立っている。何も聞かなかったふりをしているが、二人の衛兵の顔は蒼白になっていた。

「今のことは忘れろ」

衛兵たちの返事はない。

「お前らは何も聞かなかった。よいな！」

「はい」と言いつつ、二人の衛兵が直立不動の姿勢を取る。

「今後、黒田中将に酒を渡すな」

「はい」

利良は本営を後にし、自軍のいる陣所に向かった。

――黒田は、西郷先生を逃がすために来たのかもしれん。

さすがに裏切ることはないだろうが、黒田には何をしでかすか分からないところがある。

利良は黒田の行動に気をつけねばならないと思った。

九

三月二十六日、八代を発した衝背軍の別働第一旅団と別働第二旅団は、八代の北方十五キロメートルほどにある小川《おがわ》に達し、南下してきた薩軍と激しい砲銃戦を繰り広げた。

この戦いで力負けした薩軍は小川のすぐ北の松橋《まつばせ》まで引き、衝背軍と対峙した。

薩軍の防戦指揮を担当するのは三番大隊長の永山弥一郎だった。永山は勝つことよりも政府軍の北上を食い止めることを目的とし、松橋南部の娑婆神《さばがみ》峠に防衛線を敷くと、御船《みふね》新田《しんでん》の閘門《こうもん》（水門）を開き、一帯を水浸しにした。

それでも三十一日、別働第一・第二旅団は潮の干満を衝いて海沿いに進み、松橋を陥れ、翌四月一日には宇土《うと》まで占領した。宇土から熊本城までは、わずか十キロメートルの距離しかない。

一方、内陸部を進んだ利良の別働第三旅団は、四月三日、堅志田《かたしだ》に至った。ここまで別働第三旅団は敵と戦っておらず、利良は焦っていた。

ところが同日、堅志田の東五キロメートルほどにある甲佐《こうさ》から、三千余の薩軍が向かってきているとの一報が届いた。一千余の別働第三旅団に三倍する兵力である。むろん、海岸沿いに展開しているほかの部隊の援護は望めない。しかも敵は、勇猛果敢で鳴らす佐土《さど》原《わら》隊だという。

利良は何らかの策を講じねばならないと思い、まず堅志田周辺の地形を吟味した。

堅志田の地には堅志田城という戦国時代の古城があり、その周辺は、いくつもの山嶺と緑川をはじめとした河川が複雑に入り組んでいる。

——「囲地《いち》には則《すなわ》ち謀り」、か。

利良は「孫子」の一節を思い出していた。

——こうした山や川に囲まれた地では、奇策を用いるに限る。

利良は地元の者から話を聞き、敵を追い込んで待ち伏せるのに適した地形を見つけた。

——「釣り野伏《つりのぶ》せ」ではどうか。

「釣り野伏せ」とは戦国時代に島津氏が編み出した戦法の一つで、軍を三方に分かち、正面軍を犠牲にして敵を引き寄せ、殲滅《せんめつ》する戦法である。

——しかし、囮《おとり》となる正面軍の損害はひどいものになる。

戦国時代でも「釣り野伏せ」を行えば、正面軍の損害は甚大《じんだい》だった。これだけ銃器が発達した明治の世で、それを行うのは無謀この上ない。

——それでも勝たねばならない。

その時、利良に閃くものがあった。

——国分にやらせるか。

利良の配下には、国分友諒率いる元徴集隊三百余がいる。

——捨て駒か。

利良は、かつて下野した国分らを冷遇してきた。それゆえ国分は、この戦いで大きな武功を挙げ、利良への忠節を証明しようとしていた。

利良はそうした心理を見抜き、決死隊として彼らを一つの部隊にしていた。

——情けは禁物だ。

国分を呼んだ利良は、「釣り野伏せ」を行うことを伝え、正面軍を命じた。それを聞いた国分は覚悟していたのか、何の異議もなく引き受けた。

四月三日、甲佐より来襲した薩軍佐土原隊は、堅志田の東に陣を布いていた国分隊に襲い掛かった。国分隊はしばし戦線を支えていたものの、事前の打ち合わせ通り、退却に移る。この時の撤退戦で、敵の流れ弾を受けた国分は即死し、二十五人が戦死する。

勢いづいた薩軍佐土原隊は、利良の思惑通りに突進をやめず、遂に「囲地」に入った。

「攻撃開始！」

利良の命に応じ、南北の藪に隠れていた部隊が、鉄砲を放ちながら突進する。砲銃の音が天地を揺るがし、雄叫《おたけ》びと悲鳴が交錯《こうさく》する。着弾による土砂が雨のように降る中、闇雲に鉄砲を放ちながら、警視隊が前進する。

——そなたらの勇気が、明日の警察を作るのだ。

利良は己に言い聞かせた。

強悍《きょうかん》で鳴らした佐土原隊も、四方から鉄砲攻撃を受け、さすがにひるんできた。

「抜刀突撃！」

利良が命じると、最前線の部隊が太刀を抜いて突撃を敢行する。

これに慌てた佐土原隊はたまらず後退を始めるが、時すでに遅く敗走状態となった。

——勝った、勝ったぞ！

利良は雄叫びを上げたい心境だったが、それを抑えて追撃戦に移った。

結局、この戦いで約半数が死傷した佐土原隊は再起不能となった。

翌四日、利良率いる別働第三旅団は甲佐を奪取し、緑川河畔まで兵を進めた。これにより鹿児島から人吉《ひとよし》を経由し、甲佐を経て熊本城包囲陣へと続く薩軍の兵站線《へいたん》は遮断《しゃだん》された。

ところが、ここから衝背軍の進軍は膠着《こうちゃく》する。

四月一日、田原坂失陥によって後退した薩軍が陣を布いていた吉次《きちじ》峠が落ち、翌二日には薩軍の拠点の木留も陥落した。敗勢に陥った薩軍は南東に向けて退却を始める。

七日、別働第四旅団約一千が宇土に上陸し、衝背軍はさらに強化された。山田と高島はもとより、別働第四旅団を率いてきた黒川通軌《くろかわみちのり》大佐も、薩軍の一大拠点である川尻《かわしり》への進軍を勧めるが、黒田はうんと言わない。

熊本城解囲を成し遂げるのが、田原坂を突破した山県参軍率いる政府軍主力部隊か、黒田参軍率いる衝背軍かで、その功には大きな差が出る。

幕僚たちに迫られた黒田は、十二日に川尻に向けて進軍することに合意する。

それでも、宇土を制圧してから十一日が空費された。

この知らせを甲佐で聞いた利良は、黒田が時間を稼いでいると覚った。

――了介め、西郷先生を逃がそうとしておるのだな。

最近の黒田には躁鬱《そううつ》の気があり、鬱に入ると、思い悩んで動くのも嫌になるという精神状態に陥る。そのためその行動には一貫性がなく、何を考えているのか分からない一面があった。

利良は黒田の尻を叩きに行きたかったが、南の人吉方面から、新たに徴集した薩軍を率いた別府晋介や辺見十郎太が迫っているという情報もあり、甲佐から動くわけにもいかない。それゆえ書状で進軍を促すにとどめた。

十二日、ようやく衝背軍が北進を開始した。陣形は山田と黒川の別働第二・第四両旅団が、左翼を成して宇土から川尻を目指し、高島《たかしま》の別働第一旅団は、中央軍として上島《うえじま》へと向かい、利良の別働第三旅団は、右翼として甲佐から御船を経由して熊本城に向かうことになった。

黒田の総兵力は七千に上り、二千五百余の薩軍の防衛線を破るのは容易と思われた。すでに薩軍の弾薬は乏しくなっており、実際には、それ以上の戦力差がついていたからだ。

利良は陣頭に立って御船に攻め寄せた。

対するは永山弥一郎率いる薩軍三番大隊である。双方は激戦を展開したが、やがて薩軍は力尽き、永山は自刃して果てた。

左翼軍と正面軍が一進一退を続ける中、利良と別働第三旅団は御船を一日で落とした上、敵幹部の一人の永山を自害させるという大功を挙げた。

十三日の夜、川尻の陥落が時間の問題と見切った桐野は、熊本城に近い二本木《にほんぎ》の本営を撤収し、内陸部の木山《きやま》に本営を移すという断を下す。

木山は熊本城の東十二キロメートル、御船の北東十二キロメートルほどにあり、東側に山が迫った後ろ堅固の地だ。木山なら四方から包囲されることもなく、また万が一、陥落が確実となった場合でも、背後に控える阿蘇外輪山《あそがいりんざん》の山岳地帯に逃れられる。

十四日、川尻に総攻撃を掛けた政府軍は、川尻一帯を占拠した。この時、一隊を率いていた旧会津藩士の山川浩《やまかわひろし》中佐は、そのまま熊本城まで進撃し、夕刻、入城を果たした。

翌十五日、「御船を放棄して熊本城に来られよ」という黒田の命を受けた利良は、全軍を率いて熊本城に入った。

熊本城では斎藤一が待っていて、「何の心配も要りませんでしたよ」と言うと、兵たちの中に消えた。樺山の裏切りに備え、利良は斎藤を入れていたが杞憂《きゆう》に終わった。やはり薩軍の挙兵には大義がなく、さすがの樺山とて、城内の意見をまとめて反乱を起こすことはできなかったのだ。

十七日の朝、利良たちが熊本城内で朝飯を食べていると、突然の召集があった。

どうやら敵が御船を再占拠し、八代方面で戦闘中の別府・辺見両隊を支援しようとしているらしい。

鹿児島に戻って青年たちを根こそぎ徴兵した別府と辺見は、政府衝背軍の背を追うように北上し、八代の再占領を目論んでいた。

これを聞いた山県参軍は、御船を再度確保すべく、別働第三旅団に出動を命じた。

利良は敵に覚られないよう御船に近づき、夜襲を掛けた。ところが敵の反撃に遭い、撤退を余儀なくされた。致し方なく堅志田まで引いた利良は、御船の薩軍とにらみ合う態勢に入る。

この頃、薩軍は一か八かの大会戦を行うべく、木山を囲むように半円形に布陣し、政府軍各部隊と対峙していた。

二十日、双方は激しくぶつかり合う。どの部隊も一進一退を繰り広げたが、別働第一から別働第三旅団までの衝背軍が集結した最南端の御船の戦いだけは、政府軍が圧倒した。

後に城東会戦と呼ばれるこの戦いにも、政府軍は勝利を収めた。すでに戦いの趨勢《すうせい》は決しており、薩軍が退勢を挽回するのは、至難の業となっていた。

この戦いにおける衝背軍の功績には、大きなものがあった。とくに別働第三旅団は、御船攻撃の主力として獅子奮迅の活躍を示した。もはや陸軍の兵士たちは、警視隊を蔑視するどころか崇敬の視線を向けるほどになっていた。

十

城東会戦に敗れた薩軍は熊本県南部の人吉に入り、持久戦に持ち込もうとした。球磨《くま》川上流の人吉は、鹿児島、熊本、宮崎に通じる街道が交錯する交通の要衝だが、どこから向かうにしても、急峻な山道を通らねばならず、守りに徹すれば二年は保てると言われていた。

薩軍は人吉を守るだけでなく、鹿児島の確保を目指し、別府晋介率いる部隊を派遣し、本格的な攻勢を取り始めた。

一方、政府軍は、山県、黒田と並ぶ参軍の川村純義が鹿児島制圧を託される。川村は三月八日に勅使と共に鹿児島に入り、薩軍の弾薬製造工場などの後方支援施設を破壊していたが、占領はせずに長崎に戻っていた。しかし城東会戦で政府軍が勝利を収めることで、薩軍が鹿児島へと後退することが想定されるため、先んじて占領することにした。

四月二十七日、川村は鹿児島に再上陸を果たす。その中には別働第三旅団の二個大隊も含まれていた。こちらは利良率いる主力部隊とは別の、田辺良顕中佐（少警視）率いる二個大隊である。

こうした情勢下、利良率いる別働第三旅団は、熊本県南西部の佐敷《さしき》から山間部の県境である大口《おおくち》を経て、鹿児島に進むことを命じられた。薩軍の背後を突けというのだ。

佐敷から南東に向かった別働第三旅団は、大口北方の牛尾《うしお》川に出た時、対岸から激しい銃撃を受ける。しかし銃弾が不足しているのか、小半刻ばかり撃ち合った後、敵は後退していった。

敵を追うようにして進んでいくと、敵が陣所を放棄した痕跡を見つけた。街道は一本道なので隊列は伸びる。それでも利良は、一気に大口まで進もうと思っていた。というのも大口から鹿児島までは四十キロメートルほどなので、一気に突破できれば、敵の背後を突く形になるからだ。

その時、砲音が轟いた。

「伏せろ！」

敵が待ち伏せていたのだ。

遮蔽物とてない野原の中の一本道に、敵の砲弾が降り注ぎ、次々と兵士が吹き飛ばされていく。

――このままではやられるだけだ。

土砂と人の四肢が空から降る中、利良は太刀を抜くと命じた。

「突撃！」

利良は先頭を切って走り出した。恐怖を克服するには走るしかない。

「あの丘を奪え！」

背丈ほどの笹原の中を、利良は懸命に走った。

笹原が途切れたと思った時、「チェスト！」という気合が聞こえた。

見ると前方から薩軍が抜刀し、こちらに駆け寄ってくる。その先頭には赤毛の長髪に赤《あか》髭《ひげ》を蓄えた男がいる。

――辺見か！

辺見も利良を認めたらしく、鬼神のような形相で迫ってくる。

「正之進、死ね！」

――ここで逃げれば負ける。

大将の利良が背を見せてしまえば、味方は崩壊する。

――よし、やってやる！

若い頃の闘志がよみがえってきた。

「十郎太、成仏せい！」

いた。


「何じゃち！」

二尺七寸はある胴田貫《どうだぬき》を振りかざし、辺見が踏み込んできた。

その一撃をよけた利良は、高橋長信を横に薙いだが、敏捷な辺見は二間も飛び下がって
「正之進、こっが死に場所ち心得い！」

「なん言うか。死んのはおはんじゃ！」

二人は、互いに身をもたせかけるようにして鍔迫《つばぜ》り合《あ》いに移った。

辺見の激しい息遣いが聞こえ、獣のような体臭が鼻をつく。

「十郎太、ないごて西郷先生を巻き込んだ！」

「なん言うか。おはんと一蔵が仕掛けたこっじゃろが！」

「こいも国家のためじゃ。こん国のために、おはんらは死ね！」

「こん国を、一蔵とおはんのもんにはさせん！」

二人は飛び下がると、再び太刀を合わせた。

鋼がぶつかり合う音と激しい火花が交錯する。

もはや辺見とは、どちらかが死ぬまで戦い続けねばならない因縁の関係なのだ。

双方が息を整え、再びぶつかり合おうとした時だった。後方から砲撃の音が聞こえた。

——あれは味方か。

アームストロング砲の音なので、間違いなく味方だ。

遅れて着いた味方の砲隊が砲撃を開始したのだ。薩軍もそれに応戦する。本来なら敵味方入り乱れての白兵戦の最中に砲撃はしないものだが、味方が崩れかかっていることと、敵を威嚇《いかく》するために、味方の砲隊長は独自の判断で砲撃を始めたに違いない。

刃を合わせる二人の周囲にも砲弾が落ち始めた。土砂が飛び散ると、土煙が舞い上がる。凄まじい砲音の合間を縫うように絶叫が聞こえる。

すでに二人は、斬り合うどころではなくなっていた。

「十郎太、砲撃なんどで死んわけにはいかん。こん勝負、預けた」

「致し方なか。次ん会《お》うた時は殺しちゃる」

二人は踵を返すと、自陣に取って返した。

この後、利良は大口の北方の山野に堡塁と胸壁を築き、辺見率いる薩軍との対峙に移った。使者を後方に送り、増援部隊を待つことにしたのだ。しかし増援部隊はやってこない。大口の戦いを山県が軽視しているのは明らかだが、同格の参軍である黒田が、山県に何も言わないのもおかしい。

——山県と了介は、わしを殺すつもりか。

利良としては、戦場に政治を持ち込まれてはたまらない。山県は警視隊が大久保の走狗であるのを知っており、この戦争が山場を越えた今、援軍を送らずに見殺しにしようとしているのかもしれない。

――もはや誰も信じられぬ。

利良の胸中には、疑心暗鬼が渦巻いていた。

結局、利良の予想が悪い方に当たり、増援部隊が到着するのは薩軍の方が早かった。

五月十日未明、力を得た辺見が全軍で押し出してきた。辺見らは捨て鉢であり、死をも恐れぬ突撃を敢行してくる。それに耐えきれず、別働第三旅団は堡塁や胸壁を次々と放棄していく。いまだ夜が明けないことも、味方の恐怖を倍増させた。

敵は地形をよく知っているのか、闇に包まれているにもかかわらず、背後に迂回《うかい》して挟撃を図ってきた。

「引くな。とどまれ！」

利良は味方を叱咤したが、前後を敵に扼されることを恐れた兵たちは、持ち場を捨てて逃げていく。

遂には、利良も退却せざるを得なくなった。

――無念だが致し方ない。

ちょうど夜が明けてきており、利良らは一本道を必死に駆けた。

辺見の姿は見えないが、赤毛を振り乱して追ってきている姿が想像できる。

利良は背後から迫る殺気を感じた。

――こんなところで死ねるか。

突然、視界が開けて牛尾川河畔に出た。渡河地点とは違っていたが、利良は構わず飛び込んだ。

渡河地点ではないので水深は思いのほか深い。肩まで水につかり、五十間（約百メートル）以上も流されながら、何とか対岸にたどり着けた。だが負傷者は、悲鳴を上げながら、どこまでも流されていく。

対岸の河畔に倒れ込んでいると、すぐに鉄砲の音が追ってきた。息を整える暇もなく、利良たちは再び走った。だが、さすがの辺見も深追いを避けようと思ったのか、牛尾川の線で引き返していった。


五月十一日、山野北方の深川という地にある中尾山《なかおやま》に陣所を築いた利良らは、ここで味方の増援部隊を待つことにした。しかし増援部隊は現れず、致し方なく陣所を捨て、佐敷まで引くことにする。

六月二日、水俣《みなまた》に三浦梧楼《みうらごろう》少将率いる第三旅団が到着し、また山田顕義少将の別働第二旅団も加わり、反撃の態勢が整った。しかしその時には、薩軍は宮崎を指して落ちていった。実はこの前日にあたる一日、人吉が陥落したことで、辺見は死守していた大口を放棄せざるを得なくなったのだ。

薩軍の人吉放棄によって、西南戦争の趨勢は決した。

六月二十五日、利良率いる別働第三旅団が鹿児島城下に入った。凱旋に等しい帰郷だったが、利良は長陣から体調を崩していた。そのため利良だけ一足早く戻ることになった。

兵を残して引き揚げることは、将として忸怩たるものもあったが、明治天皇が京都で報告を待っていると聞き、一刻も早く戻ることにした。現地にいる将官の中で、誰よりも早く天皇に戦況報告をするのは、大いなる栄誉だからだ。

七月三日、利良が京都に着くと、駅長らが総出で出迎えてくれた。

この頃の京都駅は七条停車場と呼ばれ、瀟洒な洋風の二階建てで貴賓室も備えていた。駅長に案内されるままに貴賓室に入ると、三条、大久保、伊藤の三人が待っていた。

三人は、肩を叩かんばかりに利良の凱旋を祝ってくれた。

翌日、利良は天皇に拝謁し、簡単な報告を済ませた。天皇に労をねぎらわれ、お言葉まで賜った利良は感無量《かんむりょう》だった。

八日、利良は旅団司令長官の任を解かれ、大警視に戻った。

そして十三日、ようやく東京に帰り着く。

結局、西南戦争では六百七十名もの警察官が戦没した。戦死・戦傷率は、陸軍諸隊とくらべても見劣りするものではなく、以後、陸軍部隊との軋轢《あつれき》はほとんどなくなる。一目置かれたのだ。

——君らの犠牲の上に、これからの警察はある。

警察の地位向上のために死んでいった者たちを、利良は誇りに思った。

九月二十四日、鹿児島城下の城山《しろやま》に籠もった西郷ら薩軍は、最期の時を迎えていた。西郷は最前線の堡塁まで行こうとするが、その途次に流れ弾に当たって動けなくなり、自決する。享年は五十一だった。

この時、桐野、村田、別府ら幹部も戦死ないしは自刃を遂げた。利良にとって長年の仇敵だった辺見も、城山の露《つゆ》と消えた。

以後、軍事力で政府を倒そうとする動きはなくなり、最後に残った有力組織である板垣退助率いる土佐士族も、自由民権運動へと傾斜していく。

十一

——西郷先生が死んだ。

その一報を聞いた時、利良は大きな衝撃を受けた。心のどこかで「西郷先生は死なない」と思っていたからだ。

個人としての恩義と公僕としての義務は別だと、利良は常々考えてきた。だが、こうして西郷の死を突きつけられると、その衝撃の大きさに、あらためて驚かされる。

――わしは間違っていたのか。いや、そんなことはない。

利良の中で公と私がせめぎ合う。しかし、いかに公が正論を述べても、私情は断ち難い。

西郷の慈愛に溢れた笑顔が、脳裏に浮かぶ。そして、あの分厚い唇から発せられる優しい声音が思い出される。

――西郷先生、今、何をお思いか。

あまりに大きな存在感から、西郷がどこかで生きているような気がしてならない。

――だが先生は、もうこの世にいないのだ。

利良は心の支えを失ったような気がした。幼子《おさなご》が母とはぐれて心細くなり、泣き出してしまう心境に似ている。

――これも国家のためだ。

そう思おうとしても、いっこうに心は晴れない。それよりも、そこまでやる必要があったのかという疑念が頭をもたげてくる。

――公私を混同してはいけない。

利良は幾度となく己に言い聞かせた。

西郷が城山の露と消えてから三月《みつき》と経たない十二月、利良が自宅で鬱々とした日々を送っていると、突然、使者がやってきて、大久保の私邸まで来てくれという。

早速、制服に着替えた利良が駆けつけると、大久保の執務室には、もう一人の男がいた。否、いたというより縄掛けされて転がされていた。

男は気を失っており、周囲には酒の臭いが漂っている。

「まさか、黒田か」

「困ったものだ」

窓際でパイプをふかす大久保のもう一方の手には、ハンカチーフが握られている。

大久保は、それでさかんに口端を拭っている。そのハンカチーフが朱に染まっているのを見て、利良はここで何が起こったのかを察した。

――了介、何と馬鹿なことを。

「突然、黒田が来た。もう夜も遅いので、いったんは面会を断ったのだが、どうしてもというので会った」

大久保が弁解がましく言う。

「それで殴られたのですね」

「ああ、一発だけだ。その後は腕を振り回しているだけだったので、羽交い絞めにして書生を呼び、縄を掛けさせた」

「で、どうなされる」

「どうもこうもない。酔った上でのことだ」

大久保はそう言うと、椅子に戻った。

「黒田は何と」

「奴の耳にもいろいろ入ってきている。小西郷、川村、大山たちからだ」

小西郷こと従道はもとより、西郷家の縁戚にあたる川村純義や大山巌らが、此度の戦争の原因について穿鑿《せんさく》しているのは利良も知っている。彼らは当然、大久保と川路をよく思っておらず、黒田を仲間に引き入れようとしていた。

――ゆくゆくは彼奴らも、つぶさねばなるまい。

利良は独裁政治の難しさを思い知った。敵が倒れれば倒れたで、味方となっていた者たちが新たな不満分子として生まれ変わり、独裁政治に反旗を翻す。独裁者とその走狗は、それらをすべて除いていかねばならない。

――大久保さんとわしは、まさにロベスピエールとフーシェだな。

それでも、もう後戻りはできないのだ。

「黒田はどこまで知っていましたか」

「すべてだ」

「証拠は掴んでいるのですか」

「酔漢《すいかん》はそんなものを持ってこない。だがな——」

大久保が自嘲的な笑みを浮かべる。

「これだけ状況証拠がそろっているのだ。誰でも分かる」

「それでは黒田をどうします」

大久保は黒田を失脚させ、従道ら不満分子の見せしめにするつもりでいると、利良は思っていた。

「どうもせぬ」

「何を仰せか。黒田を左遷すれば、小西郷らは震え上がって内務卿に従います」

利良とて黒田が嫌いではない。だが国家のためを思えば、ここは見せしめにすべきだと思った。

「君はいつから、私に指図できる立場になったのだ」

大久保の言葉に、利良は冷水を浴びせられたような衝撃を受けた。

「いつからと問われても——。私は公務を遂行しているだけです」

「よいか」

大久保がこけた頬を震わせる。

「飼い主に指図する犬が、どこにいる」

——何だと。

利良は怒りと動揺で混乱した。

——誰のために、わしは汚水に手を突っ込んできたのだ。

喚き散らしたい衝動を、かろうじて利良は抑えた。

「わしは吉之助さんを死地に追いやった。それが国家のためと信じてのことだ。だがな、果たしてそれでよかったのか。そんなことをせずとも、いや、そうしない方が国家のためによかったのではないかと、今は思っている」

大久保が苦渋をあらわにする。

「何を仰せか。内務卿のご判断は、すべて正しかったのです」

「わしは生涯の友を死地に追いやったのだ。それが正しい判断のはずがない」

「内務卿、公私を混同してはいけません。私事としてはその通りですが、為政者は公の利益を考えねばなりません」

「そんなことは分かっている」

大久保が窓枠にもたれかかる。

「わしは公の立場ですべてを判断してきた。だが吉之助さんがもうこの世にいないという事実の前には、公も私もない」

大久保の瞳は落ち着きなく動き続けている。

——黒田だけでなく、大久保さんまでおかしくなってしまったのか。

大久保が続ける。

「黒田まで左遷すれば、わしは世間からどう思われる。醜い独裁者だ。そんな政治家に誰がついてくる」

「それでも、この国を前に進めるには国権強化が必要です。それができるのは、大久保さんしかいません」

「わしはもう疲れたのだ」

大久保がため息をつく。

「何を仰せか。ここは冷静になり、まず黒田に罰を下すべきです」

「もうよい。黒田などは酒が抜ければ大人しくなる」

「では小西郷たちは――」

「もうこれ以上、同郷の者を陥れることはしたくない。それをやって最も喜ぶのは誰だ」

明治政府には、いまだ藩閥があった。西郷とその与党が壊滅することで、薩摩閥は片翼をもがれたも同然であり、これ以上、傷つけば、主導権を長州閥に握られるかもしれない。

――伊藤か。

かつて伊藤は、同郷の先輩である木戸孝允から大久保に乗り換えた。今は大久保の片腕然としているが、それは大久保の威勢にひれ伏しているからで、大久保の人間性に惹《ひ》かれてのことではない。

――つまり、裏で何を仕出かすか分からぬ輩だ。

伊藤は井上馨とは仲がよいが、山県とはさほどでもない。しかし藩閥の利益を考えれば、手を組むことも厭わないはずだ。

「仰せの通りかもしれません」

「分かってくれたか。わしを殴っただけで黒田を左遷していては、これまで黒田を出頭させてきた意味がなくなる。もはや黒田は、われらにとって貴重な存在なのだ」

――酔漢が貴重な存在か。

薩摩閥の人材が払底してきたのは隠しようもない事実だった。かつて綺羅星《きらほし》のごとくひしめいていた桐野、篠原、村田、永山、別府といった人望も才能もある者たちは、ことごとく本物の星になり、大久保の次代を担えるのは、もはや黒田くらいしかいないのだ。

――それでは、わしはどうか。

利良も四十四歳となり、己というものが見えてきた。

――わしに政治は無理だ。

政治家というのは奇妙な生き物だ。利良のように、几帳面に物事をこなす人間には向いていない。

それでは大久保はどうかというと、必ずしも政治家に適しているとは思えない。大久保は果断さに富み、こうと決めたら梃子《てこ》でも動かないところがあるが、その冷酷非情な一面が人を遠ざけてしまう。

――その点、黒田は違う。

黒田には得も言われぬ愛嬌があり、人を惹き付けてやまないところもある。

――つまり黒田だけが、西郷の後継者たり得る人間性を持っているのだ。

「そこでだ」

大久保が疲れたような声音で言う。

「黒田が目を覚ましたら、君からよく説諭してくれないか」

「分かりました」

「ここからが、日本国の正念場なのだ」

そう言うと、大久保は隣の部屋に控えていた書生たちを呼んだ。

利良は黒田の縄を解くと、馬車まで運ぶよう命じた。

十二

その死の直後から国民大衆の間では、西郷に対する同情と哀惜《あいせき》の声がわき上がっていた。

明治天皇は「朕《ちん》は西郷を殺せとは言わなかった」と言って機嫌を損ね、戦争に関する政務や軍事を意味する乗馬を拒否し、明治十年（一八七七）末には宮中において西郷の追悼歌会を行うほど、現政権への反発をあらわにした。

島津久光・忠義父子から福沢諭吉《ふくざわゆきち》、福地源一郎《ふくちげんいちろう》、成島柳北、犬養毅《いぬかいたけし》といった言論人までもが西郷を惜しみ、現政権の体制派である大久保、伊藤、川路に批判的立場を取り始めた。この盛り上がりは「判官贔屓《ほうがんびいき》」の域を超えており、西郷は賊どころか、国民的英雄に祭り上げられようとしていた。

しかも西南戦争のきっかけが明らかになるにつれ、大久保たちへの風当たりが強くなってきた。あからさまな政権批判はしないものの、両軍合わせて約一万三千人の死者を出した責任を、誰が負うのかといった議論までされ始めた。

三条や岩倉といった公家出身者や、山県や伊藤ら他藩出身者はもちろん、従道、川村、大山、野津鎮雄・道貫《みちつら》兄弟、高島鞆之助、高崎正風《たかさきまさかぜ》、吉井友実《よしいともざね》ら同郷の軍人文官も、大久保と川路との距離を取り始めた。

とくに西南戦争の最中に病死した木戸孝允が、第三旅団司令長官として戦地に赴く三浦梧楼に語った「西南戦争最近（最大）の原由（原因）は、西郷隆盛等数人を利通および大警視川路利良などが、暗殺せんとしたに過ぎない」という話が公になり、板垣退助ら自由民権派を勢いづかせた。

それだけならまだしも、その論功行賞は指揮官たちに厚く、兵に薄かったため、翌年には、それに不服を抱いた近衛砲兵大隊の兵士二百六十人余が反乱を起こすという竹橋騒動が勃発した。

さらに大久保らは財政難の中で西南戦争を起こし、四千二百万円という多額の国費を使ってしまった。これは明治十年の国家歳入の約八割にあたり、国家財政は破綻寸前にまで追い込まれていた。

有志専制体制確立のために大久保が払った代償は、あまりに大きかった。

戦勝気分とはほど遠い雰囲気で、明治十一年が幕を開けた。

下野した板垣らによる自由民権運動は活発になり、国会開設運動へと発展していく。大久保は富国強兵策を推し進めるべく殖産興業を唱えるが、大久保首班の政府に、国民は愛想を尽かし始めていた。

いっそう生活が苦しくなった国民の憎悪は大久保と川路に向けられ、二人は針の筵《むしろ》に座らされているような気分になっていた。

そんな最中の三月二十八日の早朝、利良は澤子の呼ぶ声で目を覚ました。

「あっ、どうした」

「何か緊急の用件のようです。至急、黒田邸に行って下さい」

「緊急の用件だと」

「はい。『それ以上のことは、現地で安藤さんから告げる』とのことです」

――よほどのことだな。

安藤が使者に用件を伝えさせなかったのは、澤子はもちろん、川路家の使用人にも知らせたくないことだからだろう。

鍛冶橋の本署からの知らせを受けた利良は、制服に着替えるや、馬車に乗って麻布の黒田邸に向かった。

朝靄《あさもや》を突っ切るようにして馬車を走らせて黒田邸に着くと、巡査たちが慌ただしく出入りしている。

先着していた安藤則命が玄関で利良を迎えた。

「えらいことになりました」

「いったい何が起こったのだ」

「まずはこちらへ」

安藤に案内されて黒田邸の一室に入ると、畳敷きの和室に布団が敷かれ、その上に女性が仰臥《ぎょうが》していた。その顔の上には、白布が置かれている。それを少し引き上げ、その顔を見ると黒田夫人だった。

「いったいどうしたのだ」

「これをご覧下さい」

安藤が布団をめくると、鮮血が目に入った。

――殺されたのか。

戦場を行き来していた利良には、いかなる死因か一目で分かる。

「誰かに斬られたのか」

その遺骸は、肩の切り口から胸の下まで大きな亀裂が入っていた。

「日本刀で袈裟《けさ》に斬られたようです」

「賊が入ったのか」

まず考えられるのは強盗の類である。

「賊であれば、話は簡単なのですが――」

「ま、まさか」

利良が息をのむ。

「黒田はどこにいる」

「別室におります」

安藤に案内され、利良が別室に入ると、まず酒の臭いが鼻をついた。

「了介――」

そこには警察官数人に囲まれるようにして、椅子に座って頭を抱えた男がいた。

「了介、おはんまっさか――」

「ああ――」

頭を抱えた黒田は、現実を拒否するかのように身悶《みもだ》えした。それですべてを覚った利良は、振り向くと安藤に問うた。

「大久保さんは、まだ熱海《あたみ》か」

「はい。そう聞いております」

この頃、大久保は心労から体調を崩し、熱海で療養していた。

「すぐに電報を打ってくれ。いや、これは極秘事項だ。君が汽車と馬車を乗り継いで行ってくれないか」

「分かりました」

安藤が急ぎ足で部屋から出ていく。

――大久保さんが熱海から戻るのを待ち、判断を仰ぐ暇はない。となれば、いかなる判断を下そうが利良の責任になる。

――まずは、黒田と二人になって話を聞くか。

「皆、別室に引き取ってくれ」

その命に応じ、そこにいた者たちが部屋から出ていった。

「了介、いけんした」

「ああ、勢井《せい》、許してやったもんせ」

黒田が泣きじゃくる。

「了介、ないごて、うっかた（妻）を斬った」

黒田の妻である勢井は、旧幕臣の中山勝重《なかやまかつしげ》の長女で、十五歳で黒田の許に嫁ぎ、二十三歳になったばかりだ。もちろん黒田は様々な場所に女を作っていたが、とくに夫婦仲が悪いという噂はない。

「厠《かわや》じゃ」

黒田が肺腑《はいふ》を抉るような声を出した。

「厠ちゅうて、どういうこっか」

利良には、何を言っているのか見当も付かない。

「おいが帰っきてん、出迎える者が誰一人おらん。もう夜も更けちょって、使用人はおらんでん仕方なかとじゃが、玄関で呼んでも勢井が出てこんのじゃ。そいで腹を立てて怒鳴ると、ようやく出てきよった。そいで『何しちょった』ち問うと、『厠に行っていた』ち言い訳した」

黒田の本宅は札幌になるので、東京の屋敷は、住み込みの使用人もいないほど簡素だ。

「厠に行って何が悪い」

「最初は、日本刀を持ち出して脅そうとしたとじゃが、勢井は謝るでん、恐れるでんなく、ただ冷めた目でおいを——」

「そいだけのことで斬ったとか」

「いや、勢井の顔が――」

「顔がどげんした」

「半次郎のもんになったんじゃ」

「何じゃち」

半次郎とは、かつて中村半次郎と名乗っていた桐野利秋のことだ。

「おはんは何ちゅう馬鹿なこっをしたんじゃ」

「おいはもう破滅じゃ。そん拳銃を貸しっくいやい。自分で始末をつけっで」

黒田が利良の腰に手を伸ばす。

「馬鹿なこっ言うな。こんじょごが！」

利良は立ち上がると黒田の胸倉を摑んだ。じょごとは大酒飲みのことだ。

「おはんの身は、もうおはんだけのもんじゃなかど」

「なんちこっちゅう！」

「おはんは、薩摩閥を支える柱ん一つじゃ」

「そんなん知っか！」

黒田が手を振り解こうとする。

「こんめんでもんが！」

利良が黒田の頰をはたいた。

めんでもんとは面倒な者のことだ。

「ああ、勢井――」

その場にくずおれた黒田は、大声で泣き出した。

――このままでは薩摩閥は終わる。

利良の胸内で、何かが「橋を渡れ」と囁いた。

だが。それを渡ってしまえば、利良も黒田の側に落ちる。

――その先で待つのは破滅だ。

「了介、聞け」

利良が黒田の肩を摑む。

――大警視として、これが正しいことなのか。

最後の良心がそう囁いたが、すぐに得体の知れない黒いものに覆われた。

「おはんを破滅はさせせんど。そいでよかな」

「そいは、いけん意味じゃ」

それには答えず、利良が問う。

「了介、こんこっを知っちょっとは誰《だい》な」

「誰もおらん。おいが屯所（交番）まで走り、巡査を呼んだ」

「手伝いの婆は」

「通いなのでとっくに帰った」

「医者はいけんした」

「呼んじょらん。即死じゃったからな」

黒田が再び嗚咽する。

「すると、こんこっを知っちょっとは、おはんに呼び出された巡査と、そいに呼ばれてやってきた安藤たちだけな」

「ああ、そん通りじゃ」

——隠蔽できる。

利良の直感が、それを教えた。

「了介、よう聞け」

黒田が泣き腫らした顔を上げる。

「勢井殿は病死した」

「なん言う」

「大喀血《だいかっけつ》してそのまま死んだんじゃ」

「ま、まっさか、正之進。そげんこっはでけん。おいにはでけんぞ!」

「おい!」

利良が黒田の襟を摑んで立たせる。

「では、おはんを殺人犯として逮捕すっど。おはんは、いみじくも政府高官じゃ。そいだけ罰も重か。おそらく裁判で、おはんは士族の資格を取り上げられて平民とされ、平民牢で十年は過ごす。そいでもよかな」

「ああ」

黒田が臭い息を吐く。

「もう酒も飲めんし、芸妓とも遊べん。牢を出たら無一文で鹿児島に戻り、誰かの小作となって芋を掘るしかなか。そいでもよかな！」

「いやじゃ」

そう言うと、黒田はその場に再びくずおれた。

「では、おいの言うこっを聞くな」

「分かった。何でんすっから助けてくいやい」

黒田が利良の足に取りすがる。

「そいなら手順を説明すっど。そん前に――」

利良は、一つだけ言い聞かせておこうと思った。

「おはんは従道らと仲ようせい」

「ないごて仲ようする。おはんは、小西郷らが好かんかったとじゃなかか」

「ああ、好かん。じゃっどん、彼奴らん話は聞きたか」

「なんちこつ——。おいを密偵にするつもいか」

黒田の顔が驚きで歪む。

「よかな」

利良が黒田の首をさらに締め上げる。

「そいでよかな！」

「よかど。そいでよかど。そいでよかど」

黒田が苦し気に身悶える。

「もうおいにはなんも分からん。なんでんよか」

「そいじゃ聞け」

利良は、噛んで含めるようにして隠蔽の手順を説明した。それに黒田がうなずく。

「そろそろ医者を呼んど」

利良は警察の言いなりになる医者を飼っており、偽の検死報告書を書かせるだけだ。

黒田は土気色の顔をして、小刻みに体を震わせていた。

——とにかく急がねばならん。

利良は手抜かりがないかどうか、もう一度、隠蔽の手順を反芻した。

十三

黒田の事件があってから半月ほど経った四月中旬、ようやく大久保が東京に帰ってきた。

黒田の件を安藤から聞いた大久保は、利良が隠蔽工作をしている間、あえて熱海に滞在し、自らが関与していないことを明確にしていたらしい。

——それが一蔵さんのやり方だ。

利良は不快だったが、それが大久保という男なので致し方ないと思っていた。

そんな大久保は東京に戻るや、利良を自邸に呼びつけた。

「とんでもないことを仕出かしてくれたな」

大久保が不機嫌そうに言う。

「仰せの通り、黒田はわれらの頭痛の種です」

「黒田のことではない。君のことだ！」

大久保の怒声が執務室に響きわたる。

——どういうことだ。まさか此度の処置に不満なのか。

予想もしなかった一言に愕然としたが、この場は冷静に対処するしかない。

「私がやったことに不満をお持ちですか」

「当たり前だ。これが新聞にばれたらどうする」

「ばれるわけがありません。殺人だと知っているのは警察官だけです」

「知っているのは何人だ」

「十一人です」

「ああ」とため息をつくと、大久保が天井を見上げた。

「そんなにいれば必ず漏れる」

「漏れたところで、証拠はありません」

「そういう問題ではない！」

大久保の言う通り、裁判ではないので新聞に証拠は要らない。ただ「こんな噂がある」と書くだけで、現政権に十分な痛手を負わせられる。

「そんな新聞があれば、讒謗律で取り締まります」

「それでも廃刊にはできん。すぐに記者は復帰し、その新聞は以前より売れる」

実際に、讒謗律や新聞紙条例で取り締まられた新聞ほど、ほとぼりが冷めればよく売れる。そういう意味で、この法令は意義を失いつつあった。

大久保は立ち上がると、煙管を手で弄びながら部屋の中を歩き回った。

「それで、黒田はどうした」

「札幌に送り返しました。当分の間、こちらには戻りません」

「それで、臭いものに蓋をしたつもりになっているのか」

「そういうわけではありませんが、あの時、内務卿が黒田を失脚させなかったばかりに――」

「君は、この件を私のせいにするのか」

大久保の顔が怒りに歪む。

「内務卿の前回のご意向もあり、私は黒田を庇ったのです」

「人殺しを庇えと誰が言った！」

大久保が机を叩く。冷たい音が静かな執務室に反響する。

「では、あのまま公にしてもよろしかったのですか」

「これは殺人だぞ」

大久保が嘆息する。

「しかし公にすれば、黒田はおしまいです」

「黒田のような酔漢は、ここで救ってもまた同じことをする」

――それはわしにも分かっていた。だが大久保さんが庇えと言ったのではないか。

利良はその言葉をのみ込んだ。

「もうよい。この件がばれれば、黒田も君もおしまいだ。そのことを忘れるな」

「お待ち下さい。なぜ私が――」

「君は何か勘違いしていないか」

大久保の顔に冷めた笑みが浮かぶ。

「私が君に何かを考えてくれと頼んだか」

「しかしあの時、内務卿は熱海にいらしたので――」

「考えるのは私の仕事だ。君は私の命に従い、走り回ればよい」

――人をいつまで走狗扱いするのだ。

利良には納得がいかない。利良は大久保のために郷里に背を向け、大久保と共に一身に憎悪を受ける立場になった。にもかかわらず、大久保は利良を見捨てようとしているのだ。

大久保が肺腑を絞るような声で言う。

「分をわきまえなくなった者は切られる。そのことを忘れるな」

その言葉は、この件が公になった時、大久保は利良を庇わないという意味に取れる。

――「狡兎《こうと》死して走狗烹《に》らる」、か。

「用がなくなれば切り捨てられる」という意味の故事を、利良は思い出した。

――わしを生涯、走狗のままにしておきたいのだな。

沸々と怒りが込み上げてきた。

「お言葉ですが、内務卿は私を更迭《こうてつ》するおつもりか」

「それも一つの選択肢だ」

「それでは、これまでのことは――」

大久保の顔色が変わる。

「君は――、私を脅すのか」

「では、これまで誰が内務卿を支えてきたのですか。誰が汚い仕事を引き受けてきたのですか」

「何だと」

大久保が机に両手をついて利良をにらみつける。まさに飼い犬に手を噛まれたといった顔だった。

「君は『国家のため』などと言いながら、私をそそのかして吉之助さんたちを殺させた。あの時、そこまでやることはなかったのだ！」

――何だと。西南戦争の責をすべてわしに押し付けるつもりなのか！

さすがの利良も逆上した。

「西郷先生を陥れる知恵を出したのは私ですが、最終的なご判断を下したのは内務卿です」

ここまで来たら、利良も引くつもりはない。

「貴様――」

机を間に挟み、二人が対峙する。

「私を更迭すれば、内務卿もおしまいです」

利良は一歩も引くつもりはなかった。

「警察の頂点に居座るつもりだな」

「私を切れば、もはや内務卿のお味方はいなくなるのですぞ」

「そんなことはない。伊藤君がいる」

「はははは」

――大久保さんも甘い。

利良は心底、可笑しかった。

「かの者は、内務卿の後釜に座りたいだけではありませんか。まさか内務卿のお人柄を慕っているとでもお思いか」

すでに伊藤は大久保と距離を置き、独自に黒田の件を調査し始めたという噂もある。

――つまり伊藤は、大久保を見限るかもしれない。

すべてが明らかにされれば、大久保と利良は失脚どころか罪人にされる可能性すらある。

大久保に言葉はない。伊藤が距離を取り始めていることに、大久保も気づいているのだ。

「いずれにせよ、もはやわれらは一蓮托生《いちれんたくしょう》です。末永く仲よくやっていこうではありませんか」

利良は、その言葉が自分の口から出たとは思えなかった。

——別の何かが言わせているのか。

だが坂を下り始めた荷車は、もはや誰も止められないのだ。

「伊藤君は君とは違う」

大久保が声を絞り出す。

「どう違うのです」

「伊藤君は私の身を案じ、日々の出勤経路まで気を使ってくれている」

「それはよかった。伊藤さんも、まだ内務卿に死んでもらっては困るということでしょうな。いずれにせよ、われらを斬りたいと思っている輩はこの世にごまんといます。お気をつけ下さい」

利良が立ち上がろうとする前に、大久保が言った。

「もうよい。出て行け」

「それでは、失礼します」

起立して一礼しても、大久保は無視を決め込んでいる。

利良は憤然として、いつもより強くドアを閉めた。

鍛冶橋の本署に戻ると、安藤則命が待っていた。

「どうした」

利良の不機嫌に安藤がたじろぐ。

「いや、たいしたことではないのですが――」

「だから何だ」

「これです」

安藤が差し出したのは、一片の紙片だった。

「電報か。どこからだ」

利良が送信者の名を見ると、「キリヤマ」と書かれていた。

――キリヤマだと。誰だったか。

そこには「イシカワケンシゾクニフオンナウゴキアリ。ナイムキヨウ、チユウイサレタシ」と書かれていた。

――「石川県士族に不穏な動きあり。内務卿、注意されたし」だと。

「送ってきたのは、石川県権令の桐山純孝《きりやまじゅんこう》のようです」

「ああ、かの御仁か」

桐山はどうということもない人物だが、出世欲は人一倍強く、何らかの情報を摑み、注進に及んだと思われる。

「この程度の情報では、何をどう注意すればよいか分からんな」

「それはそうですが――」

「文書もないのか」

この時代は電話がないため、通信は急ぎの場合は電報、そうでない場合は文書、すなわち書簡が基本だった。

「はい。来ていません」

「使者も寄越さぬとはな」

「仰せの通りですが、権令が電報で注意を促してきたのは初めてです。よほどの動きがあるのではないでしょうか」

安藤が心配そうに言う。

「君はどうすべきだと思う」

「内務卿に護衛を付けるべきです」

「これくらいのことで、警察は動けん」

「しかし万が一ということも――」

「君は、私に指図するのか」

「失礼しました」

敬礼すると安藤は出ていった。

――やはり護衛を付けるか。

万が一ということもある。しかし大警視として、一度出した命令をすぐに変えるわけにはいかない。

――どういうこともあるまい。

利良は自らに言い聞かせた。


その後、黒田邸の事件は病死として処理されたので、世間の注目をさして浴びなかった。そのため当初は、すべての新聞雑誌が死亡記事を載せるにとどめていた。

ところが四月十三日、団々珍聞《まるまるちんぶん》という二流紙が、「黒開拓長官」の所業として、病死ではなく殺人だと暴露した。「黒田」とすると讒謗律に引っ掛かるので「黒」としたようだが、その内容は微に入り細をうがったものだった。この告発により、黒田が夫人を殺害したのではないかという噂が、世間に広がっていった。

十四

五月初旬、内務省から客が来ているというので、利良は会うことにした。

やってきたのは、内務省書記官の千坂高雅《ちさかたかまさ》だった。

千坂は元米沢藩家老で、戊辰戦争では米沢藩の指揮官として新政府軍と戦った。その後、政府に出仕《しゅっし》して大久保の実務面での懐刀となって活躍し、西南戦争の折には、陸軍中佐として旧米沢藩士を率いて従軍もした。他藩出身者ながら、千坂は大久保派の中核をなす一人である。

千坂の顔を見ると、一目でよからぬ話だと分かった。

――きっと予算面での苦情だろう。

ここのところ増員に次ぐ増員のため、警視庁は予算面で政府の重荷になりつつあった。

「今日は何用ですかな。私も暇ではないので、急に来られても困ります」

「いろいろ隠さねばならんことも多いので、多忙なのですか」

「何だと」

この時になって初めて、利良は千坂が悪意を持っていることに気付いた。

「よからぬ噂を聞きましてね」

「何のことですかな」

こうした場合は、怒らずにとぼける方がいい。

「黒田長官のご内室のことです」

――何だと！

まさか内務省の高官が、その話をしに来るとは思わなかった。

「その話は、したくありません」

「したくなくても、聞いていただかねばなりません」

「では早く申せ！」

利良が怒りをあらわにする。

――しまった。

利良は苛立《いらだ》ってしまったことを後悔した。気づかぬうちに大久保や黒田同様、精神的にまいっているのかもしれない。

――薩軍の亡霊に、わしも取り付かれたのか。

それは実際の亡霊ではなく、もっと始末が悪い悔悟《かいご》の念という亡霊だった。

一瞬、たじろいだ千坂だったが、憎悪を顔ににじませつつ言った。

「川路さん、うちでは今、故長官夫人の妹さんを預かっています。ご両親に先立たれ、お姉様もあんなことになってしまい、天涯孤独だと言うのです」

利良に言葉はない。

「あの夜、妹さんは黒田家に泊まっていて、二階の客室で夫人と就寝していました。そこに黒田さんが帰ってきた。たまたま夫人が厠に立たれた後で、黒田さんの『勢井はおらぬか。勢井はどこにおる！』という声を聞き、怖くなって隠れていたというのです」

利良は、己の顔が蒼白になっていくのを感じた。

「すると、黒田さんと夫人のやりとりが聞こえてきたとか。そして黒田さんの怒り狂う声が、続いて夫人の悲鳴が聞こえ、黒田さんが必死に夫人を呼ぶ声が、邸内に響き渡ったそうです」

千坂が顔を引きつらせて続ける。

「妹さんは恐ろしいのでそのまま部屋にいると、黒田さんが出ていく姿が二階の窓から見えたので、妹さんは一階に下り――」

千坂が不快そうに言葉を濁した。

「それ以上は、何も言わずとも分かりますね」

利良に言葉はない。

「妹さんは助けを呼ぶべく黒田邸を出ました。その時、近所にうちの娘が住んでいることを思い出し、当家に駆け込んだのです。私もそれを聞き、慌てて医者の友人を伴って黒田邸に赴きましたが、ご存じの通り、巡査たちが中に入れないようにしていました」

「何のことか分からぬが」

ようやく利良は声を絞り出せた。

――まずい。

その声はかすれており、罪を告白したに等しい。

千坂は憐《あわ》れむような目をして続けた。

「若い娘さんの言葉です。私も頭から信じはしません。それで昨日、黒田さんが東京に戻ってくると言うので、横浜まで迎えに行きました」

「何だと――」

黒田が仕事で東京に戻ってくるというのは、利良も知っていた。黒田は札幌が本拠と言いつつも、「不在長官」という渾名《あだな》が付くくらい東京に出張することが多く、この時は一月程度、札幌でほとぼりを覚ました後、東京にやって来ざるを得なかった。

「船室まで行き、黒田さんに真相を問い質《ただ》したところ、すべてを白状しましたよ」

――了介、何と愚かな。

利良は頭を抱えたくなった。

「で、君は何がほしい」

「何と」

千坂が大げさな素振りで驚いて見せた。

「私は、ゆすりやたかりをしに来たわけではありません」

「では、何しに来た！」

利良が机を叩いたが、もはや千坂は動じる風もない。

「よろしいか。こんなことでは警視庁どころか維新政府はおしまいだ。すべてを正直に告白し、あんたと黒田さんは腹を切るべきだろう」

「腹だと――」

利良の脳裏に突然、「死」の一字が閃いた。確かに事が公になれば、辞任どころか利良も罪を問われる。

——その時、大久保さんは救ってくれぬ。

利良は愕然とした。

「東北戊辰戦争の折、奥羽越列藩同盟で重職にあった者たちは、責任を問われて処刑された。その前に腹を切った者も多い。それなのに、あんたと黒田さんは責任を負わず、これからも政府高官の座に居座るつもりなのか！」

「貴殿には関係のないことだ！」

「いや、私も大久保さんの政府を守りたい。だから私はここに来ている」

確かに、利良と黒田を本気で糾弾したいなら、長州閥の許に駆け込めばいい。にもかかわらず利良の許に来たということは、二人を切腹させることで黒田邸事件を闇に葬り、大久保の失脚を防ぎたいからに違いない。

「君は大久保さんの差し金で来たのか」

「何ということを——。私は私の意思で来ている」

千坂は言下に否定したが、その可能性は否定できない。

——大久保さんは、本気で走狗を烹《に》るつもりなのか。

大久保に対する疑念が頭をもたげる。しかしその時、利良の脳裏に映ったのは、大久保ではなく西郷の顔だった。

——ああ、西郷先生ありせば。

利良は考えても仕方ないことを、つい考えてしまった。

「川路さん、あんたは大久保さんの政府を守るためなら何でもするのではなかったのか」

「うるさい！」

「国家よりも自分が可愛いか」

「黙れ！」

「あんたは国家のためと言いながら、薩摩の同胞たちを騙し討ちにした。今度は国家のために、あんたが死ぬ番だろう」

利良は立ち上がると、腰のサーベルに手を掛けた。

「私を殺したければ殺せ」

——どうすればよいのだ。西郷先生、教えて下さい。

しかし脳裏の西郷は、憐れみの籠もった眼差しを向けてくるだけで、何も言わない。

——わしには、いつも西郷先生がいた。先生がいつも守ってくれていた。その先生を、わしは殺したのだ。

十一歳の時、城下士の少年たちを前にして、西郷は正座し、「おいを、このぼんの代わいに殴ってくいやい」と言った。その時から利良は、この人のために死のうと思ってきた。しかし現実は、全く逆となった。

――わしは何てことをしたんだ。

「川路さん、私が言いたいことはそれだけだ。進退はあんたが決めろ」

「黒田は何と言った」

「己の身は己のものでないと、あんたから言われているので、あんたに判断を仰ぐとのことだ」

――黒田め。わしが切腹しないと知っているのだ。

それを踏まえて、黒田が利良に判断を委ねたのは明らかだった。

「どうやら腹を切るつもりはないようだな。それが薩摩人ということか」

利良は黙るしかない。

「このことは誰にも漏らすつもりはない。すべてをあんたの判断に委ねる」

「ああ、そうしてもらおう」

千坂は立ち上がると、付け加えた。

「わしがあんたらの派閥でよかったな。もしも山県さんや小西郷に近かったら、あんたは間違いなく裁かれる」

「そんなことは分かっている!」

「では、失礼する。そうだ――」

千坂が何か思い出したように言った。

「たまたま出張してきた石川県の職員が、権令の桐山さんから伝言を預かってきた」

「どのような伝言だ」

「かの県の不平士族が、大久保さんを斬るといきまいているらしい。すでに石川県を離れ、東京のどこかに潜伏していると言っていた」

「そうか。分かった」

「どうするつもりだ」

利良の胸底から怒りが込み上げてきた。

「それを考えるのはわしの仕事だ。貴殿にとやかく言われる筋合いはない！」

「それならよいが、しっかり大久保さんを守ってくれよ。大久保さんが斃れれば、あんたと黒田だけでなく、われらもしまいだ」

「言いたいことを言ったら、さっさと帰れ！」

「言われずとも帰る！」

千坂は憤然として席を立つと、利良の執務室を後にした。その時に力を込めて閉めたドアの残響が、いつまでも頭の中で響いていた。

――何てことだ。

千坂はすべてを知っていた。確かに大久保派の千坂が、敵対する派閥に真相を漏らす可能性は低い。だが、展開次第ではどうなるか分からない。

――殺すか。

一瞬、その考えが頭に浮かんだ。

――そんなことをすればフーシェと何ら変わらぬ。

ジョゼフ・フーシェは自らの仕える権力者の意向に沿うべく、敵対者や批判者を殺すか投獄した。また利用価値のある者は、弱みを握って走狗にした。しかしロベスピエールら権力者の闇を知りすぎたため、フーシェ自身が命を狙われるようになる。

同じ頃、宮城前広場の岩倉邸において大臣会議が催された。

参加したのは、三条実美（太政大臣）、岩倉具視（右大臣）、大久保利通（内務卿）、大隈重信（大蔵卿）、大木喬任（司法卿）、寺島宗則（外務卿）、伊藤博文（工部卿）、山県有朋（陸軍卿）である。

この時、世間で沸騰している黒田への疑念をいかに処理するかに話が及び、伊藤が激高して真相究明を求めた。伊藤はかつて江藤新平が唱えていた法治国家論を持ち出し、この件に関しての徹底した調査を要求する。

伊藤が初めて大久保に反旗を翻したのだ。

結局、大久保が「黒田は断じて内室を殺すような人間ではない。私がそれを保証する」と言い切ったことで、反論を封じることができた。伊藤らが決定的な証拠を握っていなかったからだ。

結局、利良の狙い通り、黒田邸事件は沈静化の一途をたどっていく。しかしそれは、明治政府を震撼《しんかん》させる大事件が起こったからだった。

第五章　暮色蒼然

一

五月十四日の朝、利良が自宅で出勤の支度を始めていると、何やら外が騒がしい。

「何事か」と思いつつも無視していると、澤子が血相を変えて書斎に飛び込んできた。

「あなた大変です。大久保内務卿が襲われました！」

「大久保さんが襲われた、だと――」

脳天に焼串を刺されたような衝撃が走る。

――あの警告は本当だったのだ。

千坂の怒り狂う様が目に浮かぶ。

――まずは正確な状況を把握せねば。

利良が書斎の外に飛び出すと、数人の書生が使いの者を囲んでいた。

「おい、そなたが使者か」

うなずく使いの者に、利良が矢継ぎ早に問う。

「どこで襲われた。怪我の具合はどうだ。どこの病院に収容された」

「それが――、内務卿はすでにお亡くなりになったとのことです」

「何だと」

利良は愕然として、その場に立ち尽くした。

――大久保さんが死んだのか。

「大久保さんは間違いなくお亡くなりになったのか」

「はい。そう聞いております」

「大久保さんのご遺骸は、どこに運ばれた」

「ご自宅です」

「よし、大久保邸へ向かえ」と馭者に指示したが、「ちょっと待て」と止めた利良は、書生たちに向かって言った。

「これは大規模な士族反乱かもしれない。お前は鍛冶橋（東京警視本署）まで走り、安藤中警視に、近衛兵に仮御所の四方の門を固めるよう告げろ。お前は皇族の諸邸に走り、すべての門を閉じさせよ。お前は太政官代《だじょうかんだい》に走り、誰も入れぬよう伝えよ。お前は現場へ駆けつけ、一般人を遠ざけておくよう巡査に伝えろ」

利良は、まだ現場がどこか聞いていなかった。

「で、犯行場所はどこだ」

「紀尾井《きおい》町です」

「紀尾井町なら、君は赤坂の分署（第三方面二分署）に急行し、事の次第を伝えろ」

すでに伝わっているとは思うが、手抜かりがあってはならない。

次々と集まってくる書生たちには、卿や参議の邸に駆けつけ、出仕を取りやめて自宅に待機するよう告げさせることにした。

「よし、大久保邸に向かえ」

使いの者は即死だと言うが、情報が錯綜しているかもしれず、まずは大久保の安否を確かめることにした。

――待てよ。わしも襲われるやもしれない。

かつて刺客に襲われた時の恐怖が、脳裏によみがえる。

疾走する馬車の中で、利良はホルスターから拳銃を抜くと弾を装塡《そうてん》した。

下谷龍泉町から大久保邸までは小半刻とかからない。

――おそらく大久保さんは、すでに死んでいる。となると、今後の政界はどうなる。

薩摩閥は唯一無二の大黒柱を失い、長州閥に対して圧倒的に不利になる。しかも薩摩閥内でも孤立を深めていた利良の立場はさらに悪くなる。

――独力で何とかせねばならないのか。

もはや伊藤は敵であり、小西郷らも味方とは言えない。

馬車は四谷見附を抜け、堀を左手に見ながら赤坂に向かった。赤坂の仮御所を通り過ぎ、紀《き》ノ国坂《くにざか》を下り、赤坂喰違坂を少し登ると、赤坂御門が見えてきた。その付近には、多くの人々が集まっている。

「止めろ」

赤坂御門前で馬車を止めさせた利良は、馬車を下り、清水谷《しみずたに》方面への通行を封鎖している巡査に問うた。

「事件はどこであった」

目の前にいるのが利良だと気づいた巡査は、直立不動の姿勢で敬礼した後、慌てて答えた。

「紀尾井町です」

「紀尾井町のどこだと聞いておる!」

「北白川宮能久《きたしらかわのみやよしひさ》親王邸と壬生基修《みぶもとおさ》邸の間の路上です」

東西の二つの邸は一段高い場所にあり、下から見上げると小高い土堤の上にあるように感じられる。壬生邸の堤の斜面から上は茶畑になっており、北白川宮邸の方は、人が住んでいないのか手入れも悪く、鬱蒼《うっそう》とした叢林《そうりん》になっている。

——なぜ、そんな谷底道のようなところを通ったのだ。

常識で考えれば、赤坂喰違坂を下り、堀を右手に見ながら紀ノ国坂を上れば、仮御所の東門なのだ。わざわざ清水谷から紀尾井坂を通るよりも、こちらの方が距離も近い上に人通りも多いだけでなく、第三方面二分署の前を通過するので危険も少ない。だが、どうしたわけか大久保は、清水谷から紀尾井坂を経る経路を使って仮御所に向かおうとした。

「犯人のことは聞いておるか」

「いいえ。全く分かりません」

「よし。現場には関係者以外、絶対に立ち入らせるな」

「はい」

敬礼しながら答える巡査に敬礼を返した利良は、馬車に戻ると大久保邸を目指した。

——何とか命を取り留めていてくれないものか。

利良は祈るような気持ちだった。

——いったい、どこの馬鹿がやったのだ。

やり場のない怒りが込み上げてくる。

三平坂《さんぺいざか》を下り、ダラダラ坂を上り、右に曲がると、西郷従道邸や清国公使館が見えてくる。そうした広い敷地を持つ屋敷の間を通り抜け、奥まったところにあるのが大久保邸だ。

大久保邸の門は開き、多くの者たちが出入りしていた。

——何と不用心な。

大久保が重傷であれば、誰かがとどめを刺しに来るかもしれず、慌てて訪れてくる貴顕が襲われるかもしれない。門前で馬車を止めた利良は、門衛と話している巡査に門を閉鎖させた。

利良が車回しに駆けつけると、ちょうど西郷従道が中に入っていくところだった。

「信吾、大久保さんの具合はどうだ」

「ああ、正どん」

従道の顔が悲しげに歪む。

「いかんか」

「うん。いかん」

「もう息はしとらんのか」

「ああ、とどめを刺されとる」

——やはり駄目だったか。

利良は、全身の力が抜けていくように感じた。

——仕方がない。それならそれで善後策を講じねば。

己を叱咤した利良は、従道と共に大久保の遺骸が安置されている居間に向かった。

そこでは、満寿子《ますこ》夫人が気丈にも客に応対していた。

「ご夫人、何と言ったらよいか――」

「ああ、川路さん」

利良の顔を見た夫人は、その場にくずおれそうになった。そのため利良は、従道と一緒に左右から夫人の肩を支えて椅子に座らせた。

「奥様、気をしっかり持って下さい」

「はい。分かっています」

夫人は過呼吸に陥りそうなのか、肩を小刻みに動かして息をしている。

「呼吸を大きくゆっくりするのです」

「医師はおらぬか！」

従道の声に、医学生らしき者が走ってきた。

その医学生に夫人の介抱を任せた後、「すまない。どいてくれ」と言いつつ、人垣を分けて前に出ると、ベッドの上に血だらけの大久保が横たわっていた。

すでに目は閉じられていたが、その顔は苦悶に歪んだままで、死の瞬間の口惜しさがにじみ出ている。

――何と変わり果てた姿か。

利良はこの時、初めて大久保に同情した。

われに返った利良は、すぐに傷口を調べてみた。一目見ただけで前後左右から滅多斬りにされており、犯人が複数なのは明らかだった。致命傷は喉に入れられたとどめらしき痕で、刺客たちが極めて冷静だったと分かる。

「一蔵さん、お疲れ様でした」

従道が直立不動の姿勢で敬礼したので、利良や周囲にいた者たちもそれに倣った。

従道にとっては、兄の隆盛を殺したも同然の大久保だが、こうなってしまえば、恨みを水に流したくなる気持ちは分かる。

大久保の遺骸に向かって一礼して手を合わせると、利良は皆の方を向いた。

「何としても犯人を逮捕する。誰か詳しい話を知っている者はおられるか」

事ここに至れば、その日のうちに犯人を捕まえ、警察の威信を守らねばならない。

「正どん、いや川路さん、もう犯人たちは自首したという話だ」

「何だと」

幕末以来、こうした暗殺犯が自首した例はない。そのため利良は、犯人たちが逃走中だと思い込んでいた。

「どこにいるのだ」

「そこまでは分からないが、警察のどこかにいるのではないか」

従道が皮肉交じりに言う。

「まずは現場に行ってみる」

うなずく従道を置いて、大久保邸を出た利良は自分の馬車に向かった。門前では数人の巡査が、見舞いに来た貴顕たちとやり合っている。その中に千坂高雅がいた。

「川路さん、私の言った通りになったろう！」

千坂が門の外に出た利良の腕を摑む。

「放せ！」と言って手を払うと、千坂は利良の行く手を遮った。

「私があれだけ言ったのに、あんたは一人の護衛も付けなかった。だから大久保さんは殺された。あんたが大久保さんを殺したんだ！」

「黙れ！」

つい手が出てしまった。だが千坂は、たじろがない。

「やったな。これであんたもおしまいだ。いや、終わらせてやる！」

「誰か、この者を取り押さえろ！」

利良の声に応じ、巡査が二人ほど駆けつけてくると、千坂の両腕を取った。

「川路さん、これであんたを守る者はいなくなった。覚悟を決めておくんだな」

「この者を逮捕しろ！」

「何の罪ですか」

巡査の一人が、とぼけたように問う。

「それは、お前らが考えろ！」

そう言い捨てると、利良は外に止めたままにしている自らの馬車に乗り込んだ。

二

大久保の馬車の周辺は血だらけになっていた。馭者の遺骸はいまだ現場にあり、二頭の馬は脚を斬られ、血だまりの中でもがいている。とどめを刺してやりたくても、ここで発砲すれば大騒ぎになるので、死ぬのを待つしかない。

——何という有様だ。

現場検証をしていた安藤則命が利良に気づき、近寄ってきた。

「現場検証は終わったのか」

「はい。もう少しで終わります」

「犯人はどこにいる」

「警視庁です」

「で、犯人は誰だ」

「聞いたところによると、石川県士族だとか」

——やはりそうか。

利良は天を仰ぎたい心境だった。

「分かった。では、ここを頼む」

そう言って現場を離れようとした利良だが、一つだけ聞いておきたかった。

「大久保さんは、どこで亡くなった」

「この馬車から二間ほど離れた場所に、頭を北にして仰向けに倒れておられました」

安藤がその場所を指し示す。そこには血だまりがあり、肉片らしきものも散っていた。

――大久保さんは死の瞬間、何を思っていたのか。

その位置からして、大久保が馬車を降りて何歩か歩いたのは間違いない。刺客に滅多やたらと斬りつけられても、大久保は何かに向かって歩んでいこうとしたのだ。

――それは、いったい何だったんだ。

大久保は死を恐れてはいなかった。だが今は、国家のために死ぬわけにはいかないと思っていたはずだ。

――大久保さん、無念でしたな。

最後に大久保と会った時、仲違いのような形で別れたのが、利良には心残りだった。

――あれが最後と分かっていれば。

その時、背筋に冷たい風が通り抜けていくような感覚に襲われた。

――もう大久保さんはいないのだ。つまり、わしはもう走狗ではないのだ。

それが実感として迫ってくる。

飼い主の握っていた綱は断ち切られ、利良は自由の身となった。

――これからは、わし自身が判断し行動していくだけだ。さもないと、わしは時代の波にのみ込まれる。

走狗の身から脱したとはいえ、うそ寒いような心細さが襲ってくる。

――こんなことでは駄目だ。しっかりしろ!

自ら活を入れると、利良は大久保が息絶えたという場所に向かって敬礼した。

――大久保さん、これまでありがとうございました。

利良は大久保への同情を振り払い、鍛冶橋への道を急いだ。

東京警視本署に戻った利良は、事件の全貌を知った。

犯人は石川県士族の島田一郎《しまだいちろう》をはじめとした六人で、清水谷付近に潜み、大久保の馬車が通るのを待って襲ったという。

――大久保さん、なぜ、あんなところを通ったのだ。

当然の疑問が、再び頭をもたげてくる。

――待てよ。大久保さんは、誰かに出勤経路を頻繁に変えるよう勧められていたな。

利良が記憶をまさぐる。

──そうか。伊藤だ。

伊藤の笑顔が脳裏をよぎる。

──まさか、はめられたのか！

状況からして、誰かが島田たちに、この日の経路を教えたとしか思えない。

──伊藤のことだ、証拠は残していないはずだ。むろん誰かを経由して島田らに知らせたはずだが、島田らが口を割るとは思えない。

やがて利良の許に、島田の仲間が書いた「斬姦状《ざんかんじょう》」が回ってきた。「奸」の字を「姦」としているあたりに憎悪がにじみ出ており、内容は案に相違せず、有司専制体制を非難し、天誅を加えるといった類のものだった。

その中の一節に利良の目が釘付けになった。

「この頃、世間で噂されていることだが、黒田清隆が酩酊《めいてい》した上、怒り狂って妻を殴殺した。たまたま川路利良もその場にいたという。しかし政府は黒田を不問に付し、川路も知らないことにした。人を殴殺することは大罪である。そのためこのことは世間に伝わり、様々に噂されている。（中略）利良とは何者なのか。警視の長であり、天下の非違を糺《ただ》す役目ではないのか。それを沈黙して調べようとしないどころか、黒田を庇おうとするなど、官吏が法律を私せんとするというのは、このことを言う」

斬殺を殴殺とし、犯行時、利良が黒田邸にいたというのは誤りだが、島田らは、ほぼ真相を知っていた。

「斬姦状」を深読みすれば、島田らは貪官汚吏《たんかんおり》の一人として、利良をも成敗することを視野に入れていた。

――大久保さんを殺した後、警察に功を挙げさせないため、自首したというわけか。

どうせ逃げ切れないと思った島田らは、当てつけのように自首したのだ。

その後、島田らを鍛冶橋の監獄署に移した利良は、自ら島田と面談し、その政治的背景を探ろうとした。だが案に相違せず、島田は罪を己一人でかぶり、「早く殺せ」と言うばかりだ。

――もしかすると伊藤と握っているのやもしれぬ。

大久保の出勤経路を聞き出す代わりに、事が成ったあかつきには、一切のことを黙っているという約束がなされた可能性はある。

長い戦いになると覚った利良は、翌日から徹底的な取り調べを行うつもりでいた。ところが翌日、政府（太政官）から「島田らは国事犯なので、大審院の中に臨時裁判所を設け、そこで取り調べと裁判を行う」という通達が回ってきた。

国事犯という規定は新律綱領（刑法）になく、政府すなわち伊藤らが恣意《しい》的に決めたに違いない。これまでも佐賀の乱や西南戦争などで捕虜となった指揮官級の者は、ことごとく国事犯とされてきたが、警察に尋問させないというのは屈辱以外のなにものでもない。

しかし拠って立つ基盤が弱まりつつある利良は、政府の決定には逆らえない。

結局、翌日には、島田ら六人を臨時裁判所に引き渡さざるを得なかった。

利良は臨時裁判所に、島田らがこの日の大久保の出勤経路を誰から聞いたのかを質すよう文書で要請した。しかし臨時裁判所が拷問を行うはずがなく、こうした肚の据わった国事犯が、真実を述べるとは思えない。

利良の焦慮は深まった。

案の定、臨時裁判所は「斬姦状」を書いた者と、それをポストに投函した者の名を聞き出すだけで精いっぱいだった。

それでも事件連累者の捜査権は、いまだ東京警視本署にある。利良は「川路大警視捜索通達」を関係各所に配布し、怪しい者を拘引《こういん》するよう命じた。

東京警視本署の全力を傾けた捜査の結果、三十名にも及ぶ事件連累者が拘引された。しかしこうした者たちも、すぐに臨時裁判所に引き渡すよう通告が来たため、ろくな尋問もできなかった。

七月二十七日、判決が下され、六人に死刑が言い渡された。六人は直ちに市ヶ谷監獄第一署に連行され、斬首刑に処される。累刑者たちにも順次、判決が言い渡され、収監されていった。

あまりの手際のよさに、利良は唖然とした。

東京警視本署が蚊帳《かや》の外に締め出されているうちに、紀尾井町事件は幕を下ろした。

大久保が殺された瞬間から、政府は実質的に長州閥に支配され、利良は何の対抗措置も打てなかったのだ。

――すべては仕組まれていたのか。だがこのままでは、追い込まれるだけだ。

ここで何らかの反撃を試みねば、待っているのは破滅しかない。

――だが、どうする。

大久保が死亡した翌日に参議兼内務卿に就任した伊藤は、欧州滞在中の井上馨を自らの後任の参議兼工部卿に就けた。すでに参議兼陸軍卿の山県有朋も加え、後に「長州三尊」内閣と呼ばれる新体制が発足する。

だが利良の立場では、それを阻止することはできない。利良は薩摩閥大久保派の崩壊を、ただ指をくわえて見ているしかなかった。

悶々《もんもん》としながら本署に通っていた十月のある日、佐藤志郎《さとうしろう》権大警部という中堅幹部が、面談を求めてきた。贋札《がんさつ》にかかわる話だという。

ここのところ東京警視本署では、ある事件に掛かりきりになっていた。

西南戦争の勃発に際して、各種軍需物資の集散地と積出港として、大阪が活況を呈した。そうした最中、大阪税務署が租税として徴収した二円紙幣の中から、大量の贋札が見つかったのだ。

その贋札は極めて精巧で、外国製の印刷機で刷られたものと判明した。だが、それが誰によって刷られ、どれくらいの量、市中に出回っているかは見当もつかない。その徴収経路も一切、不明だった。

それ以降も同種の贋札は、畿内の租税納入金の中から見つかり、大規模な事件に発展した。

大蔵省出納局から東京警視本署に捜査の依頼が入り、また大蔵卿の大隈重信からは、二万円（現在の約一億円）もの機密捜査費が融通された。

ところが、捜査は遅々として進まなかった。そんな折、佐藤が何らかの手掛かりを摑んできたというのだ。

安藤中警視と共に執務室に入ってきた佐藤は、一人の男を連れていた。

「この男の名は木村眞三郎《きむらしんざぶろう》。藤田《ふじた》組の長崎支店長をしていました」

「藤田組だと」

藤田組とは、萩出身の藤田傳三郎《でんざぶろう》が設立した商社のことだ。傳三郎は幕末に高杉晋作率いる奇兵隊に身を投じたことで名を挙げ、維新後、長州閥の政商として幅を利かせていた。

とくに西南戦争において、被服・軍靴《ぐんか》・食料・武器などの納入を一手に引き受けたことで百万円もの利益を上げ、藤田組を三井《みつい》・三菱《みつびし》に匹敵するほどの大会社に成長させていた。

佐藤によると、大阪裁判所天王寺区所長の桑野禮行《くわののりゆき》に、木村を紹介されたという。

——つまり信頼できる筋の男というわけか。

利良の直感が閃く。

佐藤に促され、木村が語り始めた。

「私は明治九年（一八七六）に藤田組に入社し、西南戦争での働きを認められ、長崎支店長に抜擢されました。ところが藤田傳三郎氏は、私が横領に手を染めていると指弾し、翌年末に解雇を言い渡してきました。抜擢したと思ったらすぐに解雇するなど理解に苦しみます。私は私腹を肥やしてなどいませんので、現在、藤田組と係争中です」

「それはよいから先を続けろ」

利良にとって小者の横領問題など、どうでもよいことだ。

木村によると、井上馨が明治九年六月から十一年七月まで欧州に行っていたのは、表向きは理財研究ということだが、実際は藤田と結託し、大量の二円紙幣を日本に持ち込むことが目的だったという。

「それは真か」

木村の話に、利良と安藤の二人は顔を見合わせた。

「本当です。長崎の支店に運び込まれた舶来品の中に大量の贋札があるのも見ました。その時、私が手代の藤田辰之助《たつのすけ》と新山陽治《にいやまようじ》に『あれは何だ』と問うたところ、『他言無用』と脅され、誓約書も書かされました」

「それでなぜ、君は解雇されたのだ」

「その秘密を知ったからでしょう。私は濡《ぬ》れ衣《ぎぬ》を着せられたのです」

「しかし、贋札を海外から運び込んだという証拠はあるのか」

「それはここに」

木村は懐から札入れを取り出し、新品の二円紙幣を抜き出した。

「これは失敬しておいたものです」

「君は手癖が悪いな」

利良が苦笑する。

「己の身を守るためです」

机の上に並べられたのは、十枚の新品紙幣だった。

――これは、どう見ても本物としか思えない。ドイツ人の仕事だな。

利良は紙幣を手に取って調べたが、本物とどこが違うのか分からない。

その様子に気づいた佐藤が付け加える。

「真札は和紙に凸版《とっぱん》印刷ですが、贋札は鉱物塡料《てんりょう》の混じった紙に凹版《おうはん》印刷です。おそらく大量の和紙をドイツに持ち込めば足が付くので、あちらで調達できる紙を使ったのでしょう」

「つまり色が違うというのか」

　安藤も老眼鏡をかけ、贋札を透かして見ている。

「インクの色が微妙に濃いので、慣れてくれれば誰でも見分けられます」

「なるほどな。こいつは実によくできている」

　しきりに感心する安藤を尻目に利良が問う。

「今、藤田組に踏み込めば、贋札を押収できるか」

「それは分かりません」

「長崎支店はどうだ」

「輸入された贋札を支店に置いているのは一日やそこらで、翌日には大阪から船が回され、どこへともなく運び出されていきました」

「それでは支店には踏み込めんな」

　利良が腕組みする。

「ところが解雇になる寸前、印刷機なるものが長崎支店に入ってきたのを見たのです」

「印刷機だと。つまり贋札を刷る機械のことか」

「そうです。おそらく井上と藤田は、海外から贋札を運ぶ手間賃や、紙の問題が発覚したので、ドイツから印刷機を購入し、真札と同じものを刷ろうとしているようです」

「何だと」

利良は愕然とした。そんなことをされては真札と贋札の区別が付けられなくなり、大量の紙幣が出回ることでインフレーションが起こり、日本経済は破綻する。

——井上め。

私腹さえ肥やせれば、国家などどうでもいいというのが、昔からの井上の考え方だ。

安藤が問う。

「つまり贋札ならいかようにも隠せるが、大型の印刷機は、すぐに隠せないというのだな」

「そうです。それさえ押収すれば片がつくはずです」

木村がうなずく。

確かに、すべての状況証拠はそろっている。

——やるか。

長州閥の一角である井上の悪事を暴くことができれば、伊藤らも井上を庇うことができなくなり、長州閥の発言力は弱まる。

——そこで黒田と大隈を台頭させれば、力の均衡が図れる。

このままでは、利良はいつ何時、伊藤によって更迭されるか分からない。そうさせないためにも、長州閥の弱みを握っておく必要がある。

井上を失脚させるというよりも、己を更迭させないための手札として、利良はどうしても証拠を摑んでおきたかった。

「よし、安藤君は捜査責任者になってくれ。佐藤君は直接の担当者だ」

「分かりました」

二人が声を合わせる。

「木村君、すべては君の協力次第だ。頼むぞ」

「分かっています。藤田組に一泡吹かせてやりますよ」

木村の顔がほころぶ。

――これで逆転してやる。

利良は眦《まなじり》を決した。

三

十一月から十二月にかけて、利良は多くの要員を割いて藤田組の周辺を探った。踏み込むことは容易だが、踏み込んで何も出てこなかった場合、警察の威信に傷が付くことになるだけでなく、長州閥に利良排斥の格好の口実を作らせることにもなりかねない。そのため、慎重には慎重を期して調査が行われた。

利良は苛立ちながら報告を待ったが、いつまで待っても確証が得られない。

明治十二年（一八七九）の正月を迎えたが、捜査はいっこうに進展していなかった。

大隈からも再三再四、経過報告を求められたが、何ら期待に沿うような返事ができない。

そんな正月四日、利良は黒田の訪問を受けた。

黒田は一時の鬱状態から脱し、血色もよくなってはいたが、過度の飲酒癖は修まっていないらしく、相変わらず顔色はどす黒い。肝臓を痛めているという噂も立っていた。

下谷龍泉町の自邸には泉水《せんすい》を配した大きな庭がある。二人の男は、そこを散歩しつつ語り合った。

「明日には札幌に帰りもす」

黒田がコートの襟を立てつつ言う。

「冬の北海道は寒か聞く」

「寒かなんてもんじゃあいもはん」

「じゃっどん、もう北海道暮らしも慣れたじゃろ」

「はい。北海道はよかとこです。いつか正どんも来てくいやい」

利良には、それを考える余裕はない。

「フランスも、よかとこですか」

黒田が唐突に問う。

「ああ、おはんも一度、行ってみるとよか」

利良が渡航した時、パリを案内してくれた西園寺公望の顔が浮かんだ。いまだ西園寺はフランスで勉学に励んでいる。

――むろんメゾン・クローズにも通っているだろうな。

あの時のことを思い出すと、少しは気持ちが和む。

「やはりおはんは、外遊なんどせん方がよか」

「ないごて、そげなこつ言う」

「おはんは、フランスん女子《おなご》に心を奪わる」

二人は久しぶりに笑い合った。

「フランスで思い出しもしたが、こん国の懸案の一つは不平等条約にあいもす」

「そん通りじゃ」

利良は上の空で聞いていた。

「そいを改正させていくには、殖産興業を推進し、富国強兵策を取らないけもはん。そいを支えっとが国内諸制度の整備じゃち思いもす」

「ああ、そうじゃ」

ようやく利良は、黒田が何らかの目的を持って来訪したことを知った。

「そこで正どんには、もう一働きしてもらわないかんち思うちょりもす」

「もう一働き――」

「正どん」と言って黒田が立ち止まった。

「もう一度、フランスに行きもはんか」

「なん言う」

黒田の来訪目的は、そこにあったのだ。

「了介、ないごて、おいがフランスに行く」

「もう抑えきれんのじゃ」

「どういうことだ」

この話が真剣なものと知り、利良は標準語に変えた。

「正どん、いや川路さん、政府のある筋から聞いたんだが、あなたは更迭されます」

黒田も標準語で答える。

「いつのことだ」

「二月か三月に閣議で決定され、四月からどこぞの小さな県の県令とされます」

「それは真か」

利良が息をのむ。

「長州閥としては、川路さんに警察権力を握らせておくわけにはいかないのです」

「やはり、藤田組の件か」

利良は、すでに黒田に藤田組の件を伝えていた。

「仰せの通り。長州閥としては、これ以上の勝手は許さないというわけです」

——もはや、猶予はならない。

藤田組へ踏み込まないうちに、利良が更迭される公算が高くなった。

——わしの作った警察組織が、わしの手から離れてしまえばどうなる。

更迭されることよりも、それによって警察組織が他人の手に渡ることの方が、利良には恐ろしかった。

——警察を長州閥の走狗にしてなるものか。

そうなれば様々なことを暴かれ、利良は裁かれることになるかもしれない。だがそれ以上に、自分が警察組織の頂点にいることが国家のためになると、利良は確信していた。

「そこで考えたのですが、更迭を唯一、避ける手があります」

「それが海外視察だと言うのか」

海外警察制度の視察研究という名目で、利良がフランスかどこかに行ってしまえば、その間に人事が行われることはない。長州閥としても、利良がしばらくいなくなってくれればよいわけで、承認が下りる可能性は高い。

——そうか。よく考えたな。

黒田にしては上出来の策だ。

「海外に二年ほど行って戻ってくれば、風向きも変わるでしょう」

「だが、私がいないと藤田組の捜査は進まない」

「では、間違いなく藤田組が贋札を使っていると言いきれるのですね」

「それは──」

利良が言葉に詰まる。根拠は木村の言葉だけなのだ。

「一か八かだ。踏み込んでみる」

黒田が酒焼けした顔を歪ませる。

「見込みで踏み込んで、何も出てこなかったらどうしますか。逆に責を問われ、下手をすると免官になりますぞ」

「免官だと」

利良は、そこまで追い込まれているのだ。

「この場は、大人しく海外に行った方がよいと思います。私は──」

黒田が唇を嚙む。

「かつて川路さんに救われた。これはその恩返しです」

「了介──」

「正どん、こん場はこらえてくいやい」

黒田の瞳には涙がたまっていた。

「分かった。だが、それは最後の手段だ。一月いっぱいで決着を付けてやる」

「勝算はあいもすか」

いつの間にか、黒田は薩摩弁に戻っていた。

「分からん」

「正どん、あんまり深入りせん方がよか。獲物を追って藪に入れば蛇に嚙まるっと、昔から言うではあいもはんか」

黒田の目が冷たく光った。

四

鍛冶橋本署の利良の執務室には、安藤、佐藤、そして木村の三人が集まっていた。どの顔も冴えない。

「つまり容疑を固めるには、今しばらく時間がかかるというのだな」

利良の問いに佐藤がうなずく。

「藤田組は自社の決済に一切、贋札を使いません。初めはその線で、ぼろを出すと思っていたのですが」

「井上や山県はどうだ」

「そちらの線も出てきません。両卿が私的に決済したものの中にも、贋札は交じっていません」

「ということは、どうやって贋札を流通させている」

「われわれの立ち入れない、国家的規模の決済に使われているとしか思えないのです」

――三井組か。

井上は明治七年（一八七四）に先収会社という私企業を作り、陸軍への納入などで巨利を貪っていた。ところが明治八年に井上が政界復帰を果たしたことで、翌九年、先収会社が解散されることになり、その社員も権益も三井組に引き継がれ、三井物産会社になった。

――だが、三井組を捜査することは、藤田組以上に危険な橋を渡るに等しい。

その周到さからして、三井組がぼろを出すとは思えない。

「まずは藤田組からだ」

「しかし――」と、安藤が自信なさそうに言う。

「見込みで踏み込み、何も出てこなかったらどうしますか」

利良が木村に問う。

「君はどう思う」

ここまで捜査に協力してきた木村も、藤田組の防御の固さに首を傾げていた。

「私としては、本店に印刷機があるとは思えないのです」

「では、どこにある」

「それは分かりませんが、人目に付かない場所に隠し、しばらく、ほとぼりを冷ましているとも考えられます」

そうなれば、印刷機を探し出すことは至難の業になる。

「では、贋札そのものはどうだ」

「本店に置いている可能性は、極めて低いと思います。どこかの倉庫にはあると思いますが、もちろん倉庫の名義人は藤田組になっておらず、架空のものでしょう」

――八方ふさがりだな。

利良が大きなため息をつくと、重い沈黙が垂れ込めた。

――このままでは長州閥に負ける。よし、やるか。

「木村君、藤田組の本店には、現金で商品を買いに来る客もいるだろう」

「もちろんです。小さな会社の社長などが、トランクいっぱいに札束を詰めて生糸などを買いに来ます」

「それで、その現金はどうする」

「銀行が閉まっている時間帯なら、一夜だけ金庫に預けますが、翌日には銀行に搬送されます」

「お待ち下さい」と、安藤が割って入る。

「大警視、まさか——」

「安藤君、私に任せてもらえないか」

「しかし捜査責任者は私です。何かあった時は——」

「それは分かっている。もちろんすべての責は、私が負う。以上だ」

利良が決然と言い切った。

その男は剣客をやっていた頃と変わらぬ鋭い目つきで、不敵な笑みを浮かべていた。

「今は第二方面第三署詰の外勤警部補か」

「はい。川路さんのおかげで、出頭させてもらいましたよ」

西南戦争において、熊本鎮台入城後、別働第三旅団豊後口警視隊に配属された斎藤一は、実戦でも奮戦し、勲章と賞金百円を授与された。戦後、利良は斎藤を警部にまで昇進させていた。

「あの時は、よくやってくれた」

「当然のことです」

「それで今回、呼んだのはほかでもない」

利良の口調があらたまったので、斎藤の顔も引き締まる。

「また内々の仕事ですね」

「そうだ。極めて機密度が高く、君にしか頼めない仕事だ」

「で、私に何をしろと」

「これだ」

利良は背後のトランクを机の上に置くと、それを開けた。

トランクに詰められた二円紙幣を見て、斎藤が啞然とする。

「こいつはまいった」

「見ての通り、これは二円紙幣だ」

「こいつをどうしろと――」

「実は、これは贋札なのだ」

「ああ、あの件ですね」

すでに報道もされているくらいなので、斎藤も贋札騒動のことは知っている。

「これを藤田組に届けてほしいのだ」

「届けるとは、どういうことです」

「分かるだろう」

斎藤の顔色が変わる。

「まさか」

「どこぞの田舎の商人に扮し、生糸を買いに来たと偽り、藤田組にこいつを置いてきてほしいんだ」

利良がトランクを斎藤の前に押す。

「ちょっと待って下さい」

ようやく衝撃から立ち直った斎藤は、首を左右に振った。

「冗談を言われても困りますよ」

「冗談ではない」

斎藤が椅子を引いて立ち上がった。二人はトランクを間にして対峙する態勢になった。

「川路大警視、この斎藤一、いかに落魄《らくはく》しようが、悪事には手を染めません」

「これは悪事ではない。国家のためだ」

「国家のためと仰せか」

斎藤が皮肉な笑みを浮かべる。

「長州閥を陥れ、薩摩閥の天下を取り戻すことが、国家のためだってわけか」

「口を慎め！」

「いくら何でも贋札を置いてきて、そこに踏み込むなんざ、まっとうな武士のやることじゃありません」

武士という言葉に、利良は過剰反応する。

「私が武士ではないと言うのか」

「ああ、武士じゃないね。そんなことは足軽でもやらない」

「貴様——」

斎藤の言っていることは図星なので、利良は二の句が継げない。

「解雇していただいても結構ですよ。大警視様」

斎藤が背を向ける。

——ここは堪えねば。

だが利良は、これほど難しい仕事を軽々とこなせるのが斎藤だけなのを知っていた。

「斎藤君、この通りだ。ほかに頼める者はいない。私の願いを聞き届けてくれないか」

利良は机に両手をつき、頭《こうべ》を垂れた。

斎藤が振り向かずに言う。

「おれは、あんたに懸けた。確かに西南戦争までは、あんたの言うことにも理があった。だがこんなことは、まっとうな人間のやることではない。余計なことかもしれないが、もう身を引くべき時だ。残念だが、大久保さんが殺された時、あんたも死んだんだ」

「私は——、私は死んでなどいないぞ」

「川路さん、おれは若い頃、近藤さんや土方さんから誰かを『斬れ』と命じられれば、その通りにしてきた。それが——」

斎藤がゆっくりと振り向く。

「走狗というものだ」

「走狗、だと」

「そうだ。川路さん、あんたは飼い主の西郷さんを殺し、大久保さんという新たな飼い主を見つけた。だが、その飼い主も死んだんだ。あんた自身は死んでいないとしても、もう野良犬でしかない」

「それは違う。警察は国家の走狗であり、特定の誰かに操られるものではない」

「警察がそうだとしても、あんたは西郷さんや大久保さんの走狗だった。だが今は、もう飼い主のいない野良犬だ。野良犬は喧嘩に負ければ、尻尾を巻いて退散するだけだ」

「私に逃げろと言うのか」

「ああ、そうしないと、ひどい目に遭うぞ」

「どこに逃げろというのだ」

故郷の鹿児島には逃げられない。西郷を死に追いやった張本人として、利良ほど憎まれている男はいないからだ。

「それは、おれの知ったことじゃない。身から出た錆《さび》というものだろう」

斎藤は再び背を向けると、数歩進み、ドアの把手《とって》に手を掛けた。

「川路さん、あんたのような男と真剣で戦ったことを、今は後悔しているよ」

再び首を垂れる利良の耳に、ドアを閉める音が冷たく響いた。

斎藤に断られたとなると、もはや打つ手はなかった。

――わしの負けだ。ほとぼりを冷ます以外にない。

藤田組への内偵は継続するものの、利良は政府に二年間の「欧州警察制度の再調査」のための視察旅行申請をした。案に相違せず、政府はこれを即座に了承し、予算も計上してくれた。

伊藤ら長州閥としては、波風の立たない形で利良をしばらく追いやることができるなら、それに越したことはないと思ったのだ。

かくして利良は後事を安藤や佐藤に託し、再度の洋行に出発する。

五

渡航が決まってから、矢継ぎ早に物事が進んでいった。

二月九日には、利良と共に渡航する八人の随員が決まり、十日には、芝離宮において壮行会が開かれた。

この宴には、有栖川宮、三条、岩倉、伊藤、大隈、井上が列席し、表向きは政府を挙げて、利良たちの視察旅行を祝福するものになった。

伊藤と井上は利良と歓談し、藤田組のことなど、おくびにも出さない。それは利良も心得ていて、当《あ》たり障《さわ》りのない雑談に終始した。

その雑談の中で、利良が「これで和食も食べ納めです」と言うと、伊藤が「黒田さんが、川路さんの洋食嫌いを心配し、船に日本人の料理人を乗せました」と教えてくれた。

政府高官が海外に渡航する場合、利良のように、現地の食事が口に合わない者もいるため、政府は和食の料理人を乗せることがある。

黒田が気を利かし、手を回してくれたのだ。

――せめてもの餞別《せんべつ》か。

利良は心中、北海道にいる黒田に感謝した。

十一日、横浜に前泊した利良らは、翌日にはフランス船「チーブル」に乗り組み、横浜港を後にした。

負け犬として日本を去ることに、利良は忸怩たる思いを抱いてはいたが、その反面、捲《けん》土《ど》重《ちょう》来《らい》を期すには、少しの間、日本と距離を置くのが得策だとも思っていた。

安藤と佐藤には引き続き藤田組周辺への内偵を命じた。藤田組を摘発できる証拠がそろえば、利良は視察途中でも帰国するつもりだった。

翌日、神戸に寄港した「チーブル」は、瀬戸内海から豊後水道を経て、十四日の夕方、薩摩半島南東端に差し掛かった。そこからは開聞岳が見える。開聞岳は以前と何ら変わらず、その優美な姿態を横たえていた。

――かつて、わしはぎらつくような目で開聞岳を見ていた。

明治五年九月、三十九歳の利良は、立身出世の希望に燃えて日本を旅立った。あれから六年半の月日が流れ、利良の立場は、いい意味でも悪い意味でも激変した。

――わしは必ず戻ってくる。そして、その頂に登ってやる。わしが走狗でないことを証明するためにも。

利良は開聞岳の頂をねめつけた。


十五日、天気がいいので、利良は一、デッキから海を眺めていた。

――こうして日本を後にしてしまったが、藤田組の内偵は進むだろうか。

安藤と佐藤に視察旅行の件を告げると、二人とも啞然として声もなかった。だが二人に対し、「更迭を逃れるために欧州に行く」とも言えず、「政府からのお達しなので仕方がない」で押し通した。

利良は二人を叱咤激励《げきれい》し、内偵の継続を命じた。

――あれでよかったのか。

慎重な安藤が勇み足をすることはないと思うが、万が一そうなっても、利良は欧州にいて、「知らなかった」で済ますことができる。利良さえ更迭されなければ、たとえ安藤らが責を負わされても、しばらくほとぼりを冷ました後、復帰させることができる。

――だが、その逆はないのだ。

利良は、自らの築いてきた地位の重さを嚙み締めた。

――ジョゼフ・フーシェも、よく逃げたり隠れたりしていたな。

フーシェにも幾度となく危機が訪れた。だが逃げ隠れすることも含め、様々な知恵を働かせ、フーシェは天寿を全うすることができた。

――わしもフーシェのように復活してやる。

何があってもあきらめず、主が替わろうと権力の中枢に居座り続けたフーシェこそ、利良の手本だった。

「あのう」

利良が物思いに沈んでいると、背後で一人の中年男が頭を下げていた。見知らぬ顔なので随員ではないが、乗組員に日本人はいないので、何らかの仕事で乗り組んでいる者に違いない。

「どなたでしたかな」

「お初にお目にかかります。わたくしは丹後宮津《たんごみやづ》の出の梶田耕作《かじたこうさく》と申します」

「丹後の宮津、梶田と――」

利良が記憶を手繰《たぐ》る。

——どこかで聞いた地名だな。

「覚えておいでかどうか分かりませんが、随分と前に姉がお世話になりました」

「姉というと」

「お藤という名でした」

「あっ、あんたがお藤さんの弟か！」

「はい」と答えつつ、梶田と名乗った男が頭を下げた。

様々な思いが脳裏をよぎる。

——お藤さんは可哀想なことをした。

あの時、傷を負った利良が駆け込まなければ、お藤は今でも健在で、小料理屋を続けていたかもしれない。

利良の心に、かさぶたのように張り付いていた悔恨がうずく。

——わしもお藤さんを殺した一人なのだ。

利良は悄然と首を垂れると言った。

「姉上のことは残念だった」

「はい。でも、もう遠い昔のことです」

「そう言ってくれるか」

「はい。致し方ないことだったのです」

利良の脳裏にお藤の面影が浮かぶ。

しばし海を見つめつつ、思い出に浸っていた利良の顔を、梶田はじっと見つめていた。

「それで、なぜ君がこの船に乗っている」

しばらくして、われに返った利良が問う。

「はい。わたくしは料理人として乗船させていただきました」

黒田が料理人を乗せてくれたという話を、利良は思い出した。

「そういうことか。料理人になるべく修業していた弟とは君のことだったのか」

「はい。姉が私のことを話していたのですね」

「そうだ。これで食事の心配も要らなくなった。よろしく頼むぞ」

そう言って利良は、梶田の肩を叩いた。

その日の夜、船内でフランス人乗組員たちとのささやかな晩餐会があった。随員たちは、船付きコックのフランス料理に舌鼓を打ったが、利良にだけは、梶田特製の日本料理が出された。

その二日後、船は香港に寄港した。ここで新鮮な食材などを仕入れ、次の寄港地であるサイゴンに向かうことになる。

乗船客には丸一日の自由時間があり、利良たちは船を下りて香港の町を散策した。

ところが十八日の出港予定時間になっても、なかなか船が出ない。実はこの日、利良は気分がすぐれず、朝から船室で寝ていた。

すでに出港予定時間を四時間ほど過ぎている。

——どうしたのだ。

利良がデッキに上がろうとして部屋を出ると、付人として連れてきている甥《おい》の五代与七《ごだいよしち》がやってきた。

「なぜ船が出ない」

「何でも、一人戻らないと聞きました」

「船員か」

「いえ、日本人です」

「まさか随員か」

「いえ、料理人とか」

——何だと。

料理人として乗船しているのは梶田だけだ。

与七と共にデッキに上がると、随員たちが寄り集まって立ち話をしていた。

「戻らないのは、梶田とかいう日本人か」

「はい。そのようです」

フランス語通訳がフランス人から聞いた話によると、梶田はフランス人のコックたちと食材を買いに市場まで出掛けたが、いつの間にかいなくなったという。

「探したのか」

「探すも何も、この雑踏《ざっとう》ですからね」

通訳が肩をすくめる。

香港の街路は人で溢れ、歩くのも難しいほどで、人を探すのは、浜の真砂《まさご》の中で一粒の砂を探すに等しい。

ちょうどその時、端艇が戻ってくると、少警視の佐和《さわ》正《ただし》がタラップを昇ってきた。

「どうした。見つかったか」

佐和が首を左右に振る。

「見つかりません。今、大使館に行って香港警察署に捜索願いを出してきました」

「そうか。それはご苦労だったな」

「大警視がご就寝中でしたので、私の判断で動きました。よろしかったでしょうか」

利良は、随員の中で最も地位が高い佐和に副官の役目を担わせていた。

「それは構わぬが、見つかりそうか」

「分かりません。こんな町ですから、何かの犯罪に巻き込まれたのかもしれません」

その可能性は大いにある。

その時、船長がやって来ると、早口で「もう待てない」と告げてきた。

「仕方がない。捜索は大使館に任せ、われわれは行こう」

利良が出港を了承すると、船長は安堵したようにうなずき、操舵室に戻っていった。

梶田とは知り合ったばかりだが、お藤の弟ということもあり、利良も心配になってきた。

「もしご心配でしたら、誰かを残しましょうか」

「いや、構わぬ。大使館の方でしかるべき手は打ってくれるはずだ。われわれはいち早くフランスに向かい、仕事に没頭しよう」

利良がそう言うと、汽笛が高らかに鳴り響き、「チーブル」が動き出した。

六

その日の夜、利良は気分がすぐれず夕食を抜いた。微熱を感じて冷や汗も出てきたため、夜中だったが与七を起こして船医を呼んでもらった。

船医はしたたかに酔っており、診断らしき診断もできない有様だったが、解熱剤と睡眠薬を処方してくれたので、苦しいながらも朝まで眠ることはできた。

しかし翌日には嘔吐感が断続的に訪れ、一切の食べ物を吐き出してしまうようになった。やがて四肢が脱力し、立ち上がるどころかペンを持つ気力さえなくなった。

船医によると、マラリアか何かに罹患しているのではないかという。こうした船の中には、マラリアの原因となる蚊がいると聞いたことはあるが、生息しているのは主に船倉で、たまたま利良だけが刺されたというのも考えにくい。

やがて意識がもうろうとしてきた。指先を動かすこともできないくらいの倦怠《けんたい》感に包まれ、少し頭を動かすだけで、極度のめまいに襲われる。便は水のようになり、ただ垂れ流すだけとなった。

入れ代わり立ち代わり人が来ては、心配そうな顔で利良に病状やほしいものを尋ねるが、何かを答えられる状態ではない。

そんなある日、気つけ薬をかがされて起こされると、部屋の中に白衣を着た外国人が数名いた。看護婦もいるので、どこかに寄港したと分かった。

「川路さん、意識が戻りましたか」

傍らにいるのは佐和だった。

「ここはどこだ」

「サイゴンです。フランスの植民地なので、腕のいい医師に来てもらいました」

フランス人の医師たちは、部屋の隅で随員たちと話をしている。

「で、この病は熱病の類か」

「それが違うらしいのです」

「では、何だというのだ」

「彼らによると、夾竹桃《きょうちくとう》か何かを食べたのではないかと言っています」

夾竹桃は入手しやすい上に、毒性の強い植物だ。

「そんなはずはない。どうしてわしだけが、そんなものを食べるのだ」

「お待ち下さい」

佐和は医師たちの許に戻ると、フランス語で何かを尋ねている。利良にも会話は聞こえてくるが、その意味を理解しようという気力は残っていない。

「川路さん、このままでは命の危険もあるので、ここで船を降り、この地の病院に入った方がよいと言っています」

「待て」

利良は、何か大事なことを忘れている気がした。

多くの顔が脳裏をよぎっては消えていく。

——そうか。

「佐和、あの料理人は見つかったのか」

「料理人というと——」

「香港で消息を絶った男だ」

「その後、何も聞いていませんが」

「晩餐会で、あの男の作った和食を食べたのは私だけだ」

「あっ」

佐和の顔色が変わる。

「毒を盛られたのかもしれれぬ」

「あの男にですか」

「そうだ」

――梶田は、自分がお藤さんの弟だと名乗り、正々堂々と毒を盛ったというわけか。

利良がお藤を殺したと、梶田は信じ込んでいるのだ。

「梶田という男の持ち物は、何も残っていないのか」

「はい。すべて持ち出したようで、残していったものは何もありません」

佐和が口惜しげに舌打ちする。

「何の証拠もないというわけか」

利良が自嘲した。

利良は、かつて自邸の前で刺客に襲われたことを思い出した。

――あの時、刺客が持っていたのは長包丁だった。

梶田は長らく利良を付け狙っていたのだ。しかし襲撃後、利良が隙を見せることがなくなったので、襲撃という方法を取らず、料理人として毒殺することを考えていたのだろう。

——なぜ、わしが殺したと思ったのだ。

利良は気力を振り絞って考えた。

——そういうことか。

突然、閃いた。

——伊藤に指嗾《しそう》されたのだ。

梶田を船に乗せたのは、黒田ではなく伊藤だったのだ。伊藤は利良を葬り去るべく、梶田に姉の仇と吹き込んだに違いない。

——何と悪知恵の働く男か。

伊藤も、お藤から弟の存在を聞いていたに違いない。

佐和が心配そうに言う。

「川路さん、皆と話し合ったのですが、川路さんはここで船を降りて——」

「私は船を降りない」

サイゴンで船を降りれば、病が癒《い》えたら日本に送り返される。そうなれば伊藤は利良を更迭するだろう。

「何としても、フランスに行くのだ」

「しかし、命にかかわることです」

「構わぬ」

佐和がフランス人医師の許に行き、また何かを問うた。医師は両手を広げ、「お手上げ」というポーズをした後、何包かの薬を佐和に渡している。

「川路さん、本当によろしいのですね」

「くどい」

そこまで言うのがやっとで、利良の意識は再び遠のいていった。

アジア最後の寄港地としてシンガポールに寄った後、船はインド洋を突っ切り、一路、フランスを目指した。


利良は夢と現《うつつ》の間をさまよっていた。しかしなぜか、脳裏に浮かぶのは故郷鹿児島の風景ばかりなのだ。

利良は畔のような一本道を進んでいた。すると向こうから、城下士らしき少年たちが歩いてきた。左右に逃れる空間はない。

体が動かず、その場に立ち往生していると、少年たちは何事かを口々に言い、利良を小突き始めた。利良は恐ろしさと心細さで泣き出したいが、肝心の声が出ない。

その時、少年たちの背後に黒くて大きな影が立っているのに気づいた。

——西郷先生が助けに来て下さったのだ。

その影が西郷なのは確かなのだが、その顔ははっきりと見えない。

やがて少年の一人が、その影に気づいた。

「なんじゃおはんは」

「ちょうど通い掛かったもんです」

「なんか用でんあっとか」

「別にあいもはん」

そう言い残すと、西郷らしき影は少年たちの間をすり抜けていく。

――西郷先生、待ってくいやい。

利良の声にならない声が聞こえたのか、影は立ち止まると、振り向かずに言った。

「自分のこつは自分で始末つけんな、いけもはん」

少年たちの笑い声が利良の耳を圧する。そして西郷の影は、のっしのっしと大地を軋《きし》ませながら遠ざかっていった。


三月二十七日、誰かに揺り起こされて目を開けると、船が泊まっていた。

「伯父上《おじうえ》、フランスに着きました。ここはマルセイユです」

与七が声を震わせる。その背後には、佐和をはじめとした随員たちが正装に着替えて利良を見下ろしていた。

「わしも着替える」

「そのお体では無理です」

「いや、他国に着いたのだ。それが礼儀というものだ」

上半身を起こすと、めまいがひどい。それでも利良は、皆の手を借りてスーツとフロックコートを着た。その時、誰かが担架を運んできた。

「そんなものは要らん。私は自分の足でフランスの土を踏む」

与七と佐和に支えられながら、利良はデッキに出て、さらに歩み板を下った。

――わしは快復してみせる。見ていろ。

一歩、一歩踏みしめるようにして、利良はフランスの地に降り立った。

随員たちから拍手が起こる。

「よし、パリに向かうぞ」

「おう!」

随員たちが呼応する。

利良は車椅子に乗せられ、駅に向かった。

七

――帰ってきたのだな。

朝靄に煙るパリの風景が見えてきた。

四月三日の早朝、利良の乗る汽車はパリ北駅へと滑り込んでいった。

六年半前、皆で肩を叩き合い、到着の喜びを分かち合ったことが思い出される。あの時、利良も期待に胸を膨らませていた。

――それも遠い昔のようだ。

あの時の覇気は、今の利良にはない。

弱った体を支えられながら、蒸気に煙るホームに降り立つと、フロックコートの一団が口々に何か言いながら駆け寄ってきた。

「川路さん！」

「ああ、西園寺君か」

懐かしさで涙が溢れてきた。

「電報で体調を崩されたとお聞きし、心配していました。具合はどうですか」

「大丈夫だ。パリの空気を吸えば、すぐに治る」

「その意気です。治ったら、またメゾン・クローズに行きましょう」

西園寺が悪戯《いたずら》っぽい笑みを浮かべる。

「そうだな。それを楽しみにしていよう」

二人は固く握手を交わした。

「パリ一の名医を手配しています。まずはホテルへ」

鮫島尚信《さめじまなおのぶ》駐仏公使の命を受けた西園寺は、すべての手配を済ませ、利良を迎えてくれた。

だが利良は、その前にパリの風景を楽しみたいと言い、パレ・ロワイヤルを散策することにした。あの時と同じことをすれば、英気を取り戻せるような気がしたのだ。

車椅子でパレ・ロワイヤルを見て回った利良は、パリの一時を満喫し、「もうよい」と言ってホテルに向かった。

その後、ホテルに入った利良は、西園寺が言うところのパリ一の名医の診察を受けた。その名医も、やはり毒性の強いものを口に入れたのではないかと言う。

利良はホテルで療養することにしたが、随員たちには、利良のことを気にせず、それぞれの調査に邁進するよう伝えた。

利良は日々、八人の随員たちの報告を聞き、様々な指示を与えた。しかし病状はいっこうに快復せず、名医は空気のよい地での転地療養を勧めてきた。だが馬車の揺れも辛い身である。せいぜいパリ郊外に転地するのが精いっぱいだった。

名医の紹介で、利良は郊外のサナトリウムに移った。

六月から七月にかけて病状は安定してきたが、名医からは、臓器に悪影響が出てきているかもしれないので、半年くらいは療養すべしと諭された。元々、パリに滞在するつもりだった利良にも否はない。

ところが快復に努める日々を過ごしていた八月初旬、東京警視本署の安藤から書簡が届いた。そこには病気との噂を聞き、たいへん心配しているという件《くだり》から始まり、利良の家族が元気であると告げた後、用件が書かれていた。

――「藤田組に関する容疑が固まったので、九月中にも踏み込む」だと！

誰に読まれるか分からないので、具体的には書かれていないものの、安藤と佐藤が、何らかの形で藤田組の疑惑の確証を摑んだのだ。

――だが、待てよ。

とは言うものの藤田傳三郎は、背後に長州閥が控える政商中の政商である。いかに確固たる証拠を摑んでも、伊藤や井上が何らかの形で介入し、うやむやにしてしまう恐れもある。

安藤は優秀だが実直な男で、政治的駆け引きには長けていない。

――摑んだと思った鰻を逃してしまうことも考えられる。

それを思うと、心配でたまらなくなる。唯一、利良が頼りとする黒田は、この件ではあてにならない。

――大隈さんか。

しかし大隈は旧薩摩藩出身者ではないため、いざとなれば鋭鋒《えいほう》も鈍るに違いない。だいいち、いまだ大蔵卿の座にとどまっているのは、大久保から伊藤への乗り換えがうまくいったことを示しており、今となっては、敵陣営の一員かもしれない。

黒雲のような疑心が生じては消える。

幸いにも体調は小康を得ており、この分なら、何とか日本に帰り着くこともできそうだ。

利良は決意した。

「与七、日本に帰るぞ」

その言葉を聞いた与七は、腰を抜かさんばかりに驚いた。

八月七日、西園寺や鮫島が見送る中、利良はパリを後にした。付き添うのは与七と通訳、そして随員一人だけだ。

――もう来ることもないだろうな。

利良は四十六歳になっており、健康を取り戻したとしても、パリに三度《みたび》来ることはないと思われた。

――さらばパリよ。

様々な思い出が浮かんでは消えていく。

とくに、利良に秘密警察のすべてを教えてくれたジャン・ジャック・デュシャンのことは印象深い。

ホテルで療養している頃、西園寺にその消息を問うてみたが、あれから西園寺もデュシヤンの許には行っておらず、おそらく野垂れ死《のたれじ》にしているのではないかということだった。

——それも人生だ。

利良は心中、デュシャンにも別れを告げた。

二十四日、マルセイユを出発したフランス船「ヤンセー」は、途中でシンガポール、サイゴン、香港に寄港しながら日本を目指した。

その船中で、利良の病状が再び悪化する。

激しい嘔吐と下痢《げり》に悩まされ、さらに極度の脱力感により、手足を動かすこともままならなくなった。途中、香港にしばらく滞在することも検討されたが、利良が「とにかく日本に帰れ」と言い張ったため、船は一路、日本に向かった。

十月七日、与七が「開聞岳が見えてきました」と告げてきた。

——遂に帰ってきたのか。

「与七、デッキに連れていってくれ」

狭い船内の通路は車椅子が通れない。そのため利良は、与七に背負ってもらってデッキに出た。

「伯父上、見えますか」

薄暗い船室に閉じ籠もっていたため、利良の視力は衰えていた。海上は日差しに照らされ、きらきらと輝いている。

「どちらの方角に見える」

「あちらです」

与七の指し示す方角に目を凝らすと、確かに緑の島のようなものが見える。それは次第に、その優美な姿をはっきりさせてきた。

「あれは、確かに開聞岳だ」

「伯父上、日本に帰ってきたのですぞ。もう心配は要りません」

──何とか快復しなくては。

利良は、石にかじりついても病を治すつもりでいた。


翌八日、「ヤンセー」は横浜港の大桟橋に着岸した。

多くの出迎えが来ていたが、病状が重篤ということもあり、利良は誰とも会わず馬車に乗って下谷龍泉町の自宅まで帰った。

庭の見える寝室で目覚めた利良に、妻の澤子が声を掛ける。

「お目覚めですか」

「ここはどこだ」

「何を仰せです。東京の自宅ですよ」

そう言うと澤子は泣き崩れた。

「あなた、こんな時にすべき話ではありませんが、川路家の家督はいかがいたしますか」

利良の子は、一人娘の水尾子しかいない。

「与七」

「はっ」と答えつつ、後方から与七が膝をにじってきた。

「水尾子を嫁にもらい、わが家督を継いでくれるか」

「伯父上——」

かねてより利良は、書生として川路家に起居する与七を目に掛け、今回の視察旅行にも連れていった。その旅行でも与七は、労を惜しまず利良の面倒を見てくれた。

「私でよろしいのですか。それよりも水尾子さんのお気持ちは——」

「私は、与七さんの嫁になります」

水尾子が力強く答える。

「よかった」

利良は肩の荷が一つ下りた気がした。

「澤子、これでよいな」

「ありがとうございます」

与七は後に川路利恭《としあつ》と改名し、利良の跡を継ぎ、岐阜、奈良、熊本、福岡県知事を歴任する。

「悪いが、ここからは仕事だ。女たちは下がってくれ」

「はい」と答え、澤子と水尾子が下がっていった。

「与七、安藤と佐藤は来ているか」

「はい。応接室で待っております」

「呼んでくれ」

与七が二人を呼びに行っている間、利良は首をねじって庭を見た。

——間違いなく、わが家だ。

庭の木々はすでに紅葉し、色とりどりの落葉が池に漂っている。

利良は、ようやく安堵感に包まれた。

「ああ、大警視」

安藤が泣き出さんばかりの顔で入ってきた。いつもは強面《こわもて》の佐藤も、おろおろしている。

「こんな姿を見せたくなかったが、致し方ない。内偵の経過を聞かせてくれ」

「よろしいので」と問う安藤に、利良は「構わん」と答えた。

安藤と佐藤によると、利良が帰ってくるという知らせが間に合わず、この九月十五日、藤田組本店に踏み込み、藤田傳三郎をはじめとした幹部八人を一斉検挙したという。

「ところが、印刷機どころか一枚の贋札も出てこないのです」

「それは真《まこと》か」

失望が津波のように押し寄せてくる。

「今も藤田らを厳しく取り調べているのですが、なかなか口を割らず――」

安藤が眉間に皺を寄せる。

「内偵の結果、検挙に踏み切るに足る証拠は集められたのだろう」

「そうなのです。銀行や取引先への聞き込みによって確実だと思われたのですが」

佐藤も意気消沈している。

――どういうことだ。

利良は懸命に考えた。

「木村はどうしている」

「こちらの捜査に全面的に協力していますが、『おかしい、おかしい』と首をひねるばかりです」

「待てよ」

――木村もだまされていたのではないか。

利良の脳裏に恐ろしい陰謀が映し出された。

――藤田組の一件は、わしを失脚させる罠だったのではないか。だが、わしが洋行することになり、伊藤は急遽、梶田を使ったのか。

疑惑の黒雲は、利良の脳裏を覆い始めた。

「おい、これは罠だったのだ」

「どういうことです」

　安藤と佐藤が顔を見合わせる。

「木村は囮だったのだ。彼奴もだまされていたのだ。木村を使って、われらを引き寄せて藤田らを逮捕させる。ところが証拠が出てこない。それでわれらの責任を問い、辞任させるという筋書きだったのではないか」

「では贋札は誰が――」

「それは分からんが、藤田組はかかわっていなかったのだ」

　安藤の顔から血の気が失せる。

「私だけではない。もしもこれが冤罪だったとしたら、そなたらもただでは済まぬぞ」

「では、どうすれば――」

「とにかく贋札の出どころを摑むのだ。どのような手を使ってもよい」

　二人は慌てて去っていった。

　――こんな時に何ということだ。しっかりしろ！

　利良は、言うことを聞かない体を叱咤した。

　これまで利良は、風邪一つひかない頑健な体を自慢の種にしてきた。しかしその体が、今は鉛《なまり》のように重い。

利良は、すべてを二人に任せるしかなかった。

八

十月十一日、政府からの正式な見舞いの使者が来た。公家の某《なにがし》と黒田である。通り一遍の見舞いの口上を述べると、公家の某は帰ったが、黒田は「ここからは私用で」と言って残った。

「正どん、体調はいけんね」

「ようなってはおらん」

「養生すれば、必ず癒《い》えもす」

「ああ、そうじゃとよかな」

今の利良は、とてもよくなるとは思えない。

「そいで、皆で話し合ったとじゃが――」

黒田の声音があらたまったので、利良は、この話が雑談ではないと覚った。

「皆とは誰な」

「そいは分かっちょっじゃろ」

「伊藤や井上じゃな」

「三条さんや岩倉さんにも話は通っちょいもす」

――つまり公家衆も、もはや長州閥には逆らえんということか。

三条はまだしも、維新後、岩倉は風見鶏のようになっていた。気骨のある男だと思ってきただけに、利良は残念でならない。

「おはんらは、おいを更迭するつもりじゃな」

「そいは違うど。みんなおはんの体を心配し、ゆっくい養生してほしいち思うちょる」

「やはり、藤田組は罠じゃったな」

黒田が口をつぐむ。

「知っちょって、ないごてやらした。おはんは薩摩隼人じゃなかと」

「――――」

「そうか。おはんは長州の犬になり下がったんじゃな」

「そげなこつはあいもはん」

黒田が蚊の鳴くような声で言う。

「おいを脅して洋行させ、そん隙に安藤たちをはめたっちゅうわけか。よう考えた筋書きじゃ」

黒田は正座したまま畏まっている。

その時、利良の脳裏にある考えが閃いた。

「了介、まっさかおはん――」

「許しっくいやい。おいは知らんこっじゃ。ただ伊藤に、『川路を船に乗せろ』ち言われて――」

　黒田が洋行を勧めたのは、利良の更迭を避けるためではなく、伊藤に命令されてのことだったのだ。

　――だが待てよ。

　黒田が殺人犯だという証拠書類は、今でも鍛冶橋本署の大警視室の金庫に眠っている。その鍵を持つのは利良と腹心の安藤だけだ。もしも利良が更迭されれば、利良は怒って、それを暴露することも考えられる。つまり黒田にとって、利良が更迭されるだけでは、枕を高くして眠れないはずだ。

　――そして伊藤も、何らかの証拠を握っていた。それで黒田を脅して走狗としたのだ。

「了介、まっさか、おはんが伊藤に入れ知恵したとじゃなかか」

「何のこつじゃ」

「梶田っちゅう料理人のこつじゃ」

「知らん、おいはないも知りもはん」

　その慌てる様子を見れば、筋書きは歴然だ。

　伊藤に見事にしてやられた。黒田も脅され、やむなく利良を切ったのだ。

「こいで薩摩閥はしまいじゃ。おはんも鹿児島に帰って芋を掘ることになる」

「うんにゃ――」

黒田が何か言いかけた。それで利良はピンときた。

「了介、やはり伊藤と握っちょったな」

黒田は何も答えない。

――少なくとも黒田は、薩摩閥の命脈を保つ約束はしたというわけか。

利良の知らないところで、黒田と伊藤は条件をめぐって取引をしていたのだ。

「了介、全部ばらすっど」

「正どん、そいは無理じゃ」

「いけんして無理じゃち」

「もう安藤から鍵をもろうて、中んもんを焼きもした」

「あっ」

利良は金庫の鍵を安藤に預けていたが、安藤は黒田にだまされたか脅されたかして、利良から預かっていた金庫の鍵を渡したのだ。

利良は怒りを通り越し、伊藤の頭のよさに感服した。

「正どんは、ゆっくり休むがよか」

そう言うと黒田は部屋から出ていこうとした。

「了介、待たんか」

「まだ何かあっとですか。この勝負はもう詰んじょいもす」

「そいは分かっちょる。じゃっどん――」

利良は最後の力を振り絞って声を出した。

「警察に罪はなか。警察組織と警察官を守ってくいやい」

「正どん」

黒田の瞳に光るものがあった。

「そいは約束しもす」

「きっとやっど」

「はい。命に替えても――」

そう言うと黒田は、逃げるようにして立ち去った。

――了介、これからは、お前が伊藤の走狗となるのだ。生涯、走り回るがよい。

なぜか利良は、肩の荷が下りた気がした。

一つ大きなため息を漏らすと、どっと疲れに襲われた。

――もう長くはないな。

いよいよ最期が迫ってきているのだ。

様々な思いが脳裏を駆けめぐる。

故郷鹿児島の山河、京都の紅灯、大阪の繁華。そして弾雨の中を走り回った国内各地の戦場の情景が、次々に浮かんでは消えた。そうした思い出の中でも、とくに印象深いのがパリだった。

——すべての記憶は、わしの死と共に消えていく。

様々な人々の顔も浮かんだ。その大半は死んでいった者たちだった。その中でもひときわ大きい存在が、西郷と大久保である。

——わしの人生は、二人の走狗として走り回るためにあったのか。

だが、すでに利良は誰が主人だったかに気づいていた。

——わしの胸内に巣くう野心が、わしを走狗にしていたのだ。

利良は自嘲したい気分だった。

——だがわしは、やれるだけのことはやった。

利良は堅固な警察組織を作り上げ、国民が安心して暮らせる社会を現出させた。

——それがわしの誇りだ。

政争には敗れたものの、利良は胸を張って死んでいけると思った。

「与七」

「はっ」と答えて、隣室から与七が飛び込んできた。

「私が死んだら、大警視の制服を着せて荼毘《だび》に付せ。葬儀は神式で行い、遺骨は——」

利良は一拍置くと言った。

「大久保さんの墓の近くに埋めてくれ」

「分かりました」

「大久保さんの墓を守るような位置にな」

――それが走狗には、最も似合っている。

利良は心中、自嘲した。

「承知しました」

「それだけだ。しばらく寝る」

そう言うと、利良は深い眠りに落ちていった。


これを最後に、利良の意識は戻らなかった。

十月十三日、利良は息を引き取る。享年は四十六だった。

足軽同然の階級から身を起こし、幕末から明治にかけて走り回った一人の男は、西郷や大久保の、そして自らの野心の走狗として死んでいった。

だが走狗は、警察組織の創設という偉大な業績を残した。

――わしは日本という国の走狗だったのだ。

それこそは、利良が最後にたどり着いた誇りだった。

【主要参考文献】

『大警視・川路利良　日本の警察を創った男』神川武利　PHP研究所
『大久保利通　維新前夜の群像5』毛利敏彦　中公新書
『城山陥落　西郷死して光芒を増す』伊牟田比呂多　海鳥社
『明治のプランナー　大警視　川路利良』肥後精一　桜島出版
『甦る大警視川路利良の人物像　現代語訳付　龍泉遺稿』肥後精一・西岡市祐共編　東京法令出版
『追跡　黒田清隆夫人の死』井黒弥太郎　北海道新聞社

【その他の参考文献】

『幕末史』半藤一利　新潮文庫
『人物叢書　徳川慶喜』家近良樹　吉川弘文館
『龍馬と新選組』管宗次　講談社選書メチエ
『戦争の日本史18　戊辰戦争』保谷徹　吉川弘文館
『ドキュメント幕末維新戦争』藤井尚夫　河出書房新社
『鳥羽伏見の戦い　幕府の命運を決した四日間』野口武彦　中公新書
『西南戦争　西郷隆盛と日本最後の内戦』小川原正道　中公新書
『敗者の日本史18　西南戦争と西郷隆盛』落合弘樹　吉川弘文館
『明治六年政変』毛利敏彦　中公新書
『西南戦争従軍記　空白の一日』風間三郎　南方新社

『征西従軍日誌　一巡査の西南戦争』喜多平四郎　佐々木克（監修）　講談社学術文庫
『岩倉使節団「米欧回覧実記」』田中彰　岩波現代文庫
『堂々たる日本人　知られざる岩倉使節団』泉三郎　祥伝社黄金文庫
『写真・絵図で甦る　堂々たる日本人　この国のかたちを創った岩倉使節団「米欧回覧」の旅』泉三郎　祥伝社
『パリ、娼婦の館　メゾン・クローズ』鹿島茂　角川ソフィア文庫
『パリ、娼婦の街　シャン＝ゼリゼ』鹿島茂　角川ソフィア文庫
『パリ時間旅行』鹿島茂　中公文庫
『パリの日本人』鹿島茂　中公文庫
『中公クラシックス　孫子』町田三郎訳　中央公論新社
『鹿児島弁辞典』石野宣昭　南方新社
『歴史群像シリーズ21　西南戦争　最強薩摩軍団崩壊の軌跡』学習プラス
『歴史群像シリーズ特別特集【決定版】図説・幕末戊辰西南戦争』学習プラス
『その時、幕末二百八十二諸藩は？　戊辰戦争年表帖』ユニプラン
『京都時代ＭＡＰ　幕末・維新編』新創社（編）　光村推古書院

各都道府県の自治体史、論文・論説、事典類等の記載は、省略させていただきます。

解説　薩摩人気質

榎木孝明

歴史に興味を持っている鹿児島県人にとって、川路利良《かわじとしよし》は大久保利通《おおくぼとしみち》と並び二大嫌われ者と言う認識が高い。それはひとえに西郷隆盛《さいごうたかもり》を殺した人物と言う評価が圧倒的なせいであろう。明治維新から一五〇年以上経《た》った今でもだ。鹿児島県人の矜持《きょうじ》とも呼べる強烈な西郷隆盛愛がその根底にはあるようだ。

私ももちろん西郷隆盛を敬愛する一人ではあるが、同時に歴史の嘘《うそ》にも興味がある。そもそも歴史は勝者の残したものが大半であるため、その当時の為政者の歴史観が後世に伝えられて来た。結果、死人に口無しの敗者は歴史から抹殺されて、正義は我にありの勝者の、美化された歴史書を私達は見せられることになる。最近の歴史教科書の肖像画が大幅に変更になるのも、伝えられて来た事のいい加減さの表れの一つではないか。

だからこそ歴史は面白いと言うことにもなる。歴史小説家が真骨頂《しんこっちょう》を発揮するのも歴史の、その嘘があればこそで、小説に書かれた新説に信憑性《しんぴょうせい》があると判断されたら、いつか歴史の教科書も書き換えられるかもしれない。

さてこの度『走狗』の解説と言う仕事を引き受けるにあたり、自分なりの俯瞰《ふかん》の目を大事にしてみようと思う。時代と歴史、そして人物の俯瞰をである。


人は誰しも成長するにつれて自分のテリトリーが広がっていくものである。鹿児島の片《かた》田舎《いなか》で育った自分のことを引き合いに出すと、初めて幼稚園のバスに乗ってひとりで隣街へ通う生活が始まった。自分が育った集落とは違うもう一つの街が、自分の意識を広げることになる。小学校に上がると自宅から三〇分かけて徒歩で登校したのだが、自分と同様の境遇の同級生がたくさんいると知り、私の意識は次の広がりを見せる。中でも一時間半かけて開拓村から歩いて来る同級生がいることに驚いたのもその頃であった。高学年になると同じ学区内の他校との対抗スポーツ大会があったりして、意識はもう一回り大きくなる。

そして、中学校は自転車通学に変わり、近隣の町までテリトリーは広がってゆく。高校では電車通学に変わったことで、広範囲から集まる生徒達との付き合いで、私の意識は鹿児島県そのものの大きさに拡大していく。そして、大学は東京に出た為に、やがて私の意識は、日本という国の大きさまでの広がりを見せる。

ここで一五〇年余りの時間をさかのぼってみると、全国から当時の都の京都に集まってくる幕末の志士達の意識と、私は同等の意識の広がりを持ったことになる。ただし、当時の交通事情を鑑《かんが》みると、鹿児島―東京間を二時間ほどで飛んで行ける今と、徒歩ならだいたい四〇日、船でも一週間余りかかった当時とでは、日本の国土に対しての感覚は、現代とはまるで違ったはずだ。とりわけ青雲の志を持ち故郷を出た者達は、生きて再び帰って来られないかも知れないと言う覚悟があったはずだし、なにがしかの成功を中央で収めて帰郷出来た暁には、〝故郷に錦を飾る〟と言う言葉の重みが、まるで違ったはずである。

この視点は、私が歴史小説を読む時、とりわけ薩摩《さつま》関係の話では、意外と大事な要素になっている。言葉では、わずか一行で薩摩を出て江戸に着いたとしても、私の中ではその長い道中で起きたはずの様々な出来事が加味されて、勝手に自分の中での想像が広がってゆくのである。若い頃から歩く旅が好きだったが、車や電車と違い、歩く目線とスピードから見えてくるものに憧憬《しょうけい》の念を感じていたものだった。

ついでと言ってはなんだが、自分の感じている大事な鹿児島県人気質を語っておきたい。江戸あるいは京都との距離の遠さを、昔の薩摩人はたいしたハンディキャップとは思っていなかったのではないか。薩摩弁に関しても同じようなことが言える。日本の標準語がたまたま江戸弁になっただけであり、なまっていると指摘されても、文化の違いがイントネーションの違いに出るのは当たり前であり、それが今で言うコンプレックスにつながるのは見当違いであろう。京都の裏路地で刃を交わす者同士が、そして維新後の明治政府の役人達の会話で、それぞれのお国なまりがバンバン飛び交っていたであろうことを想像するだけで、また一味違う楽しみ方が出来そうである。

いつかの薩摩が関係する時代劇ドラマの撮影で、こんなお達しが出たことがあった。地方から上京した者達は、意思の疎通を図るために標準語（江戸弁）を喋《しゃべ》るように気遣っていたはず。だからドラマでは統一された標準語を使うことにすると……。だがそれは、薩摩弁の習得の難しさの為に過ぎないであろうと思った。元来そんなことに気を使うはずもない県人気質を知る私には、ちゃんちゃらおかしく聞こえてしまったのであった。そう思いながらも長い物には巻かれた私も、薩摩隼人《はやと》の役でありながらしっかり標準語を喋っていたが……。江戸時代には禁止されていた外国との密貿易を薩摩は藩を挙げて堂々とやっていたし、徳川幕府から薩摩に入ってきた隠密《おんみつ》は、生きて帰った者はまずいないと言われたほどの、独立国の様相を呈していたのが当時の薩摩であったと思う。

もう一つの大きな特徴が、薩摩のお家芸とも言える薩摩示現流《じげん》（流派の違いで自顕流とも言う）を通じて教えられている精神性である。明治維新以前の各藩には、それぞれ独自の剣術流派があったのが、今ではその多くが途絶えてしまっている。今は古武道の総称で呼ばれ、日本各地に僅かに受け継がれているそれらの中でも、薩摩示現流は相当に過酷で厳しい教えの流派だったと思う。私も示現流を若い頃から少しかじった口ではあるが、宗家からまず教わったのが刀の持つ意味であった。

かつての薩摩武士達は普段、刀の鍔《つば》と鞘《さや》をこよりで結わえていたと言う。それは喧嘩《けんか》をしたくらいで安易に抜刀しないように、との戒《いまし》めであったと言う。だがこよりは紙で出来ているために力を入れれば切れるものである。こよりを切って刀を抜いたら、必ず相手を殺すか自分が死ぬかの二者択一の覚悟を迫られたと言う。それ以外の選択肢を決して許さなかったのが薩摩示現流の教えであったと言う。それがたとえ、子供の喧嘩であったとしてもだそうだ。

今の時代劇の現場で、刀に対してそんなふうに捉える者は殆どいないし、知られてもいないだろう。もし、その覚悟を知った上で抜刀をすれば、生と死は表裏一体であるとの表現が出来ると思う。立ち回りで使うのは竹みつとはいえ、本物の輝きを帯びるのは、覚悟があるか無いかの差なのである。薩摩武士のエピソードは、枚挙にいとまはないが、本題に入る前置きが多少長すぎたので、これ以上は割愛するとして、西郷隆盛や大久保利通、そして『走狗』の主人公・川路利良も、こんな教えが徹底されていた薩摩で育ったことを知ってもらいたい。

次に、川路利良の人物を俯瞰してみようと思う。身分制度が確立していた江戸時代、中でも薩摩はとりわけその差別が厳しかったとよく言われている。外城士の与力の身分であった川路が、城下士に全く頭の上がらなかったのも当然であろう。やがて大警視にまで登りつめてゆく川路は、身分の枠が取り払われていった典型的な成功例であろう。もちろん西郷隆盛や大久保利通も然りだが。薩摩の教えの厳しさを思えば、著者の創作のキーワードでもある野心も、身分を越えていくための大きな足がかりになっていたことが容易に想像できる。

身分制度が崩壊した結果が、多くの偉人の輩出につながったと言えるが、もうひとつの見方に、時代が変わるための運命論がある。つまり時代が必要として、その人物を生ませしめたと言うことだ。私は西郷隆盛をその最大の典型と見ていて、役目を終えるとさっさと還っていった人物だと思うが、川路利良もその例に漏れない人物であろう。当の本人は、苦労があり研鑚《けんさん》があり葛藤があり歓喜がありと、いわゆる人間的な経験を積んだ結果、歴史に名を残したと思われている。ところが、宇宙の目もしくは神の目で見ると、その時々の必要に応じて時代のポイントに人物は配されている。時代は、そろそろ日本にも警察機構が必要だろう。では川路利良にその役目を担わせようと言うわけだ。

もちろん当人は、運命の駒のひとつになった意識はない。ひたすらに歴史の激変のただ中を走り続けていた。特に明治維新前後の数十年間は、時代の大変動期。全国の至るところで、多くの志士達が活躍した時代であった。その中で、ある者達は志半ばで倒れ、ある者達は戦乱の中を生き残り、功を成し名を残していった。それらのすべてが天の配剤の下で動かされていたとすればどうであろうか。

作家・伊東潤氏の切り口の鋭さと物語の巧みさは、読者をワクワクさせる説得力がある。史実もふんだんに盛り込まれた見事な展開である。本作において、よくぞ川路利良を取り上げてくれたと思う。実は私には、昔から故郷に関係する多くの知人を持つ者として気にかかることがある。西郷を殺したと言われる男を先祖に持ったことで、一世紀半を経た今でも、故郷に帰ることを憚《はばか》る気持ちを抱いてしまうご子孫も居るという事実だ。そんな人々を必要以上に擁護するわけではないが、時代の推移を、先に述べた俯瞰の目で見て、私なりの歴史の捉え方を提言したいと思う。

そこには善も悪もなく、二極化した世界を超越した歴史が存在している。時代の節目の適材適所に配された人物達が、敵味方入り乱れて、やがて歴史の大きなうねりの中へ埋没してゆく。西郷隆盛、大久保利通、そして川路利良、来たるべき新しい時代のためにそれぞれが一生を捧げて世の中に尽くして逝った人々だった。誰が正しくて誰が間違えていたかではない。皆一様に時代の進化の為にそれぞれの役割を果たしただけであった。そう思えば日本人同士の最後の戦いであった西南戦争の呪縛も、そろそろ解けても良い頃なのではないだろうか。

今人類は、次の段階に進むべくアセンション（次元上昇）の時代と言われている。すなわち三次元の世界から四次元五次元への次元上昇が始まっていると言う。

今後の世の中が変わる切っ掛けは政治でも経済でも科学でも宗教でもなく、私達一人ひとりの意識の目覚めが唯一無二だと思う。その為にも今忘れられつつある日本人の本来の精神性を、今一度自分の礎《いしずえ》として知る必要があるのかも知れない。

多くの先達《せんだつ》の生き様を鋭い切り口で、伝えてくれる伊東潤氏には、今後も我々日本人の心の奥底に潜むアイデンティティーの発露《はつろ》としての多くの物語を紡ぎ出してもらえることを期待し、また楽しみにしている。同時に読者には鹿児島人的な私の意見を踏まえた上で、『走狗』を再読していただくと、また違う読み方ができるかもしれない。

（えのき・たかあき　俳優）

地図　近藤　勲

『走狗』二〇一六年一二月　中央公論新社刊
文庫化にあたり、加筆・修正をいたしました。

中公文庫

走《そう》 狗《く》

2020年2月25日　初版発行
2020年3月15日　再版発行

著　者　伊《い》 東《とう》 潤《じゅん》

発行者　松田陽三

発行所　中央公論新社
〒100-8152　東京都千代田区大手町1-7-1
電話　販売 03-5299-1730　編集 03-5299-1890
URL http://www.chuko.co.jp/

DTP　平面惑星
印　刷　三晃印刷
製　本　小泉製本

Published by CHUOKORON-SHINSHA, INC.
Printed in Japan　ISBN978-4-12-206830-8 C1193

各書目の下段の数字はISBNコードです。978－4－12が省略してあります。

中公文庫既刊より

お-87-1 **アリゾナ無宿** 逢坂剛

時は一八七五年。合衆国アリゾナ。身寄りのない一六歳の少女は、凄腕の賞金稼ぎ、謎のサムライと賞金稼ぎのチームを組むことに⁉〈解説〉堂場瞬一

206329-7

お-87-2 **逆襲の地平線** 逢坂剛

〝賞金稼ぎ〟の三人組に舞い込んだ依頼。それは十年前にコマンチ族にさらわれた娘を奪還してほしいというものだった……。〈解説〉川本三郎

206330-3

お-87-3 **果てしなき追跡（上）** 逢坂剛

土方歳三は箱館で銃弾に斃れた――はずだった。一命を取り留めた土方は密航船で米国へ。友を、そして記憶を失ったサムライは果たしてどこへ向かうのか？

206779-0

お-87-4 **果てしなき追跡（下）** 逢坂剛

西部の大地で離別した土方とゆら。人の命が銃弾一発より軽いこの地で、二人は生きて巡り会うことができるのか？　巻末に逢坂剛×月村了衛対談を掲載。

206780-6

な-65-1 **うつけの采配（上）** 中路啓太

関ヶ原の合戦前夜――。誰もが己の利を求める中、ただ一人、毛利百二十万石の存続のため奔走した男・吉川広家の苦悩と葛藤を描いた傑作歴史小説！

206019-7

な-65-2 **うつけの采配（下）** 中路啓太

小早川隆景の遺言とは正反対に、安国寺恵瓊の主導により天下取りを狙い始めた毛利本家。はたして吉川広家は家を守り抜くことができるのか？〈解説〉本郷和人

206020-3

な-65-3 **獅子は死せず（上）** 中路啓太

加藤清正ら名だたる武将にその武勇を賞賛された武将・毛利勝永。関ヶ原の合戦で西軍についたため、領地没収をされた男が、大坂の陣で最後の戦いに賭ける！

206192-7

な-65-4
獅子は死せず（下）
中路啓太
誰より理知的で、かつ自らも抑えきれない生命力を有し、家族や家臣への深い愛情を宿した戦国最後の猛将の生涯。『うつけの采配』の著者によるもう一つの傑作。
206193-4

な-65-5
三日月の花 渡り奉公人 渡辺勘兵衛
中路啓太
時は関ヶ原の合戦直後。『もののふ莫迦』で「本屋が選ぶ時代小説大賞２０１５」に輝いた著者が描く、反骨の武将・渡辺勘兵衛の誇り高き生涯！
206299-3

な-65-6
もののふ莫迦
中路啓太
豊臣に故郷・肥後を踏みにじられた軍人・岡本越後守と、豊臣に忠節を尽くす猛将・加藤清正が、朝鮮の戦場で激突する！「本屋が選ぶ時代小説大賞」受賞作。
206412-6

と-26-20
箱館売ります（上） 土方歳三 蝦夷血風録
富樫倫太郎
箱館を占領した旧幕府軍から、土地を手に入れようとするプロシア人兄弟。だが、背後には領土拡大を企むロシアの策謀が――。土方歳三、知られざる箱館の戦い！
205779-1

と-26-21
箱館売ります（下） 土方歳三 蝦夷血風録
富樫倫太郎
ロシアの謀略に気づいた者たちが土方歳三を指揮官に、旧幕府軍、新政府軍の垣根を越えて契約締結妨害のために戦うのだが――。思いはひとつ、日本を守るため。
205780-7

と-26-22
松前の花（上） 土方歳三 蝦夷血風録
富樫倫太郎
土方歳三らの蝦夷政府には、父の仇討ちに燃える娘、戦の携行食としてパン作りを依頼される和菓子職人の姿があった。知られざる箱館戦争を描くシリーズ第二弾。
205808-8

と-26-23
松前の花（下） 土方歳三 蝦夷血風録
富樫倫太郎
死を覚悟した蘭子は、藤吉にある物を託し戦へと向かった。北の地で自らの本分を遂げようとする土方、蘭子、藤吉。それぞれの箱館戦争がクライマックスを迎える！
205809-5

と-26-24
神威の矢（上） 土方歳三 蝦夷討伐奇譚
富樫倫太郎
明治新政府の猛追を逃れ、開陽丸に乗り込んだ土方歳三ら旧幕府軍。だが、船上には、動乱に乗じ日本に神の王国の建国を企むフリーメーソンの影が――。
205833-0

各書目の下段の数字はISBNコードです。978－4－12が省略してあります。

と-26-25
神威の矢（下）土方歳三蝦夷討伐奇譚
富樫倫太郎
ドラゴン復活を謀るフリーメーソン、後のない旧幕府軍、死に場所を探す土方、迫害されるアイヌ人、山籠りの陰陽師。全ての思惑が北の大地で衝突する！
205834-7

と-26-26
早雲の軍配者（上）
富樫倫太郎
北条早雲に見出された風間小太郎。軍配者となるべく送り込まれた足利学校では、互いを認め合う友に出会い――。新時代の戦国青春エンターテインメント！
205874-3

と-26-27
早雲の軍配者（下）
富樫倫太郎
互いを認め合う小太郎と勘助、冬之助は、いつか敵味方にわかれて戦おうと誓い合う。扇谷上杉軍へ攻め込む北条軍に同行する小太郎が、戦場で出会うのは――。
205875-0

と-26-28
信玄の軍配者（上）
富樫倫太郎
駿河国で囚われの身となったまま齢四十を超えた山本勘助。焦燥ばかりを募らせていた折、武田信虎による実子暗殺計画に荷担させられることとなり――。
205902-3

と-26-29
信玄の軍配者（下）
富樫倫太郎
武田晴信に仕え始めた山本勘助は、武田軍を常勝軍団へと導いていく。戦場で相見えようと誓い合った友たちとの再会を経て、「あの男」がいよいよ歴史の表舞台へ！
205903-0

と-26-30
謙信の軍配者（上）
富樫倫太郎
越後の竜・長尾景虎のもとで軍配者となった曽我（宇佐美）冬之助。自らを毘沙門天の化身と称する景虎の前で、いま軍配者としての素質が問われる！
205954-2

と-26-31
謙信の軍配者（下）
富樫倫太郎
冬之助は景虎のもと、好敵手・山本勘助率いる武田軍を前に自らの軍配を振るい、見事打ち破ることができるのか⁉「軍配者」シリーズ、ここに完結！
205955-9

あ-59-2
お腹召しませ
浅田　次郎
武士の本義が薄れた幕末維新期、変革の波に翻弄される侍たちの悲哀を描いた時代短篇の傑作六篇。中央公論文芸賞・司馬遼太郎賞受賞。〈解説〉竹中平蔵
205045-7

あ-59-3
五郎治殿御始末《ごろうじどのおしまつ》
浅田次郎
武士という職業が消えた明治維新期、最後の御役目を終えた老武士が下した、己の身の始末とは。時代の境目を懸命に生きた人々を描く六篇。〈解説〉磯田道史
205958-0

あ-59-4
一路（上）
浅田次郎
父の死により江戸から国元に帰参した小野寺一路は、参勤道中御供頭のお役目を仰せつかる。家伝の行軍録を唯一の手がかりに、いざ江戸見参の道中へ！
206100-2

あ-59-5
一路（下）
浅田次郎
蒔坂左京大夫一行の前に、中山道の難所、御家乗っ取りの企てなど難題が降りかかる。果たして、行列は期日通りに江戸へ到着できるのか――。〈解説〉檀　ふみ
206101-9

ほ-17-1
ジウⅠ　警視庁特殊犯捜査係
誉田哲也
都内で人質籠城事件が発生、警視庁の捜査一課特殊犯捜査係〈SIT〉も出動するが、それは巨大な事件の序章に過ぎなかった！　警察小説に新たなる二人のヒロイン誕生!!
205082-2

ほ-17-2
ジウⅡ　警視庁特殊急襲部隊
誉田哲也
誘拐事件は解決したかに見えたが、依然として黒幕・ジウの正体は摑めない。捜査本部で事件を追う美咲。一方、特進をはたした基子の前には謎の男が！　シリーズ第二弾。
205106-5

ほ-17-3
ジウⅢ　新世界秩序
誉田哲也
〈新世界秩序〉を唱えるミヤジと象徴の如く佇むジウ。彼らの狙いは何なのか？　ジウを追う美咲と東は、想像を絶する基子の姿を目撃し……!?　シリーズ完結篇。
205118-8

ほ-17-4
国境事変
誉田哲也
在日朝鮮人殺人事件の捜査で対立する公安部と捜査一課の男たち。警察官の矜持と信念を胸に、銃声轟く国境の島・対馬へ向かう。〈解説〉香山二三郎
205326-7

ほ-17-5
ハング
誉田哲也
捜査一課「堀田班」は殺人事件の再捜査で容疑者を逮捕。だが公判で自白強要の証言があり、班員が首を吊った姿で見つかる。そしてさらに死の連鎖が……誉田史上、最もハードな警察小説。
205693-0

各書目の下段の数字はISBNコードです。978－4－12が省略してあります。

ほ-17-6
月　光　誉田哲也
同級生の運転するバイクに轢かれ、姉が死んだ。殺人を疑う妹の結花は同じ高校に入学し調査を始めるが、やがて残酷な真実に直面する。衝撃のR18ミステリー。
205778-4

ほ-17-7
歌舞伎町セブン　誉田哲也
『ジウ』の歌舞伎町封鎖事件から六年。再び迫る脅威から街を守るため、密かに立ち上がる者たちがいた。戦慄のダークヒーロー小説！〈解説〉安東能明
205838-5

ほ-17-8
あなたの本　誉田哲也
読むべきか、読まざるべきか？　自分の未来が書かれた本を目の前にしたら、あなたはどうしますか？　当代随一の人気作家の、多彩な作風を堪能できる作品集。
206060-9

ほ-17-9
幸せの条件　誉田哲也
恋にも仕事にも後ろ向きな役立たずOLに、突然下った社命。単身農村へ赴き、新燃料のためのコメ作りに挑め!?　人生も、田んぼも、耕さなきゃ始まらない！
206153-8

ほ-17-10
主よ、永遠の休息を　誉田哲也
この慟哭が聞こえますか？　心をえぐられた少女と若き事件記者の出会いが、やがておぞましい過去を掘り起こす……驚愕のミステリー。〈解説〉中江有里
206233-7

ほ-17-11
歌舞伎町ダムド　誉田哲也
今夜も新宿のどこかで、伝説的犯罪者〈ジウ〉の後継者が血まみれのダンスを踊る。殺戮のカリスマvs.新宿署刑事vs.殺し屋集団、三つ巴の死闘が始まる！
206357-0

ほ-17-12
ノワール　硝子の太陽　誉田哲也
沖縄の活動家死亡事故を機に反米軍基地デモが全国で激化。その最中、この国を深い闇へと誘う動きを、東警部補は察知する……。〈解説〉友清　哲
206676-2

こ-40-19
任俠学園　今野　敏
「生徒はみな舎弟だ！」荒廃した私立高校を「任俠」で再建すべく、人情味あふれるヤクザたちが奔走する！「任俠」シリーズ第二弾。〈解説〉西上心太
205584-1

こ-40-20
エチュード　警視庁捜査一課・碓氷弘一4
今野　敏
連続通り魔殺人事件で誤認逮捕が繰り返され、捜査は大混乱。ベテラン警部補・碓氷と美人心理調査官・藤森のコンビが真相に挑む。「碓氷弘一」シリーズ第四弾。
205884-2

こ-40-21
ペトロ　警視庁捜査一課・碓氷弘一5
今野　敏
考古学教授の妻と弟子が殺され、現場には謎めいた古代文字が残されていた。碓氷警部補は外国人研究者を相棒に真相を追う。「碓氷弘一」シリーズ第五弾。
206061-6

こ-40-22
任俠病院
今野　敏
今度の舞台は病院⁉ 世のため人のため、阿岐本雄蔵率いる阿岐本組が、病院の再建に手を出した。大人気「任俠」シリーズ第三弾。〈解説〉関口苑生
206166-8

こ-40-23
任俠書房
今野　敏
日村が代貸を務める阿岐本組は今時珍しく任俠道を弁えたヤクザ。その組長が、倒産寸前の出版社経営を引き受け……。『とせい』改題。「任俠」シリーズ第一弾。
206174-3

こ-40-24
新装版　触　発　警視庁捜査一課・碓氷弘一1
今野　敏
朝八時、霞ヶ関駅で爆弾テロが発生、死傷者三百名を超える大惨事に！　内閣危機管理対策室は、捜査本部に一人の男を送り込んだ。「碓氷弘一」シリーズ第一弾、新装改版。
206254-2

こ-40-25
新装版　アキハバラ　警視庁捜査一課・碓氷弘一2
今野　敏
秋葉原を舞台にオタク、警視庁、マフィア、中近東のスパイまでが入り乱れるアクション&パニック小説。「碓氷弘一」シリーズ第二弾、待望の新装改版！
206255-9

こ-40-26
新装版　パラレル　警視庁捜査一課・碓氷弘一3
今野　敏
首都圏内で非行少年が次々に殺された。いずれの犯行も瞬時に行われ、被害者は三人組で、外傷は全くないという共通項が。「碓氷弘一」シリーズ第三弾、待望の新装改版。
206256-6

こ-40-27
慎　治　新装版
今野　敏
同級生の執拗ないじめで、万引きを犯し、自殺まで思い詰める慎治。それを目撃した担当教師は彼を見知らぬ新しい世界に誘う。今、慎治の再生が始まる！
206404-1

各書目の下段の数字はISBNコードです。978－4－12が省略してあります。

こ-40-28
孤拳伝（一）新装版
今野　敏
九龍城砦のスラムで死んだ母の復讐を誓った少年・剛は苛酷な労役に耐え日本へ密航。暗黒街で体得した拳を武器に仇に闘いを挑む。〈解説〉増田俊也
206427-0

こ-40-29
孤拳伝（二）新装版
今野　敏
松任組が仕切る秘密の格闘技興行への誘いに乗った剛は、賭け金の舞う流血の真剣勝負に挑む。非情に徹し、邪拳の様相を帯びる剛の拳が呼ぶものとは！
206451-5

こ-40-30
孤拳伝（三）新装版
今野　敏
中国武術の達人・劉栄徳に完敗を喫し、放浪する朝丘剛。忍術や剣術など、次々と現れる日本武術を極めた強敵たちに、剛は……⁉。
206475-1

こ-40-31
孤拳伝（四）新装版
今野　敏
岡山に美作竹上流の本拠を訪ねた剛は、そこで鉢須賀了太に出くわす。偶然の再会に血を滾らせる剛。果たして決戦の行方は——⁉　シリーズ第四弾！
206514-7

こ-40-32
孤拳伝（五）新装版
今野　敏
それぞれの道で、本当の強さを追い求める剛とそのライバル達。そして、運命が再び交差する——。武道小説、感動の終幕へ！〈解説〉関口苑生
206552-9

こ-40-33
マインド　警視庁捜査一課・碓氷弘一6
今野　敏
殺人、自殺、性犯罪……。ゴールデンウィーク最後の夜に起こった七件の事件を繋ぐ意外な糸とは？　藤森紗英も再登場！　大人気シリーズ第六弾。
206581-9

こ-40-34
虎の道　龍の門（上）新装版
今野　敏
極限の貧困ゆえ、自身の強靭さを武器に一攫千金を夢みる青年・南雲凱。一方、空手道場に通う麻生英治郎は流派への違和感の中で空手の真の姿を探し始める。
206735-6

こ-40-35
虎の道　龍の門（下）新装版
今野　敏
「不敗神話」の中、虚しさに豪遊を繰り返す凱。「常勝軍団の総帥」に祭り上げられ苦悩する英治郎。その二人が誇りを賭けた対決に臨む！〈解説〉夢枕　獏
206736-3